CRISTINA CASSAR SCALIA
Tödliche Klippen

Autorin

Cristina Cassar Scalia stammt aus dem spätbarocken Noto und hat sich schon immer gewünscht, Sizilien zum Schauplatz eines Romans zu machen. Wenn sie ihre Leser durch die Lektüre dazu inspirieren *könne*, ihrer Heimat einen Besuch abzustatten, so sagt sie, habe sie ihren Job gut gemacht. Wenn sie nicht gerade schreibt, arbeitet sie als Augenärztin in Catania. »Tödliche Klippen« *ist ihr* zweiter Roman im Blanvalet Verlag.

Die Ermittlungen mit Giovanna Guarrasi gehen weiter:
1. Schwarzer Sand
2. Tödliche Klippen
3. Finsteres Meer

Alle Bände sind eigenständige Fälle und können unabhängig voneinander gelesen werden.

Besuchen Sie uns auch auf
www.instagram.com/blanvalet.verlag und
www.facebook.com/blanvalet.

Cristina Cassar Scalia

Tödliche Klippen

GIOVANNA GUARRASI ERMITTELT IN SIZILIEN

Roman

Aus dem Italienischen
von Christiane Winkler

blanvalet

Die Originalausgabe erschien unter dem Titel
»La logica della lampara« bei Einaudi, Turin, 2019.

Sollte diese Publikation Links auf Webseiten Dritter enthalten,
so übernehmen wir für deren Inhalte keine Haftung,
da wir uns diese nicht zu eigen machen, sondern lediglich auf
deren Stand zum Zeitpunkt der Erstveröffentlichung verweisen.

Penguin Random House Verlagsgruppe FSC® N001967

1. Auflage 2023
Taschenbuchausgabe 2023 by Blanvalet,
einem Unternehmen der Penguin Random House Verlagsgruppe GmbH,
Neumarkter Straße 28, 81673 München
Copyright der Originalausgabe © 2019 by Cristina Cassar Scalia
© 2019 First published in Italy by Einaudi
This edition published in arrangement with Grandi & Associati
Copyright der deutschsprachigen Ausgabe © 2022 by Limes Verlag,
in der Penguin Random House Verlagsgruppe GmbH, München
Redaktion: Friedel Wahren
Umschlaggestaltung: © Sandra Taufer, München
Umschlagmotive: Shutterstock.com (DaLiu; Iamkao099; Vahan Abrahamyan;
THINNAKORN MANSISA-AD)
LO · Herstellung: DiMo
Satz, Druck und Bindung: GGP Media GmbH, Pößneck
Printed in Germany
ISBN 978-3-7341-1244-7

www.blanvalet.de

Für meine Mutter,
die mir die Liebe zu Büchern vermittelt hat

Die Jagd nach Erinnerungen lohnt sich nie …
Denn die guten kann man nicht mehr einfangen,
die schlechten nicht auslöschen.

GIORGIO FALETTI, *Io sono Dio*

1

Die alte Laterne hatte sich endlich zum Arbeiten entschlossen und baumelte nun von ihrem Haken und beleuchtete einen Quadratmeter Meer.

Sante Tammaro hielt sich am Heck auf, in einer gefährlichen Haltung. Mit dem Kopf nach unten und der Nase in einem Eimer mit Glasboden drehte er sich ab und zu um und prüfte, ob sich Speer und Netz in Reichweite befanden.

Verschmitzt betrachtete Manfredi Monterreale die Angelgeräte, die unbenutzt auf dem Deck der *Gozzo* lagen. Die Hände fest an den Rudern summte er Verse von De André, die von einem Angler handelten, vor sich hin.

»Hör auf mit dem Gejaule! Oder willst du, dass die Fische abhauen?«, meinte Sante und bewegte sich unvermittelt. Das Boot geriet gefährlich ins Schwanken.

Manfredi ließ die Ruder los. »Aha, das ist also der Grund, weshalb du in zwei Stunden keine einzige Sardine gefangen hast!«, rief er und griff nach der Thermoskanne unter dem Sitz, die durch die Erschütterung umgefallen war.

Sante winkte ab, als wollte er sagen, dass die Frage keine Antwort verdiene.

»Hier, bitte«, sagte Manfredi und reichte ihm ein kleines Glas, das er gerade gefüllt hatte. »Trink einen Schluck Kaffee, der wärmt dich wenigstens auf. Es ist so feucht, dass man die Luft mit dem Messer schneiden könnte. Und findest du es angemessen, dass ich seit Stunden auf diesem Stuhl sitze und friere, statt zu Hause im Bett zu liegen, das nur hundert Meter von hier entfernt steht? Und das alles nur, damit du dich wohlfühlst. Nicht einmal De André darf ich singen.«

Nach dem Zerlegen und dem erneuten Zusammensetzen der Laterne, einem Original, das Sante nach langer Suche gefunden hatte, und die manchmal funktionierte und dann wieder nicht, waren sie eine Zeit lang an der Küste entlanggeschippert. Nach den letzten Ruderschlägen, *weil die Fische ja sonst abgehauen wären*, hatten sie dicht vor der Klippe angehalten, von der aus sie auf Manfredis Wohnung blicken konnten.

»Dottore, du hast keine Ahnung«, erwiderte Tammaro. »Das Fischen mit Laterne dauert, da gibt es keine Zeitvorgabe. Das ist eine Philosophie, wenn du so willst.«

Zweifelnd musterte ihn der Dottore. Auch er nahm einen Schluck Kaffee. »Na klar, eine Philosophie des Angelns«, spottete er und schüttelte den Kopf.

Wie sie Freunde geworden waren, blieb den beiden ein Rätsel. Manfredi Monterreale war von Beruf Kinderarzt. Er stammte aus Palermo, lebte aber seit sieben Jahren in Catania. Um genau zu sein, in Aci Castello, im zweiten Stock eines kleinen Mietshauses mit Blick auf die schwarzen Felsen zwischen der normannischen Burg und dem Ort Aci Trezza, vor denen das Boot des Freundes gerade schaukelte. Sante Tammaro hingegen war Journalist und eingefleischter Catanier mit besonderer Vorliebe für investigativen Journalismus. Aber den richtigen, jenen, für den weiß weiß und schwarz schwarz war.

Manfredi blickte zu seiner Terrasse hoch. Von seiner Position aus wirkte sie klein. Einige Pflanzen waren zu ersetzen und die Fensterläden zu streichen. Wenn er denn mal Zeit hatte ... Aber es war trotzdem ein schönes Haus. Sein idealer Lebensraum. Er duckte sich unter die Bootsbank, auf der er saß, und fingerte an seinem Rucksack herum, um die Thermoskanne zu verstauen.

»Da hält ein Auto vor deinem Haus«, bemerkte Sante.

Manfredi hob den Kopf. Seine Zufahrt war die letzte an der Straße, dahinter begannen die Klippen, an denen um diese Jahreszeit auch keine Pfahlbauten der Badeanstalten mehr standen.

»Ah ja? Das ist sicher wieder irgendein Pärchen, das nach Intimität sucht. Im Winter herrscht hier abends ein reges Treiben …«

»Das ist doch wohl eher im Sommer der Fall«, wandte der Journalist ein. »Aber …«, fuhr er fort und verengte die Augen zu Schlitzen. »Für mich sieht das nicht nach einem Paar aus.«

»Na, dann ist es wohl ein einsamer Nachtmensch, der zum Nachdenken hergekommen ist. Hör auf, dir Sachen auszumalen!«

Doch Sante war nicht mehr aufzuhalten und kramte in seiner Leinentasche nach seinem Fernglas. Er hielt es dicht vor die Augen. »Inzwischen sind es zwei, und zwar Männer.«

»Das muss nichts heißen«, antwortete der Arzt.

»Könnte sein, dass es Diebe sind und dass sie es auf dein Haus abgesehen haben, während du hier faul herumsitzt und die Gefahr herunterspielst.«

Manfredi beschränkte seine Antwort auf ein resigniertes Seufzen, nahm seinem Freund das Fernglas aus der Hand und richtete es auf das Auto.

Ein Mann erhob sich vom Beifahrersitz und öffnete den Kofferraum. Er hievte einen großen Koffer heraus und schleppte ihn zur Klippe. Der Fahrer lehnte sich aus dem Fenster, zog sich dann aber schnell wieder zurück.

»Sante, sie scheinen sich nicht für mein Haus zu interessieren. Aber irgendetwas Seltsames geschieht dort.«

Der Journalist nahm das Fernglas wieder an sich und konzentrierte sich auf den Mann, der auf die Felsen zuging, bis er hinter der Mauer verschwand, an der die Straße endete. Dann drehte er sich schnell wieder um, kehrte mit leeren Händen zurück, stieg ins Auto und fuhr davon.

»Ich wette, in dem Koffer befand sich etwas Gefährliches. Zumindest etwas Illegales«, kommentierte Sante herablassend. Er trat ans Bootsheck und begann mit dem Verstauen der Netze und Harpunen in einem Schrank. Er zog den Eimer hoch und schaltete die Laterne aus, hob die Ruder an Bord und legte sie an ihren Platz.

»Los!«, rief er, ließ den Motor ins Wasser und startete ihn.

»Los, wohin?«, fragte Manfredi, erstaunt über die Schnelligkeit, mit der Sante die Fische ihrem Schicksal überließ. Drei Minuten, um das Netzwirrwarr zu zerlegen, für das sie Stunden Arbeit und Engelsgeduld investiert hatten.

»Zu dir nach Hause«, antwortete der Journalist. Er schwieg einen Moment lang und konzentrierte sich.

»Ich will nachsehen, wohin er den Koffer geworfen hat.«

2

Vicequestore Vanina Guarrasi rollte die Papiertüte auf, die mit Schokoladencreme verschmiert war und deren Inhalt sie gerade mit der Welt versöhnt hatte. Sie schaukelte auf ihrem Bürostuhl vor und zurück, drehte die Papiertüte in den Händen und starrte auf die Uhr an der Bürowand, die acht Uhr dreißig anzeigte. Fünf Minuten mehr als gerade eben. Sie trank den letzten Schluck Cappuccino aus dem Styroporbecher, warf das leere Zuckertütchen hinein und schloss den Deckel.

Sie war früh und schlecht gelaunt aufgewacht. In Anbetracht der – wie immer unmöglichen – Zeit, zu der sie in der Nacht zuvor endlich eingenickt war, hatte sie insgesamt nicht länger als drei Stunden geschlafen. Ausgerechnet an diesem Morgen, in einem jener seltenen Augenblicke, die sich zwischen dem Abschluss eines Mordfalles und dem Auftauchen der nächsten Leiche einstellten. Eine Chance, sich die Annehmlichkeiten zu gönnen, auf die sie an arbeitsreichen Tagen verzichten musste. Eine großartige Gelegenheit, wenn sie nur nicht den gegenteiligen Effekt als den gewünschten in ihr hervorgerufen hätte.

Keine Arbeit zu haben, das wusste Vanina, war gleichbedeutend mit der Abwesenheit von Problemen. Doch wer keine Probleme hatte, bei dem traten andere Gedanken an die Stelle der Probleme. So gewichtige Gedanken, dass sie bedauerte, auch der noch so trügerischen Spur nicht gefolgt zu sein. Sie wollte die Papiertüte in den Mülleimer werfen, zielte aber so hoch, dass sie durchs offene Fenster flog.

»Mist …«, fluchte sie, stand blitzschnell auf und lief zu dem kleinen Balkon hinüber.

Vorsichtig linste sie hinaus, zog eine Gauloise aus ihrer Zigarettenschachtel und zündete sie gleichgültig an, während sie prüfend auf die Straße blickte.

In der Via Ventimiglia herrschte zu dieser Stunde wie in allen Straßen, die Catania vom Stadtzentrum bis zu den Jachthafenbogen durchzogen, das reinste Chaos. Eine Autoschlange raste hupend auf die Kreuzung mit der Via Vittorio Emanuele zu, die in diesem Moment von drei Autos und zwei Stadtbussen blockiert wurde.

Ispettore Capo Carmelo Spanò richtete sich wieder auf, nachdem er sich zum Bürgersteig hinabgebeugt hatte. Er hob den Kopf in Richtung der gegenüberliegenden Fenster und spähte prüfend hinüber. Dann drehte er sich erst nach links, dann nach rechts und beäugte das Gebäude, bis sein Blick auf den Balkon von Vicequestore Vanina Guarrasi fiel. Er lächelte sie an und grüßte sie mit einer Hand, während er in der anderen einen zerknüllten Papierball hielt.

»Guten Morgen, Boss!«, rief er ihr zu, bevor er durch die Tür des mobilen Einsatzkommandos trat und sie hinter sich schloss. Fünf Minuten später hörte Vanina ihn an ihrer Tür klopfen.

»Diese Lümmel! Da steht man auf dem Gehweg und denkt an nichts Böses, und sie werfen einem einen Papierball an den Kopf! Mir blieb nicht einmal Zeit, um zu sehen, woher er kam«, sagte Spanò, der neben ihr auf dem Balkon stand.

Vanina lächelte in sich hinein, ohne einen Kommentar abzugeben. Sie bot ihm eine Zigarette an. Es war gut, dass das Café bei ihrer Wohnung in Santo Stefano anonyme weiße Tüten ohne Logo verwendete. Für Spanò wäre es wohl schwer vorstellbar gewesen, dass ein einheimischer Lümmel aus der

Nachbarschaft dreizehneinhalb Kilometer gereist wäre, um sich in einem Dorf an den Hängen des Ätna ein Frühstück zu kaufen.

»Es ist ungewöhnlich ruhig heute«, bemerkte Spanò. Sogar auf dem Gang herrschte Stille. Zwei Drittel der mobilen Einheit waren an diesem Morgen unterwegs, um an der Pressekonferenz des Leiters der Ermittlungseinheit Tito Macchia über den Schlag gegen das organisierte Verbrechen teilzunehmen, der in der Nacht zuvor mit etwa dreißig Verhaftungen durchgeführt worden war.

Die Abteilung für Straftaten gegen die Person hatte sich hingegen wie jeden Morgen im Büro nebenan versammelt. Man unterhielt sich, tauschte Meinungen aus und wartete, bis Vicequestore Vanina Guarrasi mit ihrer üblichen, inzwischen chronischen halbstündigen Verspätung erschien. Sie an diesem Morgen schon bei ihrer Ankunft in ihrem Büro vorzufinden verwirrte alle.

Sie wollte gerade die Fenster schließen und sich mit Spanò in das Büro begeben, als plötzlich Inspektorin Marta Bonazzoli im Raum erschien.

»Boss, ich weiß, du magst es nicht, aber ich fürchte, du musst nebenan ans Telefon kommen. Eine Frau ist dran, sie ist total außer sich und behauptet, wichtige Informationen für uns zu haben. Und sie will nur mit dir reden, sonst legt sie auf«, teilte Marta mit.

Vanina schnaubte. Es kam immer öfter vor, dass Leute darauf bestanden, mit ihr persönlich zu sprechen. Daran waren natürlich die Medien schuld, die in letzter Zeit ausgiebig ihr Gesicht und ihren Namen veröffentlichten, ein paarmal hatten sie zu ihrer Bestürzung auch über ihre Vergangenheit berichtet. Palermo. Über ihren Vater, Inspektor Giovanni Guarrasi, der vor fünfundzwanzig Jahren von einem Killerkommando der Cosa Nostra vor ihren Augen niedergemetzelt worden war. Über ihre Jahre in der Antimafia-Einheit. Über Paolo Malfitano, Richter der Bezirksdirektion für Mafiabekämpfung und später ihr Lebensgefährte, den sie vier Jahre zuvor mit einer Kaliber 9 vor dem Angriff der Mafia gerettet hatte. Über überflüssige Dissertationen, in denen sie die salbungsvolle Patina erkannte, die sie *Rhetorik der Legalität* nannte und in denen sie, offiziell Vicequestore Giovanna Guarrasi, als Vorkämpferin der Gerechtigkeit ohne Wenn und Aber dargestellt wurde. Als so etwas wie ein sizilianischer Sheriff.

»So ein Ärgernis«, murmelte sie und verschwand durch die Tür.

Im Büro nebenan lehnten Vicesovrintendente Fragapane und Sovrintendente Nunnari über Marta Bonazzolis Schreibtisch und starrten auf den Telefonhörer.

Vanina winkte ihnen zu und ließ sich auf Martas ergonomischen Schreibtischstuhl nieder. Sie legte die Knie auf die dafür vorgesehenen Kissen, wie sie es bei Marta gesehen hatte, und sofort kippte der Stuhl nach vorn.

»Guarrasi«, sagte sie und drückte auf den Knopf der Freisprechtaste.

»Guten Morgen, Dottoressa.« Pause. »Verzeihen Sie, es ist sehr ernst, und ich wollte, dass Sie es mit eigenen Ohren hören.« Es handelte sich um eine feine, weibliche, aber zweifellos veränderte Stimme.

»Mit wem spreche ich?«

»Das kann ich Ihnen nicht sagen.« Wieder eine Pause. »Dottoressa Guarrasi, Sie müssen mich anhören. Ich bin sicher, dass letzte Nacht ein Mädchen ermordet wurde.«

Um den Schreibtisch bildete sich ein Grüppchen. Vanina suchte Spanòs Blick, der die Stirn runzelte.

»Und wo soll dieser Mord geschehen sein?«

»In einem Haus in der Via Villini a Mare.«

»Was meinen Sie damit, dass Sie sicher sind? Haben Sie die Tat selbst beobachtet?«

»Nein«, antwortete die Stimme und klang aufgeregt, aber immer gedämpfter. »Ich habe die Tat nicht selbst beobachtet. Ich wurde weggeschickt, bevor … Ich kann es nicht erklären. Bitte fahren sie hin und sehen Sie selbst nach, was passiert ist! Ich bin sicher, dass ich mich nicht irre. Die Hausnummer ist 158.«

Vanina öffnete den Mund, um zu antworten, doch das Klicken am anderen Ende kam ihr zuvor.

Alle standen einige Sekunden lang schweigend da und sahen sich an.

»Klingt für mich wie Schwachsinn«, erklärte Fragapane.

»Der Anruf lief nicht zufällig über die Telefonzentrale?« Vanina wandte sich an Sovrintendente Nunnari.

Spanò nahm ihm die Antwort vorweg und schnitt eine Grimasse, als wollte er sagen, dass dies ziemlich unwahrscheinlich sei.

»Nein, Boss, das habe ich sofort gecheckt. Der Anruf kam direkt«, antwortete Nunnari.

»Wenn wir etwas wissen wollen, müssen wir uns also an die Telefongesellschaft wenden. Lassen Sie uns sicherheitshalber nachprüfen, ob in der letzten Nacht in dieser Gegend zufällig Meldungen an die 113 ergingen. Abstürze, seltsame Vorgänge, Geräusche, die Rückschlüsse erlauben, kurzum, das ganze Repertoire«, schloss Vanina und wandte sich an den Sovrintendente, der nickte und sogleich zur Tür eilte.

Sie bewegte die Knie, die allmählich schmerzten, und der ergonomische Stuhl neigte sich noch mehr nach vorn. Mit den Ellbogen stützte sie sich auf Martas Schreibtisch ab, damit ihre Nase nicht im Pappbecher landete, den Marta dort abgestellt hatte. Eine bräunliche Brühe, die nach Heu, Kamille und Eukalyptus roch und einer Südtiroler Therme alle Ehre gemacht hätte.

»Nur keinen normalen Kaffee, was, Marta?«, entfuhr es ihr, als sie aufstand.

Marta zuckte mit den Achseln und antwortete nicht. Dass beim Thema Essen und Trinken eine unüberbrückbare Kluft zwischen ihr und Vanina klaffte, war jedenfalls Fakt.

»Entschuldigen Sie, Boss«, mischte sich Fragapane ein. »Bei allem Respekt, aber mir schien der Anruf echt zu sein ...«

»Ja, Fragapane, ich verstehe, was Sie meinen«, unterbrach Vanina ihn. »Aber selbst wenn wir davon ausgehen, dass dem so ist, müssen wir die Sache überprüfen.«

Fragapane nickte. Er suchte Spanòs Blick, mit dem er das Amt und das Dienstalter teilte und der bekanntlich das absolute Vertrauen der Chefin genoss. Er wirkte in Gedanken versunken. Der Telefonanruf hatte natürlich auch ihn nicht überzeugt, doch etwas in der Stimme dieser Frau beunruhigte ihn. Vielleicht der ängstliche Ton, den sie angenommen hatte, nachdem Vanina sie bedrängt hatte, oder vielleicht die Überzeugung, mit der sie die Adresse diktiert hatte. Jedenfalls konnte man den Anruf nicht ignorieren.

»Ich sehe mal nach, Dottoressa«, schlug er vor.

»Na klar, und ich bleibe im Büro und versaure!«, spottete Vanina. »Nein, wir fahren zusammen hin. Schließlich bin ich neugierig auf diese Geschichte.« Sie drehte sich zu Marta Bonazzoli um, die den letzten Schluck des Kräutertees austrank, der bestimmt schon kalt und somit noch ungenießbarer geworden war. »Marta kommt mit, damit auch sie sich amüsieren kann. Sie wirkt heute Morgen noch gelangweilter als sonst.«

»Gelangweilt? Ich?«, entgegnete Marta. Der Blick ihrer Vorgesetzten, teils wohlwollend, teils ironisch, verbot ihr jede weitere Erklärung.

Der Verkehr auf der Promenade war so störungsfrei, wie er nur um halb zehn an einem Wochentag im Spätherbst sein konnte, wenn jeglicher Wunsch, die *Scogliera* zu erreichen, ganz aus der Vorstellung der Catanesen gewichen war. Die Badeanstalten waren bis auf wenige Ausnahmen geschlossen, und der fast völlig freie Radweg wurde nur bei sich anbahnendem Stau von vorwitzigen Mopedfahrern gestürmt. Auf der Promenade am Meer liefen einige Workaholics in Marathonkleidung gegen die Novembersonne an, die an diesem klaren Morgen fast den UV-Index von Ende Juli hatte. Nur die Bars auf der linken Seite schienen keine Verlangsamung erfahren zu haben und waren noch gut besucht.

Der Streifenwagen mit Marta am Steuer kam zügig voran. Auf dem Beifahrersitz, den Ellbogen auf das Fenster gestützt, die unangezündete Zigarette schon zwischen den Lippen und das Feuerzeug in der Hand, musterte Vanina die Villen und Häuser, die an die Klippe nördlich des kleinen Hafens von Ognina gebaut waren, deren Lage derjenigen entsprach, welche die Frau am Telefon durchgegeben hatte.

Sie bogen in die Via Villini a Mare ein und fuhren im Schritttempo entlang bis zur Nummer 158. Es war ein unscheinbares Haus, etwas zurückgesetzt und ohne Blick auf die Klippe.

Vanina und Spanò stiegen sofort aus, während Marta das Auto in der Nähe der niedrigen Gartenmauer parkte, an der sich Schlingpflanzen emporrankten, deren Blätter bereits rot gefärbt waren. Hinter einem weißen Eisentor erstreckte sich ein unbefestigter Weg, der ein nicht sonderlich gepflegtes Gärtchen in zwei Hälften teilte und zu einem zweistöckigen Gebäude führte, das sich offenbar in gutem Zustand befand.

Spanò trat an die Sprechanlage neben dem Tor und klingelte.

»Ispettore, ich glaube nicht, dass Sie Antwort bekommen«, prophezeite Vanina und spähte von der Seite über die Mauer, an der keine Schlingpflanzen emporwuchsen. Das Haus ähnelte einem Sommerwohnsitz, der nun geschlossen war. Der Garten wirkte ungepflegt, jedoch nicht unkultiviert, die Fenster waren vergittert, aber in gutem Zustand, das Tor zwar nicht frisch gestrichen, aber auch nicht so, als würde die Farbe gleich abblättern. Alles deutete darauf hin, dass das Haus erst seit wenigen Monaten unbewohnt war.

Spanò näherte sich und hielt das Handy ans Ohr.

»Bei der 113 ist keine Meldung eingegangen«, sagte er zu Vanina und beendete das Gespräch.

Vanina nickte und richtete den Blick auf die Einfahrt.

»Boss, vielleicht hat Fragapane recht. Das Haus ist verschlossen, aber drinnen könnte sich alles Mögliche verbergen, auch ein totes Mädchen …«

»Hat es letzte Nacht auch in Catania geregnet?«, unterbrach Vanina Guarrasi ihn, ohne ihn anzusehen, und rauchte weiter die Zigarette, die sie sich angezündet hatte, sobald sie aus dem Wagen gestiegen war. In Santo Stefano, dem Dorf an den Hängen des Ätna, in dem sie wohnte, hatte es in der Nacht zuvor eine Überschwemmung gegeben. Es lag nicht weit entfernt, aber die Wetterbedingungen stimmten selten mit denen in der Stadt überein. Schuld – oder auch Verdienst, je nach Sichtweise – daran hatte der Ätna, von den Einheimischen *Muntagna* genannt.

»Ja, auch hier am Meer hat es geregnet«, antwortete Marta, die sich auf die benachbarte Mauer gehockt hatte und in ihre Richtung blickte.

»Logischerweise können die Reifenspuren auf dem Feldweg also frisch sein«, stellte Vanina fest und deutete auf einen Bereich der Auffahrt, wo deutlich ein Reifenabdruck zu sehen war.

»Oder nachts entstanden sein«, fügte Marta hinzu.

Spanò beugte sich gerade weit genug vor, um die Stelle einzusehen, auf die Vanina wies. Die Spur war ziemlich ausgeprägt, ein Zeichen dafür, dass sie auf nassem Boden hinterlassen worden war. Und dass sie nicht vor dem Regen entstanden war, der sie sonst ausgelöscht hätte.

»He, Leute, wir sollten hier ganz genau kontrollieren! Schauen wir mal, wem dieses Haus gehört«, verkündete Vanina und stieg von dem losen Ziegelhaufen herunter, auf den sie geklettert war.

Es war ein Gefühl, lediglich ein Gefühl. Eine unterschwellige Unruhe, die sie stets dann befiel, wenn etwas sie nicht überzeugte oder – wie Spanò es nannte – »die Leiche in unmittelbarer Nähe auffindbar war«. Vielleicht war es nur ein Eindruck oder, schlimmer noch, der Übereifer einer Polizistin, die nicht glauben konnte, dass sie einen neuen Fall am Hals hatte. Das war Vanina in diesem Moment jedoch ziemlich egal. Irgendetwas sagte ihr, dass der Anruf an diesem Morgen alles andere als Schwachsinn gewesen war. Und jetzt wollte sie Licht ins Dunkel bringen.

Der Tag hatte eine gute Wendung genommen.

3

An einer schwer zugänglichen Stelle war der Koffer zwischen zwei Felsen eingekeilt. Manfredi hatte sich intensiv bemüht, Sante davon abzuhalten, Kopf und Kragen zu riskieren und den Ermittler zu spielen, um seiner fixen Vorstellung zu folgen, die sich am Ende vielleicht als Unfug herausstellte.

»Das verstehst du nicht«, beharrte Sante, »so läuft es nun mal in meinem Geschäft. Was nur du bemerkt hast, kann mit etwas Glück zu einem Durchbruch führen.«

Das hatte er schon x-mal gehört, wenn er Manfredi wie einen Bluthund losziehen sah, um diese oder jene Spur zu verfolgen, die ihn zur Entdeckung von wer weiß was oder zur Entlarvung von wer weiß welcher kriminellen Organisation führte. Um dann doch zu spät und nach einem Konkurrenten ans Ziel zu gelangen, der den entscheidenden Hinweis vielleicht schon zu Hause erhalten hatte und den er nur noch in politisch korrekte Worte fassen musste.

Aber Sante gab nicht auf, und dafür bewunderte Manfredi ihn insgeheim.

Denn um ehrlich zu sein, hatte Sante in seiner Online-Zeitung *La Cronaca* einige interessante Artikel veröffentlicht. Interessant und unbequem. Bedingungslos, wie er es nannte … als freier Mann. Doch statt die treibende Kraft für seine Karriere zu sein, hatte ihn das immer behindert.

Die Geschichte mit dem Koffer schien für Manfredi jedoch eher eine Andeutung zu sein.

Es war eine Spur, auf die der Journalist sich offenbar fixiert hatte. Das ging so weit, dass er sogar überlegte, einen befreundeten Polizisten damit zu behelligen.

»Es ist schon seltsam, dass er den Koffer genau dorthin gebracht hat. Ein so unauffindbares Versteck ist das nun auch wieder nicht«, dachte Sante laut nach und beugte sich über das Geländer der Terrasse in Manfredis Wohnung. Dies war ein riesiger Raum, der wie das Deck eines Schiffes gebaut war und den Blick auf die Felsen von Aci Trezza freigab.

»Den einen Tag in der Woche, an dem ich nicht arbeiten muss, verbringe ich vormittags im Nassen und wohne deinen Höhenflügen bei«, antwortete Manfredi.

Aber Sante tat so, als würde er nichts hören, und sog die letzten Züge seiner Zigarette ein.

»Der Einzige, den ich anrufen kann, ist mein Freund Carmelo Spanò. Er hat den richtigen Riecher. Wenn etwas nicht stimmt, fällt es ihm sofort auf. Und er hält mich nicht für verrückt, nur weil ich ihn um Hilfe bitte«, schloss er und musterte seinen Freund, der sich auf einem der beiden Sessel – bereits ohne Kissen – ausgestreckt hatte, die den herbstlichen Abbau der Terrasse überlebt hatten.

»Weißt du was, Sante? Mach doch, was du willst! Was kann als Schlimmstes passieren? Dass du am Ende einen kaputten Koffer in der Hand hältst, den ein Bürger mit wenig Lust auf Recycling auf unorthodoxe Weise entsorgt hat. Wäre ja schlimm, wenn ein anderer auf den Gedanken käme, ihn zu bergen, und dann etwas Interessantes darin fände. Damit lägst du mir ewig in den Ohren.«

»Genau.«

»Können wir jetzt frühstücken?«, fragte Manfredi und erhob sich wie ein alter Mann von seinem Stuhl. Sante warf die Kippe von der Terrasse und lächelte endlich.

In den Büros des mobilen Einsatzkommandos war wieder Leben eingekehrt. Vor dem Büro des Leiters der Ermittlungseinheit Tito Macchia hatte sich eine Menschentraube gebildet, müde, aber zufriedene Gesichter derer, die ihre Arbeit erledigt hatten und nun den wohlverdienten Beifall genossen.

Tito stand in der Tür, lehnte sich an den Türpfosten und nahm mit seiner imposanten Statur die ganze Schwelle ein.

»Guarrasi, woher kommst du denn?«, rief er, als er Vanina mit Marta im Schlepptau näher kommen sah. Er löste sich von der Tür und ging auf sie zu.

»Glückwunsch, Jungs«, sagte Vanina zu den dreien, die sie begrüßten. Ein ausgewählter Beamter, ein Assistent und ein stellvertretender Inspektor der Abteilung für organisierte Kriminalität. Gemeinsam bedankten sich die Männer bei ihr.

Sie betrat ihr Büro, gefolgt vom Big Boss und Marta.

Macchia begab sich wie üblich sogleich hinter den Schreibtisch und ließ sich mit seinem ganzen Gewicht auf den Sessel fallen, der jedes Mal gefährlich ins Schaukeln geriet.

»Eine ziemliche Genugtuung für diese Jungs«, kommentierte er. »Und natürlich für denjenigen, der die Ermittlungen geleitet hat«, fügte er süffisant hinzu.

»Bist du beleidigt, weil ich dich nicht besonders erwähnt habe?«, scherzte Vanina.

»Ganz und gar nicht! Im Gegenteil, ich wäre gern derjenige gewesen, der dich beglückwünscht.«

Vanina nahm den Hinweis entgegen, antwortete aber nicht.

Tito Macchia ließ keine Gelegenheit aus, sie in jene Welt zurückzulocken, von der sie sich eigentlich fernhalten wollte.

Stimmt, die Jungs waren zufrieden. In Hochstimmung wie nach dem Erreichen eines großen Ziels oder der Vernichtung einer riesigen Menge Müll, sowohl in menschlicher als auch in materieller Hinsicht. Ein Gefühl, das sie gut kannte, denn sie hatte es schon oft erlebt. Sie, Vanina, hatte sechs Jahre lang von diesem Hochgefühl gelebt. Tag und Nacht hatte sie mit bloßen Händen im Schlamm gewühlt, um so viel wie möglich aufzudecken. Bis sie Angst bekommen hatte, darin zu ertrinken. Und die Flucht war ihre einzige Chance auf Rettung gewesen.

Marta nutzte das Gespräch, um zu verschwinden.

Macchia folgte ihr mit einem Blick, kratzte sich am dichten dunklen Bart und hielt eine nicht angezündete Zigarre zwischen den Lippen. Er seufzte und schüttelte den Kopf. »Wer schlau aus ihr wird, ist ein Genie.«

Seit dem Tag, als Vanina sie am Strand bei einem romantischen Ausflug mit Macchia erwischt und ihre Beziehung entdeckt hatte, war Marta nicht mehr dieselbe gewesen. Im ersten Augenblick hatte Vanina darauf geachtet, sich nichts anmerken zu lassen, doch dann hatte sie sich zu einigen Witzen hinreißen lassen, was bei den beiden völlig entgegengesetzte Reaktionen hervorgerufen hatte. Tito hatte sofort geantwortet und damit gezeigt, dass er nicht die Absicht hatte, die Liebschaft zu verbergen. Marta hingegen hatte so getan, als wüsste sie von nichts, hatte sich in ihr Schneckenhaus zurückgezogen und das Thema geflissentlich gemieden.

Die vertrauliche Beziehung, welche die junge Frau vom ersten Moment an mit Vanina aufgebaut hatte und aufgrund derer sie die Einzige war, die sie duzen durfte, hatte einen Rückschlag erlitten, wenn auch einen einseitigen. Und auch die Beziehung zu Tito Macchia litt auf lange Sicht unter der Spannung.

Vanina setzte sich auf einen kleinen Stuhl mit Rädern neben Tito und verkniff sich einen erneuten Kommentar. Innerlich bedankte sie sich für Martas Rückzug, der ihn zweifelsohne so irritiert hatte, dass er seine vorherige Rede unterbrechen musste.

»Wolltest du nicht wissen, woher ich komme?«, erinnerte sie ihn und nutzte die Ablenkung.

Tito kam zur Besinnung und war zum Zuhören bereit.

Vanina erzählte ihm von dem anonymen Telefonanruf und dem darauffolgenden Ortstermin.

»Vier Reifenabdrücke bedeuten gar nichts, Vanina«, wandte Tito ein.

»Stimmt, vielleicht bedeuten sie auch gar nichts. Aber schlimmer wäre gewesen, wenn es keine gegeben hätte«, antwortete Vanina.

Fragend runzelte Tito die Stirn. Wenn die Guarrasi etwas für sich behielt, bedeutete das meistens, dass sich ihr Verstand bereits auf etwas eingestellt hatte, das sich in neunundneunzig von hundert Fällen als lästige Angelegenheit erwies, obwohl es zunächst nach nichts ausgesehen hatte.

»Überleg mal! Eine junge Frau ruft bei uns an und will mit mir sprechen. Sie erzählt mir, dass heute Nacht ein Mädchen getötet wurde. Sie wirkt aufgewühlt und verängstigt, wie ich hinzufügen möchte. Sie gibt mir eine genaue Adresse: eine kleine Villa am Meer, die auf den ersten Blick so aussieht, als wäre sie seit Monaten mit Brettern vernagelt, wären da nicht vier Reifenspuren, die bei den Wetterverhältnissen der letzten Tage nur von gestern Abend stammen können. Jetzt wirst du mir sagen, dass das ein Zufall sein könnte, aber weißt du …«

»Du glaubst so lange nicht an Zufälle, bis man dir das Gegenteil beweist, nicht wahr?«

»Und das kommt nur selten vor«, fügte Vanina hinzu.

Vicesovrintendente Fragapane klopfte an die offene Tür und betrat das Büro von Vicequestore Vanina Guarrasi.

»Dottoressa, ich habe Nachforschungen zu dem Haus angestellt. War in weniger als fünf Minuten möglich.«

»Und zu welchem Ergebnis haben diese fünf Minuten geführt?«, fragte Vanina. Eifrig sah der Beamte den Inhalt eines Blattes mit Briefkopf der Polizeibehörde durch, das wie eine Klassenarbeit mit blauen und roten Markierungen übersät war.

»Das Haus gehört offenbar einem gewissen Alicuti Armando, wird aber seit zwei Jahren regelmäßig an Lorenza Iannino vermietet, geboren am 13. Februar 1990 in Syrakus, wo sie offenbar noch immer wohnt.«

Tito Macchia strich sich über den Bart. »Alicuti. Diesen Namen habe ich schon einmal gehört, an den Anlass kann ich mich aber nicht mehr erinnern.«

»Lasst uns versuchen, diese Iannino ausfindig zu machen«, schlug Vanina vor.

»Ja, Carmelo erledigt das gerade. Was den Namen des Besitzers betrifft, Dottoressa …«

Fragapane konnte seinen Satz nicht beenden, da trat Carmelo Spanò bereits mit einer frisch gedruckten Zeitung über die Schwelle.

»Also …«, begann er, blieb dann aber in der Mitte des Raumes stehen. »Oh, guten Morgen, Dottore!«, grüßte er.

»Guten Morgen, Ispettore. Reden Sie ruhig weiter!«, antwortete Tito Macchia und bedeutete ihm, sich zu setzen.

»Wie ich schon sagte, heißt die Mieterin des Hauses Lorenza Iannino. Ledig, von Beruf Rechtsanwältin. Sie arbeitet in der Anwaltskanzlei Ussaro.«

»Wir sollten sie kontaktieren«, erklärte Vanina.

Spanò nickte, schüttelte dann aber den Kopf. »Das habe ich gerade versucht, Dottoressa. Ich habe jede auffindbare Nummer angerufen, ohne Erfolg. Das Handy ist abgeschaltet, die Festnetznummer klingelt wie verrückt, und in der Kanzlei ist sie heute Morgen auch nicht aufgetaucht.«

Vanina und Tito Macchia sahen sich an. Sie, als wollte sie sagen: *Siehst du? Hier geht etwas Seltsames vor sich.* Er schien zu antworten: *Sag bloß nicht, du denkst ernsthaft darüber nach.*

Tito Macchia, Leiter der Ermittlungseinheit, erhob sich von seinem Sitz, der daraufhin in heftige Bewegung geriet.

»Alles klar, halten Sie mich auf dem Laufenden!«, schloss er und warf einen Blick auf die Tür, hinter der Marta Bonazzoli verschwunden war.

»Dottore, was den Namen des Hausbesitzers betrifft …«, wiederholte Fragapane.

»Ach ja, an den dachte ich vorhin auch schon. Was ist mit dem?«

»Den haben Sie bestimmt schon öfter gehört.«

»Warum? Um welchen Namen geht es denn?«, fragte Vanina.

»Um den Sohn des Parlamentsabgeordneten Alicuti.«

Spanò blickte von seinem Telefon auf, auf dem er eines der wenigen Bilder von Lorenza Iannino geöffnet hatte, die Google zur Verfügung stellte.

»Mist, dieses Detail hatte ich übersehen!«, rief er und sah Vanina an. »Giuseppe Alicuti, auch Beppuzzo genannt«, sagte er. Vanina hatte zu kurz in Catania gelebt und wahrscheinlich noch nie von diesem Urgestein der Stadtpolitik gehört, das bereits mehrfach in römische Paläste exportiert worden war.

»Viel Spaß! Vorsicht ist die Mutter der Porzellankiste«, verabschiedete sich Tito Macchia grinsend, bevor er durch die Tür trat.

Vanina kehrte an ihren Platz zurück. Sie warf sich in den schwankenden Bürostuhl und wandte den Blick den beiden Männern zu, die wie angewurzelt dastanden und auf ihre Reaktion warteten.

»Wir werden darüber hinwegkommen«, sagte sie und seufzte. Ironie blitzte kurz in ihren grauen Augen auf, und ein spöttisches Lächeln umspielte ihre Lippen, zwischen denen die vierte Zigarette des Tages steckte.

Carmelo Spanò erreichte seinen Schreibtisch, öffnete auf seinem Handy die Seite von Google und scrollte sie durch. Er griff nach seiner Lesebrille, die er nur ungern trug, ohne die er aber keine Zeile zu lesen vermochte.

Er hatte gerade ein Bild ausgewählt, das auf Facebook getaggt war und das die Suchmaschine einer Lorenza Iannino zuordnete, und versuchte anhand der Details herauszufinden, ob es sich um die fragliche junge Frau handeln konnte, als sein Handy klingelte.

Sante Tammaro stand auf seinem Display.

»He, Santino!«, rief er.

»Ciao, Melo, wie geht's? Entschuldige, dass ich dich bei der Arbeit störe, aber die Angelegenheit ist dringend.«

Carmelo Spanò lächelte. Nur wenige nannten ihn *Melo*, genauso wie nur wenige Sante Tammaro *Santino* nannten. Unter diesen Spitznamen waren sie als Kinder im Oratorium bekannt gewesen, wenn sie im Hof Fußball gespielt hatten, der eine im Tor, der andere als Stürmer.

»Was gibt's?«

Sante Tammaro erzählte seinem Freund die Geschichte eines Koffers, den ein Mann, dessen Verhalten ihm verdächtig vorgekommen sei, in besagter Nacht am Ende der Promenade von Scardamiano auf die Felsen geworfen habe, jener Promenade, die nach rechtzeitiger Fertigstellung Aci Castello mit Aci Trezza verbunden hätte. Seiner Meinung nach – oder, wie der Inspektor ihn sogleich korrigierte, seiner Einbildung nach – empfahlen das verdächtige Verhalten des Mannes und die Anstrengung, die er beim Tragen des Koffers gemacht hatte, den Inhalt einer gründlichen Inspektion zu unterziehen.

»Vielleicht kannst du einen Beamten vorbeischicken«, schlug Sante Tammaro vor.

Spanò lachte. »Na klar! Wir haben ja nichts zu tun.«

»Glaub mir, irgendetwas stimmt da nicht. Das spüre ich.«

»Kannst du dich überhaupt noch an das Auto erinnern, aus dem der Kerl ausgestiegen ist? Oder an sein Gesicht?«

»An sein Gesicht beim besten Willen nicht … Aber vielleicht an das Auto.«

Für Carmelo Spanò schien die Geschichte nur ein Hirngespinst seines Freundes zu sein. Ihm seine Hilfe zu verweigern war ein bisschen so, als hätte er ihm erklären müssen, dass sein Verdacht nicht der Beachtung wert sei, wie naheliegend er auch sein mochte. Santino war ziemlich empfindlich und hegte schnell einen Groll. Und er war nicht irgendein Dummkopf. Neben einer lebhaften Fantasie besaß der Journalist auch ein gewisses Gespür, mit dem er gelegentlich sogar richtiglag.

»Mal sehen, was ich tun kann. Ich garantiere für nichts, aber wenn ich bis Mittag alles erledige, können wir zusammen in Aci Castello essen. Dann bringst du mich zu dem Koffer.«

Sante Tammaro bedankte sich überschwänglich bei seinem Freund.

Sobald er aufgelegt hatte, konzentrierte sich Spanò wieder auf seine Nachforschungen. Falls Lorenza Iannino auch weiterhin nicht erreichbar war, würde er bald ein ernstes Problem haben, so wie er Vanina Guarrasi kannte. Er musste die Verwandten der jungen Frau aufsuchen und nach ihrem Verbleib fragen. Dreißig Jahre Erfahrung hatten ihn gelehrt, dass er dergleichen nicht tun konnte, ohne ein Familiendrama heraufzubeschwören. In diesem Fall war nicht ausgeschlossen, dass die Sache sich zu einer ausgewachsenen Tragödie entwickelte.

Er absolvierte eine weitere unproduktive Telefonrunde mit allen Nummern, die er fand. Lorenza Ianninos Handy war immer noch nicht erreichbar, und auch von der Anwaltskanzlei Ussaro gab es keine Neuigkeiten.

Er sah auf die Uhr. Es war fast eins. Er hatte keine Pläne für das Mittagessen, und zu Hause wartete seit fast anderthalb Jahren niemand mehr auf ihn. Also konnte er genauso gut auf Sante Tammaros verrückte Bitte eingehen und ihm eine Stunde seiner Zeit widmen.

Er schaltete den Computer aus und erhob sich vom Stuhl.

Fragapane war gerade mit einer Thermotasche bewaffnet ins Zimmer zurückgekehrt und deckte den Tisch auf seinem Schreibtisch: Nudelsalat, Quarkomelett und Tarte.

»Heute ist Finuzza wohl mit dem richtigen Bein aufgestanden«, kommentierte Spanò.

»Sie hat einer Kollegin einen Gefallen getan und zwei Nachtschichten übernommen. Heute hat sie Zeitausgleich bekommen. Aber einfach nichts zu tun ist nicht ihr Ding, also ist sie heute früh aufgestanden und hat mir Mittagessen gemacht.«

Die Frau von Salvatore Fragapane war Krankenschwester. Sie rackerte sich ab wie ein Esel und nahm zusätzliche Nachtschichten auf sich, nur um ihrem einzigen Sohn ein Studium an der Bocconi-Universität zu ermöglichen.

»Du weißt gar nicht, wie sehr ich dich beneide, Salvatore.«

Fragapane lächelte. Natürlich wusste er es, und es tat ihm sehr leid, das mitansehen zu müssen.

Carmelo verabschiedete sich mit einem Klaps auf die Schulter von ihm und verließ den Raum.

Vanina klopfte an Martas Tür und fand sie an ihrem Schreibtisch vor, wo sie Unterlagen sortierte. Der Schreibtisch daneben, der Sovrintendente Nunnari gehörte, war hingegen leer. Ein Zeichen dafür, dass er bereits zu Tisch gegangen war. In die hinterste Ecke des Raumes verbannt saß Lo Faro und nagte an einem Sandwich. Er trug Kopfhörer und starrte auf den Computerbildschirm.

Vanina trat an ihn heran.

»Lo Faro!«, rief sie. Er antwortete nicht.

Sie erhob die Stimme: »Lo Faro!« Nichts.

Dann stellte sie sich mit eisigem Blick hinter ihn und verschränkte die Arme.

Der junge Mann zuckte förmlich auf seinem Stuhl zusammen und riss die Kopfhörer herunter. »Dottoressa!«, rief er und bewegte mühsam die Maus, um die Seite zu schließen.

Vanina trat gerade rechtzeitig neben ihn, um noch einen Blick auf das zu erhaschen, was er sich ansah.

»Halt!«, befahl sie.

Vier Personen in einem Raum diskutierten angeregt. Unter ihnen erkannte Vanina einen Sänger, an dessen Namen sie sich nicht erinnerte und dessen Stimme so selten zu hören war, dass sie keinen bleibenden Eindruck hinterließ.

»Was ist das?«, fragte sie.

Lo Faro senkte den Blick.

»Promi Big Brother«, antwortete er leise.

Vanina starrte ihn an, als käme er vom Mars.

»Big Brother?«, wiederholte sie.

»Promi«, präzisierte der junge Mann zunehmend verlegen.

»Aha. Und gibt es da einen Unterschied?«

»Jjjj...ja, weil hier die Teilnehmer berühmte Leute sind.«

Vanina schaute auf den Bildschirm. Außer dem Sänger erkannte sie niemanden. Aber sie benutzte den Fernseher auch nur, um Filme zu sehen, vorwiegend alte, am besten in Schwarz-Weiß, sie war also kein Maßstab. Dann drehte sie sich zu Marta um, die die Szene gleichermaßen amüsiert wie peinlich berührt verfolgte.

»Berühmt, sagen Sie?«

Lo Faro nickte und schluckte so schwer, als würde er vor Gericht vernommen.

Vanina wollte nicht weiter auf ihm herumhacken.

»Und wie kommt es, dass ich Sie heute Morgen nicht gesehen habe?«

»Ich … ich war bei der Pressekonferenz …«

»Ach. Und wie kommt es, dass ich nichts davon wusste?«

»Entschuldigen Sie, Dottoressa, aber im Büro gab es nichts zu tun …«

»Doch, hier gibt es immer etwas zu tun, Lo Faro. Und jedes Mal sind Sie nicht an Ihrem Platz.«

Der Junge wurde feuerrot.

»Aber ich dachte, die Pressekonferenz von Dottore Macchia sei wichtig …«

»Für Sie? Wieso das denn?«

Der Beamte schwieg.

Dass es Lo Faros Spezialität war, sich beim Chef einzuschleimen, hatte Vanina schon kurz nach ihrem Amtsantritt herausgefunden. Immerhin hatte es Lo Faro vor Jahren nicht aufgrund seiner Verdienste in die Abteilung für Straftaten gegen die Person geschafft, doch er hatte Pech gehabt. Denn wenn sie etwas nicht duldete, dann waren es Typen wie er, die unter ihrer Führung Karriere machten und sie aber letztlich den Schleimereien verdankten, die sie nach links und rechts austeilten. In diesem Zusammenhang war Macchia ganz Vaninas Meinung.

Sie gab ihm seine Ohrstöpsel zurück.

»Los, essen Sie Ihr Sandwich auf!«

Der junge Beamte bedankte sich bei ihr.

Vanina ging zu Marta Bonazzolis Schreibtisch hinüber.

»Gehst du mit zum Mittagessen?«, fragte sie.

Marta warf einen flüchtigen Blick auf das Display ihres Telefons.

»Er ist nicht vor drei Uhr zurück«, kam Vanina ihr zuvor, doch diesmal schwang keine Ironie in ihren Worten mit.

»In Ordnung«, antwortete die junge Frau.

Sie holte ihre Jacke von der Garderobe und folgte ihrer Vorgesetzten.

Die Trattoria *Da Nino* war gerappelt voll. Sie mussten mindestens fünf Minuten warten, bis es dem gleichnamigen Besitzer gelang, ein freies Plätzchen für sie zu finden. Wie immer ganz Kavalier begleitete er sie zu ihren Stühlen und rückte diese zurecht.

Marta bestellte wie immer Macco di Fave, eine Saubohnensuppe und eines der wenigen veganen Gerichte auf der Speisekarte, während Vanina sich für ihr Lieblingsgericht entschied, gemischte Rouladen und Fleischbällchen. Nino schlug ihnen außerdem eine Caponata vor, die beide doch schon öfter gegessen hätten.

»Ich dachte an die Frau, die heute Morgen anrief«, begann Marta das Gespräch, sobald der Wirt gegangen war und Brot und die unverzichtbare Schale Stimpirata-Oliven auf dem Tisch zurückgelassen hatte. »Ich weiß nicht, warum, aber ich habe auch das Gefühl, dass es ihr ernst war. Glaubst du, es ist Zufall, dass besagtes Haus ausgerechnet an eine junge Frau vermietet ist?«

»Woher weißt du, dass die Mieterin eine junge Frau ist? Ich glaube nicht, dass du dabei warst, als Spanò darüber berichtet hat«, scherzte Vanina.

Marta holte tief Luft. »Okay, Tito hat es mir erzählt. Bist du jetzt zufrieden?«

»Nein, ich bin beruhigt. Dann können wir das Theater beenden.«

Marta wirkte nicht überzeugt.

Vanina lächelte, beugte sich vor und tätschelte ihr die Hand.

»He, Täubchen, hör auf, die Kühle aus dem Norden zu spielen, und entspann dich!.«

»Was hat es damit zu tun, dass ich aus dem Norden stamme?«

»Hat es, hat es. Du bist nicht gerade locker, meine Liebe.«

»Ich versichere dir, wir aus Brescia sind genauso locker wie ihr aus Catania.«

»Ich komme aus Palermo.«

»Na, dann eben aus Palermo.«

»Dann sag mir bitte, warum du deinen armen Pseudofreund mit deiner Unsicherheit in den Wahnsinn treibst! Er hatte heute Morgen so einen gewissen Gesichtsausdruck, als du aus meinem Büro gerannt bist.«

Marta wurde ernst. »Vanina, was du meinen Pseudofreund nennst, ist gleichzeitig mein Chef. Oder vielmehr, wie ihr ihn nennt, der Big Boss. Der Leiter der mobilen Ermittlungseinheit, in der ich als Inspektorin tätig bin. Wenn sich herumspricht, dass wir zusammen sind, kann man mit der Eieruhr die Zeit zählen, in der ich mich von *Marta Bonazzoli* zur *Geliebten des Chefs* verwandle.«

Vanina dachte über die Antwort nach.

»Da hast du nicht ganz unrecht. Aber ich glaube nicht, dass dein Verhalten der beste Weg zur Problemlösung ist. Wenn du mich fragst, ist Geheimnistuerei schlimmer. Denn wenn ich es bemerkt habe, merken es vielleicht auch andere. Daher, glaub mir … je offizieller deine Geschichte ist, desto weniger Aufhebens werden sie darum machen.«

Marta zuckte mit den Achseln, als wollte sie das Gespräch mit dieser Geste beenden.

Die Ankunft von Nino mit dem Geschirr kam ihr zu Hilfe.

Vanina respektierte ihren Wunsch. »Reden wir über ernstere Dinge und hoffen, dass Spanò diese Lorenza Iannino aufspürt«, sagte sie, spießte ein Fleischbällchen auf und wedelte damit vor Martas Gesicht herum. Die reagierte mit einer Grimasse darauf, und ihre großen grünen Augen blitzten auf.

»Obwohl ich befürchte …«, fuhr sie fort, ohne den Gedanken zu Ende zu führen. Eins war klar: Wenn Lorenza Iannino sich wirklich in Luft aufgelöst hätte, dann ergab der anonyme Telefonanruf an diesem Morgen tatsächlich einen Sinn.

4

Die See war rau. Ein ausgewachsener Scirocco, wie er im November nur selten vorkam. Er brachte kurzfristig heiße Luft mit sich und schlug Inspektor Spanò seit gut zehn Minuten entgegen, während er über das Stahlrohrgeländer blickte, das die Terrasse des Gebäudes umgab, in dem Manfredi Monterreale wohnte.

»Wusste ich's doch! Wir hätten nicht warten sollen!«, schimpfte Sante Tammaro, der unruhig am Geländer auf und ab ging.

Sie hatten sich eine Stunde zuvor auf dem Hauptplatz unterhalb der normannischen Festung getroffen, die der Stadt ihren Namen verliehen hatte. Ein tausend Jahre alter Felsen aus Lavagestein, der aus der Ferne über die Schornsteine von Aci Trezza wachte. Sie hatten gemeinsam in einem Fischrestaurant in der Nähe zu Mittag gegessen und waren dann zu Monterreales Haus gegangen, von dem aus sie den berühmten Koffer sehen konnten, der zwischen den Felsen eingekeilt war. Kaum hatten sie ihn von der Terrasse aus erspäht, hatte Sante Tammaro auch schon laut aufgeschrien. »Mist, jemand hat ihn geöffnet!« Er hatte Manfredi Monterreale wütend angestarrt, der sich mit geschlossenen Augen an der Stirn kratzte, als wollte er sagen, das habe ihm gerade noch gefehlt. Spanò hatte gemerkt, dass etwas nicht stimmte, und seinen Freund um Aufklärung gebeten.

»Heute Morgen war der Koffer noch geschlossen, verdammt

noch mal! Da bin ich mir sicher«, sagte Sante, hielt sich mit beiden Händen am Geländer fest und schüttelte sich.

Inspektor Spanò hatte sein Fernglas herausgeholt, um einen besseren Blick auf das Objekt zu werfen, das die Neugierde des Journalisten so sehr geweckt hatte, dass sogar er sich damit beschäftigte.

Ein beigefarbener Koffer, einer von jenen mit großen Rädern, lag zerbrochen zwischen den schwarzen Felsen der Klippe, an der die Straße endete. Der Koffer war offen und leer.

Während Tammaro weiterschimpfte und das Eingreifen von wer weiß welcher verborgenen Hand vermutete, beobachtete Spanò die Wellen, die sich an den Felsen brachen. Er wartete, bis eine Woge über den Koffer hinwegfegte und ihn um einige Zentimeter bewegte.

»Wenn du mich fragst, hat ihn das Meer geöffnet«, erklärte er.

Sante schüttelte den Kopf. »Nein, nein, Melo! Ich habe den Kerl beobachtet, der ihn heruntergeworfen hat. Er hatte Mühe damit. Leer war der Koffer sicher nicht.«

»Ispettore, dieses Mal muss ich Sante zustimmen«, mischte Monterreale sich ein. »Der Koffer schien ziemlich schwer zu sein, wenn man bedenkt, wie sehr sich der Mann mit dem Schleppen anstrengen musste.«

Spanò warf einen weiteren Blick auf das Objekt der Diskussion.

Über Felsen zu laufen war nicht gerade sein Ding, aber vielleicht konnte er jemanden aus dem Team zur Unterstützung hinzuziehen. Jemanden, der jung war und den unbequemen Weg zurücklegte, ohne mit der Wimper zu zucken, wenn er ihn darum bat.

Er dachte gerade über diese Möglichkeit nach, als ein Telefonanruf von Vicequestore Vanina Guarrasi ihn aus seinen Gedanken riss.

Das Telefon in Martas Büro klingelte seit zehn Minuten, nachdem sie und Vanina vom Mittagessen zurückgekehrt waren.

»Dottoressa Guarrasi?«

Die Stimme war dieselbe wie am Morgen. Marta winkte Vanina herbei, die sich an ihren Platz setzte.

»Mit wem spreche ich?«

»Ich bin es wieder«, antwortete die Frau, als wäre es normal, dass Vanina sie erkannte.

»Hören Sie, Signora, ich habe keine Zeit zu verlieren. Wenn Sie mir etwas zu sagen haben, dann kommen Sie her und …«

»Bitte, Sie müssen mir zuhören!«, unterbrach die Frau sie freundlich. »Ich muss Ihnen etwas Wichtiges sagen. Ich weiß, wo die Leiche des Mädchens entsorgt wurde.«

»Dann sagen Sie es mir!«

»Sie haben sie in einem Koffer über die Klippen zwischen Aci Castello und Aci Trezza geworfen.«

Vanina schwieg.

»Dottoressa?«

»Sagen Sie mir den Namen des Mädchens.«

Klick.

»Mist, na so was!« Vanina legte den Hörer auf. »Nunnari!«

Der Inspektor stand von seinem Stuhl auf und ging die zwei Meter auf sie zu, die sie trennten.

»Hier bin ich, Boss.«

»Prüf mal nach, ob der Anruf von eben über die Telefonzentrale ging. Auch wenn mir das unwahrscheinlich erscheint.«

»Sofort. Gibt es Probleme, Dottoressa?«

»Nein, nur eine weitere Panne, wie die von heute Morgen.«

»Hatte der anonyme Anrufer neue Informationen für uns?«, fragte Marta.

Während Nunnari loslief, um die Herkunft des Anrufs zu überprüfen, informierte Vanina Marta über dessen Inhalt. Dann griff sie erneut zum Hörer und rief Spanò an.

»Ispettore, wir haben Neuigkeiten.«

Sie hatte gerade angefangen zu erzählen, als Marta sie verwirrt unterbrach.

Lo Faro stieg vom Scooter ab und sah sich um.

»Lo Faro, wir kommen!«, rief ihm Spanò vom Balkon von Monterreales kleiner Wohnung zu. Er trank den letzten Schluck des unglaublich guten Kaffees einer alten palermitanischen Rösterei aus, den ihm der Arzt Manfredi Monterreale angeboten hatte. Vanina Guarrasis Anruf hatte seine Sicht der Dinge geändert, und jetzt wollte er möglichst rasch überprüfen, ob er richtiglag. Spanò, Monterreale und Tammaro holten den Beamten ab, der am Eingangstor stand und die Wellen beobachtete, die fast die Straße umspülten.

Über Lo Faro konnte man viel lästern, nicht aber darüber, dass er körperlich schwächlich war. Über die Mauer zu springen und die Felsen hinaufzuklettern, wo der Koffer eingeklemmt war, war für einen jungen Mann wie ihn ein Kinderspiel. Kurz und schmerzlos, hätte ihn nicht gleich eine Welle erwischt, bevor er auf die Straße zurückkehrte.

»Ich bin total durchnässt!«, brummte er triefend und hielt den Koffer in der Hand. Er reichte ihn dem Inspektor, der ihn auf dem Gehweg abstellte und öffnete. Ein iPhone mit zerbrochenem Bildschirm rutschte heraus und fiel zu Boden. Spanò hob es auf und hielt es mit zwei Fingern an den Seiten fest. Es war ausgeschaltet und funktionierte ganz offensichtlich nicht.

Tammaro musterte ihn neugierig, während Monterreale sich hinabbeugte, um das Innenfutter des Koffers zu inspizieren, auf dem sich ein unregelmäßiger dunkler Fleck ausbreitete. Der Arzt verengte die Augen. Er hob den Kopf und begegnete Tammaros Blick, der immer aufgeregter zu werden schien, um dann Chefinspektor Carmelo Spanò anzusehen. Sofort nach dem Öffnen des Koffers und ohne sich bücken zu müssen, hatte er erkannt, was der Fleck bedeutete.

»Was ist das?«, fragte Lo Faro, näherte sich und schien durch das plötzliche Schweigen der drei Männer leicht eingeschüchtert zu sein.

Spanò blickte von dem Koffer auf und sah ihn an.

»Blut, Lo Faro. Zu neunundneunzig Komma neun Prozent.«

Vanina hatte den knarrenden Sessel hinter dem Schreibtisch hervorgezogen und stellte sich vor das weit geöffnete Balkonfenster. Sie hatte sich eine Zigarette angezündet und ihr iPhone herausgezogen.

Das WhatsApp-Symbol zeigte drei Nachrichten an, die sie absichtlich ignoriert hatte und die im Lauf des Vormittags auf dem Display erschienen waren. Eine Mitteilung stammte von ihrem Freund Adriano Calì, Catanias bestem Gerichtsmediziner. Er war morgens um Viertel nach acht bei ihr vorbeigekommen, um ein Paket abzugeben, das er für sie erhalten hatte. Sie nicht mehr zu Hause anzutreffen hatte ihn sehr überrascht. Das Paket hatte er bei Inna abgegeben, dem moldauischen Mädchen, das zweimal in der Woche bei ihr putzte.

Die zweite Nachricht kam von ihrer Mutter, die ihr offenbar etwas Wichtiges mitzuteilen hatte und um Rückruf bat. Um sich ein wenig abzulenken, wollte sie das sofort erledigen. Wichtige Mitteilungen ihrer Mutter waren gewöhnlich nicht allzu dringlich, allerdings konnte sie nie wissen.

»Liebling, ich wollte dir nur sagen, dass ich zu Federicos Geburtstag eine Überraschungsparty plane. Am zwölften

November. Der fällt auf einen Samstag. Er würde sich bestimmt riesig freuen, wenn du auch kämst.«

Vanina nahm die Nachricht mit einem kurzen Schweigen auf, das ihre Mutter sofort mit den Details des bevorstehenden Ereignisses überdeckte. »Nur ein paar Leute, weißt du. Unsere Familie, plus die zukünftigen Schwiegereltern deiner Schwester Costanza und etwa fünfzig Freunde.«

»Nur ein paar enge Freunde«, ironisierte Vanina, die ihre Verärgerung über den Hinweis auf die Familie nicht verbergen konnte.

Doch Marianna Partanna, ehemals Witwe Guarrasi, war nicht der Typ, der lockerließ. Nach fast dreiundzwanzig Jahren Ehe mit dem illustren Herzchirurgen beharrte sie vergeblich auf dem Versuch, ihre Tochter in die Familienidylle der Calderaro zu integrieren.

Instinktiv hätte Vanina sofort eine Ausrede vorgebracht, um jede weitere Forderung im Keim zu ersticken, doch der Gedanke, Federico zu enttäuschen, hielt sie davon ab. Obwohl sie ihn nie als Ersatzvater akzeptiert hatte, war sie sich der Zuneigung bewusst, die er ihr immer entgegenbrachte. Und erst kürzlich hatte ihre Beziehung sich sogar gefestigt. Federico Calderaro war ein guter Freund geworden. Jemand, dem sie plötzlich vertrauen konnte. Er hatte es nicht verdient, noch immer unter den Folgen ihrer Wut auf ihre Mutter Marianna zu leiden, die nie ganz abgeebbt war.

»Wenn in Catania niemand ermordet wird, kannst du mit mir rechnen.«

Das Seufzen am anderen Ende des Telefons war der Beweis, wie verärgert ihre Mutter war, die das nicht weiter kommentierte. »Dann hoffen wir mal, dass die Killer um den Ätna für diesen Tag Gnade walten lassen«, schloss sie.

Vanina beendete das Gespräch und drückte die Zigarettenkippe in dem alten Aschenbecher aus, der seit ihrem ersten Tag in diesem Büro auf dem Balkon stand. Die dritte Nachricht kam von einer Nummer, die sie auswendig kannte und die sie immer noch nicht speichern wollte, obwohl sie zu einer der am häufigsten wiederkehrenden Nummern geworden war. Oder besser gesagt, auf dem Weg dorthin war.

Sie beschloss, noch ein wenig zu warten, bevor sie die Nachricht öffnete. So erschienen keine doppelten blauen Häkchen und schürten Erwartungen auf der anderen Seite. Damit nahm sie sich immer selbst auf den Arm, wenn diese Nummer ihre Gelassenheit bedrohte. Auch der Faktor Zeit schien offenbar nicht auszureichen. Sie überlegte sich eine Antwort, las sie noch einmal durch, wog sie ab, veränderte sie, nur um dann zu bereuen, sie abgeschickt zu haben.

Inspektor Spanòs Anruf kam wie gerufen und unterbrach die zunehmend lästigen Gedanken. Die Tatsache, dass der Koffer leer war, selbst wenn sich Blutflecken darin befanden, machte einen Ortstermin für sie überflüssig.

Zusammmen mit Marta Bonazzoli machte sie sich an die Arbeit, um eine erweiterte Überprüfung des gesamten Küstenabschnitts zu veranlassen.

»Marta, frag mal bei der Grenzpatrouille nach, ob unser Lotsenboot frei ist, sonst wenden wir uns an die Feuerwehr.«

»Du bist also der Meinung, dass die Unbekannte die Wahrheit gesagt hat?«, fragte Marta.

»Das weiß ich nicht. Aber es gibt auch zwei Zeugen, die behaupten, dass sie jemanden beim Schleppen eines schweren Koffers beobachtet haben. Außerdem verheißt ein Blutfleck nichts Gutes. Sollte die vermeintliche Leiche zufällig im Meer gelandet sein, gilt die Devise: Je schneller wir uns bewegen, desto besser. Während wir also darauf warten, mehr zu verstehen, kontrollieren wir.«

Marta nickte. »Ich rufe sofort an.« Sie begab sich in ihr Büro.

Um vier Uhr nachmittags erschien ein müder Spanò mit Lo Faro im Schlepptau. Vanina sah ihn an ihrer Tür vorbeigehen und das Büro betreten, das er sich mit Inspektor Fragapane teilte. Das Dokument, das sie gerade gelesen hatte, legte sie auf den Stapel zurück, von dem sie es genommen hatte, und rief ihn an. Einen Moment später erschien der Inspektor und strich sich das zerzauste graue Haar zurecht.

»Entschuldigen Sie mein Aussehen, Dottoressa, aber Sie können sich nicht vorstellen, wie viel Wind und Salz ich abbekommen habe!«

Er nahm ihr gegenüber Platz und strich sich das Hemd glatt, als wollte er es selbst aufbügeln.

»Ich hielt es für das Beste, Pappalardo in der Gerichtsmedizin anzurufen und ihm zu sagen, er solle kommen, Koffer und Telefon abholen und den Fundort überprüfen. Obwohl … bei den Wassermengen, die die abbekommen haben …«

»Nur damit ich das richtig verstehe, Spanò … Sie waren rein zufällig dort?«

Ausführlich erzählte der Inspektor die Geschichte seines Freundes Tammaro und fügte weitere Details zum Fundort hinzu.

»Vielleicht war es Santes Hartnäckigkeit. Wenn der sich etwas vornimmt, gibt er nicht mehr auf. Wie dem auch sei, seine absurde Geschichte hat auch mich irgendwie gefesselt. Dann kam Ihr Anruf, und plötzlich bekamen die Dinge eine ganz andere Bedeutung. Ehrlich gesagt, Dottoressa, Zufälle gibt es, aber in diesem Fall wären es ein bisschen zu viele.«

»Spanò, in diesem Geschäft müssen wir uns daran gewöhnen, dass Zufälle ein seltenes Gut sind. Sie kommen praktisch nicht vor.«

Seit jemand ihn damit gehänselt hatte, dass das Nichtvorhandensein von Zufällen in Krimis mittlerweile schon ein Gemeinplatz sei, hatte Spanò beschlossen, dass ihnen mehr Möglichkeit eingeräumt werden musste. Und jedes Mal wieder schlug er mit dem Kopf gegen eine Wand.

»Es war genau richtig, Pappalardo anzurufen, Ispettore. Wir sparen Zeit, und ich muss mich nicht mit seinem Vorgesetzten rumschlagen.«

Vaninas Verhältnis zum stellvertretenden Leiter Cesare Manenti hatte sich in letzter Zeit weiter verschlechtert. Es gebe nichts Schlimmeres, als mit Dummköpfen zu tun zu haben, pflegte ihr Vater stets zu sagen. Wahre Worte.

Capo Pappalardo, ein enger Freund von Fragapane, auch wenn er sein Sohn hätte sein können, hatte sich Vaninas Wertschätzung im Einsatz verdient – immerhin der einzig mögliche Weg – und war jetzt zu ihrem Liebling avanciert.

»Beim Warten auf die Spurensicherung habe ich allerdings nicht Däumchen gedreht.« Spanò zog sein Handy aus der Tasche und rief die Anrufliste auf. »Dreimal habe ich es noch bei Lorenza Iannino auf dem Handy versucht, zweimal bei ihr zu Hause. Vorsichtshalber habe ich auch noch einmal in der Kanzlei angerufen mit dem Ergebnis, dass sich die Sekretärin nur noch mehr Sorgen gemacht hat.«

Vanina beugte sich vor. »Wollen Sie damit sagen, dass es so gar nicht zu Lorenza Iannino passt, einen ganzen Tag zu verschwinden?«

»Offenbar nicht.«

Vanina blickte auf die Uhr an der Wand. Es war zwanzig nach vier, bald würde es dunkel werden. Wenn der Apparat sich in Bewegung setzen sollte, durften sie keine Zeit verlieren.

»Wissen Sie zufällig, wer der diensthabende Staatsanwalt ist?«

Spanò erkundigte sich jeden Tag nach den Schichten der Staatsanwälte, um nicht unvorbereitet erwischt zu werden.

»Das müsste Vassalli sein, Dottoressa.«

Er erwartete, dass Vanina die Augen verdrehte, aber sie zuckte nicht mit der Wimper. Stattdessen stand sie auf, griff nach ihrer Lederjacke, die über der Lehne hing, und stopfte Zigaretten und Telefon in ihre Tasche.

»Gehen wir.«

Spanò sprang auf und folgte ihr, ohne zu fragen, wohin es gehen sollte.

Sie betraten das Büro nebenan.

»Unser Lotsenboot war verfügbar«, verkündete Marta eilig. »Sie sind bereits unterwegs.«

»Gut. Ich weiß allerdings nicht, ob ich eher hoffen soll, dass sie nichts finden …« Es stimmte zwar, dass die Ermittlungen ohne eine Leiche eintönig begonnen hätten, aber sie zu finden hätte den Tod einer sechsundzwanzigjährigen jungen Frau bedeutet. An so etwas gewöhnte man sich auch nach zwölf Jahren Polizeiarbeit nicht. Die Hälfte davon hatte dem Antimafia-Kampf gegolten.

»Also, Marta, da du hier fertig bist, kannst du Spanò und mich gleich begleiten.«

Sie rekrutierte auch Nunnari, der sofort aufsprang und mit der Hand an der Stirn salutierte.

»Nunnari, sagen Sie mal, wie kommt es, dass Sie nicht zur Armee gegangen sind?«, fragte Vanina, als sie die Treppe hinunterstiegen.

Nunnari lächelte verlegen. »Boss, Sie wissen, dass ich nur Spaß mache. Aber wenn Ihnen das zu weit geht, dann …«

»Ich weiß, dass Sie nur Spaß machen, und es amüsiert mich.

Vergessen Sie nicht, dass auch ich eine Kinoliebhaberin bin. Trotzdem verstehe ich nicht, warum Sie nicht zur Armee gegangen, sondern Polizist geworden sind, obwohl Sie amerikanische Kriegsfilme lieben und gern den Soldaten in der Ausbildung geben. Sie hätten auch zur Marine gepasst.«

Sie überquerten die Straße und betraten das Gebäude gegenüber, ein altes Gefängnis aus der Zeit der Bourbonen, das als Kaserne genutzt wurde. In der Mitte gab es einen Innenhof, in dem Dienstwagen und Motorräder geparkt waren. Marta näherte sich einer schwarzen Giulietta und setzte sich hinter das Steuer.

»Ich glaube, ich besitze weder den Mut noch die Disziplin, die man braucht, um Soldat zu werden, Dottoressa«, fuhr Nunnari fort, sobald er neben Spanò auf dem Rücksitz Platz genommen hatte. Spanò starrte ihn einen Moment lang an. »Und auch den Körperbau nicht, ehrlich gesagt.«

Vanina und Marta lachten, während Nunnari – den dick zu nennen eine Untertreibung gewesen wäre – eine Hand ausstreckte und Spanò auf die Schulter klopfte.

Das Meer schlug weiterhin wütend gegen die Klippen, aber die kleine Villa war durch ein größeres Haus geschützt, das nach Norden auf den kleinen Hafen von Ognina ausgerichtet war. Entlang dieser Straße standen viele schöne Villen. Einige von ihnen waren alt, aus dem frühen zwanzigsten Jahrhundert, andere neueren Datums; nicht alle waren in gutem Zustand. Einige von ihnen waren bewohnt, andere wurden wohl nur als Sommerresidenzen genutzt, wieder andere wirkten verlassen. Es gab mehrere zwei- oder dreistöckige Gebäude und etliche bescheidenere Häuser wie jene, die Vanina unter die Lupe nahm. An einer niedrigen Mauer lehnte sie nun mit übereinandergeschlagenen Beinen und einer Zigarette im Mund. Die Rollläden vor dem Fenster im Erdgeschoss waren geöffnet, was hilfreich sein mochte, und das Schloss am Tor war durch keine Kette verstärkt. Auf den ersten Blick war der Umkreis des Hauses auch durch keine Alarmanlage mit Kameras gesichert.

Es war niemand zu sehen.

»Boss, was machen wir jetzt?«, fragte Marta.

Vanina drückte die Kippe auf dem Boden aus und beachtete das verärgerte Gesicht der Kollegin nicht. Sie löste sich von der Mauer.

»Komm, wir springen in den Garten und sehen uns um.«

Marta Bonazzolis Gesicht blieb ernst. »Aber ... ganz ohne Erlaubnis?«

»Verschaffen wir uns erst mal einen Überblick.«

Spanò näherte sich dem Mäuerchen an der Stelle, an der das Geländer endete, von dem aus sie sich zuerst umgeschaut hatten. Das war am einfachsten zu überwinden. »Komm schon, Nunnari! Von hier aus schaffst selbst du es.«

Ohne einen Kommentar abzugeben, holte Nunnari seinen dreißig Jahre alten Invicta Rucksack hervor, von dem er sich nie trennte und der drei Taschenlampen enthielt. Er stellte einen Fuß auf einen festen Stein, den anderen schob er in einen Mauerspalt und hievte sich auf die niedrige Mauerkrone. Er schwankte gefährlich und klammerte sich mit der rechten Hand an das seitliche Geländer. Dann kletterte er hinüber und stieg auf der anderen Seite wieder hinunter.

»Sieh mal einer an, der sportliche Nunnari!«, spottete Spanò, während er ihm nachstieg.

Vanina drehte sich zu Marta um, die den Kopf schüttelte. »Komm schon!«, drängte sie.

Marta war nicht glücklich über die Freiheiten, die sie sich gelegentlich herausnahmen. Für sie als pflichtbewusste Inspektorin kam es nicht infrage, ein Siegel aufzubrechen oder die

Behördenvorschriften zu umgehen. Damit hatte sie natürlich recht. Doch Vanina war schon mehrmals dazu gezwungen gewesen, so zu handeln, um nicht ihre ganze Arbeit aufs Spiel zu setzen. Sie war davon überzeugt, dass dieses Vorgehen ab und zu unerlässlich war, damit die Rädchen geölt blieben. Oder um Verzögerungen zu vermeiden.

Marta seufzte resigniert, hüpfte flink über die anderthalb Meter hohe Mauer aus Lavagestein, landete unversehrt auf dem Rasen und achtete nicht auf Nunnari, der alles für einen unerwarteten Kontakt mit seiner schönen Vorgesetzten gegeben hätte und ihr voller Bewunderung die Arme entgegenstreckte.

Vanina folgte ihnen als Letzte, allerdings weit weniger anmutig als die Inspektorin, doch auch sie lehnte die ihr von den Männern angebotene Hilfe ab.

»Passt auf, dass ihr nicht auf die Reifenspuren tretet, und lasst uns nachsehen, ob es vielleicht noch andere brauchbare Hinweise gibt!«, verlangte sie und steuerte auf eines der Fenster zu.

Teile des Gartens wurden von einer Straßenlaterne beleuchtet. Die geöffneten Fensterläden gaben den Blick auf einen ziemlich großen Raum frei. Allerdings war in der Dunkelheit kaum etwas von der Einrichtung zu erkennen. Vanina schaltete die Taschenlampe ein, die Nunnari ihr gereicht hatte, und richtete sie in den Raum. Es war ein Salon mit mehreren Sofas, kleinen Tischen, einem gedeckten Esstischset und Stühlen, die überall verteilt waren. Auf dem Boden herrschte ein völliges Durcheinander. Zwei Sessel, die auf unpassende Weise in der Mitte standen, erregten Vaninas Aufmerksamkeit, die das Licht darauf richtete, um alles besser sehen zu können.

»Haben Sie das gesehen, Dottoressa?«, witzelte Spanò und drückte die Stirn gegen die Scheibe.

Vanina nickte bedächtig und starrte auf den Sessel, der dem

Fenster zugewandt war. Auf der Rückseite zeichnete sich ein dunkelroter Fleck ab.

Spanò nahm die Stirn von der Scheibe. »Das wären zwei«, seufzte er. »Heute ist ein Tag!«

»Ja«, antwortete Vanina.

»Was für ein Tag?«, fragte Marta, die immer noch nicht viel mit Halbsätzen und Blicken anfangen konnte.

»Blutfleckentag«, erklärte Vanina. Nunnari tauchte auf der anderen Seite des Hauses auf und rannte auf sie zu.

»Boss!«, keuchte er.

»Immer mit der Ruhe! Hol erst mal Luft. Was ist los?«

»Hinten gibt es eine Balkontür, die sich leicht aufschieben lässt.«

Sie umrundeten das Haus und gelangten auf eine Veranda. Aus einer Seitenstraße fiel glücklicherweise Licht von einer weiteren Straßenlaterne auf die kleine Villa.

Marta richtete die Taschenlampe ins Innere des Hauses und die Umgebung, die hinter der Glasscheibe lag, obwohl die Fensterläden geöffnet waren. Vanina stand hinter ihr und spähte ebenfalls hinein.

»Das ist eine Küche. Ziemliches Chaos, würde ich sagen«, bemerkte Marta.

Vanina sah sich suchend auf der Veranda um. Überall standen Töpfe und Gartengeräte herum, die aussahen, als wären sie schon lange nicht mehr benutzt worden. Vor der Veranda befanden sich Rasenreste und ein Baum. Vermutlich ein Feigenbaum. Mit den Händen in den Hosentaschen wandte sie sich wieder der Balkontür zu.

Spanò näherte sich ihr.

»Was meinen Sie, Dottoressa?«

Vanina löste den Blick von den Mauern der kleinen Villa »Nun, ich weiß es nicht, Ispettore.«

Sie ging auf die Fenstertüren zu. »Die offenen Fensterläden, das Chaos in der Küche, man könnte meinen, das Haus sei gar nicht unbewohnt.«

Die Wandleuchte an der Fenstertür ging plötzlich an, und sie zuckten zusammen. Alle vier führten instinktiv ihre Hände an die Waffe und sahen sich um. Wachsam umrundete Nunnari das Haus. Als er wieder auftauchte, wirkte er entspannter.

»Alles ruhig. Auf der anderen Seite gibt es auch ein Licht. Vielleicht mit einem Timer.«

Marta hatte die Glastür einer Laterne geöffnet, die an der Wand hing, und begutachtete sie.

»Das ist eine Dämmerungslampe. Bei Einbruch der Dunkelheit schaltet sie sich selbst ein.«

»Und das bestätigt, was ich zu dir gesagt habe, Spanò«, erklärte Vanina und ging zur Balkontür. »Wir sollten keine Zeit mehr verlieren und die Tür öffnen. Möglichst ohne das Glas zu zerbrechen.«

Die drei sahen sich an.

Spanò ging neben ihr her. »Sind Sie sicher, Dottoressa?«

Vanina blickte ihm in die Augen. »Ispettore, was für eine Frage?«

»Nein, denn abgesehen von den Regeln wissen Sie ja, dass das Haus …«

»Spanò«, unterbrach Vanina ihn, »ich weiß, wem das Haus gehört. Was glauben Sie, würde Vassalli sagen, wenn ich ihn um Erlaubnis bäte?«

Der Inspektor nickte.

Spanò schlug gegen die Türen, um herauszufinden, wie viel Kraft es brauchte, um ins Innere zu gelangen. Einer der beiden Flügel öffnete sich einen Spaltbreit, sodass er eine Hand hindurchstecken konnte.

»So ein Glück!«, kommentierte Nunnari.

Spanò zog einen Handschuh über, bevor er den Griff von innen drehte und das Fenster öffnete. Dann machte er Vanina Platz, die als Erste eintrat und nach einem Lichtschalter tastete.

Das Licht eines halbkugelförmigen Korbleuchters fiel auf eine bescheidene Küche, eingerichtet mit einem Sammelsurium an Möbeln, die sichtlich aus anderen Häusern zusammengesucht worden waren. Ein Tisch in der Mitte nahm ein Drittel des Raumes ein, auf dem sich schmutzige Gläser, Essensreste und Plastikteller türmten. Ein stechender Geruch nach verfaultem Fisch verpestete die Luft. Er entströmte zwei To-go-Kartons, beschriftet mit dem Namen einer bekannten Fischerei, die offen auf dem Regal neben der Spüle standen. Eine Supermarkttüte voll mit Austernschalen hing tropfend an einem Schrankgriff und verstärkte den intensiven Geruch.

Der Raum starrte vor Schmutz.

Vanina wedelte mit der Hand vor dem Gesicht, als wollte sie den Geruch vertreiben. »Herrgott, stinkt es hier!«

Sie durchquerten einen schmalen Korridor, von dem aus es in ein – unbenutztes – Schlafzimmer und eine Waschküche ging. Schließlich erreichten sie den Haupteingang. Links davon führte eine Treppe nach oben, rechts gab es eine Tür, durch die sie in den Salon gelangten, den sie von außen gesehen hatten.

Eine weitere Lampe aus Weidengeflecht beleuchtete das Chaos, das hier herrschte. Kissen, Gläser und leere Champagnerflaschen lagen auf dem Boden herum.

»Seid vorsichtig, wo ihr hintretet!«, mahnte Vanina und ging auf die beiden Sessel in der Mitte des Raumes zu.

»Sieh mal einer an, wie gut es sich die Anwältin gehen ließ!«, kommentierte Marta und beugte sich über einen Eiskübel auf der Glasplatte eines Tischchens, das ebenfalls aus Weidengeflecht bestand, offenbar ein Klassiker für diese Art von Haus.

Vanina hörte sie nicht. Sie stand vor einem Sessel neben Spanò, die Hände in den Taschen und den Blick auf die Lehne des Sessels gerichtet, der dem Fenster zugewandt war, aus dem sie vorhin hinausgesehen hatten. »Kollegen, kommt her!«, rief sie.

Marta und Nunnari näherten sich.

Der dunkle Fleck, den sie im Schein der Taschenlampe erahnt hatten, war nun unübersehbar. Unregelmäßig, groß, dunkelrot bis braun.

»Ist das Blut, Dottoressa?«, fragte Nunnari, und seinem Gesichtsausdruck nach suchte er nach mehr als einer Bestätigung.

»Meiner Meinung nach sieht das sehr danach aus«, antwortete Vanina. Sie ging zu den unordentlichen, aber offenbar sauberen Sofas hinüber. Auf dem kleinen Holztisch zwischen den beiden Sitzen lagen ein Stapel Wochenzeitungen aus dem Sommer, Sektgläser aus Plastik, zwei Schalen mit Erdnussresten und Pistazien, daneben eine leere Vase. Alles war zur Seite geschoben. Ein Tropfen getrockneter dunkler Flüssigkeit und Reste eines weißen Pulvers zeichneten sich auf der freien Oberfläche ab.

»Soll ich die Staatsanwaltschaft verständigen?«, schlug Spanò vor.

Vanina wirkte nachdenklich. »Nein. Darum kümmere ich mich.«

Sie holte ihr Handy heraus, wählte die Nummer und wartete ergeben darauf, zum Staatsanwalt durchgestellt zu werden. Es schien Absicht zu sein: Jedes Mal, wenn sie sich vor einem ungewöhnlichen Fall wiederfand, bei dem der Intuition ein wenig nachgeholfen werden musste, *zack!* stieß sie auf Franco

Vassalli. Er war einer der pingeligsten, phlegmatischsten und zurückhaltendsten – um nicht zu sagen ängstlichsten – Staatsanwälte von ganz Catania.

»Guten Abend, Dottore. Lassen Sie mich gleich zum Punkt kommen. Wir haben einen anonymen Hinweis zu einem Mord erhalten. Offenbar wurde dieser in einer kleinen Villa in der Gegend von Ognina verübt. Da wir weder die Mieterin noch den Eigentümer erreichen konnten, sind wir hingefahren. Das Tor zur Villa stand halb offen, wir konnten also einen Blick durch eines der Fenster im Erdgeschoss werfen. Es gibt ernst zu nehmende Hinweise, dass hier etwas nicht stimmt. Also brauche ich einen Durchsuchungsbeschluss.«

Als Vanina das Telefonat beendet hatte, lag in ihrem Blick eine gewisse Genugtuung angesichts ihrer Strategie, die sie soeben umgesetzt hatte.

Spanò sah sie fragend an. Mit seinem grau melierten dunklen Schnurrbart und dem zurückgekämmten Haar sah er wie Pino Caruso als Commissario De Palma in dem Film *La donna della domenica* aus.

»So, jetzt dürfen wir reingehen«, witzelte Vanina.

»Hat er gefragt, wem das Haus gehört?«

»Der Frage bin ich ausgewichen. Er wird natürlich schockiert sein, wenn er es erfährt, aber bis dahin haben wir den Großteil der Arbeit bereits erledigt, ohne dass es zu Problemen kommt. Tun Sie mir einen Gefallen, Ispettore, rufen Sie die Spurensicherung an und versuchen Sie, mit Pappalardo zu sprechen. Das erhöht die Chance, dass er selbst kommt. Wenn ich ihn anrufe, muss ich mit Manenti reden, und der bringt mich um.«

Spanò nickte.

»Und sagen Sie den Tauchern, sie sollen den Suchradius auch auf dieses Gebiet ausweiten«, fügte sie hinzu.

Sie drückte gegen ein Seitenfenster und öffnete es, zog ihr Päckchen Zigaretten aus der Tasche und ging in den Garten hinaus.

Der Gerichtsmediziner Capo Pappalardo traf in Begleitung eines Videoreporters ein, als es bereits stockdunkel war. Zu Vaninas großer Erleichterung war der stellvertretende Leiter Cesare Manenti der Meinung, dass eine Untersuchung ohne Leiche seine Anwesenheit nicht erforderte.

Vanina überließ Spanò die Kontrolle des Tatortes und fuhr mit den beiden anderen in die Einsatzzentrale zurück.

Inspektor Salvatore Fragapane saß an Nunnaris Schreibtisch und wartete auf seine Kollegen. Sobald er sie kommen sah, sprang er auf und kam Vanina entgegen, als sie den Raum betrat. Seinem aufmerksamen Gesichtsausdruck war zu entnehmen, dass Spanò ihn bereits über die Neuigkeiten informiert hatte. Das Bündel Unterlagen, das Fragapane unter dem Arm hielt, deutete darauf hin, dass er in der Zwischenzeit nicht untätig gewesen war.

»Boss, bisher wurde noch keine Anzeige erstattet. Weder vermisste Frauen noch Leichen wurden gefunden. Stattdessen konnte ich mir ein paar Informationen zu dem Haus besorgen.«

Vanina linste zu der Ecke hinüber, in der für gewöhnlich Lo Faro saß.

»O nein«, beeilte sich Fragapane zu erklären und versuchte, Vaninas verärgerten Blick zu deuten. »Ich habe ihm erlaubt, nach Hause zu gehen. Der arme Kerl, seine Klamotten waren durchnässt, und er musste alle drei Sekunden niesen.«

Marta konnte sich ein Grinsen nicht verkneifen, während Nunnari den großen Kopf schüttelte.

»Wenigstens hat er sich ein wenig nützlich gemacht«, kommentierte Vanina, setzte sich auf den unbequemen ergonomischen Stuhl und war ganz Ohr.

Fragapane nahm einen Zettel heraus und las laut vor.

»Also, das Häuschen gehört erst seit drei Jahren Alicutis Sohn. Dahinter stecken vermutlich steuerliche Gründe, denn der Junge hat keine Einkünfte. Kein halbes Jahr später hat es Signora Lorenza Iannino angemietet. Mithilfe eines regulären Mietvertrags. Neben ihrer Tätigkeit als Anwältin in der Kanzlei von Professor Ussaro hatte sie bis vor einigen Monaten auch ein Forschungsstipendium an der Universität. Lehrstuhl für Verwaltungsrecht, das übrigens vom selben Professor geleitet wird. Ihre Eltern leben nicht mehr, der Vater starb vor fünf Jahren, die Mutter vor acht Monaten. Einziger naher Verwandter ist ihr Bruder Gianfranco Iannino, Schuldirektor von Beruf. Geboren 1971, lebt in Montevarchi in der Provinz Arezzo. Verheiratet mit Grazia Sensini, von Beruf Kauffrau.« Er überreichte ihr den Zettel. »Hier stehen alle Kontaktinformationen. Was machen wir jetzt?«

Vanina zögerte, bevor sie ihm antwortete. Sie befanden sich in einer ungewöhnlichen Situation. Es gab eine anonyme Anzeige wegen eines Mordes, ernsthafte Hinweise, die dafür sprachen, aber keine Leiche, die den Verdacht untermauerte. Es gab ein angebliches Verschwinden, aber keine Vermisstenanzeige. Obwohl sie zunehmend überzeugt davon war, dass sich diese verwirrenden Umstände bald in einen Mordfall verwandeln würden, wusste sie, dass in einer solchen Phase jeder Schritt gut überlegt sein wollte. Sie wollte Fragapane gerade antworten, als Spanòs Gesicht auf ihrem Handydisplay erschien, begleitet von dem Klingelton, den sie seinem Kontakt zugewiesen hatte.

»Dottoressa.« Er klang außer Atem, als wäre er gerannt.

Das versetzte Vanina in Alarmbereitschaft: »Ispettore, was gibt's?«

»Erinnern Sie sich noch an das defekte Handy, das wir heute Morgen im Koffer fanden, auf den mich mein Freund aufmerksam gemacht hatte?«

»Ja, ich weiß. Na und?«

»Ich habe gerade die Antwort von meinem Kollegen aus der IT-Abteilung bekommen, er hat es sich angesehen.« Spanò holte tief Luft. »Es gehört Lorenza Iannino.«

5

Am zweiten Weihnachtsfeiertag herrschte Nebel. Ein leichter Nebel, Zeichen für hohe Luftfeuchtigkeit, die diesen kühlen Tag begleitet hatte. Aber das war nichts im Vergleich zu dem dichten Nebel, dem Vanina ein paarmal mitten im Winter entlang der Straße begegnet war, die zu den Dörfern an den Hängen des Ätna führte.

Einen Umweg über Viagrande zu nehmen, um etwas Essbares zu finden, wäre vergebliche Mühe gewesen. Die Woche vor dem St.-Martins-Tag war die einzige Woche im Jahr, in der Sebastiano, ihr offizieller Lieferant hochwertiger Lebensmittel, seine berühmte Putía schloss und mit seiner Familie in Urlaub fuhr. Ganz zu schweigen davon, dass es an diesem Abend keinen anderen Feinkostladen, kein Delikatessengeschäft und keinen Supermarkt im Umkreis von zehn Kilometern gab.

Das Lokal *Santo Stefano*, das in der Nähe ihrer Wohnung lag, schloss bald, und auch hier war die Rotisserie-Theke fast leer. Besitzer Alfio wirkte betrübt. »Dottoressa, Sie hätten mich anrufen sollen. Ich hätte Ihnen ein paar Nudeln alla Siciliana oder Arancini besorgt.«

»Arancine heißt das, nicht Arancini«, protestierte Vanina. Aber es war Zeitverschwendung. In dieser Hinsicht stieß sie bei Catanias Einwohnern auf taube Ohren. Eine Frühlingszwiebel überlebte traurig auf einem mit Pergamentpapier ausgelegten Stahlblech. Das war nicht gerade ihre Leibspeise, auch nicht die bekömmlichste, aber Vanina ließ sie trotzdem einpacken. Dann ging sie zwanzig Meter die Hauptstraße entlang, die so menschenleer war, wie sie es ein paar Monate zuvor nicht einmal um Mitternacht gewesen wäre. Sie kam an der kleinen Kirche vorbei, die unverständlicherweise nach zwei Heiligen und nicht nach einem einzelnen Kanoniker benannt worden war, bog um die Ecke und erreichte den kleinen Platz vor ihrer Wohnung. Sie spähte zum Garten hinüber, der etwas oberhalb der Straße lag, und entdeckte, dass noch Licht brannte. Der Eingang auf Bettinas Seite blieb dunkel. Bettina war die einzige Bewohnerin des großen Hauses und Besitzerin des Nebengebäudes, in dem Vanina seit mehr als einem Jahr wohnte. Sie hatte gerade das Eisentor aufgeschlossen und wollte die Außentreppe betreten, als die Scheinwerfer des gelben Cinquecento Modell 1962 ihrer Nachbarin das Garagentor beleuchteten.

Sie drehte sich um und wollte das Tor öffnen. Bettina lächelte sie an, während sie ihr Gewicht auf einem Bein balancierte und sich aus dem Wagen hievte, indem sie sich am Dach festhielt. Das Auto war das einzige Gefährt, das sie fahren konnte und das deshalb unersetzlich war, obwohl die Abmessungen des Fahrgastraumes ihrem Körper und ihrem Alter nicht mehr gerecht wurden.

»Guten Abend, Vannina!«

Vanina lächelte und korrigierte ihre Vermieterin nicht. Für sie, so wie für die meisten ihrer Landsleute, besonders wenn sie schon älter waren, enthielt ihr Name ein doppeltes N.

»Woher kommst du?«, fragte sie, während sie Bettina dabei half, eine tonnenschwere Leinentasche vom Rücksitz zu hieven.

»Langsam, langsam, da sind noch ein paar volle Schüsseln drin!«

Bei dem Duft, den sie verströmten, war das nicht schwer zu erraten.

»Haben Sie schon gegessen?«, erkundigte sich die Nachbarin, als sie durch das Tor trat und die vier Stufen zum Eingang erklomm, der auf ihrer Seite lag.

»Nein, noch nicht. Aber ich habe mir in der Bar *Santo Stefano* etwas gekauft.«

Bettina musterte sie zweifelnd. »Um diese Uhrzeit? Und was haben Sie gefunden?«

»Eine Zwiebel«, antwortete Vanina und achtete darauf, ihren Mangel an Begeisterung zu verbergen. Sie war sich sicher, dass Bettina ihr sonst umgehend angeboten hätte, etwas für sie zu kochen, aber sie wollte die Gastfreundschaft nicht ausnutzen.

Doch Bettina war nicht der Typ, der sich täuschen ließ. »Zwiebeln spätabends liegen wie Lavasteine im Magen«, befand sie und ließ Vanina keine Zeit für eine Antwort. »Schließen Sie die untere Tür und kommen Sie zu mir, dann habe ich ein wenig Gesellschaft.«

Vanina ließ sich auf die Einladung ein. Das Argument schloss jede Möglichkeit einer Ablehnung aus. Das wäre unhöflich gewesen. Und es war ein Bluff, der Bettina immer gelang.

Bettina stand in der Küche und kramte in ihrer Leinentasche.

»Heute Abend haben meine Freundinnen und ich es ein wenig übertrieben. Jede von uns sollte etwas zum Abendessen und einer Partie Buraco bei Luisa mitbringen. Wir waren zu acht. Alles Mögliche stand auf dem Tisch. Am Ende mussten wir die Hälfte wieder mitnehmen.«

Sie zog eine Schale aus ihrem Beutel und präsentierte eine halbe Backform Anelletti, die einen betörenden Duft verströmten. Vanina erkannte sie sofort. Das waren die von Bettina, darin war sie unübertroffen. Aus einem Glasbehälter mit Plastikdeckel kam ein Stück Falsomagro mit Kartoffelbeilage zum Vorschein, was ihr weniger bekannt vorkam, aber genauso lecker aussah. Und schließlich noch ein kleines Tablett mit typischen Schokoladenkuchen, die die Einheimischen Rame di Napoli nannten.

Innerhalb weniger Sekunden kapitulierte Vanina. Die Düfte hatten ein tiefes Loch in ihren Magen gerissen. Der Versuchung zu widerstehen und sich für ein einziges Gericht zu entscheiden lag jenseits ihrer Willenskraft, die in dieser Beziehung immer leicht schwächelte.

»Ein bisschen von allem«, antwortete sie. Was in den Händen von Elvira Coot alias Abigail Duck – oder für die weniger beschlagenen Oma Duck – zwei, vielleicht sogar drei Portionen bedeuteten. »Vanina, hör mal, bei deinem Job musst du Leib und Seele zusammenhalten.« Bettina alias Oma Duck hätte keine Widerrede geduldet, und Vanina hätte sich ihrem Willen so oder so beugen müssen.

Wahrlich ein Geschenk der Vorsehung.

Während sie an der Mikrowelle herumfuhrwerkte, auf die sie vor Kurzem umgerüstet hatte, die sie aber nur als Essenswärmer benutzte, erzählte Bettina die Neuigkeiten von dem Kreis, den Vanina den *Witwenklub* nannte. Eine Gruppe von energischen älteren Damen über fünfundsiebzig, alle noch voller Tatendrang und keinesfalls bereit, zu Hause zu sitzen und zu meckern.

Ganz unten in der Segeltuchtasche lag verlassen ein letztes in Folie gewickeltes Päckchen, und Vanina warf einen Blick darauf. Es enthielt ein zerfleddertes, öliges Omelett, das inmitten der Köstlichkeiten wie das hässliche Entlein im Schwanenteich wirkte, nur um beim Thema zu bleiben.

»Lassen Sie es liegen!«, riet Bettina und räumte das Päckchen weg. »Ida ist nett und lieb, aber Kochen ist nicht ihr Ding. Aus Freundlichkeit tun wir so, als würden wir das nicht bemerken, auch weil sie einen Abend lang schmollen würde, wenn wir sie darauf ansprächen, aber dieses Omelett ist wirklich ungenießbar.«

Vanina lächelte und empfand Mitleid mit der armen Frau, die sich um Zugang zu einer Gruppe exzellenter Köchinnen bemühte. Idas Kochkünste ähnelten ihren. Obwohl sie leidenschaftlich gern aß, konnte sie bestenfalls etwas zusammenstellen, das von anderen bereits vorgekocht worden war.

In fünf Minuten war der Tisch gedeckt. Für zwei, schließlich war es nicht nett, einen Gast allein essen zu lassen. Während Vanina eine doppelte Portion Timballo und zwei Scheiben Falsomagro genoss, bereitete Bettina einen kleinen Teller mit Rame di Napoli zu und stellte ihn in die Mitte. Bettina wartete, bis Vanina fertig war, um sich auch davon zu nehmen. Nach zehn Minuten war alles aufgegessen.

Um kurz nach elf schaffte es Vanina, den Hof zu überqueren und zu ihrer Wohnung zu gehen. Noch beschwingt von ihrem Besuch bei Bettina, schloss sie ihre Tür auf. Bettina hatte wie kaum eine andere Person eine beruhigende Wirkung auf Vanina. Sie war eine Frau, die Probleme in Luft auflöste, dem Leben mit der Gelassenheit eines Zenmönches begegnete, der zum Kult von Padre Pio konvertiert war und der sie die Fähigkeit zuschrieb, jedes Problem zu lösen, außer dem des Todes.

Schade, dass Vanina genau damit zu kämpfen hatte. Jeden Tag. Gewaltsame Tode. Das Schlimmste, was es gab, weil die Hinterbliebenen nicht einmal den Trost hatten, sich auf einen überirdischen Willen zu berufen, dem sie kein Gesicht verleihen und gegen den sie sich nicht wehren konnten. Das Schicksal eines ermordeten Toten glich dem des Mörders, der ihn umgebracht hatte. Darum ließ sich der Fluch dieser Delikte nur austreiben, indem dem Täter ein Gesicht und ein Name verliehen wurden.

Dafür waren sie und andere wie sie da. Um den Spielstand auszugleichen.

Im Haus war es kühler als draußen, aber Vanina heizte – noch immer unerlaubterweise – jeden Abend zwei Stunden ein. In ihrem Zimmer drehte sie sofort die Heizung auf und zog die Bettdecke zurück. Sie hasste es, sich in feuchtkalte Bettwäsche zu legen.

Sie öffnete den Kühlschrank und holte eine kleine Flasche Coca-Cola heraus. Auch wenn das Koffein ihren ohnehin schon gestörten Schlaf weiter behindern würde, konnte sie nach einem solchen Abendessen einfach nicht darauf verzichten. Gut, dass die Frühlingszwiebeln ihr im Magen lagen!

Auf dem Wohnzimmertisch lag ein DHL-Paket, auf dem ein Post-it-Zettel vom Gerichtsmediziner Adriano Calì klebte. Sie öffnet es und nahm den Inhalt heraus. Eine selbst gebastelte DVD-Hülle mit einem dilettantischen Etikett, das von einem Poster aus dem Internet stammte. Die DVD enthielt die Verfilmung von *Don Giovanni in Sicilia* aus dem Jahr 1967. Kaum erhältlich, selbst in Online-Shops nicht. Sie öffnete eine Schublade und holte das Verzeichnis heraus, in dem sie alle Titel der in Sizilien spielenden Filme notiert hatte, die sie bis dahin zusammengestellt hatte. Nun fügte sie den letzten Neuzugang hinzu. Der einhundertneunundzwanzigste in der Sammlung. Im Grunde war es kein großartiger Film. Aber Sammlung war Sammlung, und sie sammelte Filme, die in Sizilien spielten, ganz unabhängig von allen anderen Merkmalen.

Sie wollte gar nicht wissen, wie Adriano in den Besitz dieses Films gekommen war. Wahrscheinlich hatte er sich an einen privaten Verkäufer gewandt. Manchmal war dies die einzige Möglichkeit.

Sie stellte die DVD ins Bücherregal neben der Wand mit den alten Filmpostern und warf sich aufs Sofa. Es gab viele Filme, die sie sich gern angeschaut hätte, aber jetzt war es schon zu spät, um damit anzufangen. Sie schaltete den Fernseher ein und zappte durch alle Kanäle: ein paar politische Talkshows mit einer Reihe von Gästen, die sich gegenseitig an die Gurgel gingen, eine amerikanische Krimiserie, eine Dokumentation über die illegale Müllverbrennung in Süditalien. Bei den Abendnachrichten blieb sie hängen. Wenn ihre Vermutung zutraf, würde es schon bald einen neuen Aufreger in den lokalen und vielleicht sogar in den nationalen Nachrichten geben. Sie war sich sicher, dass die Großmäuler keine Zeit verlieren würden.

Sie griff nach ihrem Handy. Die Nachricht, die sie noch nicht gelesen hatte, ploppte vor ihr auf. Sie wollte sie unbedingt öffnen und hätte das Profilbild am liebsten ignoriert. Stattdessen warf sie einen genauen Blick darauf. Und zwar sehr lange. Dann erst las sie, was in der Nachricht stand, obwohl sie genau wusste, dass sie ihr das Herz brechen würde. Und das war dann auch der Fall. *Heute ist mir klar geworden, dass ich mich leichter damit abfinde, dich nicht an meiner Seite zu wissen, als mich an die Hoffnung zu klammern, dass du zu mir zurückkehrst. Paolo.*

Er kürzte seinen Namen nicht länger mit *P* ab. In den Tagen nach ihrer zufälligen Begegnung vor dem Gefängnis von Ucciardone hatte er das noch getan. Und dann war da noch dieser Sonntag, an dem er ohne Leibwächter bei ihr aufgetaucht war. Er sei nach Catania gefahren, mit seinem Auto, hatte er gesagt und hatte es als etwas Aufregendes, Grenzüberschreitendes bezeichnet. Für ihn, Paolo Malfitano, den berühmtesten,

bekanntesten und am meisten bedrohten Richter der Staatsanwaltschaft von Palermo, war es das auch.

»Ich habe die Überlebensregeln herausgefordert«, hatte er
gescherzt.

Ein absurder, fast traumhafter Sonntag.

Danach hatte er ihr geschrieben und mit vollem Namen un-
terschrieben. Als ob er sich nicht länger versteckte, als ob sie
ihm nie gesagt hätte, dass sich zwischen ihnen nichts ändern
würde.

Ein Monat war vergangen. Vanina hätte es sich nie einge-
standen, aber dieser Sonntag war ein Wendepunkt gewesen.
Seitdem war sie aus den ruhigen Gewässern, in denen sie sich
über die Jahre hinweg verankert hatte, herausgerissen und wieder auf offene See geworfen worden. Abermals war sie ihren
Ängsten hilflos ausgeliefert.

Sie griff nach der Zigarettenschachtel auf dem Tisch und
zündete sich eine Zigarette an.

Sie schob das Telefon beiseite und redete sich ein, nicht zu
wissen, was sie ihm schreiben sollte. Aber das stimmte nicht.
Eine Antwort hätte sie gehabt. Einfach, spontan. Und verhee-
rend.

Um keinen Fehler zu begehen, hatte sie den Gedanken sofort verworfen.

Sie trat an ihr Bücherregal, um sich etwas zum Lesen auszu-
suchen, aber ihr Blick fiel auf das gerahmte Foto ihres Vaters.
Seit dem zweiten November war eine Woche vergangen, aber
sie hatte keine Zeit gefunden, nach Palermo zu fahren und ihn
auf dem Friedhof zu besuchen. Auch in den vergangenen Jahren hatte sie es nicht geschafft und jedes Mal ein schlechtes
Gewissen gehabt. Diese Traditionen interessierten sie kaum
noch, während sie für ihn wichtig gewesen waren. Aus Respekt
vor seinem Andenken bemühte sie sich, sie so gut wie möglich

einzuhalten. Sie blickte in seine Augen auf dem Foto, die lächelten, als ob er ihre Gedanken lesen könnte.

Ein doppelter Piepton auf dem Handy riss sie aus ihren Gedanken. Sie schaltete das Display ein, mehr zur Bestätigung als aus irgendeinem anderen Grund.

Es war Paolo.

»Bist du wach?«

Das doppelte blaue Häkchen hatte sofortige Wirkung gezeigt. Sie stellte sich vor, wie er an einem mit Unterlagen überladenen Schreibtisch saß und eine angerauchte Zigarette auf dem Aschenbecher abgelegt hatte, die allein vor sich hin qualmte. Den Blick auf den Laptop vor sich gerichtet, um dann wieder gespannt auf das Display des Handys zu starren. In Erwartung einer Antwort, die nicht einging. Allein.

Sie fühlte sich schlecht.

Sie entsperrte das Handy und rief ihn an.

6

»Signor Iannino, guten Morgen. Hier spricht Vicequestore Giovanna Guarrasi vom Einsatzkommando in Catania.«

Es war neun Uhr morgens, eine angemessene Zeit.

Auf der anderen Seite herrschte einen Moment lang Stille, die durch laute Hintergrundgeräusche unterbrochen wurde.

»Einsatzkommando …«, wiederholte der Mann. »Warum das? Was ist passiert?«, fragte er.

»Ist Signora Lorenza Iannino Ihre Schwester?«

»Ja …«

»Ich wüsste gern, wann Sie das letzte Mal von ihr gehört haben.«

Die Atmung des Mannes auf der anderen Seite der Leitung wirkte gehetzt.

»Wusste ich doch, dass etwas passiert ist …«, murmelte er mit zitternder Stimme. Er schien sich nicht zu wundern und stellte keine Fragen wie: »Warum fragen Sie mich das?« Das wäre eine naheliegende Frage gewesen, wenn er aus allen Wolken gefallen wäre. Aber dem war nicht so. Das fiel Vanina sofort auf. Sie wartete auf seine Erklärung.

»Seit zwei Tagen habe ich nichts mehr von ihr gehört. Mehrmals habe ich sie angerufen, aber ihr Telefon ist immer ausgeschaltet. Seit gestern Abend mache ich mir Sorgen. Es ist völlig ungewöhnlich, dass meine Schwester so lange Zeit nicht erreichbar ist. Jeden Abend hatten wir Kontakt, wenn auch nur per Nachricht. Ich habe ihre Freunde und ihre Kollegen angerufen. Als sie mir sagten, dass man den ganzen Tag nichts von ihr gesehen oder gehört habe, beschloss ich, den ersten Flieger nach Sizilien zu nehmen.«

»Wann werden Sie ankommen, Signor Iannino?«

»Ich bin gerade aus dem Flugzeug gestiegen.«

Vanina sah auf ihre Uhr. »Dann kommen Sie bitte umgehend zu uns!«

Als Signor Iannino Vaninas Büro betrat, rang er nach Luft, als wäre er zu Fuß vom Flughafen Fontanarossa bis hierher gelaufen. Er hatte den wächsernen Teint und die bläulichen Augenringe eines Menschen, der zwei Nächte lang nicht geschlafen hatte. Nur mühsam hielt er sich auf den Beinen.

Spanò stellte ihm ein Glas Wasser und etwas Zucker hin.

»Signora Vicequestore, seien Sie ehrlich, was ist mit meiner Schwester passiert?«, fragte er direkt, sobald er sich etwas gefasst hatte.

Vanina beschloss, die Nachrichten fein zu dosieren.

»Ich weiß es noch nicht, Signor Iannino.«

»Was soll das heißen, Sie wissen es nicht?«, fragte der Mann verärgert. »Sie haben mich sogar angerufen. Lori … Lorenza ist volljährig, niemand hat sie bisher als vermisst gemeldet. Das hätte ich heute getan. Warum also sollten Sie mich anrufen, wenn nichts Ernstes vorgefallen wäre?«

Die Argumentation war stichhaltig. Und sie verlangte eine Erklärung. Konkret, wenn auch schmerzhaft.

»Wir haben eine anonyme Meldung über den angeblichen Mord an einem Mädchen in einem Haus am Meer erhalten, dessen Mieterin wohl Ihre Schwester ist. Mehrmals haben wir erfolglos versucht, sie ausfindig zu machen. In der Villa, die wir gestern Nachmittag durchsuchten, fanden wir deutliche Blutspuren und Anzeichen für eine Party, die wohl genau an dem

Abend stattfand, von der in der anonymen Anzeige die Rede ist.«

Das weiße Pulver auf dem Tisch erwähnte sie vorerst nicht. Es hatte sich um Kokain gehandelt, wie der Gerichtsmediziner Pappalardo kurz zuvor bestätigt hatte.

Signor Iannino musterte Vanina mit ungläubigem Blick. »Ich verstehe nicht ganz … Ein Häuschen am Meer? Sind Sie sicher, dass wir von meiner Schwester sprechen?«

Vanina tauschte einen Blick mit Spanò, der nickte. Sie nahm einen von Fragapanes Zetteln und las vor. »Lorenza Iannino, geboren am 13. Februar 1990 in Syrakus, ledig, Rechtsanwältin, tätig in der Kanzlei …«

Iannino legte eine Hand über die Augen. »Das reicht.« Jetzt wirkte er verzweifelt.

»Signor Iannino, wenn ich es richtig verstehe, wussten Sie nichts von dem Haus, das Ihre Schwester gemietet hatte.«

Er schüttelte den Kopf.

Vanina suchte nach einem Foto, das die Gerichtsmediziner ihr am Abend zuvor geschickt hatten, und zeigte es dem Mann.

»Haben Sie diesen Koffer schon einmal gesehen?«

Iannino trat näher heran, um es sich genauer anzusehen. Er tastete seine Hemdtaschen ab, bis Spanò ihm zu Hilfe kam und ihm seine Brille hinhielt.

»Natürlich, das ist der Koffer, den Lori mitnimmt, wenn sie mit uns verreist. Sie füllt ihn immer bis zum Rand. Offenbar leert sie den ganzen Kleiderschrank darin aus«, sagte er und lächelte kurz. Dann wurde er wieder ernst. »Wo … haben Sie den gefunden?«

»Auf einer Klippe. Er war offen und blutverschmiert. Und vor allem enthielt er dies«, erklärte Vanina und zog ein Foto des iPhones mit dem halb zertrümmerten Bildschirm heraus. »Die SIM-Karte lautet auf den Namen Ihrer Schwester.«

Iannino bedeckte die Augen mit den Händen und schüttelte den Kopf. Dann richtete er sich auf. »Vicequestore Guarrasi, sagen Sie es direkt heraus! Ist Lori tot?«

»Das wissen wir nicht«, antwortete Vanina. »Fest steht im Moment nur, dass sie verschwunden ist. Beweise dafür, dass sie das Mädchen ist, das laut der anonymen Anzeige in jener Villa getötet wurde, haben wir nicht. Zumindest derzeit nicht.«

Der Gerichtsmediziner Pappalardo war bereits dabei, das Blut aus dem Koffer mit dem Blut auf dem Sessel zu vergleichen. Die biologischen Proben waren zweifellos schon im gerichtsmedizinischen Labor in Palermo eingetroffen, da das Labor in Catania nicht befugt war, Untersuchungen wie diese durchzuführen. Wenn alles gut ging, würden sie die Ergebnisse in Kürze erhalten. Wirklich notwendig war jetzt ein Vergleich mit einer Probe von Lorenza Iannino.

Von der Suche im Meer gab es keine Neuigkeiten.

»Haben Sie die Wohnungsschlüssel Ihrer Schwester?«

»Ja, ja, natürlich!«, rief Signor Iannino und öffnete hektisch seinen Rucksack. Er drehte die Schlüssel in den Händen und starrte zärtlich auf den Plüschaffen, der als Schlüsselanhänger daran baumelte. »Meine Schwester und ich stehen uns sehr nahe, trotz des Altersunterschieds von siebzehn Jahren. Ich war dabei, als sie geboren wurde, und ich sah sie aufwachsen. Seit Mama und Papa gestorben sind, bin ich ihre einzige Bezugsperson. Ich dachte, sie würde mir alles erzählen … Deshalb verstehe ich auch nicht, warum sie mir die Anmietung des Hauses verschwiegen hat. Was ist falsch daran, ein Strandhaus zu mieten?«

Er hatte den Nagel auf den Kopf getroffen. Was sollte falsch daran sein?

Vanina hatte sich Gedanken dazu gemacht und eins und eins zusammengezählt. Aber es war weder der richtige Zeitpunkt noch der richtige Ort, ihm dies mitzuteilen.

»Wir begleiten Sie zum Haus Ihrer Schwester.«

Sie gab Spanò ein Zeichen.

»Ispettore, begleiten Sie Signor Iannino.«

Es klopfte zweimal an der Tür, und Inspektorin Marta Bonazzoli erschien mit Papieren bewaffnet und in Begleitung ihres Kollegen Nunnari.

Vanina schickte Nunnari mit Spanò zu Lorenza Ianninos Haus und sah ihnen nach, bis sie am Flurende verschwunden waren. Signor Iannino ging ihnen gebeugt voraus, als würde ihn sein Rucksack erdrücken.

Sie trat auf den Balkon und gab Marta, die vor dem Schreibtisch saß, ein Zeichen. »Komm, ich rauche eine Zigarette.«

Die junge Frau folgte ihr. Sie stellte sich in den Luftzug, um dem Rauch aus dem Weg zu gehen.

»Und? Was gibt es Neues?«, drängte Vanina.

»Das iPhone wurde offenbar nicht völlig zerstört. Vermutlich lässt es sich wiederherstellen. Staatsanwalt Vassalli hat gerade Ti… Macchia angerufen und sich beklagt, dass er dich nicht erreicht.«

Vanina suchte ihr Handy, das ganz unten in ihrer Tasche lag. Im Lauf des Nachmittags hatte sie drei Anrufe erhalten, ihr Handy aber unwissentlich die ganze Zeit auf stumm geschaltet. Auch ihr Festnetzanschluss stand, aus welchen Gründen auch immer, nicht an seinem Platz. Sie war erst seit wenigen Stunden nicht erreichbar gewesen, und schon hatte dies zu einem Chaos geführt. Im vorliegenden Fall war das aber gar nicht so schlecht.

»Hat er Tito Macchia etwas gesagt?«, fragte sie vorsichtig.

»Aber ja. So etwas wie: *Diese Vanina Guarrasi will wie immer alles grundlos überstürzen.*«

Das war klar und die vorhersehbare Folge des Berichtes den sie ihm am Morgen geschickt hatte. Sie hätte alles darauf verwettet, dass der Blick von Staatsanwalt Vassalli sofort auf den Namen des Villenbesitzers gefallen war und sich darauf fixiert hatte.

Bevor sie ihn zurückrief, suchte Vanina erst das Büro von Tito Macchia auf und klopfte an.

»Darf ich?«, fragte sie, bevor sie eintrat.

Ihr Vorgesetzter war am Telefon und deutete auf den kleinen Stuhl vor seinem Schreibtisch. Sein Blick wirkte abgelenkt, und er nickte in regelmäßigen Abständen. Dabei gab er ein paar Worte wie »natürlich« und »zweifellos« von sich und legte schließlich auf.

»Mein Gott, welche Geduld man manchmal haben muss!«, seufzte er, wobei sein neapolitanischer Akzent stärker als sonst durchkam.

»Sag bloß, das war wieder Staatsanwalt Vassalli!«, stieß Vanina hervor.

»Wer? Nein, natürlich nicht! Es war der Polizeipräsident. Aber mich interessiert viel mehr, was es mit dieser Geschichte mit Vassalli auf sich hat. Ich bin bewusst nicht darauf eingegangen, weil ich deine Version der Angelegenheit nicht kenne. Also, was hast du mir zu sagen? Was sind die wichtigen Details, die du mir seiner Meinung nach vorenthalten hast? Du hast ihn doch angerufen und um Erlaubnis gebeten, das Haus der Frau zu betreten … der mutmaßlich toten Frau.«

Vanina lächelte. »Und was könnte das deiner Meinung nach sein? Zum Beispiel der Name des Hauseigentümers?«

»Hast du ihn darüber informiert, dass das iPhone von Lorenza Iannino in dem blutverschmierten Koffer gefunden wurde, dessen Spuren wir gerade mit denen aus dem Haus vergleichen?«

»Wie ich sehe, hat Ispettore Marta Bonazzoli dich auf den neuesten Stand gebracht.«

»Vanina, lenk nicht vom Thema ab!«, schimpfte Macchia, der eine nicht angezündete Zigarre zwischen die Zähne geklemmt hatte, doch seine Augen lächelten.

»Also gut, ich bleibe bei den Ermittlungen. In der Nacht, in der der angebliche Mord geschah, fand in Lorenza Ianninos Haus ein Fest statt. Nach dem Chaos und den leeren Flaschen zu urteilen, muss es eine tolle Party gewesen sein. Austern, Champagner, Kokain.«

»Also eine richtige Orgie.«

»Alles lag herum, einschließlich der Essensreste. Offene Fensterläden, eine schlecht gesicherte Fliegengittertür, die eher an eine Flucht als an das normale Ende einer Party erinnerte. Und dann das Blut.«

»Wie ich Vassalli kenne …«

»… steht ihm der kalte Schweiß auf der Stirn«, nahm Vanina ihm den Satz vorweg.

Bevor sie ging, erzählte sie ihm von ihrem Gespräch mit Lorenza Ianninos Bruder.

Tito Macchia lehnte sich in seinem monumentalen Sessel zurück und dachte nach.

»Vanina, ich glaube, dass dir bald eine schöne Leiche zu Füßen liegt.«

Vanina ging zur Tür und öffnet sie. »Tito, ich hoffe nur, dass wir nicht das ganze Ionische Meer absuchen müssen, um sie zu finden.«

Sie winkte ihm zu, während Giustolisi, ihr Kollege von der Abteilung für organisierte Kriminalität, durch die Tür trat.

Sie erreichte ihr Büro, griff nach den Kopfhörern für das Telefon und machte es sich bequem.

7

Staatsanwalt Vassalli hatte beim ersten Klingeln geantwortet. Seine Ablehnung, gleich von Mord auszugehen, hatte er mit allen möglichen Einwänden begründet. Nach allem, was sie wussten, käme sogar eine freiwillige Abreise infrage. Dann beschwerte er sich über die Oberflächlichkeit von Inspektor Spanò, der sogar die Gerichtsmediziner wegen eines auf die Felsen geworfenen, völlig belanglosen Koffers bemüht hatte. Um dann ganz nonchalant zu behaupten, es liege an dem Haus und seinen Besitzern, die sich für die Situation schämten. Auf Vaninas Einwand, dass ohne diese *sinnlose* Untersuchung der Felsen – einer der wenigen konkreten Beweisstücke, die sie in der Hand hatten – dieses nun fehlen würde, antwortete der Staatsanwalt knapp, dass sie sonst eben die wertvolle Zeit der Spurensicherung verschwendet hätten. Vanina brauchte zwei Cappuccini und eine Raviola di Ricotta, um die halbe Stunde anstrengender Selbstbeherrschung auszugleichen. Und nun saß sie in einer Bar in der Via Vittorio Emanuele und bedauerte, dass sie Signor Iannino nicht selbst zum Haus seiner Schwester begleitet hatte. Zwar war Spanò durchaus in der Lage, jedem brauchbaren Hinweis nachzugehen, aber zumindest hätte sie dann nicht untätig herumgesessen. Mit einem entsprechenden Hinweis hätte sie ernsthafte Nachforschungen anstellen können.

Sie hatte Inspektor Spanò gebeten, ihr seinen Journalistenfreund Sante Tammaro und den Arzt Manfredi Monterreale, der den Abwurf des Koffers auf den Felsen beobachtet hatte, ins Büro zu schicken. Sie würden am späten Vormittag eintreffen, sobald Dottore Monterreale das Krankenhaus verlassen konnte.

Vanina zog ihr Handy aus der Tasche ihrer Lederjacke und ging die letzten Telefonnummern durch, die sie am Vorabend verwendet hatte.

Genau in dem Moment klingelte es.

»Vanina Guarrasi geht nach dem ersten Klingeln und um diese Uhrzeit dran? Was ist passiert? Streiken die Mörder in Catania?«, kreischte die Anwältin Maria Giulia De Rosa, um den Lärm zu übertönen, der immer wieder ihre Stimme verdeckte.

»Statt Streik würde ich es eher eine totale Sonnenfinsternis nennen.«

»Was soll das heißen?«

»Nichts, vergiss es! Das würde zu weit führen. Freu dich lieber, dass ich sofort ans Telefon gehen konnte.«

»Ich hoffe, die Sonnenfinsternis ist nur von kurzer Dauer. Wenn man nicht weiß, was man tun soll, wirkt sich das negativ auf die Stimmung aus.«

Giulia kannte sie nur zu gut. Sie waren erst seit etwas länger als einem Jahr befreundet, dafür aber zutiefst vertraut.

»Wo bist du?« Im Hintergrund war es so laut wie damals im Stadion Barbera, als Palermo gegen Juventus Turin gewonnen hatte.

Ein denkwürdiges Spiel. Sie hatte es mit Paolo gesehen, auf dem grauen Sofa, das ihre Umzüge mitgemacht hatte und jetzt in ihrer Wohnung stand.

»Sind wir also schon bei nostalgischen Zitaten! Jetzt mache ich mir allmählich Sorgen«, kommentierte Giulia und entfernte sich von dem Lärm.

»Hör auf! Wo bist du eigentlich?«

»In Rom in einer Bar an der Piazza del Popolo, weil es eine Demonstration gibt. Ich warte auf eine Mandantin, deren Eheannullierung ich gerade abgeschlossen habe. Sie hat mich zum Mittagessen in ein nahe gelegenes Restaurant eingeladen.«

Zerrüttete Ehen waren das Spezialgebiet der Juristin Maria Giulia De Rosa, Anwältin am Gericht der Rota Romana. Dass sie mit vierzig Jahren immer noch ledig war, konnte ihrer Meinung nach nur eine Nebenwirkung ihres Berufes sein.

»Sie lädt dich sogar zum Mittagessen ein. Reicht dir das millionenschwere Honorar nicht, das sie lockermachen muss, um dich zu bezahlen?«

»Eigentlich will sie mir einen Freund vorstellen, der seine Ehe annullieren möchte. Ich denke, er will sie heiraten, aber das ist nur meine Vermutung. Offenbar kommt ihm aber seine Ex-Frau in die Quere.«

Giulia war mit sich selbst im Reinen. Sie verteidigte und unterstützte sowohl Frauen als auch Männer ohne Vorurteile … solange der zu besiegende Ehepartner im Unrecht war oder zumindest solange es sich ihrer persönlichen Meinung nach so verhielt.

»Also genau dein Fall. Du musst mir alles berichten.«

»Morgen Nachmittag komme ich wieder, dann trinken wir einen Aperitif.« Ein Versprechen, das wie eine Drohung klang. Nach drei Tagen Abwesenheit vom gesellschaftlichen Leben in Catania hätte Giulia mindestens zwanzig Personen zusammengerufen.

»Iss einen Teller Tagliatelle für mich mit!«, verabschiedete sich Vanina.

Sie hatte das Handy noch nicht wieder in die Tasche gesteckt, als es erneut klingelte. Es war Inspektor Spanò, der auf dem Rückweg in die Zentrale war.

Sie bezahlte und kehrte in ihr Büro zurück.

»In der Wohnung von Lorenza Iannino scheint es keine brauchbaren Hinweise zu geben. Wir haben eine Zahnbürste und eine Haarbürste sichergestellt, um die DNA zu vergleichen. Inspektor Fragapane bringt sie zur Spurensicherung. Wenn wir Glück haben, können wir sie sogar noch heute nach Palermo schicken und damit in die Auswertungen einbeziehen, die bereits über das Blut des Koffers und des Sessels angestellt wurden. Die Schränke der jungen Frau sind voll, der Kühlschrank ebenfalls. Auch auf dem Tisch stand einiges herum, Tablet, Laptop und Unterlagen aus der Anwaltskanzlei. Wir haben den Computer und das Tablet mitgebracht. Freiwillig verschwand Lorenza Iannino jedenfalls nicht.«

»Daran haben wir auch nicht mehr gezweifelt«, kommentierte Vanina, die an Martas Schreibtisch lehnte.

Spanò setzte seinen Bericht fort. »Ich habe Signor Iannino in eine Pension gebracht. Es erschien mir nicht angemessen, ihn im Haus seiner Schwester zurückzulassen. Ich habe mir auch die Schlüssel seiner Schwester aushändigen lassen. Der Arme war total fertig.«

»Sehr gut, je weniger Leute das Haus betreten, desto besser. Lassen Sie uns ab jetzt in verschiedene Richtungen ermitteln. Wir sollten herausfinden, was Lorenza in den zwei Tagen vor ihrem Verschwinden gemacht hat. Befragen wir Kollegen, Freunde, jeden, der sie gesehen oder gehört hat. Spanò, haben Sie den Bruder nach irgendwelchen Namen befragt?«

»Ja, Dottoressa.« Er zog ein zerknittertes Stück Papier aus der Tasche. »Hier stehen sie. Zwei sind Kollegen von der Universität und einer von der Anwaltskanzlei Ussaro. Und dann ist da noch ihre Jugendfreundin, eine gewisse Eugenia Livolsi, Geologin am Institut für Geophysik und Vulkanologie.«

Vanina erhob sich vom Schreibtisch. »Marta und Nunnari, machen Sie diese Eugenia Livolsi ausfindig und sprechen Sie mit ihr! Spanò, Sie und ich werden auf Ihre Freunde Tammaro und Monterreale warten, die den Fall gemeldet haben. Danach suchen wir Professor Ussaros Büro auf.«

Sie warf einen Blick auf Lo Faros Schreibtisch, der mit zerknüllten Taschentüchern bedeckt war und an dem niemand saß.

In diesem Moment kam Lo Faro mit einem Glas in der Hand zurück. Er erstarrte, als er sie sah. Er wirkte fiebrig.

»Lo Faro, was ist los?«

»Ich bin erkältet, Dottoressa«, flüsterte er heiser.

»Warum gehen Sie dann nicht nach Hause?«

Seine Anwesenheit war schließlich nicht von überragender Bedeutung.

»Danke, das ist nicht nötig. Ispettore Bonazzoli hat mir was zum Auflösen in heißem Wasser gegeben. Solange ich nicht sprechen muss, kann ich arbeiten.«

Das hoffnungsvolle Gesicht des Beamten erweichte ihr Herz. Es gab tatsächlich eine Aufgabe, die einfach war und die er erledigen konnte.

»Also, räumen Sie erst einmal die schmutzigen Taschentücher auf Ihrem Schreibtisch weg. Der Anblick ist ja ekelhaft. Danach suchen Sie jemanden für mich.«

Lo Faro eilte zu seinem Platz in der Ecke und verschüttete dabei den medizinischen Aufguss auf dem Boden. In dem schwankenden Glas blieb nicht mehr viel Flüssigkeit.

Angesichts der Herkunft konnte es sich nach Vaninas Meinung nur um ein natürliches, allenfalls homöopathisches Gebräu handeln, das vermutlich völlig wirkungslos war.

»Der Name ist Livolsi …«, fing sie an und wandte sich an Spanò.

»Eugenia«, ergänzte der Inspektor.

»Livolsi Eugenia, Geologin am Institut für Vulkanologie. Suchen Sie nach irgendwelchen Kontakten, um sie ausfindig zu machen, und erstatten Sie dann Ispettore Marta Bonazzoli Bericht. In der Zwischenzeit kann sie ja nachsehen, ob sie noch einen Beutel Kamillentee für Sie hat.«

Verwirrt blickte Lo Faro auf.

»Das war kein Kamillentee«, antwortete Marta in eher resigniertem als verärgertem Ton. »Das war Propolis.«

»Ach, was soll's!«, antwortete Vanina und winkte ab. Ein neuer Beamter, dessen Namen sie sich nie merken konnte, betrat das Büro.

»Entschuldigen Sie, Dottoressa Guarrasi, da sind zwei Personen eingetroffen. Sie sagen, sie hätten einen Termin bei Ihnen. Herr Tammaro und …«

»Ja, ja, führen Sie sie in mein Büro!«

Sie lächelte Marta an, die den Kopf schüttelte. Bevor sie den Raum verließ, blieb sie stehen und rief Lo Faro zurück, der sogleich aufsprang.

»Ich gebe Ihnen einen guten Rat! Halten Sie bei Ihrem Journalistenfreund lieber den Mund! Wenn morgen auch nur die kleinste Nachricht über diese Geschichte rauskommt, kriegen Sie es mit mir zu tun.« Sie ließ den jungen Beamten zurück, der den Kopf hängen ließ, und kehrte in ihr Büro zurück.

Chefinspektor Spanò ließ den Journalisten Sante Tammaro und seinen Freund, den Kinderarzt Manfredi Monterreale, in Vaninas Büro Platz nehmen und wartete auf sie.

Im Grunde waren sie die einzigen Personen, die überhaupt eine Rolle als Zeugen spielten.

Tammaro wirkte wie von einer Tarantel gestochen. Er setzte sich hin, stand auf, ging umher und löcherte seinen Polizistenfreund Spanò mit Fragen und Theorien.

Der Arzt hingegen nahm auf einem der beiden kleinen Stühle Platz. Die eine Hand hatte er unter die gekreuzten Beine geklemmt, mit der anderen strich er über die Konturen eines kleinen Bronzeelefanten, den Vicequestore Vanina Guarrasi auf ihrem Schreibtisch stehen hatte. Mit dem Fuß baumelnd, den Ellbogen auf den Tisch gestützt, in sich gekehrt wie jemand, der an etwas anderes denkt. Ein schwarzer Helm mit orangefarbenen Motiven lag neben ihm auf dem Boden.

So fand Vanina die Besucher vor, als sie entschlossen die Tür zu ihrem Büro öffnete.

Manfredi Monterreale stand auf und stellte sich als Erster vor. Beachtliche Größe, interessantes Gesicht, fester Händedruck. Sein Auftreten hatte etwas von feiner englischer Art.

Ganz im Gegensatz zu Tammaro, der sich neben ihn auf den kleinen Sessel ihr gegenüber setzte. Er steckte in einer abgetragenen Barbourjacke und trug unbeschwert eine Glatze zur Schau, die wohl noch nie einen Rasierer gesehen hatte und ihn um zehn Jahre älter machte.

Hektisch gestikulierend zählte der Journalist Vanina in chronologischer Reihenfolge die Ereignisse nach dem Auftreten des Mannes mit dem Koffer auf. Nur wenig mehr als das, was Spanò ihr erzählt hatte, mit einer Fülle von unaufgeforderten Einzelheiten, die er zu lieben schien. Sie unterbrach ihn nicht. Oft lauerte gerade in scheinbar nutzlosen Details ein Aspekt, der zu einem späteren Zeitpunkt den Unterschied ausmachte. Man konnte nie wissen. Wirklich wissen musste sie allerdings, welches Kennzeichen das Auto besaß, aus dem der Mann mit dem Koffer ausgestiegen war. Leider kannte er das nicht. Der Journalist machte keinen Hehl daraus, dass er dies für eine schwerwiegende Lücke hielt, die er offenbar zu beheben gedachte.

Kinderarzt Manfredi Monterreale, der bis zu diesem Augenblick still und ruhig in seiner Haltung verharrt hatte, hob den Kopf.

»Was bin ich doch für ein Idiot«, sagte er.

Vanina warf ihm einen fragenden Blick zu.

»Wieso bin ich nicht früher darauf gekommen?«

»Worauf, Dottore?«

Der Arzt beugte sich vor.

»Vor zwei Jahren gab es einen Einbruch in die Wohnung über mir, zum Glück ohne mein Wissen. Seitdem ließ der Vermieter überall Überwachungskameras installieren. Selbst an den Eingangstoren. Er gab mir sogar das Passwort für ein System, eine Anwendung, mit der sich die Bilder in Echtzeit und der Verlauf überprüfen lassen. Ich habe die Videos heruntergeladen, aber nie benutzt. Deshalb habe ich mich nicht daran erinnert, dass ich sie habe.«

»Verdammt, Manfredi!«, platzte es aus Tammaro heraus.

Dottore Manfredi Monterreale holte ein altmodisches iPhone heraus und drückte darauf herum.

Vanina stützte sich mit den Ellbogen auf den Tisch, das Kinn auf der Hand.

Mit seiner ruhigen Art konnte der Arzt vielleicht etwas Konkretes beitragen. Bisher als Einziger.

»Verdammt, ich kann mich nicht mehr an das Passwort erinnern!« Monterreale lehnte sich auf seinem Stuhl zurück. Sein Freund, der Journalist, der sich an ihn gelehnt hatte, um mitzuschauen, zuckte zurück, um einer Kopfnuss auszuweichen. »Aber … vielleicht kann ich es zurückbekommen«, fuhr Manfredi fort. Er suchte eine Nummer heraus und rief an. Fünf Minuten lang sprach er über Freisprechanlage mit einem

Techniker und schrieb alles auf. Ja, natürlich, Kamera Nummer zwei filmte die Straße vor dem Eingang, der zum Meer hinausging. Um ein klares Bild zu bekommen, musste man sich aber über den Computer in das System einloggen. Manfredi kehrte zu seiner Anwendung zurück und konnte endlich sein Tor erkennen. Er stand auf und fragte Vanina, ob er zu ihr kommen und es ihr zeigen dürfe.

Sie nickte und rückte den Stuhl zur Seite, um ihm Platz zu machen. Monterreale drehte das Display seines Handys so, dass es für alle drei sichtbar wurde.

Spanò setzte seine Brille auf und schob Tammaro beiseite, der auf den Bildschirm des iPhones starrte, auf dem nun die körnigen Bilder jener Nacht zu sehen waren. Zum Zeitpunkt, den der Journalist angegeben hatte, erschien das betreffende Auto. Für einen kurzen Augenblick war sogar das Nummernschild zu sehen, war jedoch nicht zu entziffern.

»Wir brauchen die Bilder in besserer Auflösung«, warf Vanina ein und sah zu Spanò auf.

»Ich könnte Ihnen meinen Computer bringen«, bot Monterreale an.

»Machen Sie sich keine Sorgen, Dottore! Sagen Sie mir einfach, wann Sie zu Hause sind. Dann schicke ich Ihnen meine Beamten vorbei. Die brauchen bestimmt nicht lange.«

»Gern auch gleich, ich fahre zum Mittagessen nach Hause.«

Tammaro nickte hoffnungsvoll. »Guter Vorschlag!«

Spanò bewegte sich. »Ich rufe Fragapane an«, schlug er Vanina vor.

Vanina sah rasch auf ihre Uhr. Was sollte sie in der Zwischenzeit anfangen? Sie konnte sicher nicht mitten in der Mittagspause in Professor Ussaros Büro auftauchen.

Sie stand von ihrem Stuhl auf. »Vergessen Sie es, Ispettore! Ich gehe.«

Monterreale versuchte, seine Freude zu verbergen, doch sie entging Vaninas aufmerksamem Blick nicht. Sie musterte ihn eingehend, bevor sie vor ihm den Flur der Einsatzleitung entlangging. Sieh mal einer an, dieser schweigsame Palermitaner …

Die Geologin Eugenia Livolsi hatte sich mit Marta und Nunnari in einem Café neben dem Institut getroffen und saß mehr beunruhigt als überrascht auf der Kante ihres Stuhls.

Inspektorin Marta Bonazzoli hatte sich am Telefon neutral geäußert. Fast geheimnisvoll. »Wir brauchen gewisse Informationen von Ihnen«, hatte sie gesagt, ohne das Thema näher zu nennen. »Wenn es möglich wäre«, hatte sie hinzugefügt. Die Frau hatte keinen Mucks von sich gegeben, sondern war rasch zum Treffen gekommen.

Marta kam gleich zur Sache.

»Tut mir leid, Sie so zu drängen, aber der Zeitfaktor ist höchst wichtig für uns«, erklärte sie.

Signora Livolsi nickte, als wollte sie sagen, Marta solle sich keine Sorgen machen.

»Dottoressa Livolsi, stimmt es, dass Sie eng mit der Anwältin Lorenza Iannino befreundet sind?«

Eugenia schien nun doch überrascht.

»Ja, natürlich. Wir sind zusammen aufgewachsen … Warum fragen Sie?« Sie veränderte ihren Gesichtsausdruck. »Ist ihr etwas zugestoßen?«, fragte sie besorgt.

Das überraschte Marta nicht. Wenn zwei Beamte der Abteilung für Straftaten gegen die Person kamen und sie nach einer befreundeten Frau befragten, machte diese sich natürlich Sorgen.

»Das wissen wir noch nicht.«

Diese Aussage sollte beruhigend wirken, hatte aber den gegenteiligen Effekt.

»Was meinen Sie mit *noch nicht,* Ispettore? Lassen Sie mich nicht so im Ungewissen!«

Es war überflüssig, Signora Livolsi danach zu fragen, wie eng sie mit Lorenza Iannino befreundet war. Der Schrecken im Blick der Frau war Zeichen genug.

»Wann haben Sie sie das letzte Mal gesehen oder von ihr gehört?«

»Vor drei Tagen. Wir haben uns im Gerichtsgebäude getroffen und einen Kaffee getrunken.«

»Und dabei kam sie Ihnen nicht seltsam vor?«

»Nein, ganz und gar nicht. Wir haben über die Arbeit gesprochen, die üblichen Themen, ich über meine Arbeit, sie über ihr geschäftiges Leben. Nichts Neues. Aber warum? Bitte sagen Sie es mir!« Die Geologin drehte sich zu Nunnari um und suchte in seinem runden Gesicht, das von einem Doppelkinn noch betont wurde, nach der Antwort, die ihr die schöne blonde Polizistin nicht geben wollte.

Ispettore Nunnari sah Marta nur an und hatte Mühe, sich nicht in ihren großen grünen Augen zu verlieren.

»Wie es scheint, ist Lorenza Iannino verschwunden«, bemühte sich Marta Bonazzoli um eine knappe Antwort. Es fiel ihr schwer, sich nicht in die Lage der Befragten zu versetzen. Wenn Vanina ihr zur Seite stand, war das etwas anderes. Dann erledigte ihre Vorgesetzte die harte Arbeit, und sie konnte sich etwas Mitgefühl erlauben. Allerdings musste sie sich vielleicht den Vorwurf ihrer Vorgesetzten gefallen lassen. »Marta, siehst du, so macht man Fehler.« Damit hatte sie meistens recht.

Aber jetzt gerade war sie die Ranghöchste. Die harte Arbeit musste also sie übernehmen.

»Verschwunden«, wiederholte Eugenia Livolsi, wurde blass und ging offenbar die Erinnerungen an jenen letzten Morgen durch.

»Waren Sie schon einmal in der kleinen Villa am Meer, die Signora Iannino gemietet hat?«, fragte Marta.

Die Geologin fiel aus allen Wolken. »Lorenza hat ein Haus am Meer gemietet?«

Nunnari suchte Martas Blick, diesmal ohne die gewohnte Bewunderung, und nickte fast unmerklich. Marta verstand. Und damit wären es zwei, die nichts wussten, dachten beide.

»Das wusste ich nicht. Seit wann denn?«

»Seit etwa einem Jahr.«

Verwundert schüttelte Signora Livolsi den Kopf. Auch die übrigen Angaben, die sie machte, stimmten mit denen überein, die sie bereits von Lorenza Ianninos Bruder erhalten hatten. Lorenza war intelligent, sehr hübsch und hatte viele Verehrer, aber keine Affären. Dafür hatte sie keine Zeit. Von morgens bis abends arbeitete sie zwischen Universität und Anwaltskanzlei.

Marta und Nunnari ließen die Geologin vor dem Eingang des Instituts für Geophysik und Vulkanologie mit den Händen in den Hüften und niedergeschlagen zurück.

Dann kehrten sie zu ihrem Dienstwagen zurück. Bevor sie ins Büro fuhren, besuchten sie ein Lokal, das Marta kannte.

Ispettore Nunnari dankte dem Himmel für diese unerwartete Chance und wagte sich an den ersten Soja-Eintopf seines Lebens.

Er landete im Krankenhaus.

Manfredi Monterreale stieg auf sein Motorrad, das er vor den Toren des mobilen Einsatzkommandos geparkt hatte.

Spanò warf einen bewundernden Blick darauf. »Eine BMW 75/5. Herzlichen Glückwunsch, Dottore! Aus welchem Jahr?«

»Vielen Dank. Es ist eine 69er.« Er streichelte über den

Lenker. »Gehörte meinem Vater. Aus offensichtlichen Gründen benutzt er es nicht mehr, also nehme ich es jetzt.«

Der Dienstwagen mit Vanina und Spanò an Bord verließ den Parkplatz, das Motorrad folgte ihnen.

Der Journalist Sante Tammaro bildete mit seinem klapprigen grün-weißen Suzuki Samurai das Schlusslicht.

Spanò fuhr weniger schnell als Marta, und seine Fähigkeit, dem Berufsverkehr zu entkommen, war wenig ausgeprägt. In dieser Situation hätte Marta ausgiebig Seitenstraßen, Hinterhöfe und Abkürzungen genutzt. Nur sie kannte die Abkürzungen, zumal sie erst seit wenigen Jahren in Catania lebte. Ganz zu schweigen davon, dass sie Motorrad fuhr, eine Fähigkeit, um die sie die an vier Räder gefesselte Vanina sehr beneidete.

Der Stau im Viale Africa begann am Bahnhof. Chefinspektor Spanò fädelte sich ein, noch bevor Vanina ihm vorschlagen konnte, die Richtung zu ändern. Um diese Uhrzeit, zu Schulende, war jede alternative Route dasselbe in Grün, rechtfertigte sich Spanò. Vermutlich hatte er sogar recht.

Im Schritttempo passierten sie Le Ciminiere, ein Konglomerat verlassener alter Industrieanlagen, in denen früher Schwefel produziert wurde und die vor etwa zwanzig Jahren restauriert und in ein Messezentrum umgewandelt worden waren. Vanina dachte an ihren Stiefvater Federico Calderaro. Als sie ihn vor ein paar Monaten zum letzten Mal gesehen hatte, war er wegen einer Konferenz dort gewesen, und sie hatte ihn zum Abendessen zu sich nach Hause eingeladen. An jenem Abend war ihr klar geworden, wie unkompliziert er war und wie gut sie mit ihm zurechtkam, wenn ihre Mutter nicht dabei war.

Ihr war bewusst geworden, dass sie ihn mehr liebte, als sie zugeben wollte. Und es tat ihr leid, als sie mitansehen musste, in welch beruflicher Krise er sich befand.

Instinktiv nahm sie ihr Handy und rief ihn an. Doch sein Telefon war ausgeschaltet. Um diese Uhrzeit stand er im Operationssaal, alles andere wäre seltsam gewesen.

Der Kinderarzt Manfredi Monterreale, der mit seinem Motorrad zwei Minuten gebraucht hätte, um dem Stau zu entgehen, fuhr langsam neben dem Dienstwagen her.

Vanina öffnete das Fenster, zündete sich eine Zigarette an und musterte ihn von hinten. Ernster Blick, entspannte Arme, ruhige Ausstrahlung. Ab und zu nahm er das Telefon über das Mikrofon unter seinem Helm ab. Dann legte sich seine Stirn in Falten, entspannte sich wieder, und er sprach. Immer ernst, immer entspannt, immer ruhig.

Ab der Piazza Europa ging es schneller voran. Sie passierten Ognina und bogen in die Via Scogliera ein. Vanina wandte den Blick in Richtung Via Villini a Mare. Warum hatte Lorenza Iannino ihrem Bruder verschwiegen, dass sie hier ein Haus gemietet hatte? Dafür gab es zwei Möglichkeiten. Entweder handelte es sich um eine überhöhte Ausgabe, für die sie eine Rüge befürchtete, oder die Verwendung des Geldes war nicht vorschriftsmäßig. Das Bild, das sich bis zu diesem Zeitpunkt ergeben hatte, war zwar unvollständig und teilweise nicht zu entziffern, doch Vanina neigte zur zweiten Hypothese.

An der Scogliera, auf der Strecke zwischen *Baia Verde* und dem *Sheraton Hotel*, den beiden großen Hotels mit Blick aufs Meer, verlangsamte sich der Verkehr wieder. Durch das Fenster verkündete Monterreale, er werde vorfahren und zu Hause auf die anderen warten.

Nach zehn Minuten fuhr der blaue Fiat 500 die – wie Spanò und Monterreale sie nannten – Scardamiano-Promenade entlang, an der Vanina noch nie gewesen war. Die Straße war nicht breit, der Asphalt löchrig, und sie verlief auf Meereshöhe parallel zur Staatsstraße nach Aci Trezza. Dann endete sie schlagartig vor einem bewachsenen Lavasteinhaufen, hinter dem ein Felsen und eine winterfest gemachte Badeanstalt zu sehen waren. Monterreales Motorrad parkte vor dem letzten Haus in der Straße, einem dreistöckigen, weiß gestrichenen Gebäude mit blauen Fenstern. Der Arzt stand auf seinem Balkon mit Glasgeländer im zweiten Stock und wartete auf sie.

»Dottoressa, wissen Sie, wie die Catanesen diese Promenade nennen?«, fragte Spanò und deutete auf die Brüstung, die den Bürgersteig von den Felsen trennte, wo sich durch Eisenrohre geschützte leere Räume mit meterhohen Betonbarrieren abwechselten, die mit Schriftzügen verunstaltet waren. »*Die kleinen Mauern*, nennen sie sie.«

Tammaro war aus seinem Suzuki gestiegen und wartete mit besorgter Miene am offenen Tor.

Monterreale schien seine Wohnung erst vor Kurzem renoviert zu haben. Einige Schlafzimmer und eine mikroskopisch kleine Küche, ein größerer Raum mit weißen Ledersofas und einem runden Esstisch sowie einem Erker, der sich zu einer kleinen Terrasse mit Blick aufs Meer öffnete. Es gab einen Kamin, überquellende Bücherregale, passende Teppiche und Gemälde und nicht zuletzt eine Stereoanlage aus den Achtzigern mit einem Plattenspieler.

Vanina sah sich um. »Wie viel wollen Sie für die Untermiete?«, scherzte sie.

Manfredi lächelte. »Stereoanlage inklusive?«

»Natürlich, welche Frage!«

»Das wird teuer.«

Vanina hob die Schultern. »Schade, Sie haben Ihre Chance verpasst«, befand sie.

Doch er hatte nur gescherzt. Um nichts in der Welt hätte er

sein kleines Lavasteinhaus inmitten des Zitronenhains aufgegeben oder verkauft. Nicht einmal für die kleine Wohnung, die aussah wie aus einer Pinterest-Seite: *Einrichtungsideen für ein Strandhaus.*

Monterreale schaltete den Computer im Nebenraum ein, um sich mit dem Kamerasystem zu verbinden. Sie mussten den Vermieter anrufen und etliche Versuche unternehmen, bis sie sich einloggen konnten.

Vanina saß auf einem roten Hocker im Old American Style, den der Arzt neben den ergonomischen Stuhl gestellt hatte, ähnlich dem in Martas Büro, aber mit einer Rückenlehne, auf dem er saß. Spanò und Tammaro starrten über die Köpfe hinweg auf den Schirm.

Sie gingen die Fotosequenzen von zwei Nächten durch, bis sie das Bild fanden, auf dem das vorbeifahrende Auto des Täters zu sehen war.

Monterreale versuchte, ein Standbild zu erhalten, aber das war nicht einfach.

»Überlass das mir!«, warf der Journalist ungeduldig ein.

Er nahm zwischen Manfredi und Vanina Platz und tippte auf der Tastatur herum, um den Zeitpunkt zu wählen, an dem das Nummernschild sichtbar wurde.

Spanò machte ein Foto des Bildschirms und blockierte Tammaros Hand, der dasselbe tun wollte.

»Santino, denk nicht im Traum daran!«, ermahnte er ihn. Dann wandte er sich an Vanina. »Ich rufe jetzt Nunnari an und sage ihm, er soll Nachforschungen anstellen.«

Vanina nickte konzentriert.

»Dottor Monterreale, können Sie mir die Bilder noch einmal zeigen?«

Der Arzt kehrte zu einer früheren Stelle zurück und startete das Video neu.

Aufmerksam saß Vanina vor dem Bildschirm, bis das Auto auftauchte. Es schien sich um einen Toyota Corolla in Graumetallic zu handeln.

»Hier! Spulen Sie ein paar Sekunden zurück!«

Manfredi tat, wie ihm geheißen.

»Hier anhalten!«

Durch das offene Autofenster war die Silhouette des Fahrers zu erkennen. Es war ein Mann.

»Spanò!«, rief Vanina, als der Inspektor das Gespräch beendete. »Wir müssen dieses Bild aufnehmen und es vergrößern.«

»Natürlich, Dottoressa. Wir sichern den gesamten Film, damit wir in Ruhe daran arbeiten können. Wissen Sie, was passiert ist?« Er wirkte amüsiert.

»Was ist denn passiert?«

»Nunnari riskierte einen anaphylaktischen Schock.«

Fast machte sich Vanina Sorgen um den Kollegen. »Was ist so lustig daran, Spanò?«

»Er ist mit Marta Bonazzoli zum Mittagessen gegangen, hat zwei Teller veganen Eintopf bestellt und ist krank geworden. Man hat ihn ins Krankenhaus gebracht«, erklärte Spanò und unterdrückte ein Lachen.

»Soja-Allergie«, diagnostizierte Monterreale.

Selbst Vanina konnte sich ein Schmunzeln nicht verkneifen. Armer Nunnari. Da war es ihm einmal gelungen, zehn unverhoffte und wahrscheinlich einzigartige Minuten in der Gesellschaft der unerreichbaren Marta Bonazzoli zu verbringen. Welch ein Loser! Wie ein angehender Priester, der eine Allergie gegen Hostien entdeckt.

»Sie behalten ihn zur Beobachtung ein paar Stunden da und schicken ihn dann nach Hause«, fügte Spanò noch hinzu. In der Zwischenzeit hatte er Lo Faro angerufen und ihn gebeten, die Nummernschilder zu überprüfen.

Monterreale bestand darauf, alle zum Mittagessen einzuladen. Nur ein paar Kleinigkeiten, denn auch er müsse bald wieder aus dem Haus. Während er das sagte, wärmte er eine Scacciata mit Brokkoli und eine halbe Pfanne Parmigiana auf, die er am Abend zuvor selbst zubereitet hatte, sowie einen in ein Geschirrtuch eingewickelten Laib Brot.

Vanina fragte Spanò nicht einmal, bevor sie zusagte, und in fünf Minuten saßen sie an einem üppig gedeckten Tisch auf der Terrasse mit dem Glasgeländer.

Tammaro war gegangen. »Sante lebt von Kaffee und Croissants«, rechtfertigte ihn der Arzt. Spanò hingegen vermutete, dass er wegen der Art und Weise, wie er ihn zuvor angesprochen hatte, beleidigt war. Vielleicht war er zu weit gegangen, aber er war sich sicher, dass er in einer Stunde die benötigten Informationen erhalten und mit den Nachforschungen und vor allem mit dem Protokollieren begonnen hätte.

Vanina war abgelenkt und bewunderte die Kochkünste von Manfredi Monterreale. Sogar das Brot, das die Parmigiana begleitete, war selbst gebacken, aus Sauerteig und Mehl aus alten sizilianischen Getreidesorten.

Sie war fasziniert von der neuen Bekanntschaft, die sie soeben gemacht hatte. In einer halben Stunde erfuhr sie, dass er fünfzig Jahre alt war, zwei Facharztbereiche abgeschlossen hatte – Pädiatrie und Kinderneuropsychiatrie – und in der Poliklinik und in einer Privatklinik arbeitete. Er schien nicht im Geringsten zu bedauern, dass ihn *bestimmte berufliche Entscheidungen* gezwungen hatten, vor sieben Jahren Palermo den Rücken zu kehren. Vaninas Stiefvater Federico Calderaro kannte er gut, ebenso wie eine Reihe von Personen, die sie selbst bei anderen Gelegenheiten getroffen hatte. Er lebte seit drei Jahren in diesem kleinen Apartment und war davon ebenso begeistert wie sie von ihrer Wohnung in Santo Stefano. Mehr oder weniger aus den gleichen Gründen.

Vanina stellte fest, dass sie gern noch länger in dieser entspannenden Umgebung geblieben wäre, als Spanòs Telefon sie an die Umstände erinnerte, die sie hierhergeführt hatten.

»Was gibt's, Lo Faro?«, fragte Spanò und entfernte sich vom Tisch. Sein Blick war auf seine Vorgesetzte gerichtet, die ihn mit einer Zigarette zwischen den Lippen aufmerksam musterte. »Verstehe«, schloss er.

Vanina stellte keine Fragen und drückte ihre Zigarette im Aschenbecher aus, den Monterreale ihr einen Moment zuvor gereicht hatte.

»Leider ist unsere Pause vorbei«, sagte sie, stand auf und trat zu Spanò, dessen grüblerisches Schweigen mehr sagte als alle Worte.

Manfredi begleitete sie noch bis zum Tor an der Straße.

Vanina streckte ihm eine Hand entgegen.

»Auf Wiedersehen, Dottore. Und danke für das Mittagessen.«

Manfredi lächelte. »Eine aufgewärmte Scacciata und etwas übrig gebliebene Parmigiana kann man wohl kaum als Mittagessen bezeichnen. Wenn Sie mir die Ehre erweisen, noch einmal zum Essen zu kommen, bereite ich etwas Besseres für Sie zu.« Die Einladung galt natürlich nur ihr.

Vanina sah, wie Spanò in sich hineingrinste, während er zum Wagen ging.

»Was ist?«, fragte sie ihn, sobald sie ihn eingeholt hatte.

»Verzeihen Sie, Boss, aber ich musste schmunzeln.«

»Was soll das heißen? Amüsieren Sie sich etwa hinter meinem Rücken?«

»Niemals würde ich das wagen, Dottoressa! Aber es war unmöglich, es nicht zu bemerken.«

»Spanò, kommen wir zur Sache! Was hat Lo Faro gesagt?«

Ispettore Capo Spanò nahm wieder Haltung an.

»Sie erraten nie, zu welchem Auto das Nummernschild gehört.«

»Ispettore, bald wird es mir zu bunt.«

Spanò drehte sich zu ihr um, auf dem Gesicht der Ausdruck eines Fernsehquizmasters und bereit, das endgültige Ergebnis zu verkünden: *Dreißig Millionen in Goldmünzen, Signorina!*

»Zu Lorenza Iannino.«

8

Unterwegs lieferte Spanò Vanina unaufgefordert eine Fülle von Informationen über Manfredi Monterreale, dessen Leben er offenkundig in- und auswendig kannte. Das Ergebnis war ein interessantes Porträt, das den positiven Eindruck bestätigte, den er bei Vanina nach dem ersten Treffen hinterlassen hatte. Sie hätte es sehr bedauert, wenn sie sich geirrt hätte.

Marta Bonazzoli war ins Büro zurückgekehrt, nachdem sie Nunnari nach Hause gebracht hatte. Er war vollgestopft mit Kortison und schämte sich in Grund und Boden, auch für den Nesselausschlag, der ihn befallen hatte.

»Er quoll auf und bekam keine Luft mehr. Ich hatte Angst, er würde gleich sterben«, sagte sie und ließ sich auf dem Sofa ihrer Vorgesetzten nieder.

Vanina widerstand der Versuchung, sie wegen des Killereintopfs anzusprechen. Wenn Marta ihre Wachsamkeit so weit vernachlässigte, dass sie sich ohne Rücksicht auf Indiskretion in Titos Arme flüchtete, hieß dies, dass der Zwischenfall sie wirklich erschüttert hatte.

»Signora Livolsi wusste also auch nicht, dass ihre Freundin Lorenza Iannino dieses Haus gemietet hatte«, schloss Vanina, nachdem ihr Marta von dem Treffen mit der Geologin erzählt hatte.

»Ganz genau. Ebenso wenig wie ihr Bruder.«

»Irgendetwas stinkt hier gewaltig«, bemerkte Tito Macchia.

Vanina konnte nur zustimmen. Und der Gestank wurde immer intensiver.

Die Vermisstenanzeige, die Lorenza Ianninos Bruder erstattet hatte, und die ihnen zur Verfügung stehenden Mittel reichten aus, um den Apparat in Bewegung zu setzen.

»Ich sage Fragapane, er soll die Daten des Nummernschilds an alle Polizeistationen, Carabinieri und so weiter schicken. Zusammen mit dem Foto von Lorenza Iannino.«

»Lass mal, darum kümmere ich mich schon! Ich habe sowieso keine Lust, nur herumzusitzen«, bot Marta an, stand auf und zog ihre Hand unter der von Tito Macchia weg.

»Wie du magst. Dann gehe ich in mein Büro, erledige ein paar Anrufe und mache mich danach mit den Jungs auf den Weg in Professor Ussaros Büro.«

Marta Bonazzoli schenkte der Runde ein Lächeln, in dem sich Tito Macchia verlor.

Vanina erreichte ihr Zimmer, schloss die Tür und öffnete das Fenster zum Balkon. Sie wollte sich eine Zigarette anzünden, überlegte es sich dann aber anders. Stattdessen öffnete sie eine Schublade und nahm eine Tafel siebzigprozentiger Zartbitterschokolade heraus, eine spezielle Sorte, die nicht leicht aufzutreiben war. Während sie die Hälfte herausbrach, musste sie an die Person denken, die ihr die Schokolade gegeben hatte, und lächelte. Der pensionierte Commissario Biagio Patanè war lange Zeit Leiter der Mordkommission des Einsatzkommandos von Catania gewesen. Inzwischen war er dreiundachtzig Jahre alt. Vanina hatte ihn an dem Tag kennengelernt, als er in ihrem Büro mit einer Menge nützlicher Informationen zu den Ermittlungen eines sechzig Jahre zurückliegenden Mordes aufgetaucht war. Sie hatten sich sofort gut verstanden. Man konnte sagen, dass sie den Fall gemeinsam gelöst hatten. Es waren noch nicht einmal zwei Monate vergangen, doch sie waren bereits gute Freunde geworden. Vanina hatte ihn seit über einer Woche nicht mehr gesehen, seit dem Tag, als er mit zehn Schokoriegeln in der Hand bei ihr zu Hause aufgetaucht war. »Besondere Schokolade«, hatte er gesagt.

Sie blickte auf die Uhr. Es war Viertel nach vier, eine Zeit, zu der es noch absolut tabu war, ihn anzurufen, wenn sie nicht riskieren wollte, ihn mitten in seinem Mittagsschläfchen zu stören.

Das Display ihres Handys zeigte an, dass sie vor zwei Stunden einen Anruf von Adriano Calì verpasst hatte.

Sie rief ihn zurück.

Der Gerichtsmediziner meldete sich beim ersten Klingeln mit seiner wie gewohnt fröhlichen Stimme. Nur er wusste, wie er die beibehalten konnte, nachdem er den ganzen Vormittag mit dem Sezieren von Leichen verbracht hatte.

»Ciao, meine Liebe!«

»Hallo, Adri, ich habe gesehen, dass du mich angerufen hast.«

»Wenn ich dich jemals anrufen sollte, weil mein Leben in Gefahr ist, hätte man angesichts deiner Reaktionszeit alle Zeit der Welt, um mich zu begraben.«

Vanina lächelte. Der *Adriano-Effekt* trat sofort ein. Besser als ein Kilo Schokolade.

»Damit dein Leben in Gefahr ist, müssten wir schon von Außerirdischen überfallen werden. Was wolltest du mir sagen?«

»Verrückt, na so was! Statt eine Polizistin auf Abruf zu haben, werde ich am Ende der Warteschlange eingereiht. Wie auch immer, diesmal hast du Glück. Ich wollte dir einen netten Abend mit alten Filmen und gutem Essen vorschlagen. Luca reist heute Abend ab, und ich mag nicht allein zu Hause sein. Vor allem, wenn ich bedenke, wohin er fliegt.«

Luca Zammataro war der Sonderkorrespondent schlechthin. Er reiste in den Irak und wieder zurück mit der Unerschütterlichkeit eines Handelsreisenden. Er pendelte zwischen Rom, wo seine Zeitung ihren Sitz hatte, und Catania, der Stadt, in der er zur Welt gekommen war und in der er mit Adriano Calì zusammenlebte, dem Mann, mit dem er die letzten zehn Jahre seines Lebens geteilt hatte.

Vanina überlegte, dass sie an diesem Abend nicht spät aus dem Büro kommen würde. Eine solche Gelegenheit könnte sich erst in einigen Tagen wieder ergeben.

»Also gut. Was schauen wir uns an?«

»Was soll das heißen: *Was schauen wir uns an?* Du hast mich förmlich gezwungen, überall nach diesem Schinken Ausschau zu halten, einschließlich der Fahrt zum DHL-Shop, der mich zu Hause nie antraf. Und jetzt willst du den Film nicht einmal sehen?«

Das hatte sie völlig verdrängt.

»Natürlich will ich ihn sehen. Außerdem darf man nicht vergessen, dass der Film auf einem Roman von Brancati basiert. So schlecht kann der Streifen also gar nicht sein.«

»Und selbst wenn? Wen interessiert das schon? Außerdem habe ich ehrlich gesagt keine Lust, mir heute Abend einen unserer Felsbrocken anzuschauen. Lieber sähe ich etwas Leichteres.«

Ihre Filmabende widmeten sie meistens Autorenfilmen aus den Fünfziger- und Sechzigerjahren. Rigoros italienisch. Einmal, als beide sich in aller Ruhe Antonionis *Die Nacht* ansahen, kam ihnen zufällig Maria Giulia De Rosa in die Quere. Nachdem sie den Film nicht einmal fünf Minuten lang angesehen hatte, hatte die Anwältin erklärt, er sei schwer wie ein Felsbrocken. Seitdem wurde dieser Beiname scherzhaft auf alle nachfolgenden Vorführungen angewandt.

»In Ordnung, um halb neun bei mir zu Hause.«

»Was ist mit dem Abendessen?«

»Ich bestelle bei *Santo Stefano* die Siciliane. Dann holen wir sie zusammen ab, sie werden vor Ort gebraten.«

Zufrieden legte sie auf, und die Aussicht auf den bevorstehenden Abend munterte sie schlagartig auf.

Erneut überprüfte sie die verschiedenen Zeitlinien. Anrufe, Nachrichten, E-Mails. Nichts Neues.

Paolo hatte sein Versprechen vom Vorabend gehalten, als sie ihn angerufen hatte. Sie hatten zwei Stunden miteinander gesprochen. Schließlich hatte sie ihn gebeten, sie nicht mehr zu kontaktieren. Also trotz allem ihre Entscheidung zu respektieren, die sie vor vier Jahren getroffen hatte.

Aber war sie so sicher, dass sie noch immer an dieser Entscheidung festhalten wollte? Nicht von ihm zu hören? Sie versuchte, das Gleichgewicht wiederherzustellen, das einen Monat zuvor ins Schwanken geraten war. Da war sie der Schwäche erlegen und hatte eine Lücke aufgerissen, die zu einem Abgrund hätte werden können. Jetzt wusste sie nicht mehr, wie sie zurückrudern sollte. Vor allem wusste sie nicht, *ob* sie das wirklich noch wollte.

Als Marta an der Tür erschien und ihr mitteilte, dass sie die Daten übermittelt hatte, und um Erlaubnis bat, früher nach Hause gehen zu dürfen, wurde Vanina klar, dass es an der Zeit war, einen ernsthaften Schritt zu unternehmen.

Inspektor Fragapane hatte darum gebeten, seinen Partner Spanò in die Kanzlei Ussaro zu begleiten. Er hatte auch darauf bestanden, Vanina zu fahren, und sie hatte zugestimmt, ohne nachzudenken. Es wurde zu einer entsetzlichen Fahrt im Schritttempo, die mehr einem Hindernisparcours glich und ein Hupkonzert auslöste.

»Fragapane, wehe Sie machen auf der Rückfahrt auch nur Anstalten, sich auf den Fahrersitz zu setzen«, hatte Vanina geknurrt, als der Dienstwagen sein Ziel erreicht hatte.

Beschämt senkte er den Blick. Es war nicht das erste Mal, dass ihm das passierte. Vicequestore Vanina Guarrasi, seine Vorgesetzte, hatte nie einen Hehl daraus gemacht, dass sie ihn für ein Lenkradfaultier hielt, das beim Durchsuchen von Papieren und Ordnern ebenso akribisch und langsam war wie bei allen anderen Aktivitäten.

Die Sekretärin, die die Tür öffnete, zeigte sich beim Anblick der Besucher nicht überrascht. Sie war diejenige, die am Vortag Spanòs Anrufe entgegengenommen hatte, und sie war es auch, die sofort ihre Besorgnis über die unerklärliche Abwesenheit der Anwältin Lorenza Iannino zum Ausdruck gebracht hatte. Sie war klein, dürr und zwischen fünfzig und fünfundsechzig, jedenfalls sah sie so aus.

»Der Professore wird gleich kommen«, verkündete sie und führte sie in einen kleinen Raum, der mit einem ovalen Tisch aus poliertem Bruyèreholz aus den 1970er-Jahren und mit Ledersesseln mehr oder weniger gleichen Alters möbliert war.

»Noch keine Neuigkeiten?«, erkundigte sich die Sekretärin.

»Leider nicht«, antwortete Vanina. »Deshalb müssen wir so viele Leute wie möglich befragen. Jeder von ihnen kann uns nützliche Hinweise geben, selbst wenn es nur eine winzige Kleinigkeit ist.« Sie blieb bewusst vage.

Während die Sekretärin ging, um die anwesenden Anwälte zu rufen, sah sich Vanina im Raum um. Die zweifarbigen Wände schienen nach der Fantasie eines farbenblinden Malers gestrichen zu sein, halb orange, halb burgunderrot. Sogar die in eine Ecke verbannten Sessel waren mit orangefarbenem Samt gepolstert und mit Stahlarmen und -füßen versehen. Auch sie waren sicherlich so alt wie der Tisch.

Die Sekretärin kehrte in Begleitung von zwei jungen Männern um die dreißig und zwei halbwüchsigen Mädchen zurück, von denen das eine sehr jung war. Letztere, Valentina Borzi, hatte gerade ihr Studium abgeschlossen und arbeitete seit sechs Monaten in der Kanzlei. Sie hübsch zu nennen wäre untertrieben gewesen. Sie sagte aus, sie habe nie viel mit Lorenza Iannino zu tun gehabt und sie am Abend vor ihrem Verschwinden in der Kanzlei zurückgelassen, wie oft an anderen Abenden auch, und dass sie nichts Ungewöhnliches bemerkt habe. So äußerte sich auch einer der beiden Anwälte, der um fünf Uhr nachmittags das Büro verlassen und nach Biancavilla nach Hause zurückgekehrt war.

»Lori bleibt immer lange«, sagte Susanna Spada, die Anwältin, die das Zimmer mit Lorenza Iannino teilte. Rabenschwarzes Haar, himmelblaue Augen, kantiges Gesicht. Gefasster, aber trauriger Ausdruck einer Frau, die von der Situation betroffen war und begriff, dass es ernst werden könnte. »Manchmal sogar später als Nicola.«

Der Einzige, der noch nicht gesprochen hatte, stellte sich vor. »Nicola Antineo.« Hübsche Gesichtszüge, fast kindlich im Vergleich zu seinem Alter. Das Gesicht eines braven Jungen, dessen Blässe deutlich seine Sorge um das Schicksal seiner Kollegin verriet.

»Wie kommt das?«, fragte Vanina.

»Der Professor geht immer sehr spät. Lorenza und ich sind diejenigen, die am engsten mit ihm zusammenarbeiten, wir begleiten ihn auch zur Uni. Solange er nicht geht, bleibt immer einer von uns in der Kanzlei. Oft ist das Lorenza.«

»Und wer ist vor zwei Nächten geblieben?«

»Ich«, antwortete Antineo.

»Wer entscheidet, wer von Ihnen auf den Professor wartet?«

»Normalerweise er.«

»Rechtsanwalt Ussaro?«

»Ja, der Professor.«

Für die Sekretärin und die beiden jungen Frauen war Ussaro *der Rechtsanwalt*, für Nicola Antineo war er *der Professor*. Akademische Geisteshaltung, stellte Vanina fest.

Spanò folgte der Unterhaltung schweigend, während Fragapane sich Notizen in seinem Büchlein machte.

»Lorenza arbeitet viel«, fügte die Sekretärin hinzu, bevor sie zur Tür eilte, die sich gerade geöffnet hatte und durch die Herr Rechtsanwalt Professor Elvio Ussaro eintrat.

Mittelgroß, dunkles Haar, vermutlich gefärbt, schütter und zu einem Seitenscheitel frisiert. Dreieckiges Gesicht, kleine Nase, schmale Lippen, die im Vergleich zum olivenfarbenen Teint auffallend rot waren. Eine hässliche Kopie von Remo Girone als Tano Cariddi in *Allein gegen die Mafia*, nur um ein paar Jahrzehnte älter und eleganter gekleidet. Und aalglatt. Der erste Eindruck, der bei Vanina in der Regel zutraf, war schlecht.

»Vicequestore Guarrasi, freut mich, Sie kennenzulernen«, begrüßte er sie und kam mit ausgestreckten Armen und offenen Händen auf sie zu, bereit, sie ihr zu schütteln. Auch seine Hände waren aalglatt.

»Freut mich, Sie kennenzulernen, Herr Rechtsanwalt«, sagte Vanina und entschied sich für die Berufsbezeichnung, weil sie die am neutralsten fand. »Das sind Chefinspektor Ispettore Capo Spanò und Vicesovrintendente Fragapane«, stellte sie ihre Kollegen vor. Die beiden jungen Anwälte waren aufgestanden, um einen Platz am Tisch frei zu machen. Die Sekretärin blieb auf einem der orangefarbenen Stühle sitzen. Professor Ussaro setzte sich zwischen die jungen Frauen und ließ einen flüchtigen Blick über Valentina Borzi gleiten, aber nicht flüchtig genug, als dass er nicht lüstern gewirkt hätte. Vanina beobachtete Spanò aus den Augenwinkeln, der stets die Stirn runzelte, wenn ihm etwas missfiel.

»Diese Sache mit Lorenza ist absurd«, begann der Anwalt.

»Ich würde eher sagen, ziemlich ernst, Herr Rechtsanwalt.«

»Haben Sie vielleicht Hinweise darauf, dass es sich um ein freiwilliges Verschwinden handeln könnte?«

Vanina starrte ihn an und zwang ihn, ihrem Blick nicht auszuweichen. »Wir prüfen gerade alles, was wir haben. Die Annahme allerdings, dass sie freiwillig gegangen sein könnte, ist wohl die unrealistischste.«

»Heilige Maria!«, stöhnte die Sekretärin und schlug die Hände vors Gesicht.

Die jungen Anwälte sahen sich an und wirkten plötzlich blass, als hätten sie etwas Unerwartetes erfahren. Vor allem Antineo.

»Denken Sie an eine Entführung?«, fragte Ussaro selbstzufrieden.

»Im Moment habe ich keinen Grund zu dieser Annahme. Natürlich habe ich auch nichts, das dies ausschließt, obwohl ich ehrlich gesagt nicht wüsste, aus welchem Grund.« Sie rückte auf ihrem Stuhl nach vorn, stützte die Ellbogen auf den Tisch, drehte eine nicht angezündete Zigarette zwischen den Fingern und sprach dann weiter: »Herr Rechtsanwalt Antineo hat uns soeben erzählt, dass er anders als üblich an jenem Abend länger im Büro blieb, während Signora Iannino früher ging. Darf ich Sie fragen, warum Sie sie eher nach Hause schickten?«

»Sie bat mich, früher gehen zu dürfen. Sie hatte eine Party oder so etwas. Ich bin kein kontrollsüchtiger Chef, Dottoressa. Ich kann die Bedürfnisse junger Leute sehr gut nachvollziehen«, sagte er und musterte die vier Anwälte mit gönnerhaftem Blick. »Ich möchte, dass sie mich als so etwas wie einen zweiten Vater betrachten.«

Spanò runzelte die Stirn immer stärker.

Vanina wandte sich an die anderen. »Weiß jemand von Ihnen, um welche Party es sich da handelte?«

Alle schüttelten mehr oder weniger überzeugend den Kopf. Am unsichersten schien Nicola Antineo zu sein.

»Herr Rechtsanwalt, können Sie sich vielleicht an irgendetwas erinnern?«, drängte ihn Vanina.

Antineo suchte einen Moment lang den Blick des Professors, der aber wegsah. Genauer gesagt, Signorina Borzi betrachtete, die bereits den letzten Knopf ihrer Bluse zugeknöpft hatte und wohl bald einen Schal brauchte.

»Ich erinnere mich nur daran, dass sie ein paar Anrufe erhielt. Ich glaube, es waren die Freunde, mit denen sie ausging.«

Das würden sie bald wissen. Sobald die Telekommunikationsabteilung die Daten des im Koffer gefundenen iPhones ausgewertet hatte. Doch Vanina hütete sich, etwas darüber verlauten zu lassen.

»Hat jemand von Ihnen Beziehungen zu Lorenza Iannino, die über das Geschäftliche hinausgehen?«

Susanna Spada hob die Hand.

»Ich. Manchmal gehen wir zusammen aus.«

»Und Sie haben keine Ahnung, wohin Lorenza in jener Nacht wollte?«

»Nein, Dottoressa. Sie hat es mir nicht gesagt, und ich habe sie nicht gefragt.«

Vanina nickte Spanò und Fragapane zu und stand auf. »Können wir den Schreibtisch von Rechtsanwältin Iannino sehen?«

»Natürlich«, antwortete Ussaro sofort.

Die Sekretärin und Susanna Spada begleiteten sie durch einen Flur mit pistaziengrün gestrichenen Wänden, von dem vier Türen abgingen. Sie betraten einen lilafarbenen Raum mit zwei Schreibtischen. Auf dem von Lorenza Iannino herrschte Chaos. Er war voll mit allerlei Ramsch, der den Platz zwischen den Papierstapeln einnahm. An der Wand hinter dem Sessel hing ihre Abschlussurkunde, daneben ein riesiger offener Rahmen mit Fotos aus aller Welt. Überall war Lorenza Iannino vor den üblichen Fotomotiven zu sehen. Eiffelturm, Rockefeller Center, Tower Bridge, ein weißer Strand mit Palmen. Und zu guter Letzt vor dem Mailänder Dom mit einer Tasche, auf der das Label einer italienischen Luxusmarke prangte. Sie war zierlich, hatte katzenhafte Augen und puppenhafte Züge. Ein heißer Feger im Designerlook, der wie ein Model posierte.

Vanina machte ein paar Fotos. »Das hier nehmen wir mit, es könnte nützlich sein«, sagte sie und deutete auf die einzige Nahaufnahme. Fragapane bat die Sekretärin, ihm beim Herausnehmen des Fotos zu helfen, die sehr darum bemüht war, das Fotoalbum nicht zu zerstören, das der Zeitschrift *Vogue* alle Ehre gemacht hätte.

»Lorenza hängt sehr an dieser Fotosammlung«, erklärte Susanna Spada.

»Offenbar reist sie viel.«

»Nicht unbedingt. Aber sie lässt sich jedes Mal fotografieren.«

Für den Bruchteil einer Sekunde entdeckte Vanina einen Hauch von Ironie in der ernsten Miene der Anwältin. War es Spott oder Feindseligkeit? Doch der Ausdruck verschwand, noch bevor sie ihn deuten konnte.

Während Spanò ein paar Fotos von dem Schreibtisch schoss, riet Vanina der Anwältin, nichts anzufassen.

Professor Ussaro war im Flur stehen geblieben, einem großen Raum mit salbeigrünen Wänden und petrolfarbenen Säulen, in dem sich auch das Sekretariat befand. Vier Sessel mit hellbraunen Polstern, ähnlich denen im Besprechungsraum, standen dort. Er hatte die Hände hinter dem Rücken verschränkt und stellte seinen ausladenden Bauch zur Schau.

Antineo und die beiden anderen Anwälte standen bei ihm. Nur Signorina Borzi hielt sich ein wenig abseits.

Und so verließ Vicequestore Vanina Guarrasi die Kanzlei, allerdings nicht ohne einen weiteren Händedruck vonseiten des Professors, der sich noch schmieriger anfühlte als der erste.

»Ich mag diesen Anwalt nicht«, erklärte Fragapane, als sie aus der Tür waren.

Es war bereits dunkel. Auf dem Corso Italia staute sich wie üblich der Verkehr, und auf den Bürgersteigen waren viele Menschen unterwegs.

Spanò pflichtete ihm bei. »Ich auch nicht.«

»Inwiefern?«, fragte Vanina.

Fragapane hob den Daumen, als wollte er etwas aufzählen. »Zunächst einmal die Art und Weise, wie er diese junge Frau behandelt hat.«

Vanina zog eine Grimasse. Na klar, sie konnte sich vorstellen, wie sehr einer jungen Frau so ein Schleimer gefiel.

»Stellen wir uns vor, wie er da erst Lorenza Iannino angeschaut hat«, fügte Spanò hinzu und legte das Foto hin, das sein Kollege aus der Sammlung genommen hatte.

Vanina enthielt sich eines Kommentars, doch der Blick, den sie tauschten, sagte mehr aus als alle Worte.

Der Dienstwagen stand mehr als zwei Blocks entfernt auf einem Bürgersteig, wo sich ein Geschäft ans andere reihte. Vanina hatte bereits einen Fuß ins Auto gesetzt, als sie Spanòs versteinerte Miene entdeckte.

»Das hat uns gerade noch gefehlt«, flüsterte Fragapane, der sofort wieder aus den Tiefen des Rücksitzes auftauchte, in die er versunken war.

Ein Pärchen trat gerade durch die Eingangstür eines jener Juweliergeschäfte, in dem unter tausend Euro nichts Geeignetes zu finden war. Vanina kannte den Laden, weil sie ihre Freundin Giulia schon ein paarmal dort hingefahren hatte. Fröhlich hielt die junge Frau ein Geschenkpäckchen in der Hand. Der gut aussehende Mann, der wie eine Schaufensterpuppe gekleidet war, musterte sie selbstgefällig und lächelte breit.

Spanò ging zwei Schritte auf sie zu.

»Rosi!«, rief er.

Die Frau hob den Kopf, und ihr Gesichtsausdruck veränderte sich. Sie blinzelte verlegen.

»Ciao, Carmelo«, begrüßte sie ihn.

Der Inspektor ging auf sie zu und schüttelte ihr die Hand. Sie tauschten ein gezwungenes Lächeln aus, das auf ihren Gesichtern gefror. Dann wandte er sich dem Schönling zu und reichte auch ihm im Vorbeigehen gleichgültig die Hand.

»Ich wollte dich heute Abend anrufen und dir zum Geburtstag gratulieren«, sagte er.

»Danke.«

Die Frau lächelte Fragapane an.

»Ciao, Salvatore.«

»Hallo, Rosi, wie geht es dir?« Sie küssten sich steif auf die Wangen.

Spanò drehte sich zu Vanina um, die sich diskret im Hintergrund hielt und an die Autotür gelehnt an ihrer Zigarette zog.

»Dottoressa, darf ich vorstellen …« Er wusste nicht, wie er den Satz beenden sollte. *Meine Frau*, hätte er am liebsten gesagt. *Ex-Frau* hätte er hinzufügen müssen. Diese unangenehme Vorsilbe, mit der er sich so schwertat.

Vanina kam auf sie zu und hielt ihr die Hand hin.

»Giovanna Guarrasi.«

»Maria Rosaria Urso.«

Sie war hübsch und hatte lebhafte Augen. Und sie war mindestens zehn Jahre jünger als Inspektor Spanò. Er konnte den Blick nicht von ihr abwenden, was den Schaufensterschönling, der sich Vanina vorstellte, sichtlich störte.

»Rechtsanwalt Enzo Greco.«

Wie sich die Themen an diesem Nachmittag gleichen!, dachte Vanina.

Dass der Mann, für den Signora Spanò ihren Gatten verlassen hatte, ein Anwalt war, genauer gesagt ein Zivilrechtler, hatte Vanina hinter vorgehaltener Hand von ihrer Freundin Maria Giulia erfahren. Ein *hohes Tier* hatte die ihn genannt. Ein brillanter Mann, dem die Frauen hinterherliefen und der es sich leisten konnte, sie mit kostspieligen Aufmerksamkeiten zu verblüffen. Wie mit Dingen wie denen, die das Päckchen aus Tausendundeiner Nacht wohl enthielten, das Maria Rosaria in Händen hielt und von dem er als *seinem Geschenk für Rosi* sprach.

Ein Geschenk, das sich Ispettore Capo Carmelo Spanò, dem Juweliergeschäft nach zu urteilen, nicht einmal dann hätte leisten können, wenn er ein Jahr lang seine Schichten verdoppelt hätte.

Ein Umstand, der Vaninas Nerven stark strapazierte. Das musste auch den Inspektor erschüttert haben, denn er verlor plötzlich seine unterwürfige Haltung, aus der er die Szene anfangs beobachtet hatte, und zeigte eine so harte Miene, wie sie Vanina noch nie bei ihm gesehen hatte.

»Sicher hat sie sich das schon verdient«, spottete er. Er näherte sich seiner Ex-Frau und drückte ihr einen Kuss auf die Wange. Ein lauter, fast wütender Kuss. »Herzlichen Glückwunsch zum Geburtstag, Rosi.«

Ohne ihr ins Gesicht zu sehen und ohne ihr oder dem Mann an ihrer Seite die Gelegenheit zur Verabschiedung zu geben, machte er auf dem Absatz kehrt und ging zum Auto.

Er zog die Schlüssel heraus und betrachtete seine Hände, die leicht zitterten. Vanina trat zu ihm, bevor er die Fahrertür öffnen konnte

»Setzen Sie sich auf die andere Seite!«, befahl sie. Der Inspektor gehorchte.

Er blieb die ganze Zeit still, während Fragapane vergeblich versuchte, das Band zurückzuspulen und den Nachmittag zu kommentieren, als ob nichts geschehen wäre.

»Entschuldigen Sie, Dottoressa«, sagte Spanò, als sie vor der Tür des Einsatzkommandos hielten.

»Wofür?«

»Dass ich die Kontrolle verloren habe.«

Fragapane entfernte sich diskret.

»Ispettore, glauben Sie mir, es wäre für jeden schwierig gewesen, in einer solchen Situation die Kontrolle zu behalten.«

»Ja, aber ich hätte es vermeiden sollen, mit … den beiden ein Gespräch zu beginnen.«

»Das konnten Sie nicht, und das ist menschlich und verständlich.«

Der Inspektor senkte für einen Moment den Blick und strich sich den Schnurrbart glatt.

»Ich habe mich lächerlich gemacht«, murmelte er.

»Bei wem?«

»Zuallererst bei Ihnen, Dottoressa.«

»Bei mir? Wovon reden Sie da, Ispettore? Davon kann doch keine Rede sein.«

Spanò antwortete nicht.

Vanina hakte ihn unter und schob ihn zum Eingang.

»Soll ich Ihnen etwas sagen? Dieser Dandy ging auch mir gehörig auf die Nerven.«

Der Inspektor versuchte zu lächeln und seufzte resigniert.

»Warum gehen Sie nicht nach Hause? Ich glaube nicht, dass wir heute Abend noch etwas Neues in Erfahrung bringen«, schlug Vanina ihm vor.

»Unmöglich, Boss! Wenn ich heute Abend nicht dableibe und arbeite, drehe ich durch. Ich löse Salvatore ab, damit er nach Hause zu Finuzza gehen kann. Sicher verstehen Sie das.«

Natürlich verstand sie das. Unzählige Nächte hatte sie sich auf diese Art und Weise um die Ohren geschlagen. In die Arbeit vertieft, auf der Suche nach Hinweisen, beim Wälzen von Unterlagen, bei der Beschattung von Personen. Und alles höchstpersönlich, nur um nicht nachdenken zu müssen. Sie nahmen die Treppe und erreichten den langen, schmalen Gang, der zu den Büros führte. Es war kaum noch jemand da, nicht einmal bei der Einsatzleitung. Auch der Big Boss war früher gegangen. Vanina wünschte ihm und Marta in Gedanken einen schönen Abend.

Und immer noch keine Neuigkeiten zum Auto von Lorenza Iannino. Sie nahm sich vor, am nächsten Tag mit ihren Kollegen darüber sprechen. Vorausgesetzt, es war nicht auf einem Schrottplatz verbrannt oder im Meer entsorgt worden. Also verschwunden. So wie seine Besitzerin.

9

Vanina war sich sicher, dass Adriano Calì vor ihr bei ihr zu Hause angekommen war. Genauso wie sie sich sicher war, dass sie ihn in Bettinas Salon bei einem süffigen Aperitif vorfand, den ihre Nachbarin ihm bestimmt angeboten hatte. Ein hausgemachter Aperitif hieß junger Wein mit Limonade, was allein schon so reichhaltig war wie ein üppiges Abendessen.

Vanina ließ sich auf ihrer Rückfahrt Zeit. Sie hatte das Autofenster geöffnet, sich eine Zigarette angezündet und hörte leise Vasco Rossi. Sie fasste den Tag gedanklich zusammen. Dieser Fall hatte seltsam, ja geradezu schleppend begonnen. Bisher hatten sie einen anonymen Anruf, Spuren, die auf eine Drogen- und Alkoholparty hinwiesen, einen blutverschmierten Sessel und eine vermisste junge Frau. Wenn dem Journalisten Tammaro und seinem Freund Monterreale der Mann nicht aufgefallen wäre, der einen Koffer auf die Felsen geworfen hatte, und wenn die beiden Chefinspektor Spanò nicht informiert hätten, wären sie nicht einmal im Besitz des Smartphones gewesen. Von ihm erhoffte sich Vanina Hinweise, aufgrund derer sie endlich mit den Ermittlungen beginnen konnte.

Der graue Smart ihres Freundes stand wie erwartet schon da. Er parkte vor dem Eisentor der Garage, in der alle Fahrzeuge von Bettinas Familie untergebracht waren, auch die, die ihr Sohn zurückgelassen hatte, als er nach Norditalien gezogen war. Am Ende der Garage, gut verhüllt unter einer Abdeckplane, stand sogar noch eine Vespa Modell Faro Basso aus den

1950er-Jahren, wie sie Gregory Peck in *Ein Herz und eine Krone* gefahren hatte. Der berühmte kleine Motorroller, auf dem ihr verstorbener Mann – *Gott hab ihn selig* – sie zum ersten Mal zu einem Rendezvous ausgeführt hatte.

Vanina öffnete die kleine Eisentür und stieg die Treppe hinauf. Bettinas Küchenfenster stand halb offen, aber in der Küche war niemand. Vanina entdeckte sie mitten auf dem Rasen in einer wattierten Winterjacke. Adriano Calì saß auf dem abgesägten Stamm einer Palme, die der berüchtigte Rote Rüsselkäfer im Sommer zuvor vernichtet hatte, und hielt eines der beiden Kätzchen im Arm, die Bettina erst kürzlich adoptiert hatte.

»Ich glaube, er sieht hervorragend«, sagte der Gerichtsmediziner mit der professionellen Ausstrahlung, die er sonst einem menschlichen Patienten vorbehalten hätte. In seinem Fall einer Leiche.

Bettina bemerkte Vanina und winkte sie mit dem Arm heran. »Dottoressa, kommen Sie!«

Vanina wusste sofort, worum es in dem Gespräch ging, das Bettina auch jeden zweiten Tag mit ihr führte. Sie war sich mittlerweile sicher, dass eines ihrer beiden Kätzchen auf einem Auge blind war, und nichts in der Welt konnte sie davon abbringen. Aber vielleicht konnte Adriano Calì sie vom Gegenteil überzeugen.

Mit ausgebreiteten Armen ging Adriano auf Vanina zu und begrüßte sie, ohne sie zu berühren. Vanina dachte amüsiert darüber nach, wie viel Seife er in den kommenden fünf Minuten verbrauchen würde, um jegliche Art von Katzenkeimen von seinen Händen zu entfernen. Ein unglaublicher Hypochonder, vor allem in Anbetracht seiner Arbeit, und das nicht nur im übertragenen Sinn.

Und in der Tat.

»Dottore, entschuldigen Sie, dass ich so neugierig bin, aber darf ich Sie etwas fragen?«, meinte Bettina und lugte durch die Tür ins Gästebad, in das sie den Arzt gerade begleitet hatte. Sie reichte ihm ein Leinenhandtuch mit aufgestickten Initialen.

»Gern, worum geht es?«

»Wie schaffen Sie es, sich bei Ihrem Sinn für Hygiene von morgens bis abends mit Leichen zu beschäftigen?«

»Berechtigte Frage, Signora Bettina. Was soll ich sagen? Job ist Job, ich habe ihn mir ausgesucht. Und ich versichere Ihnen, es hat mich nie sonderlich tangiert, nicht einmal als ich noch Assistenzarzt war.«

In der Zwischenzeit hatte er sich an den Küchentisch begeben und schenkte sich noch etwas Wein mit Limonade ein.

Vanina war klar, dass sie bei diesem Tempo nie weiter kämen. Mit Bettinas Erlaubnis packte sie ihn also und schleppte ihn in die Trattoria *Santo Stefano*.

Während sie auf die vier bestellten Siciliane warteten, von denen sie sich drei teilten und eine für die Nachbarin mitnahmen, erzählte Vanina von dem ungewöhnlichen Fall, mit dem sie gerade zu tun hatte.

»Ich werde mich also bald um diese junge Frau kümmern müssen«, schloss Adriano.

»Vielleicht bekommst nicht du sie auf den Tisch.«

»Wenn Dottore Vassalli der Staatsanwalt ist, dann bestimmt. Ich weiß nicht, warum der so darauf versessen ist, immer mich anzurufen.«

»Weil du natürlich der Beste bist. Und du weißt, das ist die einzige Meinung, die Vassalli und ich teilen.«

Zwischen den Siciliane für sie, der für Bettina, zwei Arancini, die vom Lokal spendiert wurden, und der Zabaglione, die Adriano unbedingt haben wollte – natürlich auch für Bettina, welche Frage –, kehrten sie mit Töpfchen und Tiegelchen bewaffnet nach Hause zurück.

Sie verputzten alles, während sie in der Küche saßen, einschließlich Süßigkeiten, Schokolade und einer Bitterorange, nach der Dottor Calì verrückt war. Dann lümmelten sie sich auf das graue Sofa vor den großen Fernseher. Adriano erhielt zwei Nachrichten von Luca Zammataro, die er mit dümmlichem Grinsen las. Mitten im Film, während sich ein Quartett catanesischer Halbstarker über die Eroberung des weiblichen Geschlechts unterhielt und dabei literweise Punt e Mes trank, schnarchte Dottor Calì laut vor sich hin. So lag er neben Vanina: Brille auf der Nase, das Handy in der Hand, an ein Kissen geschmiegt wie ein liebesbedürftiger kleiner Junge. Entspannt.

Sie lächelte und stellte den Ton leiser. Sie hätte ihn kaum von dort loseisen können. Sie holte eine Decke und breitete sie über ihm aus. Er rutschte weiter auf dem Sofa hinunter und schmiegte den Kopf an das Kissen. Vanina gestikulierte amüsiert mit der Hand.

»Na dann, gute Nacht!«

Sie schaltete den Fernseher und das Licht aus und begab sich in ihr Zimmer. Sie sah das Bett mit demselben Enthusiasmus an, mit dem man einen Zahnarztstuhl betrachtet. Müdigkeit? Null.

Sie prüfte ihr Telefon: keine Nachrichten. Diesmal hatte Paolo Malfitano sie beim Wort genommen. Es wäre inkonsequent gewesen, es zuzugeben, aber es tat weh. Es tat höllisch weh.

Sie kehrte ins Wohnzimmer zurück, schrieb auf einem Post-it-Zettel eine Nachricht für ihren Freund Adriano und klebte ihn auf sein Handy.

Dann griff sie nach ihrem Holster und holte eine wärmere Lederjacke aus dem Schrank. Sie legte einen leichten warmen

Schal um, den sie seit dem Herbst wie eine Linus-Decke bei sich trug. Sobald der Schirokko vorbei wäre, würden die Temperaturen nachts vermutlich sinken. Sie vergewisserte sich, dass sich die Beretta an ihrem Platz befand, wie sie das zehn- bis zwanzigmal am Tag fast automatisch tat.

Unbewaffnet auf die Straße zu gehen war für Vicequestore Vanina Guarrasi keine Option. Niemals. Sich selbst, vor allem aber diejenigen, die sie liebte, nicht unvorbereitet einer Gefahr auszusetzen war eine Besessenheit, die in dem schrecklichsten Trauma wurzelte, das sie je erlebt hatte. Mit vierzehn Jahren hatte sie hilflos mitansehen müssen, wie drei Mafiosi ihren Vater hinrichteten. An jenem Tag hatte sie sich geschworen, dass sie, sobald sie das Alter und die Ausbildung hatte, nie ohne ihre Waffe unterwegs sein würde, um jeden zu verteidigen, der Hilfe benötigte.

Richter Paolo Malfitano hatte es Vaninas Besessenheit zu verdanken, dass er noch am Leben war, während seine potenziellen Mörder seit vier Jahren ihr Dasein entweder auf dem Friedhof oder im Kittchen fristeten.

Der Sensor ihres Mini zeigte zwölf Grad an.

Vanina fuhr durch Santo Stefano und dann nach Valverde, bog nach San Gregorio ab und nahm die Straße nach Catania. Auf der Umgehungsstraße herrschte immer noch reger Verkehr, so wie es in dieser Stadt, die nie zu schlafen schien, üblich war. An der Kreuzung Ognina passierte sie die Tankstelle, hinter der sich ein Hotel befand, das einmal *Motel Agip* geheißen hatte, jetzt aber alle zwei Jahre seinen Namen änderte. Sie fuhr um die Via Villini a Mare herum die ganze Straße entlang, auf der Suche nach wer-weiß-was. Vor dem Haus von Lorenza Iannino stieg sie aus. Sie wickelte sich fest in ihren Schal ein, lehnte sich an die Tür und zündete eine Zigarette an. Mit der linken Hand in der Hosentasche und übereinandergekreuzten Beinen starrte sie auf die Umrisse des Gebäudes, als ob sich dahinter ein Detail verbarg, das ihr entgangen war.

Sie hatte das Gefühl, dass das Haus ein Geheimnis barg. Die Eile, mit der es verlassen worden war, die halb geöffnete Hintertür sowie die Tatsache, dass die junge Frau das Mieten des Hauses vor ihrem Bruder und ihrer Freundin geheim gehalten hatte.

Ein Auto mit zwei Personen hielt vor der einzigen Villa, die bewohnt zu sein schien. Das Autofenster auf der Fahrerseite war geöffnet. Ein Mann lugte heraus, sein Gesichtsausdruck wirkte schüchtern.

»Verzeihung, darf ich Sie fragen, was Sie da machen?«

Vanina löste sich von der Tür und ging auf ihn zu. Sie zückte ihren Ausweis.

»Vicequestore Giovanna Guarrasi, Einsatzkommando.« Der Gesichtsausdruck des Mannes veränderte sich, er wirkte verwirrt. Dann stieg er aus dem Auto.

»Tut mir leid … Das wusste ich nicht.«

»Kein Problem. Alles in Ordnung. Und wer sind Sie?«

»Fortunato Bonanno. Und das ist meine Frau«, sagte er und wies auf die Dame, die von der anderen Seite auf sie zukam.

»Wohnen Sie hier?«

»Ja.«

Welch unerwarteter Glücksfall!

»Dürfte ich Ihnen ein paar Fragen stellen?«

Die beiden sahen sich unsicher an. Es war fast Mitternacht.

»Ja, natürlich.«

»Kennen Sie den Mieter dieses Hauses dort?«

»Welches, das da?«, fragte der Mann und deutete auf das Haus von Lorenza Iannino.

»Ganz genau.«

»Nein. Also, ich meine, nicht wirklich …«

»Was meinen Sie mit *nicht wirklich*?«

»Dass wir nicht genau wissen, wer die Mieter sind. Niemand wohnt dort dauerhaft.«

»Nicht einmal im Sommer?«

»Nein, nicht einmal im Sommer. An manchen Abenden unter der Woche sehen wir die Lichter brennen, aber nicht immer stehen dieselben Autos davor. Ab und zu hören wir Musik und Lärm. Nur einmal, vor ein paar Monaten, haben wir jemanden getroffen. Wir hatten ein Problem mit einer Hecke, und der Besitzer sagte uns, wir sollten uns diesbezüglich bei jemandem melden. Einer jungen Dame. Stimmt's, Luisa?«

»Ja. Einer Anwältin, wenn ich mich recht erinnere.«

Vanina rief das Foto von Lorenza Iannino auf ihrem Handy auf und zeigte es ihnen.

»Ist sie das?«

»Ja, ja. Das ist sie.«

»Waren vor zwei Nächten Leute hier?«

»Vor zwei Nächten? Und wie! Es muss eine Party gegeben haben. Ich erinnere mich genau, weil die Gäste vor unserem Tor parkten und ich aussteigen musste, um sie zum Wegfahren zu bewegen. Entlang der Mauer parkten mindestens fünf oder sechs Autos. Hinzu kamen die Autos im Hof des Hauses. Es gab einen …«

Vanina spitzte die Ohren.

»*Einen?*«

Der Mann schwieg.

Vanina wurde nervös und schärfte den Blick.

»Signor Bonanno?«

Der Mann zögerte leicht eingeschüchtert.

»Ach nichts. Ein Wagen ist mir besonders aufgefallen.«

»Warum?«

»Weil er besonders war. Ein Luxusauto.«

»Marke?«

»Das weiß ich nicht, ich konnte es nicht sehen.«

»Farbe?«

Er schwieg wieder und schien nachzudenken.

»Rot … glaube ich.«

Vanina hätte zehn ihrer alten Filme darauf verwettet, dass Bonanno die Marke genau erkannt hatte, es ihr aber nicht sagen wollte. Ein Detail, über das sie nachdenken wollte.

»Haben Sie in dieser Nacht nichts Seltsames gehört? Schreie, vielleicht Geräusche?«

»Nein. Aber Sie wissen schon, wir waren im Haus, hatten den Fernseher an …« Der Mann zögerte abermals, sagte dann aber doch noch etwas. »Aber an eine Sache erinnere ich mich noch. Die Autos fuhren alle zur gleichen Zeit und ziemlich eilig ab. Ich habe das bemerkt, weil ich plötzlich einen Aufruhr hörte und nach draußen schaute, um zu sehen, was da los war. Nach zwei Minuten war niemand mehr da.«

»Nicht einmal das Luxusauto?«

»Nicht einmal das … Ich glaube nicht.«

»Und war das Haus noch beleuchtet?«

Diesmal schien Bonanno tatsächlich nachzudenken.

»Ich weiß es ehrlich gesagt nicht, aber ich denke schon. Wäre der Garten dunkel gewesen, hätte mir das auffallen müssen.«

Das reichte für den Moment.

»Ich danke Ihnen vielmals. Sollten wir weitere Informationen benötigen, melden wir uns bei Ihnen«, sagte Vanina und reichte ihm ihre Visitenkarte. »Und sollte Ihnen noch etwas einfallen, selbst etwas Unwichtiges, rufen Sie mich bitte an.«

Der Mann nickte und drehte die Karte in den Händen um.

»Entschuldigen Sie, Dottoressa, dürfte ich Sie etwas fragen?«

»Natürlich.«

»Ist etwas passiert?«

Welche Frage! Er war gerade von keiner Geringeren als Vicequestore Vanina Guarrasi befragt worden. Die bestimmt nicht zufällig hier war …

»Die Mieterin des Hauses ist verschwunden«, antwortete Vanina. Es bestand keine Notwendigkeit, der Erklärung noch etwas hinzuzufügen.

Sie wartete, bis die beiden, noch beeindruckt von der Neuigkeit, ins Haus gingen, bevor sie zu ihrem Mini zurückkehrte. Sie fuhr weiter die Straße hinunter und folgte der kleinen Mauer, an der Bonanno die Autos hatte stehen sehen. Zwanzig Meter von dem Haus entfernt, halb versteckt unter einem Oleanderbaum, der hinter einer ungepflegten Hecke wuchs, stand ein grauer Toyota Corolla.

Sie musste das Kennzeichen gar nicht erst überprüfen, um zu ahnen, wem es gehörte.

Sie griff zu ihrem Handy und wählte Carmelo Spanòs Nummer.

»Rufen Sie die Spurensicherung an! Ich habe das Auto von Lorenza Iannino gefunden.«

Adriano schlief tief und fest. Er hatte das Plaid bis zum Kinn hochgezogen und das Kissen fest zwischen Arm und Kopf geklemmt. Der Post-it-Zettel lag auf dem Tisch, ein Zeichen dafür, dass er aufgewacht war und ihn gelesen hatte. Und dass er sich zum Bleiben entschlossen hatte.

Die Heizung war um diese Zeit ausgeschaltet, die Temperatur im Haus gesunken. Vanina holte eine zusätzliche Decke und breitete sie über ihm aus. Sie schaltete alle Lichter aus und legte sich schließlich ins Bett.

Es war halb zwei. Vielleicht konnte sie jetzt endlich einschlafen.

10

Als er vor der verschlossenen Tür des Einsatzkommandos stand, konnte der pensionierte Commissario Biagio Patanè kaum glauben, dass er sein Ziel erreicht hatte.

Der Gedanke, zu Fuß zu gehen, war nicht gerade ein genialer Einfall gewesen. Der Weg schien Minute um Minute länger zu werden, und seine Schuhe wurden alle drei Schritte ein bisschen enger. Ganz zu schweigen von seiner Hüfte, die schon auf halber Strecke protestierte, als hätte er den New-York-Marathon hinter sich.

Er holte tief Luft und klingelte.

Die Haupttreppe, die er sonst immer hinaufstieg, ließ er links liegen, ging am Getränkeautomaten vorbei und begab sich in den hinteren Teil des Gebäudes, in dem sich der Personalaufgang befand. Dieser war eng und nur schwach beleuchtet. Nicht mehr und nicht weniger so, wie er ihn vor siebzehn Jahren verlassen hatte, als er gezwungen war, altersbedingt in den Ruhestand zu gehen. Der Aufzug war klein und alt, aber es gab ihn noch immer. Er betrat ihn, schloss die kleine Schiebetür hinter sich und betete, nicht stecken zu bleiben.

In der Zentrale der früheren Mordkommission, die inzwischen in Abteilung für Straftaten gegen die Person umbenannt worden war, herrschte um halb zwölf Uhr reges Treiben. Allein schon der Gang durch diesen Flur verlieh dem alten Commissario neues Leben, das er an diesem Morgen mehr denn je benötigte. Schon die Luft, die er dort einatmete, sorgte dafür, dass er sich dreißig Jahre jünger fühlte.

Und dann war da noch sie, Vicequestore Giovanna Guarrasi, die beste Polizistin, die er je getroffen hatte. Ihr Anruf war ihm wie ein Geschenk des Himmels vorgekommen.

Vanina erhob sich von ihrem Sessel und kam mit offenen Armen auf ihn zu.

»Commissario! Wo haben Sie die ganze Zeit über gesteckt?«

Grauer Anzug, dunkle Krawatte, beiger Regenmantel und ein düsterer Blick, wie sie ihn noch nie bei ihm gesehen hatte.

»Ah, liebe Dottoressa, Tage, die man besser vergessen sollte. Vor allem den heutigen Morgen …«

Sie bot ihm einen Stuhl an. Gleich nach ihrer Ankunft im Büro hatte sie ihn angerufen, um ihm einen Kaffee anzubieten, doch er hatte geantwortet, dass er es nicht vor halb zwölf schaffen würde. Sogar seine Stimme hatte weniger lebhaft als sonst geklungen. Vanina machte sich Sorgen. Commissario Patanè, den sie erst seit Kurzem kannte, war einer der Menschen, die ihr am meisten am Herzen lagen. Ein treuer Freund und ein Guru in Bezug auf sein ermittlerisches Denken.

»Sie sehen müde aus«, bemerkte sie.

»Weil ich so schlau war, von der Piazza Stesicoro aus zu Fuß zu gehen. Mir ist auch nicht mehr zu helfen! Ein kleiner Spaziergang kann nicht schaden, habe ich mir gesagt. Damit lag ich falsch. Offenbar ist das mit meinen dreiundachtzig Jahren nichts mehr für mich«, klagte er und schüttelte den Kopf.

»Ach, hören Sie auf, Commissario! Wenn es um Kondition geht, gewinnen Sie zehn zu null gegen mich. Aber warum haben Sie sich am frühen Morgen schon so in Schale geworfen?«

Patanè zögerte einen Moment lang, als zöge er es vor, das Thema zu vermeiden.

»Ich komme von einer Beerdigung.«

»Ein geliebter Mensch?«

»Mehr als das, Dottoressa. Ein Mensch, mit dem ich dreißig Jahre lang Tage und Nächte geteilt habe. Ein wahrer Freund.«

»Doch nicht etwa … Maresciallo Iero?«, fragte Vanina.

Patanès Gesichtsausdruck sprach für sich.

Das tat Vanina aufrichtig leid.

Sie hatte Rosario Iero vor einem Monat kennengelernt. Er gehörte zu jenen Polizisten, die auch noch mit neunzig und im Rollstuhl Uniform trugen. Einer, der zu einer Zeit in den Polizeidienst eingetreten war, als es noch Marescialli gab, und der erst gegangen war, als er aus Altersgründen nicht mehr bleiben konnte. Vanina war es, die ihn damals kennenlernen wollte, und der Commissario hatte ihn ihr vorgestellt. Sie wollte ihm dafür danken, dass er mit seinem unerschütterlichen Gedächtnis eines über Neunzigjährigen zur Lösung des absurdesten Falles beigetragen hatte, der ihr je untergekommen war: des Falles der mumifizierten Frau, die seit 1959 in einer Villa in einem Lastenaufzug gelegen hatte. Ein Fall, der ihr Patanès Bekanntschaft und seine Freundschaft eingebracht hatte, auf die sie nicht mehr verzichten wollte.

»Das tut mir sehr leid, Commissario. Wie kam das?«

Patanè zuckte mit den Achseln.

»Wir sind nicht unsterblich, Dottoressa Guarrasi. Er hat Fieber bekommen, dann eine Lungenentzündung … und nach fünf Tagen war er tot«, erklärte er und hielt den Kopf für einen Moment gesenkt. Dann schüttelte er sich und lehnte sich auf seinem Stuhl zurück. »Es ist also besser, wenn wir uns in den letzten Momenten, die uns noch bleiben, nicht auch noch quälen Finden Sie nicht auch?«, murmelte er und versuchte zu lächeln.

»Dem stimme ich voll und ganz zu. Was darf ich Ihnen bringen? Schokolade? Kaffee? Leider kommt alles aus dem Automaten, ich warne Sie. Zigaretten?«

»Um Gottes willen, keinen Kaffee! Den habe ich letztes Mal versucht, und er war Gift für mich. Die anderen beiden Angebote nehme ich gern an, danke. Aber in umgekehrter Reihenfolge, als Sie sie aufgezählt haben.«

Vanina holte Schokolade aus der Schublade und die Zigaretten aus der Jackentasche.

»Erzählen Sie mir doch ein bisschen etwas darüber!«, bat der Kommissar und blickte mit einer frisch angezündeten Gauloise zwischen den Lippen auf den Balkon hinaus. Ein verschmitztes Lächeln breitete sich auf seinem Gesicht aus und vertrieb die Melancholie.

»Wie viele Zeitungen haben Sie heute Morgen gelesen?«, fragte Vanina.

Das Verschwinden von Lorenza Iannino war in aller Munde. Nationale und lokale Zeitungen, Online-Nachrichten, Facebook, Twitter, sozusagen alle Medien. Ein massives Nachrichtenleck, das sich glücklicherweise nur auf das Verschwinden beschränkte, ohne etwas anderes zu erwähnen. Ein Zeichen dafür, dass die Hinweise aus keinem Personenkreis kamen, der zu dicht an den Ermittlungen war. Auch der Journalist Sante Tammaro hatte sich als seriös erwiesen, das musste man ihm lassen. Und selbst ihr Kollege Lo Faro, der an jenem Morgen vor der Tür auf sie gewartet hatte, weil er befürchtete, Ziel ihrer Anschuldigungen zu werden, konnte aufatmen.

»Nur die *Gazzetta Siciliana*«, antwortete Patanè. »Ich hatte heute Morgen keine Zeit, noch mehr zu lesen. Aber die Geschichte von der vermissten Anwältin hat mich fasziniert. Ich muss gestehen, hätten Sie mich nicht angerufen, wäre ich vielleicht später von selbst aufgetaucht. Mit einer Ausrede, versteht sich!«, sagte er und lachte. Seine gute Laune war zurückgekehrt.

Vanina erzählte ihm, was nicht in der Zeitung stand.

Patanè fasste zusammen. »Ich würde keine DNA-Analyse brauchen. Für mich ist offensichtlich, dass es sich um dasselbe Blut handelt, und ich würde wetten, dass es das Blut der jungen Frau ist.«

»Ich für meinen Teil brauche auch keine Analyse. Da es aber bisher keine Leiche gibt, benötigen wir konkrete Hinweise, um eine Ermittlung wegen Mordes einzuleiten, Commissario. Was meinen Sie?«

»Ja natürlich. Konkret und greifbar. Ich weiß, was Sie meinen.«

Aber er kannte Staatsanwalt Vassalli nicht.

Sie erzählte ihm auch von ihrer außerplanmäßigen nächtlichen Inspektion und erntete eine Standpauke, weil sie allein unterwegs gewesen war.

Der Kommissar kratzte sich am Kinn, wie er es immer tat, wenn er sich in einer Denkphase befand.

»Wer weiß, wo die Leiche abgeblieben ist.«

»Wahrscheinlich im Meer. Allerdings war die Suche bisher erfolglos.«

»Bei rauer See also. Und wann sollen die Ergebnisse der Analyse vorliegen?«

Patanè hatte seine Frage kaum formuliert, als es an der Tür klopfte. Chefinspektor Spanò trat ein und eilte geradewegs auf Vaninas Schreibtisch zu, an dem niemand saß. Dann blickte er zum Balkon hinüber.

»Commissario!«, rief er freudig, ging mit ausladenden Schritten auf den alten Herrn zu und umarmte ihn.

Der Kommissar erwiderte die Umarmung. Carmelo Spanò

war einer der wenigen Männer seiner Gruppe, die noch im Dienst waren. Einer der besten. Der andere war Fragapane.

»Gibt es Neuigkeiten?«, fragte Vanina und blickte auf die Unterlagen in seiner Hand.

»Große Neuigkeiten, Boss.«

Die drei setzten sich an Vaninas Tisch, und Spanò zog das erste Blatt heraus. »Also, das Blut im Koffer und das auf dem Sessel stimmen überein und sind auch mit der DNA-Probe kompatibel, die wir in Lorenza Ianninos Haus genommen haben.«

»Genau, wie ich dachte«, kommentierte Vanina und tauschte einen Blick mit Patanè.

»Unter uns gesagt, Capo Pappalardo hat die halbe Gerichtsmedizin von Palermo auf den Plan gerufen, um sie sofort vergleichen zu lassen«, fügte Spanò süffisant hinzu.

»Und dafür sind wir ihm auch sehr dankbar. Lassen Sie uns fortfahren, Ispettore! Was ist mit Lorenza Ianninos Auto?«

»Das steht bei uns.«

Patanè sah sie fragend an, und so erzählte Vanina ihm von ihrer nächtlichen Expedition in die Via dei Villini a Mare.

»Ich glaube, man hat das Auto der jungen Frau benutzt, um die Leiche loszuwerden«, schloss Patanè.

»Ich glaube das auch, darum möchte ich, dass der Wagen auf Spuren untersucht wird.« Zwanzig Minuten Gespräch, das sie gern vermieden hätte, wäre es nicht um unwiederholbare Untersuchungen gegangen, die sofort angeordnet werden mussten.

»Die gute Nachricht lautet, dass wir die Daten von Lorenza Ianninos iPhone wiederherstellen konnten. Nunnari arbeitet noch daran. Aber eines kann ich jetzt schon feststellen: Ussaro hat uns nicht die Wahrheit gesagt.«

Patanè lächelte schief. »Das wundert mich nicht.«

Vanina und Spanò drehten sich überrascht zu ihm um.

»Wir reden hier von Ussaro, dem Professor, nicht wahr?«, fragte der Commissario.

»Rechtsanwalt Elvio Ussaro, Professor an der juristischen Fakultät von Catania«, bestätigte Vanina und las den genauen Wortlaut mit einem Hauch von Sarkasmus vor, der dem alten Commissario nicht entging.

»Er gilt als äußerst unzuverlässig«, fügte Patanè hinzu.

»Sie kennen wohl alle, Commissario, oder?«

»Nicht alle, Dottoressa. Aber jemanden wie ihn kennt man einfach, wenn man bei der Justiz arbeitet.«

»Was heißt das?«

Patanè holte tief Luft. »Dass man ihm nicht trauen kann.«

Vanina musterte ihn nachdenklich. Carmelo Spanò strich sich den Schnurrbart glatt.

»Kurz gesagt ist er jemand, der gern mit falschen Karten spielt oder falsche eidesstattliche Aussagen macht, um einen Fall zu gewinnen. Und da er hervorragend und vor allem mit den richtigen Leuten vernetzt ist … Habe ich mich klar ausgedrückt?«

Natürlich hatte er das.

»Und was hat uns dieser Betrüger verschwiegen?«, fragte Vanina Spanò.

»In der Nacht, in der er das Büro verließ, rief ihn Lorenza Iannino zweimal an und schickte ihm drei Nachrichten«, sagte der Inspektor, setzte seine Brille auf und beugte sich prüfend über ein Blatt Papier. »Jeweils um 21.00 Uhr beziehungsweise um 21.13 Uhr tätigte sie die Anrufe. Die Nachrichten wurden nacheinander um 21.55 Uhr gesendet. Bald werden wir auch erfahren, was darin stand«, fuhr er fort, stand auf und verließ den Raum.

»Was für ein schönes Leben!«, rief Patanè. »Im Nu kann man heute sagen, wie oft ein Verdächtiger geatmet hat. Zu meiner Zeit konnte man nur erahnen, was sich zwei Menschen geschrieben hatten, es sei denn, man fand Briefe oder Postkarten. Oder andere Schnipsel, je nachdem, um wen es sich handelte.«

»Ich wünschte, es wäre so, Commissario. Wir würden eine Menge Zeit sparen. Stattdessen können einen diese Daten, diese Hinweise manchmal sogar in die Irre führen. Deshalb ziehe ich es immer vor, sie sorgfältig zu überdenken, bevor ich sie verwende.«

Patanè nickte. »Aber diesmal scheint man uns nützliche Details geliefert zu haben, oder irre ich mich?«

Vanina lächelte. Immer wenn sie ihm von einer Ermittlung erzählte, tat Commissario Patanè so, als wäre es sein Fall, indem er das Wort *wir* und *uns* verwendete. Warum sollte sie ihm dieses Vergnügen verwehren?

»Das stimmt.« Sie öffnete die Tür und rief Marta Bonazzoli herein, die in einem Aufzug erschien, wie man ihn noch nie an ihr gesehen hatte. Schlagjeans, hohe Absätze und enges T-Shirt.

»Guten Morgen, Commissario«, grüßte sie Patanè mit der Höflichkeit, mit der sie ihm immer begegnete.

»Guten Morgen, Ispettore.«

Vanina beobachtete Patanè und hatte Mühe, nicht über seinen vergeblichen Versuch zu lächeln, den Blick von der schönen jungen Frau abzuwenden.

»Marta, lass uns die Suche nach der Leiche von Lorenza Iannino ausweiten. Sowohl Richtung Playa als auch Richtung Acireale. Die Hypothese, dass sie im Meer gelandet ist, scheint die wahrscheinlichste zu sein. Aber wir dürfen die anderen Möglichkeiten auch nicht ausschließen.«

»In Ordnung, ich mache mich gleich auf den Weg.«

Sie tänzelte auf ihren hohen Absätzen hinaus, während

Spanò mit Nunnari zurückkehrte, der ihr mit den Blicken bis zum Flur folgte.

Vanina lenkte ihn ab.

»Nunnari, ich bin froh, Sie hier zu sehen. Haben Sie sich erholt?« Nunnari richtete sich auf. Er nickte Patanè zu.

»Ich bin auch froh, hier zu sein, Boss! Es hatte mich ganz schön erwischt. Ich hätte sterben können.«

»Und das alles wegen eines Tellers gewürzten Sägemehls«, schloss die Vicequestore.

Spanò brach in Gelächter aus.

Nunnari schüttelte den Kopf. »Der Geschmack war nicht schlecht. Im Gegenteil.«

»Natürlich nicht! Es war bestimmt köstlich«, kommentierte Vanina und wurde dann wieder ernst. »Kehren wir zu den wichtigen Dingen zurück, denn wir sollten keine weitere Zeit verlieren. Zu Lorenza Ianninos Handy gibt es wichtige Neuigkeiten.«

Nunnari nickte. »Jawohl.«

Spanò lehnte sich neben dem Stuhl der Vicequestore mit dem Rücken an die Wand. Die Hände in den Hosentaschen und die Beine übereinandergeschlagen, wohl wissend, was er gleich wieder hören würde. Nunnari hingegen blieb regungslos in der Position des *Verhörten* stehen, wie Vanina es nannte.

»Nachdem wir das Display wiederhergestellt hatten, war es nicht einmal schwierig, weil das Passwort so einfach war. Ihr Geburtsdatum, stellen Sie sich das vor! An jenem Abend erhielt Lorenza Iannino viele Anrufe. Gegen 19.00 Uhr erhielt sie fünf Anrufe von zwei verschiedenen Nummern«, berichtete sie und las von einem Blatt vor. »Inhaber der Nummern: Elisa Giarrizzo und Valerio Parra. Lorenza Iannino rief vier Personen an. Eine davon war gegen 19:30 ihr Bruder, das Telefonat dauerte ein paar Minuten. Danach nichts mehr bis 21.00 Uhr, als sie den Anwalt Ussaro anrief, von dem sie eine halbe Stunde später ebenfalls einen Anruf erhielt. Raten Sie mal, wem die beiden letzten Nummern gehören? Einer gewissen Susanna Spada und einem Giuseppe Alicuti.«

Patanè sprang von seinem Stuhl auf. »Alicuti? Habe ich richtig gehört?«, fragte er und wandte sich an Spanò.

Der Inspektor neigte zweimal den Kopf und senkte sogar die Augenlider, um seine Antwort zu unterstreichen. »Alicuti Giuseppe, auch Beppuzzo genannt«, erklärte er.

»Wie dem auch sei«, befand Vanina. »Jedenfalls haben wir eine weitere Lügnerin innerhalb der Anwaltskanzlei entlarvt. Auch Signora Spada hat bestritten, an jenem Abend von Lorenza Iannino etwas gehört zu haben. Dafür kann es nur einen Grund geben.«

»Dass Susanna Spada etwas zu verbergen hatte«, vermutete Spanò.

»Genau, sobald nämlich das Kapitel der Telefonate abgeschlossen war, wurde jenes der Nachrichten aufgeschlagen«, sagte sie und hielt inne, um Nunnari nicht das Vergnügen zu nehmen, ihr, seiner Vorgesetzten, die pikanten Neuigkeiten selbst zu berichten.

Doch Nunnari gab ihr ein Zeichen, sie möge fortfahren.

»Nunnari hat alles notiert, aber eines wissen wir bereits: Sowohl Professor Ussaro, die Anwältin Susanna Spada wie auch ihr Kollege Giuseppe Alicuti nahmen an der Party teil. Und nicht nur das. Professor Ussaro war maßgeblich an der Organisation des Unterhaltungsprogramms beteiligt. Oder, um genau zu sein, an der Organisation der Substanzen.«

»Hat er das Koks besorgt?«

»Ja, soweit wir das beurteilen können.«

»Und das schließen wir aus den Textnachrichten?«

»Es war ein reger Austausch, würde ich sagen.«

Vanina dachte darüber nach. Sie schaukelte auf dem Sessel hin und her, bis sie sich zu weit zurücklehnte und gezwungen war, sich am Schreibtisch festzuhalten. »Mist!«, protestierte sie und stützte sich auf den Ellbogen ab.

Patanè wirkte wie elektrisiert. »Verdammt, das nenne ich mal gute Nachrichten!«, rief er aus und entschuldigte sich dann sogleich bei Vanina. Allerdings nicht so sehr für das Schimpfwort, das ihr bekanntlich nichts ausmachte, als für seinen überschwänglichen Ausbruch. Er hatte sich nicht zurückhalten können. Hätte er zu seiner Zeit die Möglichkeit gehabt, jemanden wie Ussaro dingfest zu machen, er wäre überglücklich gewesen.

»Aber das ist noch nicht alles«, schaltete sich Nunnari wieder ein.

Vanina wurde ungeduldig. »Wenn Sie nicht sofort mit den Spielchen aufhören und mir innerhalb von zwei Minuten sagen, was Sie herausgefunden haben, werde ich wirklich sauer. Nun reden Sie schon, wir sind hier nicht beim Kaffeeklatsch!«

Nunnari entschuldigte sich.

»Aus den Nachrichten, SMS und WhatsApp, die Lorenza Iannino mit Professor Ussaro austauschte, geht hervor, dass zwischen den beiden etwas lief. Und nicht nur das, ich habe noch weiter zurückliegende Nachrichten mit erotischem, besser gesagt pornografischem Inhalt gefunden. Echte Pornografie, Dottoressa.«

Patanè wirkte hocherfreut.

»Was Sie mir gerade gesagt haben, bleibt vorerst unter uns«, ordnete Vanina an.

Die drei Männer musterten sie verwundert.

»Und? Was ist?«

»Entschuldigung, Boss, aber … wie meinen Sie das?«, fragte Spanò.

An Patanès Stirnrunzeln erkannte Vanina, dass man sie offenbar missverstanden hatte.

»Bestimmt nicht aus Vorsicht Ussaro gegenüber, das ist klar«, erklärte sie. »Sagen wir so … ich möchte mir einen kleinen Vorsprung verschaffen. Das bedeutet, dass Sie mir die Nachricht offiziell erst dann mitteilen, wenn ich es Ihnen sage. Haben wir uns verstanden?«

»Klar und deutlich, Dottoressa«, stimmte Spanò zu.

»In der Zwischenzeit sollten wir inoffiziell so viele Informationen wie möglich über Professor Elvio Ussaro und insbesondere über seine Verbindungen zu Giuseppe Alicuti einholen. Ispettore Spanò, das ist Ihre Aufgabe. Und seien Sie vorsichtig! So wie ich ihn einschätze, könnte er uns schnell auf die Schliche kommen. Dann wäre unser Vorsprung dahin.«

Spanò nickte. »Überlassen Sie das mir, Boss!«

Kurz bevor er den Raum verließ, rief Vanina ihn zurück.

»Spanò, kontrollieren Sie auch, ob Professor Ussaro ein Luxusauto fährt. Rot.«

»Einen Ferrari«, schaltete Patanè sich ein.

Vanina warf ihm einen bewundernden Blick zu. »Keine Chance, Commissario. Sie sind uns allen eine Nasenlänge voraus.«

Sie erhob sich, und der Kommissar folgte ihr. Das Kompliment schmeichelte ihm.

Sie holte ihre Jacke, ihre Sonnenbrille und ihre Zigaretten, steckte ihr iPhone in die Tasche und verließ mit den drei Männern das Büro.

11

Tito Macchia, der Big Boss, stand in der Mitte des Flurs und nahm die Hälfte davon ein. Die Hände auf dem Rücken und die wie üblich nicht angezündete Zigarre im Mund. Er kam auf Patanè zu und streckte ihm die Hand entgegen.

»Lieber Commissario, welche Freude, Sie wiederzusehen!«, rief er, drückte seinem Besucher die Hand und legte ihm die andere auf die Schulter, die unter dem Gewicht der Pranke einzusinken schien. Daraufhin richtete sich Commissario Patanè so weit wie möglich auf und versuchte, seinem Gesprächspartner näher zu kommen, der in der Zwischenzeit weitersprach. »Sie waren schon eine Weile nicht mehr bei uns. Sie haben doch nicht etwa Vicequestore Vanina Guarrasi vergessen.«

Das nachsichtige Lächeln, das Macchia ihm gewöhnlich schenkte, brachte den Commissario wie immer in Verlegenheit. Der Ermittlungsleiter musste ihn für einen alten Narren halten, der in eine Kollegin verliebt war, die vom Alter her eher eine Nichte als eine Tochter hätte sein können. Tito Macchia, der Big Boss – so nannte ihn das Team –, konnte sich nicht vorstellen, auf welcher Grundlage die Beziehung zwischen ihm und Vanina Guarrasi beruhte. Eine Beziehung, die gerade deshalb so solide war, weil er sich nie zu einer völlig absurden und senilen Verliebtheit hatte hinreißen lassen.

»Wie könnte ich Vicequestore Vanina Guarrasi vergessen?«, antwortete er.

In der Zwischenzeit war auch Vanina in Marta Bonazzolis Büro gekommen.

»Also, Marta, wie sieht es aus?«

»Die Nachforschungen wurden intensiviert, wie du angeordnet hattest. Auch die Feuerwehr ist im Einsatz.«

»Aber unter uns gesagt, Vanina, nach zwei Tagen ...«, mischte sich Macchia ein.

»Ich weiß, Tito. Aber was sollen wir sonst tun?«

»Nichts. Hoffen wir das Beste.«

»Vanina, was ist mit dem Auto der jungen Frau? Sollten wir es nicht untersuchen lassen?«, fragte Marta.

»Ja natürlich. Warum ist das bisher nicht passiert?«

»Da das Auto bei uns untergestellt wurde, hat Dottor Manenti es nicht für so dringlich gehalten ...«, meinte Marta und überlegte, dass sie den Satz gar nicht beenden musste. In der Tat, das musste sie auch nicht.

»Sagt diesem Vollidioten, dass wir die Ergebnisse sofort brauchen. Und dass alle erkennbaren Abdrücke innen und außen genommen werden müssen. Mit besonderem Augenmerk auf den Kofferraum.« Es war besser, Cesare Manenti nicht persönlich anzusprechen. Der aufgeblasene Sack besaß die Fähigkeit, sie aus der Fassung zu bringen.

»In Ordnung, dann sage ich sofort Bescheid.«

»Vergiss es! Du kommst mit mir. Fragapane wird die Spurensicherung verständigen«, entschied Vanina und nickte dem Polizeimeister zu, der an Spanòs Seite stand.

»Nunnari, du lädst alle relevanten Gespräche auf Lorenza Ianninos Mobiltelefon herunter. Dann druckst du sie aus.«

»Zu Befehl, Boss.«

Vanina wandte sich an alle: »Aber wer hat sich um die Computer und Tablets gekümmert, die wir aus Lorenza Ianninos Haus mitgenommen haben?«

»Ich«, antwortete Lo Faro schüchtern, der sich in seiner Ecke verschanzt hatte.

»Und wer hat Sie damit beauftragt?«

»Das war ich, Dottoressa«, ließ sich Spanò vernehmen. »Ich hatte bereits einen Blick darauf geworfen, aber es musste noch genauer bearbeitet werden. Und Sie wissen ja, dass ich mich mit Technik nicht so gut auskenne.«

Vanina wurde klar, dass Lo Faro ihn für die Kletterei über die Felsen belohnen wollte. Dem Blick des Inspektors war jedoch zu entnehmen, dass es sich um nichts Wichtiges handelte.

»Und was haben Sie gefunden?«, fragte sie Lo Faro, der in der Zwischenzeit aufgestanden war.

»Arbeitsunterlagen, Dottoressa. Und Fotos, vor allem von Reisen. Das Tablet hingegen war brandneu. Nie benutzt.« Seine Nase schien noch verstopfter zu sein als am Vortag, aber seine Stimme kehrte langsam zurück.

»War sie auf einem dieser Fotos mit einem Mann zusammen?«

»Nein, immer allein. Höchstens inmitten einer Gruppe von Menschen. Nur auf einem war ein Mann zu sehen, aber der Chefinspektor meint, es sei ihr Bruder.«

»Also gut. Geben Sie dem Chefinspektor trotzdem alles zurück!«

»Ja natürlich. Ich habe bereits alles zurückgegeben.«

Vanina gab Marta Bonazzoli ein Zeichen, sich zu bewegen.

»Komm, Marta! Wir suchen Lorenza Ianninos Bruder auf, um ihm die traurige Nachricht zu überbringen.«

Mit schmerzverzerrtem Gesicht humpelte Marta in den Flur. Macchia, der mit Patanè dort stehen geblieben war, betrachtete sie mit so schuldbewusstem Blick, dass Vanina lächeln musste. Das war doch nicht normal. Tito Macchia, ein Mann mit der Autorität einer päpstlichen Enzyklika, schien einer jungen Frau verfallen zu sein. Sie hingegen ging an ihm vorbei und vermied es, ihn anzuschauen.

»Marta«, sagte Vanina, »wenn wir schon dabei sind, lass uns Commissario Patanè mitnehmen! Sonst kommt er erst weiß wann nach Hause. Und dann gibt seine Frau Angelina wieder mir die Schuld.«

Patanè lachte. »Angelina kann reden, so viel sie will. Aber aus Rücksicht auf meine Hüften nehme ich die Mitfahrgelegenheit trotzdem gern an.«

Tito Macchia, der wieder zu sich gekommen zu sein schien, zog sich zurück und wünschte allen einen guten Arbeitstag.

Auch dem Commissario.

Sie setzten Patanè vor seiner Haustür ab, als seine Frau gerade mit vollen Taschen vom Markt zurückkehrte.

Vanina stieg aus dem Auto und ging ihr entgegen.

»Guten Tag, Signora Patanè!«

»Guten Tag, Dottoressa Guarrasi. Was führt Sie hierher?«

Angelinas Gesichtsausdruck bedurfte keiner Untertitel: *Die schon wieder?*

»Dottoressa Guarrasi hat mich nach Hause gebracht. Inspektorin Bonazzoli ist auch hier, erinnerst du dich noch an sie?«, fragte Patanè. Er schien sich sichtlich zu amüsieren.

Signora Patanè musterte Martas Aufzug, als sie aus dem Auto stieg, und nickte ihr zu.

»Was ist diesmal passiert? Wieder ein sechzig Jahre alter Fall?«, fragte Angelina.

Vanina verstand den Sarkasmus.

»Diesmal nicht. Aber wissen Sie, die Erfahrungen Ihres Mannes sind immer wertvoll.«

Die Signora verzog die Lippen zu einem Lächeln, aber sie wirkte verärgert. Jedes Mal, wenn diese Polizistin auftauchte, legte Gino ein ungewöhnliches Verhalten an den Tag. Er ging zu ungewöhnlichen Zeiten aus, kam nicht zum Mittagessen nach Hause und verhielt sich wie in den finsteren Tagen, als er noch die Leitung der Mordkommission innehatte. Ganz zu schweigen von der Eifersucht, die sie ein Leben lang verzehrte.

So war Angelina Patanè eben. Jeder Versuch, sich bei ihr beliebt zu machen oder sie zum Umdenken zu bewegen, war sinnlos.

Vanina hatte das in dem Moment begriffen, als sie sie zum ersten Mal getroffen hatte. Aber teils aus Zuneigung zum Commissario, teils weil sie diese kämpferische Frau irgendwie ins Herz geschlossen hatte, spielte sie die Ahnungslose.

Patanè nahm seiner Frau die Taschen aus der Hand.

»Komm, Angelina, Vicequestore Guarrasi ist im Dienst.« Vanina wartete, bis sich die Tür hinter den beiden geschlossen hatte, dann stieg sie wieder ins Auto.

»Komm, wir fahren zuerst zu dir nach Hause!«, befahl sie Marta.

»Warum denn das?«

»Damit du dir andere Schuhe anziehen kannst, mir tun allein bei deinem Anblick die Füße weh. Wie bist du nur auf den Gedanken gekommen, damit zur Arbeit zu gehen?«

»Die sind ein Geschenk von Tito«, gestand Marta.

»Kannst du sie nicht abends tragen? Der arme Mann lässt sich ja einen Arm ausreißen, nur um mit dir auszugehen. Stattdessen zwingst du ihn, sich zu verstecken.«

»Genau das habe ich getan. Wir waren zum Abendessen aus, dann bin ich aber nicht mehr nach Hause gefahren.«

»Ah, das erklärt alles!« Ebenso wie ihr schuldbewusstes Gesicht.

Vanina lächelte und war froh, dass das alte Vertrauen zwischen ihnen allmählich zurückkehrte. Im Grunde hatte es ihr gefehlt.

Marta fuhr die Viale Vittorio Veneto entlang, bog in die Via Gabriele D'Annunzio ein, dann in die Via Oliveto Scammacca und hielt an der Ecke. Sie parkte in zweiter Reihe, wie sie es gelernt hatte, um in Catania zu überleben.

Vanina zündete sich eine Zigarette an und rauchte sie vor dem Auto. Fünf Minuten später tauchte Marta lächelnd in Turnschuhen und einer knöchellangen Hose wieder auf.

»Danke, Vanina, ich fühle mich wie neugeboren.«

»Hättest du mich heute Morgen darauf angesprochen, statt schweigend zu leiden, hätte ich dich sofort zum Umziehen geschickt.«

Gianfranco Iannino stand wie vereinbart vor dem Haus seiner Schwester, an dem Spanò ihn abholte. Er wirkte tief betrübt wie ein Mensch, der alle Hoffnung verloren hatte. Er führte sie in einen kleinen Raum, in dem ein Esstisch, ein Sofa, ein Fernseher und ein Schreibtisch standen, der mit wahllos gestapelten Papieren überhäuft war. Höchstwahrscheinlich von Spanò, als er das letzte Mal dort gewesen war.

Als Gianfranco Iannino hörte, dass die DNA seiner Schwester mit der des Blutes übereinstimmte, das im Haus am Meer und im Koffer gefunden worden war, taumelte er, erblasste und schlug sich mit der Hand gegen die Brust. Er zog eine kleine Schachtel heraus, öffnete sie und nahm eine Tablette ein. Dann ließ er sich unvermittelt auf einem Stuhl nieder.

»Signor Iannino, geht es Ihnen gut?«

Der Mann nickte und brach in Tränen aus.

»Meine Lorenza! Wie ist das möglich?«, schluchzte er.

Auch Marta bekam feuchte Augen. Vanina warf ihr einen bösen Blick zu und schickte sie los, um die Gegenstände einzusammeln, die sie mitnehmen mussten. Sie wartete, bis Signor Iannino sich beruhigt hatte, um ihm einige Fragen zu stellen.

Dabei holte sie weit aus.

»Und, geht es Ihnen besser?«

»Ja, ich danke Ihnen.«

»Sind Sie sicher, dass Sie keinen Arzt brauchen? Ich hatte vorhin den Eindruck, dass es Ihnen nicht gut geht. Sie haben ein Medikament genommen.«

»Machen Sie sich keine Gedanken! Ich habe es ein wenig am Herzen, aber damit kann ich umgehen.«

Das klang nicht gut, aber Vanina ging nicht weiter darauf ein. Sie beobachtete, dass er allmählich wieder Farbe bekam und sich erholte.

»Signor Iannino, nach allem, was Sie uns gestern gesagt haben, hatte Ihre Schwester keinen Freund«, begann sie ihre Vernehmung.

»Richtig, Dottoressa.«

»Hatte sie in letzter Zeit eine Affäre?«

»Nicht dass ich wüsste. Vor Jahren war sie einmal mit einem jungen Mann verlobt, der Medizin studierte, wenn ich mich recht erinnere. Raffaele hieß er. Raffaele …« Signor Iannino versuchte, sich an den Nachnamen zu erinnern, schüttelte dann aber den Kopf. »Nein, sein Nachname fällt mir nicht mehr ein. Er war ein netter junger Mann. Sehr fleißig.«

»Wissen Sie noch, warum die Beziehung beendet wurde?«

»Ich erinnere mich nur noch, dass Lorenza ihn verließ. Einfach so. Ich weiß das, weil er mich sogar anrief und den Grund für die Trennung herausfinden wollte.«

»Und was war der Grund für die Trennung?«

»Meine Schwester konnte es mir nicht genau sagen. Sie hatte die Nase voll, soweit ich das beurteilen konnte.«

»Wann ist das ungefähr passiert?«

»Warum fragen Sie das, Dottoressa? Sie verdächtigen doch nicht etwa Raffaele ...? Er könnte keiner Fliege etwas zuleide tun.«

»Ich verdächtige momentan niemanden, Signor Iannino. Ich gehe der Sache nur nach. Das ist mein Job.«

»Es ist schon ein paar Jahre her. Lorenza hatte gerade ihren Abschluss gemacht.«

»Arbeitete sie bereits in Ussaros Kanzlei?«

»Ja, sie fing kurz nach ihrem Abschluss dort an. Vielleicht war auch das ein Grund für die Trennung, wer weiß? Wenn ich mich recht erinnere, war der junge Mann sehr ehrgeizig. Er machte gerade seinen Facharzt. In Pädiatrie, glaube ich.«

Vanina hielt einen Moment lang inne, gerade lange genug, damit sich Signor Iannino die Nase putzen konnte.

»Ihre Schwester hatte eine Affäre mit Elvio Ussaro«, stellte sie plötzlich fest.

Signor Iannino wirkte so verblüfft, dass er unmöglich etwas davon wissen konnte.

»Aber ... was sagen Sie da, Dottoressa? Lorenza mit diesem alten ... Mann? Da irren Sie sich!«

»Nein, Signor Iannino, wir irren uns nicht. Auf dem Handy Ihrer Schwester finden sich Beweise.« Es war nicht nötig, ihm die Einzelheiten der Nachrichten mitzuteilen. In Anbetracht seines körperlichen Zustands hätte dies sogar gefährlich sein können. Aber sie musste ihm von der Party im Haus am Meer erzählen, Kokain inbegriffen. Signor Iannino schien das nicht sonderlich zu erschüttern.

»Hatten Sie jemals den Eindruck, dass Lorenza Drogen nahm?«

»Drogen, Dottoressa? Meine Schwester war auf so viele Medikamente allergisch, dass sie sogar Angst vor der Einnahme von Vitaminen hatte.« Der Mann stützte den Kopf in die Hände. Als er wieder aufblickte, wirkte er ruhig, aber noch verstörter als zuvor. Die dunklen Ringe unter seinen Augen wirkten noch tiefer.

»Wusste auch Lorenzas Freundin, Dottoressa Livolsi, die Geologin und Vulkanologin, nichts von dem Haus? Wie ist das möglich?«, fragte Vanina.

»Eugenia ist eine seriöse, bodenständige Person. Sie ist die einzige Freundin, die Lorenza noch aus Kindertagen hatte. Sie hätte nicht einfach teilnahmslos zugesehen. Ich glaube, sie hätte mich sogar gewarnt. Es ist also wahrscheinlich, dass meine Schwester auch sie über ihr … Doppelleben im Unklaren ließ.« Er fuhr sich mit der Hand über die Augen. »Mein Gott, wäre das alles doch nur ein Albtraum!«, murmelte er erschöpft.

Vanina spürte, dass es ihm langsam zu viel wurde. Besser, sie drang nicht weiter in ihn.

Sie bot ihm an, ihn mit dem Auto zur Frühstückspension zu fahren, doch er lehnte ab. Er wollte an die Luft. Er verabschiedete sich, noch bevor sie das Apartment verließen.

Vanina ging durch die Wohnung.

»Erstaunlich, wie stark sich Lorenzas Bild von dem unterscheidet, das ihr Bruder von ihr hat und das sich aus den Beweisen ergibt, die wir gefunden haben«, überlegte Marta vor dem offenen Schrank, in dem Vanina wühlte. Wonach sie suchte, wusste nur sie.

»Widersprüchlich, würde ich eher sagen«, antwortete Vanina.

»Auch wenn logischerweise er derjenige sein sollte, der sie am besten kannte.«

»Oder derjenige, der ihre gute Seite kannte.«

»Wie meinst du das?«

»Dass Signor Iannino seit seiner Ankunft in Catania einen Schlag nach dem anderen einstecken musste. Alles, was wir ihm über seine Schwester erzählt haben, scheinen bittere Pillen für ihn zu sein. Entweder ist er also ein sehr guter Schauspieler, oder er weiß tatsächlich weniger über Lorenzas wahres Leben als du oder ich zusammen. Ich neige zu letzterer Annahme.«

Sie zog ein Kleidchen heraus, das sie aufgrund seiner Länge zuerst für ein T-Shirt gehalten hatte. Größe 36. Die Tatsache, dass es sich um ein Kleid von Dolce & Gabbana handelte, war nicht zu übersehen. Dann zog sie eine Hose von Gucci heraus. Dasselbe galt für einen Mantel. Eine Tasche mit den beiden Cs von Chanel stand in einer Ecke neben anderen Göttern des Modeolymps.

Allein diese Garderobe war eine Jahresmiete wert.

»Glaubst du, dass Lorenza Iannino so viel verdiente?«, fragte Marta.

»Das weiß ich nicht. Aber das müssen wir als Nächstes herausfinden.«

Die Unterlagen auf dem Schreibtisch waren ein einziges Chaos. Vanina hatte einige von ihnen durchgesehen. Ein Urteil, ein paar Artikel, einige Berichte. Nichts Besonderes. Sie öffnete eine kleine Schublade. Weitere Unterlagen, alle durcheinander, schlimmer als ein Mülleimer. Chaos in Reinkultur.

Ihr kam ein Verdacht.

Sie zog ihr Handy heraus und rief Spanò an.

»Ispettore, eine Frage. Als Sie Lorenza Ianninos Wohnung betraten, fanden Sie da die Unterlagen schon so durcheinander? Oder haben Sie dieses Chaos veranlasst?«

»Nein. Es waren viele Unterlagen, sie lagen ein wenig durcheinander, aber nicht so sehr.«

»Und in der kleinen Schublade, haben Sie da auch Ihre Finger reingesteckt?«

»Ich habe selbst einen Blick hineingeworfen, aber nichts Wichtiges gefunden.«

»Und war die Schublade zerwühlt?«

Spanò schien nachzudenken. »Nein, Dottoressa«, antwortete er mit ernster Stimme. »Die Schublade war überhaupt nicht unordentlich.«

Vanina schnaubte. »So ein Mist!«

»Ich rufe die Spurensicherung an«, schlug Spanò vor.

»Lassen Sie's gut sein, das erledige ich selbst.«

Sie legte auf und zündete sich eine Zigarette an, um sich besser auf das Gespräch mit Cesare Manenti vorzubereiten.

»Guarrasi, was verschafft mir schon wieder die Ehre?«, fragte Manenti sichtlich verärgert. »Erst das Haus, dann der Koffer auf den Felsen. Vor zwei Minuten das wiedergefundene Auto und jetzt ein Apartment. Wir wissen nicht einmal, wonach wir suchen sollen. Aber alles am liebsten sofort, denn Vicequestore Vanina Guarrasi kann keinen halben Tag warten, sonst dreht sich die Welt nicht weiter. Sie haben die Kollegen in Palermo belästigt, um die DNA von zwei Blutproben zu erhalten, deren Herkunft wir nicht einmal kannten.«

Vanina konnte sich kaum beherrschen, ihm zu sagen, er solle sich zum Teufel scheren.

»Signor Manenti, mir scheint, dass wir bisher nicht einmal ein halbes Mal miteinander gesprochen haben. Zum Glück für mich«, fügte sie langsam hinzu.

»Natürlich nicht! Dafür hüpft Gerichtsmediziner Pappalardo wie ein Ball herum und befolgt die Wünsche Ihres Teams. Er muss sich aber immer noch vor mir verantworten, finden Sie nicht auch?«

Der Idiot fühlte sich übergangen, das war sein Problem.

»Sagen Sie, Signor Manenti, wann kommt eigentlich der neue Boss?«

Er schwieg. »In den kommenden Tagen. Warum wollen Sie das wissen?«

»Nichts, nur so.«

Sie musste zugeben, dass dies ein Schlag unter die Gürtellinie war. Manenti hatte offenbar große Hoffnungen auf seine Beförderung gesetzt.

»Was ist dringlicher für Sie? Die Wohnung des mutmaßlichen Opfers oder das Auto?«, fragte Manenti wütend. »Ich kann schließlich nicht das ganze Team für Ihre Forderungen zur Verfügung stellen. Sonst muss ich mich vor dem Polizeipräsidenten verantworten.«

Seiner Meinung nach hatte er auf diese Weise den Schlag unter die Gürtellinie erwidert. Vanina lachte leise.

»Grüßen Sie ihn einfach schön von mir!«

»Wie lustig, unsere großartige Polizistin!« Noch zwei Minuten länger, und Salzsäure wäre aus dem Telefon getropft.

»Also gut, Signor Manenti, dann machen Sie doch, was Sie wollen. Hauptsache, Sie schicken mir jemanden.« Sie fragte ganz bewusst nicht nach dem Gerichtsmediziner Pappalardo, denn wie sie ihn kannte, hätte er ihr das nachgetragen. »Mal sehen, wie weit Sie kommen. Wenn Sie beides erledigen können, umso besser.«

Als sie auflegte, musterte Marta ihre Vorgesetzte voller Belustigung.

»Den Boss hättest du dir sparen können.«

»Das ist mir so rausgerutscht.«

Der Kinderarzt Manfredi Monterreale blickte auf sein Telefon, das gerade klingelte. Der Name, der auf dem Display erschien, überraschte ihn. Nur schade, dass er nicht sofort drangehen konnte.

Während der letzten zwei Minuten hatte der kleine Patient, den er gerade untersuchte, seinen Wattebehälter geleert, Spritzen auf den Boden geworfen, die glücklicherweise noch eingepackt waren, und deutete nun drohend auf das Phonoendoskop, das der Arzt versehentlich auf der Couch hatte liegen lassen. Und das alles bei fast völligem Desinteresse der Mutter. Wäre er durch den Anruf abgelenkt gewesen, hätte der kleine Attila unabsehbare Schäden in seiner Praxis verursacht.

Er liebte die kleinen Racker, denen er buchstäblich sein Leben gewidmet hatte, dennoch hätte er den Anruf in dem Moment gern entgegengenommen, als er ihn erhalten hatte.

Er verschrieb dem kleinen Patienten Medikamente, beschwichtigte die Mutter bezüglich des Gesundheitszustands ihres Sohnes und wartete, bis beide den Behandlungsraum verlassen hatten, um zum Telefon zu greifen und die Nummer anzurufen, die auf dem Display hinterlassen worden war. »Giovanna Guarrasi, Vicequestore«.

»Dottor Monterreale, guten Morgen.«

»Guten Morgen, Dottoressa. Entschuldigen Sie, dass ich nicht gleich drangegangen bin, aber ich war mit einem ziemlich lebhaften Patienten beschäftigt.«

»Ich will mir gar nicht vorstellen, wie alt er war«, scherzte Vanina.

»Was soll ich sagen? Drei Jahre alt.«

Beide mussten lachen.

»Wissen Sie, dass ich Sie auch anrufen wollte?«, fragte er, und das war die Wahrheit. Er hatte seit sieben Uhr morgens darüber nachgedacht, nachdem der Hausbesitzer ihm freundlicherweise die Aufzeichnungen aller Überwachungskameras im Gebäude zur Verfügung gestellt hatte.

»Ach, ja? Was wollten Sie mir denn mitteilen?«

»Dass ich das Filmmaterial der Überwachungskameras zu meiner Wohnung bekommen habe, zusätzlich noch das Material, auf das ich sonst nicht zugreifen kann, weil die Kameras zu den anderen Wohneinheiten gehören.«

»Sehr gut. Ich schicke Ihnen jemanden vorbei.«

»Aber nein, ich bringe es vorbei. Vielleicht zusammen mit meinem Freund Sante Tammaro, der mich mit seinen Beschwerden nervt. Er meint, Sie schicken ihm als Journalisten nicht mehr Informationen als der Konkurrenz.«

»Mehr haben wir momentan nicht. Wir können uns die Beweise schließlich nicht aus den Fingern saugen«, betonte Vanina.

»Natürlich nicht. Aber warum haben Sie mich angerufen?«

»Warum? Um mir die Arbeit zu erleichtern. Ich brauche eine Information, für deren Beschaffung ich allein mehr Zeit benötigen würde. Arbeitet im Krankenhaus, in der Abteilung, in der Sie arbeiten, ein Assistenzarzt namens Raffaele? Leider kenne ich seinen Nachnamen nicht.«

Manfredi Monterreale dachte nach.

»Der einzige Raffaele, den ich hier am Poliklinikum kenne, ist im fünften Jahr seiner Facharztausbildung. Er heißt mit Nachnamen Giordanella, ein kluger junger Mann. Darf ich fragen, warum Sie nach ihm suchen?«

»Nein«, antwortete Vanina freundlich, aber bestimmt.

»Ich habe ihn seit einiger Zeit nicht mehr gesehen, aber ich kann herausfinden, ob er noch hier arbeitet.«

»Danke. Ich muss mit ihm reden. Bitte geben Sie ihm meine Nummer und bitten Sie ihn, sich so bald wie möglich mit mir in Verbindung zu setzen.«

»Das will ich gern tun. Wenn er auf Station ist, rufe ich Sie zurück und stelle Sie durch.«

Sobald Dottor Monterreale das Gespräch beendet hatte, verließ er den Raum, ließ einen Assistenzarzt zurück, der den Behandlungsraum beaufsichtigte, überquerte den Korridor und betrat die Krankenstation. Ignazio, ein Krankenpfleger, der seit vielen Jahren in der Kinderklinik arbeitete und Generationen von Ärzten an sich vorbeiziehen gesehen hatte, war gerade mit Krankenakten beschäftigt.

»Ignazio, wissen Sie zufällig, wo ich Dottor Giordanella finde?«

Der Pfleger zog ein Smartphone aus der Kitteltasche. »Hier«, sagte er grinsend und zeigte Monterreale ein Foto, auf dem ein schneebedeckter junger Mann zu sehen war. Hinter diesem war das Schild des Saint-Justine-Krankenhauses in Montreal zu sehen. »Seit sechs Monaten«, erklärte er.

Manfredi Monterreales Herz vollführte einen Sprung. Er hatte selbst einmal in dieser Klinik gearbeitet, und das war mit die glücklichste Zeit seines Lebens gewesen. Doch das lag so weit zurück, dass er die Jahre gar nicht zählen wollte.

Das waren keine guten Nachrichten für Vicequestore Vanina Guarrasi.

»Haben Sie zufällig seine Adresse?«, fragte er.

»Welche Frage, Dottore! Natürlich habe ich die. Ich habe die Kontaktdaten von allen. Das müssten Sie doch wissen.«

»Deshalb bin ich ja auch zu Ihnen gekommen.«

Ignazio übermittelte ihm die gewünschten Daten unverzüglich per Textnachricht. Dottor Monterreale bedankte sich und kehrte in sein Sprechzimmer zurück, vor dem sich eine kleine Menschentraube gebildet hatte. Es waren die Eltern der Kinder, die an diesem Nachmittag einen Termin hatten.

»Dottore, Sie gehen doch nicht etwa schon, oder?« fragte ein Vater besorgt.

Es war immer das Gleiche. Jedes Mal, wenn er sein Sprechzimmer verließ, auch wenn er eine Vertretung zurückließ, herrschte Panik im Wartezimmer. »Ist er gegangen?«, war die Frage, die zwischen den besorgten Blicken der Eltern kursierte. Sie warteten lieber stundenlang auf ihn und verweigerten jeden anderen Arzt. Doch im Grunde war er es gewesen, der sie daran gewöhnt hatte. Und da es ihm nichts ausmachte, hatte er auch nicht die Absicht, diesen Kurs zu ändern. Das Ergebnis war natürlich, dass er doppelt so viel arbeitete, wie er eigentlich sollte. Aber jede Entscheidung hatte ihre Konsequenzen, und er hatte seine Entscheidungen nie bereut.

Den Anwesenden versicherte er, dass er gleich zurück sei, entließ die Assistenzärztin, und mit dem Handy in der Hand betrat er sein Sprechzimmer. Eine so ideale Gelegenheit musste er beim Schopf packen.

Er rief Vanina Guarrasi zurück und lud sie zum Mittagessen ein.

Munter wie ein Fisch im Wasser beendete er das Gespräch und schalt sich selbst einen Narren.

Als Vanina eintraf, saß Manfredi Monterreale bereits in der Trattoria und erwartete sie.

Die Einladung zum Mittagessen hatte sie überrascht, auch wenn sie mit Ankündigung gekommen war. Aber das machte ihr nichts aus. Sie verstand sich gut mit diesem Herrn aus Palermo, das ließ sich nicht leugnen. Natürlich wäre es ein bisschen riskant gewesen, nach dem ersten Anruf bereits sein Haus zu stürmen. Eine Einladung zum Mittagessen war zwar nicht gleichbedeutend mit einer Einladung zum Abendessen, aber schließlich wusste man nie, wie so etwas endete, vor allem wenn die Gefühle auf Gegenseitigkeit beruhten. Monterreale wirkte seriös auf sie, von ihm erwartete sie keine überstürzten

Schritte. Denn man konnte sich schnell in Situationen verstricken, aus denen man sich nur schwer wieder befreien konnte. Jüngste Erfahrungen, die sie leider unterschätzt hatte, legten nahe, dass sie besser auf der Hut war. Sich in der *Trattoria da Nino* mit ihm zu treffen schien ihr der beste Vorschlag zu sein, und der Arzt hatte ihn bereitwillig angenommen.

Nun saßen sie also dort, an dem Ecktisch, den der Lokalbesitzer wie selbstverständlich für sie reserviert hatte. Sie fühlten sich wohl wie zwei Menschen, die sich schon ihr ganzes Leben lang kannten.

»Raffaele Giordanella hält sich zurzeit in Kanada auf. In Montreal. Sechs Monate lang«, erklärte Manfredi, sobald Nino die Bestellungen aufgenommen hatte und wieder gegangen war.

»Vielen Dank. Wenn nötig, werden wir Kontakt zu ihm aufnehmen.«

»Hier ist seine Nummer«, sagte Monterreale und reichte ihr das Blatt aus einem Rezeptblock der Poliklinik, auf dem er die Adresse notiert hatte.

Auf den ersten Blick hatte es wenig Sinn, mit dem jungen Arzt zu sprechen, aber Vanina wollte es trotzdem versuchen. Sie musste sich ein besseres Bild von Lorenza Iannino machen.

Monterreale öffnete die Seitentasche seines Rucksacks und überreichte ihr einen USB-Stick.

»Hier, die Kameraaufzeichnungen. Mir wurde gesagt, dass eine auf einem Balkon montierte Kamera sich im Wind verbogen und nun die Straße gefilmt hat. Vielleicht kannst du das Material verwenden. Oder es verschafft dir weitere Hinweise.«

»Natürlich, es könnte nützlich sein. Danke.«

»Du bist also vor einem Jahr hierhergekommen?«, griff Manfredi das Gespräch wieder auf, der genug von Diskussionen über den Koffer auf dem Felsen hatte und das Thema nicht mehr anschneiden wollte.

»So ungefähr«, antwortete Vanina etwas abweisender, als ihr lieb war. Aber mit jemandem über ihre persönlichen Angelegenheiten zu sprechen, der es sich nicht nach harter und bestandener Prüfung verdient hatte, kam für sie nicht infrage.

Doch dann erzählte sie ihm von Mailand und dem Monat, den sie in New York verbracht hatte.

»Wie bist du denn in New York gelandet?«, fragte der Arzt erstaunt.

»Ich brauchte eine Pause und wollte so weit wie möglich weg.«

»Und da hast du dich für New York entschieden? Für eine Großstädterin hätte ich dich gar nicht gehalten.«

»Ehrlich gesagt weiß ich auch nicht, warum ich diese Stadt liebe. Wäre sie nicht so teuer, wäre ich viel öfter dort.«

»Eine unglaubliche Stadt. Aber ich dachte, du hättest alles darangesetzt, von Mailand wieder nach Sizilien zurückzukehren.«

»Das habe ich auch. Aber manchmal muss man eben fliehen. Selbst aus dem Land, das man liebt.«

Vor allem dann, wenn dieses Land einen verletzt hatte. Monterreale erzählte, auch er habe eine Pause eingelegt, bevor er nach Catania gezogen sei. Für drei Monate sei er nach Lampedusa in das Haus eines Freundes gezogen.

»Eigentlich sollte es ein Urlaub werden, aber am Ende habe ich dort mehr gearbeitet als in Palermo.«

Vanina fragte ihn nach dem Grund, aber ein Gast, der an ihrem Tisch vorbeiging, grüßte sie, und so wurde die Unterhaltung unterbrochen.

»Guten Tag, Dottoressa Guarrasi.«

Sie musterte den Mann von Kopf bis Fuß, bis er nicht umhinkonnte, sich vorzustellen. Er war Polizeireporter bei der *Gazzetta Siciliana*.

Monterreale schmunzelte, denn der Reporter war ganz offensichtlich verlegen. Vaninas neugierige Blicke schüchterten ihn ein, und er geriet ins Stottern.

»Du warst in Palermo wohl sehr bekannt«, sagte er zu Vanina, nachdem sich der Mann wieder an seinen Tisch gesetzt hatte.

»Na klar, so etwas wie ein Star«, scherzte Vanina und zog eine Grimasse.

»Das sollte kein Witz sein. In der Zeit, als ich die Stadt verlassen wollte, waren die Zeitungen voll von deinen Antimafia-Ermittlungen. Du warst die Heldin der Palermitaner, die sich nach Gerechtigkeit sehnten.«

»Wie du siehst, werde ich auch hier berühmt, indem ich Mörder fasse«, scherzte Vanina. »Vielleicht sind die Kriminellen schäbiger und nicht so gut organisiert wie jene, die ich damals dingfest machte, die aber nicht weniger schwer zu finden waren. Auch nicht weniger gefährlich.«

»Warum hast du Palermo verlassen?«, fragte Manfredi, ohne groß um den heißen Brei herumzureden.

Genau im richtigen Moment stand Nino mit den beiden Nudelgerichten Pasta alla Norma und bewaffnet mit einer Reibe für die Ricotta Salata am Tisch. Seine Aktion dauerte lange genug, um die Aufmerksamkeit der beiden Gäste auf sich zu lenken.

Unmittelbar danach klingelte das Telefon des Arztes, womit das Thema endgültig vom Tisch war.

Mit einem Teller Pasta vor sich lauschte Monterreale, ohne mit der Wimper zu zucken, der langen und ausführlichen Beschreibung über den Windelinhalt, den ein kleiner Patient mit Gastroenteritis darin deponiert und die Familie damit in Panik versetzt hatte.

Nunnari erschien im Büro von Vicequestore Vanina Guarrasi.

»Boss, hier sind einige Nachrichten von Lorenza Iannino. Ich habe alle zwischen ihr und Professor Ussaro sowie noch ein paar andere aufgelistet.« Er lächelte. »Es ist verdammt lustig, sie zu lesen.«

Vanina warf ihm einen vernichtenden Blick zu.

»Und, hatten Sie Spaß?«

Nunnari senkte den Blick. »Entschuldigen Sie.« Die gute Frau verstand wie immer keinen Spaß.

»Was steht drin?«

»Nichts Wichtiges, nur amouröse Nachrichten … sagen wir mal so. Mit Ausnahme eines kleinen Streits am zwölften Oktober. Offenbar irgendwas wegen der Universität. Es sind nur wenige Worte, denn Professor Ussaro schnitt ihr sofort das Wort ab und schlug vor, persönlich darüber zu reden. Er sagte so etwas wie *dumme Pute* zu ihr, und sie solle die Nachricht löschen.«

Er war ein Profi, das musste man ihm lassen.

»Legen Sie alles auf den Tisch, damit ich es lesen kann. Prüft Fragapane die Bankkonten von Lorenza Iannino?«

An diesem Morgen hatte sie Staatsanwalt Vassalli um die Genehmigung gebeten, das Vermögen des Mädchens zu überprüfen.

»Ja, Dottoressa.«

Leider konnten sie nur abwarten, während Spanò Informationen sammelte und Fragapane die Girokonten sichtete. Eine Situation, die Vanina auf die Nerven ging.

Aber der Fall hatte sich von Anfang an als unendlich zäh erwiesen.

Um keine Zeit zu verlieren, las sie Lorenza Ianninos Chats. Nachdem sie die mit erotischem Hintergrund aussortiert und die zwischen ihrem Bruder und ihrer Freundin Eugenia Livolsi gestrichen hatte, blieben etwa zehn Chats übrig. Beim weiteren Überfliegen fand sie noch fünf Nachrichten, die alle aus der Anwaltskanzlei stammten. Mit Susanna Spada tauschte Lorenza vor allem Sprachnachrichten aus, die leider verloren gegangen waren. Wenn sie sich schrieben, waren sie sehr kurz gehalten. Zeitpläne, organisatorische Fragen. Meistens arbeitsbezogen. Der einzige Kollege, mit dem Lorenza Iannino scherzhafte Chats tauschte, die fast so freundschaftlich waren wie die zwischen ihr und Eugenia Livolsi, war Nicola Antineo. Er war auch der Einzige, mit dem Lorenza in der Nacht ihres Verschwindens keine Nachrichten ausgetauscht hatte. Besser gesagt, in der Nacht, in der sie getötet wurde. Vanina wollte sich gerade mit dem Gedanken abfinden, dass sie nicht viel von den Chats haben würde, als sie auf einen Gruppenchat stieß. Nunnari hatte nur einen winzigen Teil davon abgeschrieben, aber dieser hatte es in sich, sodass bei Vanina augenblicklich alle Alarmglocken schrillten.

»Nunnari!«, rief sie.

Der Angesprochene kam angerannt.

»Du hast seitenweise nutzlose Nachrichten ausgedruckt, und den einzigen interessanten Chat nach der Hälfte nicht mehr abgeschrieben. Haben dich die obszönen Nachrichten so amüsierten, dass du alles anderes vergessen hast?«, schimpfte sie.

Sie ließ sich eine vollständige Sicherungskopie von Lorenza Ianninos Telefon auf ihren Computer schicken, fand den Chat und las ihn durch. Die Unterhaltung war mehr als brisant. Sie wählte alle Nummern aus, loggte sich in das interne Suchsystem ein und recherchierte nach den Namen der Beteiligten. Jetzt wurde es endlich interessant!

Als Spanò nach Einbruch der Dunkelheit ins Büro zurückkehrte, saß Vanina noch immer vor ihrem Computer. Sie starrte auf den Monitor, und ihr halbwegs zufriedenes Lächeln versprach Gutes. Nunnari saß neben ihr, und Marta Bonazzoli hockte auf der Rückenlehne ihres Stuhls.

»Was haben Sie herausgefunden?«, erkundigte sich Spanò.

»Interessante Dinge«, antwortete Vicequestore Vanina Guarrasi.

Ispettore Spanò machte es sich bequem.

Vanina verschränkte die Arme auf dem Schreibtisch. »An der Party neulich haben mindestens zwanzig Personen teilgenommen, die alle in einem von Professor Ussaro eingerichteten Gruppenchat mit dem Namen *Abende unter Freunden* registriert waren. Sehr bemerkenswert, vor allem bezüglich der Namen«, sagte sie und reichte Spanò das Blatt, auf dem sie alles notiert hatte.

Spanò setzte seine Brille auf und las. Vor Staunen riss er die Augen auf.

»Verdammt! Und was steht da?«

»Ausführliche Informationen zur Party von gestern Abend. Zeiten, Menü. Standort. Anspielungen auf gepuderte Nasen sowie Ussaros Zusicherung über die Qualität der *Parfüms,* an denen sie riechen würden.«

»Schöne verschlüsselte Sprache.«

»Ganz genau. Und was haben Sie Neues zu berichten?«

Der Ispettore ließ sich auf seinem Stuhl nieder. »Über Professor Ussaro erzählt man sich so allerlei«, fing er an. »Als Dozent taugt er nicht viel. Er glänzt durch Abwesenheit und delegiert alles an seine Mitarbeiter, darunter auch an Lorenza Iannino. Wenn er zur Uni kommt, terrorisiert er die Studenten, indem er sie massenhaft durchfallen lässt. Ein paar unter ihnen, denen sein überhebliches Verhalten nicht gefiel, verwüsteten einmal sein Auto. Ganz zu schweigen von den Studentinnen, vor allem den hübschen, die ihm aus dem Weg gehen, um unangenehme Situationen zu vermeiden. Vor einigen Jahren, aber das ist nur ein Gerücht, soll es einmal eine peinliche Geschichte mit einem Mädchen gegeben haben. Er hatte es offenbar bei ihr versucht, sie hatte ihn abgewiesen und saß deshalb ein Jahr fest, ohne die Prüfung ablegen zu können. Als das Mädchen den Kurs wechseln wollte, um die Prüfung bei einem anderen Dozenten abzulegen, soll er sogar dafür gesorgt haben, dass ihr das nicht gelang.«

»Ein Arschloch erster Güte«, kommentierte Marta.

Vanina zog eine Grimasse. Die Neuigkeiten überraschten sie ganz und gar nicht.

»Und weiter, Ispettore?«

»Er hat mehrere Geliebte, meist aus dem beruflichen Umfeld. Aus diesen Affären macht er keinen Hehl. Sonntags geht er brav zur Kirche, um sich mit seiner Frau und seinem Sohn zu brüsten. Seine Frau stammt aus Reggio Calabria. Sie arbeitet als Steuerberaterin im Büro ihres Vaters in Catania, an dem Ussaro zu fünfzig Prozent beteiligt ist. Dies ist mehr oder weniger sein privates Profil. Dann gibt es aber noch die berufliche Seite. Und hier haben wir die Qual der Wahl, denn er ist arrogant, erpresserisch, käuflich. Wie Commissario Patanè heute Morgen schon sagte, ist dieser Mann zu allem fähig, wenn es darum geht, einen Fall zu gewinnen. Zudem hat er überall die Finger mit im Spiel, in Verwaltungsräten von Unternehmen, in Ministerämtern, in der Jury verschiedener Wettbewerbe. Alles, was ihm Macht verleiht.«

»Und was seine Beziehung zu Giuseppe Alicuti angeht, haben Sie da schon etwas gehört?«

»Ja natürlich. Die beiden sind praktisch unzertrennlich. Ussaro hat ihn bei all seinen waghalsigen Schwenks immer unterstützt, von rechts nach links oder durch die Mitte. Und der Herr Abgeordnete hat ihn immer unterstützt.«

»Eine Freundschaft, die auf einem soliden Fundament ruht«, kommentierte Vanina.

Familie Spanò war stets eine unverzichtbare Informationsquelle. Zwischen Eltern, Tanten, Onkeln, Cousins und Freunden gab es keine Information, die der Ispettore in der für das Mittagessen zur Verfügung stehenden Zeit nicht herausfand. In der Regel waren die Neuigkeiten äußerst ergiebig.

»Ich habe mich nach dem Ferrari erkundigt. Ussaro hat ihn 1999 von Bini Oreste gekauft, der ihn zwei Monate zuvor bei der Konkursversteigerung der Vermögenswerte von Baron Francesco Lo Turco ersteigert hatte. Da bin ich neugierig geworden. Und da ich noch ein wenig Zeit hatte, habe ich mich in das Gerichtsarchiv zurückgezogen und mir die Unterlagen zu dem Konkurs angesehen. Raten Sie mal, wer der Anwalt war, der den Baron damals unterstützte?«

»Professor Elvio Ussaro«, vermutete Vanina.

Sie sah sich Ussaros Personalien an. 1949 in Piana dell'Etna als Sohn von Ussaro Sulpicio und Bini Assunta geboren. Seit 1982 mit Consolata Spadafora verheiratet. Einen gewöhnlichen Namen suchte man in dieser Familie wohl vergeblich. Bini, das war der gleiche Nachname wie der von Oreste, der den Ferrari ersteigert hatte. Eine schöne Runde, keine Frage.

»Was haben Sie jetzt vor, Dottoressa?«, fragte Ispettore Spanò.

»Morgen laden wir alle aus dem Chat vor und vernehmen sie.«

»Einschließlich des Herrn Abgeordneten Alicuti?«

»Ja natürlich. Ihn und seinen Sohn, den Eigentümer des Hauses.«

Spanò schien unsicher zu sein. Er zwirbelte seinen Schnurrbart.

»Was gibt es, Ispettore?«, fragte Vanina.

»Nichts, Dottoressa. Ich denke nur, dass es einen Aufruhr geben wird. Und da wir noch keine Leiche haben ...«

»Na und? Wir laden alle wegen des Verschwindens von Lorenza Iannino vor, nicht wegen ihrer Ermordung«, erklärte sie, stützte sich auf die Ellbogen und rückte näher an den Schreibtisch heran.

»Kinder, damit eines klar ist«, wandte sie sich an die beiden anderen, um sie in die Diskussion mit einzubeziehen. »Lorenza Iannino ist tot. Das wird immer offensichtlicher. Zuletzt hat sie diese Leute in einer kleinen Villa empfangen, von der niemand etwas wusste und die sie von einem von ihnen gemietet hatte. Musik, Essen, Alkohol, Drogen. Zu einem bestimmten Zeitpunkt, früher als erwartet, gehen alle. In Eile. Jemand bleibt aber im Haus, denn das Licht brennt weiter, wie sich die Nachbarn später erinnern. In derselben Nacht verschwindet Lorenza. Einer der Gäste, so wage ich zu behaupten, warnt uns, dass an eben dieser Adresse und in eben dieser Nacht ein Mädchen ermordet wurde. Und wir finden das Blut der jungen Frau auf einem Sessel. Dann erzählt der Gast, dass sie in einem Koffer eingeschlossen wurde, den wir auch finden. In dem Koffer entdecken wir außerdem Blutspuren, die zu Lorenza Iannino gehören. Wir finden ihr Handy, und alle Gäste tauchen in der Sicherungskopie auf. Ich denke, wir haben genug, um ihnen allen ein paar Fragen zu stellen.«

Spanò nickte. »Und vielleicht stimmt das ja auch.«

Vanina stand auf. Sie zog eine Zigarette heraus, behielt sie aber in der Hand und hielt den Atem an.

»Und wissen Sie was, Ispettore? Zitieren Sie alle her, bis auf Ussaro und die Anwältin Susanna Spada. Die beiden werden wir zu Hause befragen, und zwar gleichzeitig und während alle anderen hier sind.«

»In Ordnung, Boss.«

»Ich denke, ihr könnt jetzt gehen, für heute habt ihr genug getan.«

Vanina nahm das Feuerzeug in die Hand, während die vier zum Ausgang gingen. Doch plötzlich fiel ihr noch etwas ein.

»Nunnari!«

»Ja, Boss.« Diesmal sprang er nicht auf, um zu salutieren.

»Über die Nummer, von der die anonymen Anrufe kamen, wissen wir immer noch nichts?«

»Nein, Dottoressa. Wenn der Anruf nicht über die Zentrale reinkommt und wir die Daten bei der Telefongesellschaft anfordern müssen, können ein paar Tage vergehen.«

Sie entließ ihn.

In diesem Moment erschien Ispettore Salvatore Fragapane.

Vanina machte ihr Feuerzeug wieder aus. Sie sah auf ihre Uhr. Es war sieben.

»Herr Kollege, Sie sind noch hier?«

»Nein, Dottoressa, ich bin gerade gekommen.«

»Woher, wenn ich fragen darf?«

»Der Gerichtsmediziner Pappalardo rief mich an, um mir mitzuteilen, dass sie mit den Arbeiten an Lorenza Ianninos Auto beginnen wollten. Also dachte ich, ich schau mal vorbei.«

»Sehr gut.«

»Dabei bin ich Dottor Manenti begegnet, der mir immer wieder erzählen wollte, dass Pappalardo das seiner Meinung nach auch noch am nächsten Tag erledigen könne.«

»Und was haben Sie geantwortet?«

»Ich? Dass ich nicht einmal wusste, wovon er sprach, und dass ich aus anderem Grund hier bin.«

Vanina hätte ihn am liebsten umarmt.

»Was war in dem Auto?«

»Alles Mögliche, Dottoressa! Unterlagen, Papierchen, Quittungen, Haarspangen, halb leere Wasserflaschen. Jede Menge

Müll. Keine Blutspuren im Kofferraum. Es wurden jedoch alle Fingerabdrücke genommen. Auch wenn es viele waren, ein paar frische sind doch dabei. Sie stammen aber vermutlich von der jungen Frau.«

»Kann gut sein. Vergleichen Sie sie einfach mit denen, die Sie in Lorenza Ianninos Haus gefunden haben. Was ist mit den Bankkonten der Frau? Was konnten Sie darüber in Erfahrung bringen?«

Fragapane zog einige Unterlagen heraus, die er auf seine typische Art und Weise zusammengeheftet und in eine Klarsichthülle gesteckt hatte.

»Hier ist alles drin«, sagte er und reichte ihr alles. »Wirkt so weit normal. Lorenza Iannino hat ein Universitätsstipendium und ein mageres Gehalt von der Anwaltskanzlei. Von ihrem Bruder bekommt sie außerdem fünfhundert Euro im Monat. Zu den Ausgaben gehören die Miete für die Wohnung, fünfhundert pro Monat, und so rechtfertigt sie wahrscheinlich die Summe, die ihr Bruder ihr zahlt. Einhundertachtzig Euro im Monat für die Tilgung der Autoraten. Sie hat eine Kreditkarte mit einem Limit von tausend Euro, das sie jeden Monat ausschöpft.« Er zog ein weiteres Blatt heraus. »Damit bezahlt sie das Fitnessstudio, den Supermarkt, den Friseur, einen Schönheitssalon, ab und zu größere Ausgaben für Kleidung.«

Vanina dachte darüber nach. Das passte alles nicht zusammen.

»Andere Bankkonten, Girokonten bei der Post … nichts?«

»Nein, Dottoressa. Nur das eine.«

»In Ordnung, Fragapane. Ach, für Sie ist heute Feierabend. Morgen früh sagen Sie dem Gerichtsmediziner Pappalardo, dass er die Fingerabdrücke des Autos mit denen von Lorenza Iannino vergleichen soll. Obwohl, warten Sie!« Sie rief Marta Bonazzoli zurück, die mit bereits angezogener Jacke zurückkam. »Haben wir die Bürste, die wir der Spurensicherung gegeben hatten, wieder zurückbekommen?«, fragte sie.

»Ja, die haben sie uns zurückgegeben.«

»Dann soll Fragapane sie morgen noch einmal der Spurensicherung bringen. Dann haben sie noch etwas, auf dem sie die Fingerabdrücke der jungen Frau sicherstellen können.«

»Das erledige ich morgen früh als Erstes.«

In Anbetracht seines Zeitplanes bedeutete dies, dass er als Erster das Büro der Spurensicherung betreten würde.

Vanina verabschiedete sich wieder von ihnen. Sie kehrte an ihren Schreibtisch zurück und holte erneut das Feuerzeug heraus. Einen Moment lang überlegte sie, ob sie das Fenster öffnen sollte.

»Wen interessiert das schon?«, fragte sie sich laut, lehnte sich im Sessel zurück und rauchte in aller Ruhe ihre Zigarette.

In der Tasche ihrer Jeans steckte etwas Störendes. Sie griff hinein und zog den USB-Stick heraus, den ihr der Kinderarzt Manfredi Monterreale gegeben und den sie völlig vergessen hatte.

Sie schaltete den Computer an und steckte den Stick ein. Dann wählte sie die Kamera aus, die sich aufgrund des Windes verdreht hatte und nun auf die Straße bis zu der kleinen Mauer bei den Felsen wies. Die Aufnahmen schienen zu diesem Zeitpunkt der Ermittlungen wie bestellt aufzutauchen. Sie ging zu der Zeit, die sie interessierte, startete den Film und sah sich alles an. Auf dem Film war zu sehen, wie der Toyota Corolla von Lorenza Iannino ankam und hielt. Auf der Beifahrerseite stieg ein Mann aus, dessen Gesicht und Haar von einem Kapuzenpulli verdeckt waren. Er wirkte jung. Er öffnete den Kofferraum, zog einen Koffer heraus und schleppte ihn mühsam zu den Felsen, wo er verschwand. Währenddessen wendete der Fahrer das Auto. Auch er war nicht zu erkennen, aber für den Bruchteil einer Sekunde sah Vanina ein Detail, das ihr auffiel. Dasselbe, das ihr schon beim ersten Mal aufgefallen war.

Sie nahm den Hörer ab, wählte Staatsanwalt Vassallis Nummer und stellte einen Antrag, der ihm für eine gute Minute die Sprache verschlug.

»Sie wollen das Telefon von Rechtsanwalt Elvio Ussaro abhören lassen?«, fragte er, als hätte er sie nicht verstanden.

»Richtig.«

»Und mit welcher Begründung, wenn ich fragen darf?«

Sie fasste zusammen, was sie hatte, um ihren Antrag zu rechtfertigen, kassierte aber ein Nein.

»Bringen Sie mir einen etwas konkreteren Beweis dafür, dass es Anhaltspunkte für eine Straftat gibt. Dann unterschreibe ich umgehend die Genehmigung, aber auf Grundlage von Eindrücken, kurzen Standbildern oder wilden Vermutungen ist das nicht möglich.«

Eigentlich war es ihr klar gewesen, aber sie hatte trotzdem den Versuch unternehmen wollen.

Ihn über ihr morgiges Vorgehen zu informieren hielt sie hingegen für unnötig.

Und da sie schon einmal dabei war, beschloss sie, einen weiteren Anruf zu tätigen. Um diese Zeit war es in Montreal noch helllichter Tag. Sie nahm die Nummer zur Hand, die ihr der Kinderarzt gegeben hatte, und wählte sie.

»Allô.«

»Dottor Giordanella?«

»Sì.«

»Guten Tag, hier spricht Vicequestore Giovanna Guarrasi, Ermittlungseinheit Catania.«

»Guten Tag«, sagte er überrascht.

»Hätten Sie zwei Minuten Zeit für mich?«

»Natürlich, worum geht es?«

»Haben Sie in den letzten Tagen zufällig die italienischen Zeitungen gelesen?«

Giordanella holte tief Luft. »Sie rufen wegen Lorenza an, stimmt's?«

»Wann haben Sie sie zuletzt gesehen?«

»Diesen Sommer. Ich war ein paar Tage in Italien und habe sie auf einer Party im Haus einer gemeinsamen Freundin getroffen. Eugenia Livolsi.«

»Wie war Ihre Beziehung?«

»Gut. Wir sind Freunde geblieben. Nun ja, am Anfang vielleicht nicht unbedingt.«

»Warum?«

»Sie wissen ja, wie das ist. Sie hat mich aus heiterem Himmel verlassen, ich habe gelitten wie ein Hund. Aber die Zeit heilt alle Wunden. Jetzt habe ich eine neue Freundin, und Lorenza führt ihr eigenes Leben.«

»Hat Lorenza Ihnen jemals etwas über sich selbst erzählt?«

»Nichts, bis zur Party bei Eugenia. Sie machte immer nur Andeutungen, aber ich war überrascht, dass ich in vielem, was sie sagte, recht gehabt hatte.«

»Worin zum Beispiel?«

»Dass sie in etwas hineingeraten war, das über ihre Kräfte hinausging. Das hatte ich ihr bereits auf den Kopf zugesagt, als sie mich verließ.«

»Sie meinen eine Affäre?«

»Nicht nur das. Lorenza stellte sich immer für alles zur Verfügung und übernahm vom Sekretärinnenjob bis zu Botendiensten alles nur Erdenkliche. Als Mann hätte sie vermutlich sogar Autos gewaschen. Für mich war das absurd.«

»Für wen nahm sie das alles auf sich? Für Professor Ussaro?«

»Ich glaube schon.«

»Und was haben Sie geantwortet, als sie einräumte, dass Sie in vielem recht gehabt hatten?«

»Dass sie jederzeit mit ihren Problemen zu mir kommen könne. Aber sie lachte nur und meinte, sie könne mir nicht zumuten, in etwas hineingezogen zu werden.«

»Kam Ihnen das nicht seltsam vor?«

»Natürlich klang das seltsam. Aber so ist Lorenza nun mal. Sie spricht die Themen nie direkt an. Ich meinte, das Wichtigste sei es doch, die anstehenden Dinge zu klären und sie wieder in Ordnung zu bringen. Sie antwortete, sie täte alles, um wieder für klare Verhältnisse zu sorgen. Und sich zu rächen.«

»Sonst nichts?«

Raffaele Giordanella schwieg einen Moment lang. »Sie ist tot, nicht wahr?«

»Wir befürchten es, ja.«

»Das dachte ich mir schon. Sie sprechen immer in der Vergangenheitsform von ihr.«

Das war Vanina noch gar nicht aufgefallen.

»Vermutlich wurde sie ermordet.«

»Das dachte ich mir schon, Dottoressa Guarrasi.«

Sie hatten gerade aufgelegt, als ihr Telefon erneut klingelte. Maria Giulia De Rosa war am Apparat.

»Hallo, Giulia!«, sagte Vanina.

»Wie weit bist du?«, fragte die Anwältin.

»Wobei?«

»Was heißt hier *wobei*? Bis du endlich zu uns stößt.«

Vanina warf einen Blick zur Decke. Sie hatte völlig vergessen, dass Giulia am Nachmittag zurückgekehrt war und ein Abendessen organisiert hatte. Vanina hatte ihr sogar eine Nachricht geschickt und ihr Kommen bestätigt.

»Tut mir leid, ich bin noch im Büro.«

»Brauchst du noch lange?«

Vanina überlegte einen Moment, ob sie Ja sagen und direkt nach Santo Stefano zurückkehren sollte. Doch den Gedanken verwarf sie schnell wieder. Es war besser, Missverständnissen von vornherein aus dem Weg zu gehen.

»Nein, ich bin fertig. Wo seid ihr?«

Giulia gab ihr den Ort bekannt. »Adriano ist schon da«, teilte sie ihr mit, um sie anzuspornen.

Vanina fragte sie nicht, wer sonst noch gekommen sei, aber das war auch nicht wichtig. Sie kam sowieso nur, um Giulia einen Gefallen zu tun. In aller Ruhe ging sie zur Piazza Duca di Genova, wo sie ihren Mini am Morgen abgestellt hatte. Sie schlenderte mehr, als dass sie ging, und überquerte die Via Vittorio Emanuele. Der Haupteingang des Convitto Cutelli, ehemals das Collegio dei Nobili, stand seltsamerweise halb offen und erlaubte einen Blick auf den berühmten Innenhof, den sie bisher noch nie gesehen hatte: monumental, mit schwarz-weißem Fußboden und Arkaden eines Meisters aus dem achtzehnten Jahrhundert.

Palermo war immer noch Palermo, aber es war nicht zu leugnen, dass auch Catania einige verborgene Schätze vorzuweisen hatte. Was die Kontraste zwischen baufälligen Gebäuden (in einigen Fällen auch noch über siebzig Jahre nach deren Bombardierung) und majestätischen Monumenten betraf, hielt ihre Stadt zwar immer noch den Rekord, aber Catania stand dem in nichts nach. Das verlassene Haus mit den zerbrochenen Scheiben und den bröckelnden Mauern, vor dem ihr Auto ungestört seit dem Morgen parkte, lag dem Palazzo Biscari gegenüber, einem der prestigeträchtigsten Gebäude Catanias, und einer Reihe anderer Häuser, die sich in einem noch schlechteren Zustand befanden als dieses verlassene Haus.

Sie bog in die Via Cardinale Dusmet ein und fuhr an den Arkaden des Jachthafens entlang. Im Schritttempo. Es war zehn nach acht, und die Geschäfte hatten gerade geschlossen. Sie hätte keinen ungünstigeren Zeitpunkt wählen können, um sich aus dem historischen Stadtkern zu entfernen. Der Verkehr in Catania entzog sich jedem Versuch einer stochastischen Analyse, aber es gab Tageszeiten, an denen man in jedem Fall eine ganze Weile in ihm stecken blieb, da war sie sich sicher.

Und genau so war es jetzt.

Sie hatte Zeit für zwei Zigaretten und drei Telefonate. Als Erstes rief sie ihre Nachbarin Bettina an, die an diesem Morgen in großer Not abreiste, nachdem der Boiler ausgefallen war. Der Techniker hatte einen halben Tag lang versucht, ihn zu reparieren, und hatte schließlich einen neuen einbauen müssen. Danach rief sie Adriano an, um ihm mitzuteilen, dass es etwas später werden würde. Der dritte Anruf galt ihrer Mutter, der sie seit dem Tag aus dem Weg ging, an dem diese ihr die Überraschungsparty für ihren Ehemann Federico angekündigt hatte.

Der Termin rückte näher, und Vanina schuldete ihr eine Antwort. Doch Signora Calderaro mied das Thema. Sie erkundigte sich nach dem Befinden ihrer Tochter, ob es ihr gut gehe und ob sie nicht zu viel arbeite. Und sie stellte ihr eine eher ungewöhnliche Frage, nämlich, ob sie sich auch amüsiere. Vanina konnte ihre Mutter beruhigen, indem sie ihr sagte, wo sie gerade hinfuhr.

»Gehst du allein hin?«

»Mit wem sollte ich denn sonst gehen?«

Ihre Mutter schwieg einen Moment. »Nicoletta hat Costanza erzählt, dass Paolo sich von ihr getrennt hat, weil er wieder mit dir zusammen sein will. Und dass ihr euch trefft«, sagte sie wie ein Blitz aus heiterem Himmel. Das saß.

Vanina hätte sich beinahe verschluckt, der Zigarettenrauch blieb ihr im Hals stecken. Genau wie die Wut.

Was sollte das?

»Sag Costanza, sie soll sich lieber auf die Vorbereitungen ihrer Hochzeit konzentrieren, statt sich diesen Mist anzuhören«, antwortete Vanina und beherrschte sich nur mit Mühe.

»Es stimmt also nicht? Du hast ihn nicht wiedergesehen?«, fragte ihre Mutter und klang enttäuscht. Wer wusste schon, welche Hoffnungen die Nachricht ausgelöst hatte? »Wen soll ich wiedergesehen haben?«

»Was heißt hier, *wen*? Paolo natürlich!«

»Nein«, unterbrach sie ihre Mutter.

Am anderen Ende der Leitung war ein Seufzer zu hören.

»Aber warum sollte Nicoletta dann so etwas behaupten?«

»Woher soll ich das denn wissen?«

»Wer weiß«, sagte ihre Mutter, jetzt noch skeptischer als zuvor. »Aber …«, begann sie. »Aber wenn es zufällig doch stimmen sollte, solltest du es dir genau überlegen, Vanina. Züge fahren für gewöhnlich nur einmal vorbei, und wenn du eine zweite Chance erhältst, kannst du nichts falsch machen.«

Obwohl vier Jahre vergangen waren und obwohl alles Mögliche passiert war, wollte sich ihre Mutter einfach nicht aus dem Kopf schlagen, dass Richter Paolo Malfitano der ideale Ehemann für die Tochter gewesen wäre. Genauso wie es ihr nicht aus dem Kopf gehen wollte, dass Vaninas Flucht aus Palermo und vor Paolo ein schwerer Fehler gewesen war. Paolos überstürzte Heirat mit Nicoletta Longo war nur eine Reaktion auf das alles gewesen. Und in der Tat war es zwischen den beiden nun vorbei.

Es war besser, sich nicht zu fragen, ob ihre Mutter diesmal vielleicht zufällig sogar recht hatte.

Die Aussicht, Giulia und andere Freunde zu treffen, stand nun an erster Stelle.

Dies war nicht der richtige Abend, um allein auf dem grauen

Sofa zu sitzen, das schon ausgereicht hätte, um ihr alles wieder ins Gedächtnis zu rufen und gegen den Drang anzukämpfen, Paolo um eine Erklärung zu bitten.

Es war viel besser, den Dingen ihren Lauf zu lassen, möglichst ohne weiter darüber nachzudenken.

Wie immer hatte Anwältin Maria Giulia De Rosa einen Tisch in einem kleinen Hafenlokal am Meer gewählt. Wenn sie bedachte, wie oft Giulia schon versucht hatte, sie dorthin zu lotsen, konnte sie davon ausgehen, dass ihre Freundin Stammgast war. Das Restaurant war modern, ganz im Mailänder Stil eingerichtet und bei den Catanesen äußerst beliebt. Das Gegenteil von der Location, die sie ausgesucht hätte, aber für einen Abend war es in Ordnung.

»Oh, na endlich! Ich habe dich ewig nicht gesehen«, scherzte Adriano Calì, der Gerichtsmediziner. An diesem Morgen hatte sie ihn zufrieden in der Bar von Santo Stefano sitzen lassen, wo er auf die heißen Brioches wartete, die bald den Ofen verlassen würden.

Vanina umarmte Giulia, grüßte die anderen mit einer Geste und setzte sich neben Adriano.

»Bedank dich bei mir, Calì! Ich gebe mein Bestes, um Arbeit für dich zu finden. Und bisher ist mir das noch nicht gelungen. Allerdings kann das nur noch eine Frage von Tagen sein.«

»Sadistin.«

Giulia stand in der Mitte des Gastraumes, reichte ihr ein Glas mit einem gelblichen Gebräu, das man ihr gerade gebracht hatte, und bestellte dann ein weiteres.

»Hier, fang damit mal an!«

Vanina nippte vorsichtig daran. Hoher Alkoholgehalt. Unmöglich zu trinken, ohne dazu etwas zu essen. In der Mitte des Tisches stand nur ein Teller mit orientalisch anmutendem Knabberzeug. Da es nichts anderes gab, bediente sie sich davon.

Das Lokal war voll, obwohl es ein Wochentag war. Doch Vanina überraschte inzwischen nichts mehr. Im Gegenteil, *unter der Woche ausgehen* hatte sie sich sogar auf ihrem iPhone als typische Eigenschaft der Catanesen notiert. Und Maria Giulia De Rosa war die typische Vertreterin dieser Zunft. Genau wie ihr bunt zusammengewürfelter Freundeskreis.

Nach dem zweiten Bissen des gebratenen Hähnchens, das zwar anders hieß, aber genauso gut schmeckte wie das ihrer Großmutter, nämlich sehr gut, kam Giulia auf sie zu.

»Mit wem hast du heute bei *Nino* zu Mittag gegessen?«, fragte sie.

Vanina beäugte sie mit einem misstrauischen Blick.

»Warum?«, antwortete sie mit einer Gegenfrage. Sonst mochte sie das nicht, hielt es diesmal aber für angebracht.

Sie konnte nichts unternehmen, ohne dass die Plaudertasche Giulia es mitbekam.

Sie fühlte sich ertappt. Aber wobei eigentlich?

»Also, ich habe Alfio Burrano getroffen. Er hat mich mit Fragen über dich und einen mysteriösen Mann gelöchert, mit dem er dich heute bei *Nino* gesehen hat. Er sagte, ihr hättet sehr vertraut gewirkt. Hat dich etwa der Richter aus Palermo besucht?«

Giulia etwas zu erzählen hatte den Nachteil, dass sie ihr Wissen irgendwann wieder ausgrub und erwähnte. Wie ein Pfeilschuss. *Peng!* Der Richter aus Palermo.

»Sag bloß, Alfio ist in der Nähe!«, sagte Vanina alarmiert.

»Keine Sorge, er ist schon weg. Und? Hast du vor, mir zu antworten?«

»Ich habe mich mit einem Freund getroffen. Er kommt auch aus Palermo.« Es hatte keinen Sinn, ihr zu erklären, dass sie Manfredi Monterreale erst am Tag zuvor kennengelernt hatte und dass er, kurz gesagt, kein echter Freund war.

»Der arme Alfio war enttäuscht, glaub mir. Er hat sich ernsthaft in dich verknallt.«

»Deshalb wäre es auch nicht richtig gewesen, ihn hinzuhalten«, schloss Vanina.

Alfio Burrano war der Mann, der einige Zeit zuvor die berühmte Mumie im Lastenaufzug entdeckt hatte und Vicequestore Giovanna Guarrasi erneut auf die Titelseiten der Zeitungen befördert hatte. Ein sympathischer Schurke, der fantastisch aussah, aber wenig Tiefgang hatte, schlimmer noch als der Frauenheld Giovanni Percolla im Film, den sie am Vorabend gesehen hatte. Einer, mit dem sie sich gern vergnügt hätte, wenn ihr nicht aufgefallen wäre, dass er es offenbar ernst meinte. Und darum hatte sie beschlossen, dass es besser war, nicht auf ihn einzugehen.

Es war zudem genau in den Tagen passiert, als sie Paolo wiedergesehen hatte.

Sie war gerade im Begriff, in Gedanken abzuschweifen, doch Giulia holte sie zurück.

»Ich habe Luca Zammataro in Rom getroffen«, berichtete sie und wechselte das Thema.

Adriano, der abgelenkt schien, wurde bei dem Namen Zammataro aufmerksam und beteiligte sich sofort an dem Gespräch.

»Ja, ich weiß, er hat es mir erzählt. Ihr habt im gleichen Lokal zu Abend gegessen.«

»Unser Sonderkorrespondent war auf dem Weg in den Irak«, fügte Giulia zerknirscht hinzu.

Der melodramatische Ton war dem Anlass angemessen, aber Vanina wusste, dass es nicht nur darum ging.

Sie hoffte, dass Giulia durch den Cocktailrausch nicht den Verstand verlor. Was manchmal – und das befürchtete Vanina – im Chaos enden konnte.

Luca Zammataro hätte Giulia natürlich niemals in Betracht gezogen, aber früher oder später hätte er gemerkt, dass sie ihm nachsabberte. Und was noch schlimmer war – Adriano wäre das auch aufgefallen.

Vier Garnelen in Tempura, drei Hähnchenflügel, zwei Brötchen mit rohem Fisch unbekannter Herkunft und einen Old Fashioned später beschloss Vanina, dass das maximal tolerierbare Maß an Ausgelassenheit weit überschritten war. Auf dem Sofa, eingezwängt zwischen den beiden Typen, die wie wild tranken und nicht aufzustehen schienen, hätte sie es keine Minute länger ausgehalten. Unter dem Vorwand, eine Zigarette rauchen zu wollen, verließ sie den Tisch und war entschlossen, sich nicht wieder zu setzen.

Giulia begleitete sie nach draußen.

»Darf ich mir eine Zigarette von dir schnorren?«

Vanina bot sie ihr an.

»In den kommenden Tagen treffen wir uns noch einmal, und zwar nur du und ich«, sagte die Anwältin in einem Tonfall, als würde sie eine wichtige Mitteilung verkünden.

»Ist das ein Versprechen? Oder fragst du mich gerade?«, scherzte Vanina.

Die Anwältin antwortete mit einer Grimasse. Sie öffnete den Mund, als wollte sie noch etwas sagen, schloss ihn aber sofort wieder.

»Oh, es ist kalt!«, stellte sie fest. Sie bedeckte die Schultern mit einer Decke in Form eines Umhangs, auf der in einer Ecke ihre Initialen eingestickt waren. Eines der vielen *coolen Teile*, die sie alle zwei Wochen kaufte oder online bestellte.

Die Nachforschungen zu Lorenza Iannino kamen ihr in den Sinn. Das perfekte Modell einer Hochschulabsolventin, die ein Leben im Rahmen ihrer Möglichkeiten führte. Ein Bild im krassen Widerspruch zu den Beweisen.

Auch Vanina gab eher wenig für Kleidung aus. Mehr oder weniger drei- oder viermal im Jahr gönnte sie sich etwas, am liebsten von japanischen Trendmarken, aber ohne ikonische Logos oder Aufdrucke. Eine Anonymität, auf die sie genauso viel Wert legte wie auf die Herstellung. Doch damit endete ihr Wissen über die Preisgestaltung. Sie hatte keine genaue Vorstellung davon, wie viel Lorenza Iannino für diese Markenklamotten voller Logoaufdrucke ausgegeben hatte.

Doch wer konnte das besser wissen als Giulia? Abgesehen von der Tatsache, dass sich die beiden vielleicht sogar gekannt hatten.

»Giulia, sag mir eins: Kann sich eine junge Frau Taschen von Chanel, Dolce & Gabbana, Gucci oder dergleichen leisten, obwohl sie von einem Stipendium leben muss und als Absolventin ein kleines Gehalt in einer Anwaltskanzlei sowie etwas Taschengeld von der Familie erhält?«

»Nein, nicht mit einem solchen Einkommen.«

»Könnte sie Boni, unterschiedliche Einkünfte oder vielleicht Prozentsätze für Fälle erhalten haben, die sie gewonnen hatte? Oder kann es sein, dass sie diese Marken im Internet gekauft hat?«

Giulia lächelte und schüttelte den Kopf. »Auf gar keinen Fall! Und das gilt für beide Szenarien.«

»Das dachte ich mir.«

»Um wen geht es denn? Um Lorenza Iannino?«

Diesmal war es Vanina, die lächelte. »Was weißt du darüber?«

»Ich lese Zeitung, meine Liebe. Außerdem spricht das ganze Gericht über ihr Verschwinden.«

Natürlich.

»Und was erzählt man sich?«

»Man fragt sich, was dem armen Ding zugestoßen ist. Die

beliebteste Version lautet allerdings, dass jemand sie angelockt und entführt hat.«

Vanina stieß den Zigarettenrauch aus und schwieg, doch ihr Lächeln wurde spöttisch.

»Das glaubst du aber nicht«, schloss Giulia.

»Nein«, antwortete Vanina.

Giulia sah sich um. Es hatte sich ein Grüppchen von Rauchern gebildet.

»Das erzählst du mir ein anderes Mal«, meinte Giulia. »Wie auch immer … aber nun zurück zu deiner ursprünglichen Frage, zu der Person, um die es geht. So wie sie im Allgemeinen gekleidet ist, gibt sie vermutlich mehr aus als Adriano und ich zusammen.«

Vanina drückte ihre Zigarette aus und steckte sie in eine Vase mit Sand, die neben der Tür des Lokals stand und bereits voller Zigarettenkippen war.

»Was soll ich dir sagen? Vermutlich hat sie einen geheimen Wohltäter«, verriet sie und zog den Autoschlüssel für ihren Mini aus der Handtasche.

»Wenn du darauf anspielst, was ich denke, liegst du falsch«, warnte Giulia ihre Freundin und begleitete sie zu ihrem Auto.

Vanina spitzte die Ohren: »Warum?«

»Weil ich nicht glaube, dass es einen geizigeren Mann als ihn gibt.«

»Ah. Dieses Puzzlestück hatte mir noch gefehlt. Siehst du, ich sollte dich in mein Team aufnehmen«, scherzte Vanina.

»Ja, mit mir, dem pensionierten Kommissar, dem Schnauzbart und der schönen Blondine wären wir die perfekte Besetzung im Film *Die unglaublichen Abenteuer des hochwohllöblichen Ritters Branca Leone*.«

Vanina musste lachen. Eine Hommage an jenen Sonntag, an dem sie und Adriano mit der Entschlossenheit zweier Verrückter ihr die beiden gleichnamigen Filme mit Vittorio Gassman in der Hauptrolle vorgesetzt hatten. Das hielt ihr Giulia immer noch vor.

Sie verabschiedete sich von ihr und stieg in ihr Auto.

Zwanzig Minuten später saß sie gemütlich auf ihrem grauen Sofa, den Computer auf dem Schoß, eine Tasse Milch und Kekse neben sich, mit denen sie alles aufholen wollte, was sie beim Abendessen verpasst hatte, eine endlose Happy Hour. Schade, denn das wenige, das sie gegessen hatte, hatte köstlich geschmeckt.

Zum Glück war es zu spät, um der Versuchung zu erliegen, ein klärendes Telefonat zu führen.

Nach einer Viertelstunde Zapping durch diverse Kanäle, auf der Suche nach etwas Angenehmem, blieb sie bei einer Wiederholung des Films *Il Marchese del Grillo* mit Alberto Sordi hängen. Sie öffnete Google, sah entweder auf den Film oder auf den Computerbildschirm und prüfte dabei alle Informationen, die über jene Personen zu finden waren, die sie am nächsten Tag befragen wollte. Doch sie kam zu keinem Ergebnis. Vielleicht lag es daran, dass sie müde war, dass die Zeit wie im Flug vergangen war und dass es ein Uhr nachts geworden war. Vielleicht gab es auch keine bedeutsamen Neuigkeiten.

Sie schlief ein, als der Carbonaro Gasperino gerade Marquis geworden war, wachte eine Stunde später auf, als der Abspann lief und Paolo Stoppa/Pius VII. die Gläubigen von einem wackeligen Tragsessel aus segnete.

Sie schaltete alles aus und ging ins Bett.

12

Vicequestore Vanina Guarrasi träumte nie. Und wenn doch, erinnerte sie sich danach an nichts. Aus Selbstschutz, hatte sie immer gedacht. Danach zu urteilen, wie sie sich diesen Morgen aus dem Bett quälte, stimmte das wohl. Einige weitere solcher Traumreisen, und sie müsste einen Psychiater aufsuchen. Das Klingeln des Telefons riss sie aus ihrer Schläfrigkeit.

Erstaunt blickte sie auf das Display.

»Commissario«, sagte sie. Es war Viertel vor acht.

»Habe ich Sie geweckt?«, fragte Patanè. Er kannte sie inzwischen gut genug, um zu wissen, dass das durchaus plausibel war.

»Ja, und das ist gut so, sonst komme ich viel zu spät ins Büro. Was gibt's denn? Warum rufen Sie mich um diese Zeit an?«

»Ein Gedanke, der mir gestern Abend kam, ließ mich die ganze Nacht nicht los. Aber da war es schon zu spät, um Sie anzurufen. Mir ist noch etwas zu dem Anwalt eingefallen. Wenn Sie zehn Minuten haben, komme ich in Ihr Büro und erkläre es Ihnen.«

»Commissario, Sie wissen, dass ich immer zehn Minuten Zeit für Sie habe. Wenn nötig, auch mehr. Aber keine Sorge, ich kann auch bei Ihnen vorbeikommen.«

»Kommt gar nicht infrage! Wann passt es Ihnen?«

»Sagen wir so gegen neun Uhr, danach bin ich unterwegs.«

»Großartig. Ich bin um Punkt neun Uhr da.«

»In Ordnung, bis später.«

Während die Espressomaschine aufheizte, überlegte Vanina, warum sie nicht früher aufgewacht war.

Die ersten beiden Wecker, die sie auf ihrem Mobiltelefon eingestellt hatte, hatten geklingelt, und sie hatte sie wie üblich im Schlaf deaktiviert. Der dritte – ein alter Wecker mit Handaufzug aus dem Jahr 1930, dessen Klingeln ein Regiment von Faultieren aus dem Bett gejagt hätte – hatte hingegen nicht geklingelt. Sie hatte ihn strategisch in der Küche aufgestellt. Um ihn auszuschalten, hätte sie aufstehen und zum Regal gehen müssen, da sich dieses Erbstück aus dem Haus ihrer Großeltern den Platz mit der Kaffeemaschine teilte. Mit der Tasse in der einen und den Gauloises in der anderen Hand öffnete sie das Fenster mit Blick auf die Zitrusplantage und trat hinaus. Bettinas Fenstertür war verriegelt, ein Zeichen dafür, dass sie bereits ihre morgendliche Runde drehte. Der Vulkan wirkte ruhig, der Gipfel war bereits mit Schnee gepudert. Eine schwache Rauchfahne war alles, was von dem Ausbruch geblieben war, der Ende September die ganze Umgebung mit schwarzem Sand bedeckt hatte.

Sie versuchte, sich an den Albtraum zu erinnern, der sie wegen des alten Weckers heimgesucht hatte. Dunkel erinnerte sie sich daran, dass es um ihren Vater gegangen war. Er hatte vor dem Garibaldi-Gymnasium gestanden, genau an der Stelle, an der er ermordet worden war. Und er hatte mit Richter Paolo Malfitano gesprochen. Sie war auch dabei gewesen und hatte beide beobachtet.

An etwas anderes konnte sie sich nicht erinnern.

Die freundliche Stimme von Commissario Patanè hatte ihr dabei geholfen, ihren Traum zu vergessen.

Dafür liebte sie ihn umso mehr.

Was ihm wohl so Wichtiges eingefallen war, dass er die ganze Nacht nicht geschlafen hatte?

Als sie das heiße Wasser der Dusche aufdrehte in der Annahme, dass es lange laufen musste, fiel ihr auf, dass es sofort
kochend heiß aus der Leitung kam. Der neue Boiler schien ein
Wunderwerk der Technik zu sein.

Sie zog zwei unterschiedlich dicke Pullover übereinander
an. Zwiebeltechnik, wie Bettina es nannte, damit sie nicht er-
fror. Eine schwarze Hose, die schlank machte, und dazu Stie-
feletten. Sie nahm die leichtere Jacke, steckte aber einen Schal
in die Tasche. Sie wusste nicht, wann sie nach Hause zurückkommen würde. Denn wenn alles so lief, wie sie es sich vorstellte, konnte es spät werden.

Sie fuhr am Café in Santo Stefano vorbei und ließ sich ein
Frühstück für zwei Personen einpacken. Zwei Croissants mit
Vanillecreme und zwei Cappuccini.

Fünf Minuten vor neun erreichte sie die Einsatzzentrale. Das
Team hatte sich im Büro von Marta Bonazzoli versammelt,
deren Schreibtisch von Fragapane und Nunnari belagert
wurde, die beide mit irgendetwas beschäftigt waren.

»Was ist denn hier los?«

»Wir recherchieren alle Namen aus dem Chatroom und
sind dabei, sie abzutelefonieren.«

»Reaktionen?«

Marta schwieg.

»Vergiss es!«, sagte Fragapane.

Spanò stand vor seinem Büro.

»Boss.«

Vanina stellte das Frühstück auf den Tisch und winkte ihn
herein.

»Heute früh hatte ich nichts zu tun, also habe ich mich mit
Lorenza Ianninos Handy beschäftigt. Und zwar so lange, bis
ich es einschalten konnte.«

»Bravo, Spanò! Und, was haben Sie entdeckt?«

»Dass all diese Herrschaften gestern ganz *zufällig* die WhatsApp-Gruppe verlassen haben.«

»Ich wette, das haben sie am Morgen getan, sobald sie vom Verschwinden von Lorenza Iannino in der Zeitung gelesen hatten.«

»Fast alle, bis auf vier. Signor Alicuti und sein Sohn haben bereits in der Nacht, in der sich der Vorfall ereignete, den Gruppenchat verlassen. Susanna Spada hingegen am darauffolgenden Tag. Professor Ussaro am selben Abend um dreiundzwanzig Uhr.«

»Das ist seltsam.«

»Das dachte ich mir auch, also bin ich die Anrufe auf dem Anrufbeantworter durchgegangen. Etwa dreißig, ich übertreibe nicht, kamen von ihrem Bruder. Ich konnte die Nachrichten abhören. Der Arme tat mir richtig leid.«

»Also können wir jetzt auch die Audiodateien hören?«

»Genau darauf wollte ich hinaus.«

»Mal sehen, ob Sie dasselbe denken wie ich.«

»Ich habe nachgesehen, ob Lorenza Iannino zufällig diese … wie heißt sie noch? Funktion … Anwendung …«

»App.«

»Genau, ob sie eine App hat, mit der man Telefongespräche aufzeichnen kann.«

»Und, hatte sie eine?«

»Natürlich hatte sie eine, und die konnte sogar Aufnahmen der Umgebung machen.«

Vanina dachte darüber nach.

»Und, gibt es Aufnahmen?«

»Sehr viele sogar, Dottoressa. Am interessantesten dabei ist die Tatsache, dass die letzte Aufnahme von der Nacht der Party stammt. Nur kann man leider nichts hören.«

»Haben wir Möglichkeiten, die Aufnahmen wiederherzustellen?«

»Ich habe mich bereits mit der IT-Abteilung in Verbindung gesetzt.«

»Hoffen wir, dass etwas dabei herauskommt, Spanò. Es scheint wichtig zu sein. War Fragapane schon bei der Spurensicherung?«

»Ja, war er. Aber wie immer zu früh, und es war noch keiner da. Wahrscheinlich kommt er bald zurück.«

Commissario Patanè klopfte an und steckte den Kopf durch die Tür.

Sakko mit Fischgrätenmuster, burgunderrote Krawatte, Zeitungen unter dem Arm. Er kam frisch vom Friseur. Wieder ganz der Alte!

»Guten Morgen zusammen«, sagte er.

»Guten Morgen, Commissario!«, begrüßte ihn Spanò erfreut. Er stand auf und verließ Vaninas Büro, um sich weiter um das Handy zu kümmern.

»Also, Commissario! Was haben Sie mir so Wichtiges mitzuteilen?«, fragte Vanina, ergriff die Papiertüten mit den Croissants und reichte ihm eines.

»Ein Anschlag auf meinen Blutzucker!«, kommentierte Patanè und stürzte sich auf das Croissant. Er rückte seinen Sessel näher an Vaninas Schreibtisch heran und machte es sich bequem. »Gestern Abend musste ich an Rechtsanwalt Ussaro denken. Dabei kam mir wieder etwas in den Sinn, das ich vergessen hatte«, sagte er und wedelte energisch mit einem Päckchen Zucker, öffnete es und schüttete es in seinen Cappuccino.

Vanina wartete, dass er fortfuhr. So wie sie ihn kannte, würde er kein Detail auslassen.

»Vor etwa vierzig Jahren ist der Familie des Anwalts etwas Schlimmes zugestoßen. Seine erste Frau, deren Namen ich nicht mehr weiß, beging Selbstmord. Sie schnitt sich die Puls-adern auf. Wenn ich mich nicht irre, wurde sie in einer mit Wasser gefüllten Badewanne aufgefunden. Die Kollegen von der Polizeiwache in Piana dell'Etna wurden verständigt, weil es dort passiert war, aber auch in Catania wurde viel darüber gesprochen. Es bestand kein Zweifel, dass sie Selbstmord be-gangen hatte, denn daran erinnere ich mich noch gut. Ich weiß auch noch, dass Ussaro Probleme mit jemandem aus ihrer Fa-milie hatte. Mit einer Schwester, glaube ich, die ihn wegen An-stiftung zum Selbstmord angezeigt hatte.«

»Und wie ist es ausgegangen?«, fragte Vanina und hielt die letzte Spitze des Croissants in der Hand, aus dem mehr Cremefüllung als sonst herausquoll. An diesem Morgen hatte sich Konditor Alfio wieder einmal selbst übertroffen.

»Wie, glauben Sie denn, ist es ausgegangen, Dottoressa? Es löste sich alles in Schall und Rauch auf. Die Anklagepunkte waren wackelig, der Anwalt hatte viele Zeugen, die sein tadel-loses Verhalten seiner Frau gegenüber bestätigten. Ehrlich ge-sagt könnte das auch stimmen, obwohl er als Dreckskerl be-kannt war.«

»Dieser Rechtsanwalt entpuppt sich immer mehr als ein Kerl, der es faustdick hinter den Ohren hat.«

»Der Vorfall ist lange her und hat nichts mit dem vermiss-ten Mädchen zu tun. Ich wiederhole, der Selbstmord von Ussaros Frau wurde nie infrage gestellt. Wenn Sie die Akte anfordern wollen, können Sie selbst alles nachlesen. Um den Charakter des Mannes besser verstehen zu können und einen allgemeinen Eindruck zu gewinnen, könnte das für Sie nütz-lich sein.«

Es stimmte, diese Geschichte hatte bestimmt nichts mit Lorenza Iannino zu tun. Dennoch bekam Vanina Lust auf mehr.

»An mehr erinnern Sie sich vermutlich nicht.«

Patanè schob das letzte Stück Croissant in den Mund und wischte ihn sich mit einer Papierserviette ab. Alles war mit Puderzucker bestreut: Jacke, Krawatte, Hose.

»Nein, Dottoressa. Wenn wir mehr herausfinden wollen, müssen wir einen Blick in die Akte werfen. Aber mehr als vier Blätter enthält die wohl nicht. Ich glaube nicht, dass es zu einer Verhandlung kam. Aber meine Frau stammt aus Piana dell'Etna. Ich bin sicher, dass sie dort Freunde hat, die mehr darüber wissen.«

»Und wäre Ihre Frau bereit, ganz unauffällig ein wenig nachzuforschen?« Bei dem Gedanken lächelte Vanina.

»Ja natürlich! Dazu kann ich sie bestimmt überreden.«

Vanina nahm den Papierabfall und die Becher vom Tisch, steckte alles in eine der beiden weißen Tüten und rollte sie fest zusammen. Sie war versucht, alles von ihrem Stuhl aus in den Mülleimer zu werfen, stand dann aber doch auf. Ein weiteres Papierknäuel, das von ihrem Balkon flog, wäre nicht leicht zu vertuschen gewesen.

Spanò betrat erneut das Büro der Vicequestore und unterbrach so die Unterhaltung.

»Ein Freund von mir aus der IT-Abteilung hat mir geraten, wir sollten versuchen, das Handy an den Computer der jungen Frau anzuschließen. Der hat das gleiche Betriebssystem.«

Vanina sah ihn an, als wäre er ein Genie. »Na klar! Lorenza Iannino hatte einen Mac. Holen Sie ihn, Ispettore!«

Verwirrt sah Patanè Spanò hinterher, während der sich auf den Weg machte.

»Was soll das heißen? Wo geht Carmelo hin?«

Vanina erklärte es ihm. Sie erzählte ihm auch von der WhatsApp-Gruppe *Abende mit Freunden* und zeigte ihm auf ihrem iPhone, was es mit dem Chat auf sich hatte.

»Unglaublich!«, kommentierte der Commissario dieses Wunderwerk der Technik. »Aber wenn das Gerät am Mordabend etwas aufgezeichnet hat, könnte das ein wichtiger Hinweis sein«, überlegte er.

»Da bin ich ganz Ihrer Meinung, Commissario.«

Spanò kehrte mit Lorenza Ianninos Computer, einem Kabel für den Anschluss des iPhones und Nunnari zur technischen Unterstützung zurück.

»Fragapane hat mich gerade angerufen«, berichtete er.

»Und, was hat er gesagt?«

»Zu unserem Glück ist das Lenkrad des Autos aus einem glatten Material, sodass sie mehrere Fingerabdrücke sichern konnten. Aber es sind nicht die von Lorenza Iannino. Oder besser gesagt, es finden sich auch ihre Fingerabdrücke darauf, aber eben auch noch andere. Einer dieser anderen ist vollständig erhalten, weil er auf dem Rückspiegel sichergestellt wurde. Dieselben wurden auch am chromierten Türgriff gefunden. Gerichtsmediziner Pappalardo hat daraufhin überprüft, ob der Abdruck zufällig identisch mit dem auf dem glatten Kunststoffgriff des Koffers ist. Und raten Sie mal!«

»Bingo«, antwortete Patanè, der die ganze Geschichte mit höchster Aufmerksamkeit verfolgt hatte. Er kannte sich mit Fingerabdrücken aus. Zu seiner Zeit waren sie eine der wenigen wissenschaftlichen Untersuchungsmöglichkeiten gewesen.

Sie schlossen Lorenzas iPhone an den Mac an und öffneten iTunes.

Doch die Audiodateien ließen sich nicht öffnen.

»Nunnari, öffnen wir ein paar Dateien auf diesem Computer und schauen wir, was darauf zu finden ist. Lo Faro hat das als Erster, ihr wisst, was ich meine …«

Sovrintendente Nunnari machte seinen Platz frei und setzte sich neben Vanina. Sie klickte auf die Icons auf dem Computerbildschirm. Fälle. Berichte. Die meisten waren von Professor Elvio Ussaro unterzeichnet, aber man musste keine Leuchte sein, um zu verstehen, wer sie in Wirklichkeit verfasst hatte.

Quittungen für Flugtickets, die auf Lorenzas Namen und auf den Namen des Anwalts ausgestellt waren.

In der Mailbox befanden sich zwei Accounts. Der eine war mit der Kanzlei verbunden, der andere persönlich. In den vergangenen drei Tagen hatte sie alle möglichen Mails erhalten: Werbung, Spam, unzählige gefälschte E-Mails, die Vanina als computerinfizierend bezeichnete. Wenn man es wagte, sie zu öffnen oder die Anhänge herunterzuladen, konnte man sich von seinem Computer verabschieden.

Drei aufeinanderfolgende E-Mails, die einige Wochen zuvor in Lorenzas persönlicher Mailbox eingegangen waren, erregten Vaninas Aufmerksamkeit. Lorenza Iannino hatte sie an sich selbst weitergeschickt. Ein System, das gern verwendet wurde, wenn man sichergehen wollte, dass ein Dokument nicht verloren ging. Oder vielleicht – wenn man Böses dabei dachte, was Vanina tat, denn das war ihr Job – wenn man etwas behalten wollte, ohne dass es in einer Datei des Computers auftauchte. Die erste Mail enthielt drei eingescannte Briefe. Handschriftlich geschrieben, auf blanken Blättern und undatiert. Sie sahen alle ähnlich aus, detaillierte Anweisungen, wie und wo ein bestimmter Betrag zu zahlen war, Namen von Personen, mit denen man *in Kontakt treten sollte.* Namen der ausländischen Unternehmen. rumänisch, marokkanisch, maltesisch. Die Briefe waren alle mit *E. U.* unterzeichnet.

Sie öffnete die zweite Mail. Die gescannten Blätter waren kleiner, aber immer noch handschriftlich beschrieben. Auf einem prangte die Überschrift *Liebster Don Rino.* Es handelte sich um ein Schreiben bezüglich eines Rechtsstreits über eine Auftragsvergabe, die jemand angefochten hatte. Die Gegenseite wurde als *vernünftig* bezeichnet. Dem folgte die Forderung nach einer Geldsumme, die investiert werden sollte, um sicherzugehen, dass *die* auch weiterhin *vernünftig* blieben. Dem folgte eine Antwort. Andere Handschrift. Andere Überschrift: *Lieber Ussaro.* In beiden Fällen wurde auf *den gewissen Herrn* Bezug genommen.

Nachdenklich lehnte sich Vanina auf ihrem Stuhl zurück, die noch nicht angezündete Zigarette zwischen den Lippen.

»Boss«, sagte Spanò.

»Ja, Spanò?«, antwortete Vanina und wandte den Blick langsam vom Monitor ab.

»Reichen Ihrer Meinung nach …« Er musste den Satz nicht beenden, weil sie wusste, worauf er hinauswollte. Der Blick der Vicequestore sprach Bände. »Diese Briefe würden reichen, um Ussaros Telefon abhören zu lassen?«

»Diese Briefe sind mehr wert als jedes Abhören, Spanò.«

Patanè hatte noch seine Lesebrille auf der Nase und gerade erst zu Ende gelesen.

»Und nicht nur für diese Ermittlungen«, fügte er hinzu.

Vanina nickte. Genau das dachte sie auch.

»Und was genau sollen wir tun?«, fragte Nunnari.

»Nichts anderes als das, was wir beschlossen hatten. Spanò und ich werden mit Ussaro sprechen.«

»Jetzt gleich?«

»Ja, jetzt gleich.« Dann wandte sie sich an Nunnari. »Lassen Sie den Computer von Lorenza Iannino hier stehen. Ich möchte noch etwas Zeit damit verbringen. Übertragen Sie diese Dateien auf einen USB-Stick!«

»Jawohl, Boss.«

Vanina stand auf, steckte die Zigarette zurück in die Schachtel und schob das Handy in ihre Tasche. Dann rückte sie ihr Holster zurecht und zog die Jacke darüber.

13

Während Vanina Commissario Patanè zur Tür begleitete, stürmte Big Boss Tito Macchia aus seinem Büro und rannte auf sie zu.

Beinahe hätte er Patanè umgerannt, der sich aus dem Staub machte.

»Guarrasi«, donnerte er, »darf ich fragen, was hier los ist?« Er betrat Vaninas Büro, die ihn verwirrt ansah.

Die Tatsache, dass er sie mit ihrem Nachnamen angesprochen hatte, verhieß nichts Gutes.

Macchia baute sich in der Mitte ihres Büros auf.

»Staatsanwalt Vassalli hat mich vorhin angerufen und sich beschwert, dass du ohne sein Einverständnis agierst und Leute herzitierst, ohne ihn zu informieren.«

Irgendein Mistkerl musste sich beschwert haben. Und das offenbar sehr zügig.

»Nichts Besonderes, Tito. Ich habe diese Leute nur kontaktieren lassen, weil sie uns wahrscheinlich nützliche Informationen bezüglich des Verschwindens von Lorenza Iannino geben können. Wenn sich etwas Konkretes ergibt, werde ich den Staatsanwalt natürlich sofort darüber in Kenntnis setzen«, antwortete sie ruhig.

Macchia wirkte zerknirscht.

»Sehe ich für dich wie ein Vollidiot aus, Vanina? Nein, sag es ruhig, wenn ich wie ein Trottel aussehe!«

»Es tut mir leid«, murmelte sie.

»Und jetzt wiederhol bitte alles, ohne dich über mich lustig zu machen!«

»Ich würde mich nie über dich lustig machen, Tito. Das weißt du.«

»Dann hör auf, so zu reden, als wärst du Vassalli, und sag mir, was du vorhast.«

Vanina setzte sich wieder auf ihren Stuhl und lehnte sich zurück. Macchia nahm auf dem kleinen Stuhl vor ihr Platz.

Sie gab ihm eine Zusammenfassung dessen, was sie herausgefunden hatten.

»Professor Ussaro hat uns gegenüber ausgesagt, er habe nichts von der jungen Frau gehört, obwohl er an jenem Abend mehrmals von ihr gehört und ihr sogar bei der Organisation der Party geholfen hatte. Wenn er das Fest nicht sogar ganz selbst organisiert hat«, meinte Vanina.

»Und jemand wie er begeht einen so dummen Fehler, es zu leugnen, obwohl er weiß, dass Nachrichten und Anrufe als Erstes überprüft werden?«

»Genau deshalb habe ich schon vorher vermutet, dass Ussaro tiefer in der Sache drinsteckt, als wir ahnen. Denn das Telefon von Lorenza Iannino sollte ja mit ihrer Leiche entsorgt werden. Doch das weiß nur, wer sie selbst entsorgt oder ihre Beseitigung angeordnet hat. Er ist also davon überzeugt, dass wir nichts finden, und lügt skrupellos. Niemand kann sich vorstellen, dass wir im Besitz des Handys sind. Genauso wenig wie sich jemand vorstellen kann, dass wir den Koffer gefunden und das Haus durchsucht haben. Zumindest stand das bisher nicht in der Zeitung.«

»Du meinst, die Mitglieder der WhatsApp-Gruppe haben keine Ahnung, dass wir etwas wissen könnten?«

»Nein. Aber so viel ist sicher: Alle haben einer nach dem anderen den Chat verlassen, sobald die Nachricht über Lorenza

Ianninos Verschwinden in den Zeitungen erschien. Alle bis auf den Anwalt, der den Chat schon am Mordabend verließ. Gefolgt von Signor Alicuti und seinem Sohn.«

»Er ist auch der Eigentümer des Ferienhauses.«

»Ganz genau.«

»Aber wenn sich Ussaro so sicher ist, dass das Handy entsorgt wurde, wie erklärst du dir dann, dass er den Chat als Erster verließ?«

»Vielleicht hat er ihn verlassen, noch bevor das Handy entsorgt wurde.«

Tito musterte sie zweifelnd und holte tief Luft.

»Nun ja.«

»Ganz zu schweigen davon, dass nach uns jemand in das Haus von Lorenza Iannino eindrang. Vermutlich genau zu dem Zeitpunkt, als die Nachricht in den Zeitungen erschien.«

»Woher weißt du das?«, fragte Macchia und richtete sich auf seinem Stuhl auf.

Sie erzählte ihm von den durchwühlten Unterlagen.

»Jemand hat also gezielt nach etwas gesucht.«

»Richtig. Etwas auf Papier, das wir in digitaler Form gefunden haben. Etwas, das Lorenza Iannino auf jeden Fall behalten wollte und deshalb eingescannt hat. Etwas so Schwerwiegendes, dass es sie ihr Leben gekostet hat.«

Die Miene des Bosses war ernst geworden.

»Diese ganze Sache ist eine Sauerei«, erklärte er.

Vanina fügte noch ergänzend hinzu, was sie von Patanè erfahren hatte.

»Das scheint mir aber eine alte Geschichte zu sein, Vanina«, kommentierte Tito vorsichtig. Bei ihr konnte er sich diesbezüglich nie sicher sein. Sie wäre durchaus in der Lage gewesen, aus einer Laune heraus die Akten des halben Archivs zu durchstöbern. Doch wie viele Marotten diese eingefleischte

Polizistin auch hatte, sie hatten sich meistens als begnadete Intuitionen erwiesen. Niemand wusste das besser als er selbst.

»Mal sehen, ob wir noch mehr herausfinden«, sagte Vanina.

Macchia hatte Mühe, sich von seinem Sitz zu erheben. Natürlich hätten ihm etwa dreißig Kilo weniger Gewicht nicht geschadet. Seltsam, dass Marta es bisher nicht geschafft hat, ihn auf Diät zu setzen, überlegte Vanina. Aber dann dachte sie, dass es Dinge gab, die man aus freien Stücken tun musste und zu denen man nicht gezwungen werden konnte. Sie wusste genau, dass auch sie mindestens acht Kilo hätte abnehmen müssen und kein einziges Gramm verlor. Ihr Blick fiel auf die Papiertüte vom Frühstück, die von absolutem Mangel an Willenskraft zeugten. Und Tito war ihr in dieser Hinsicht sehr ähnlich. Raucher, Fleischfresser und Feinschmecker, der nicht bereit war, auf alles zu verzichten, was ihm Genuss bereitete. Arme Marta!

»Glaubst du immer noch, dass ich Staatsanwalt Vassalli vorher hätte informieren sollen?«, fragte sie ihn.

»Daran habe ich nie gedacht.«

»Warum bist du dann hier wie von der Tarantel gestochen hereingestürmt?«

»Weil du mir nichts davon gesagt hast. Wenn ich dir den Rücken freihalten soll, muss ich wissen, was du vorhast.«

»Du hast recht. Zu meiner Verteidigung muss ich aber sagen, dass ich dich für eingeweiht hielt.«

»Warum hätte ich es wissen sollen?«

»Vielleicht weil Marta es wusste?«

Tito wurde nervös. »Vanina, das zwischen mir und Marta ist reine Privatsache und hat nichts mit der Arbeit zu tun. Wenn du also willst, dass ich etwas erfahre, kommst du zu mir und berichtest es mir. Wenn du zu beschäftigt bist, schickst du einen Mitarbeiter vorbei.«

Vanina kam sich ziemlich dämlich vor.

»Natürlich«, antwortete sie. »Außerdem tut es mir leid, wenn ich es mit den Witzeleien manchmal leicht übertrieben habe. Das hätte ich lassen sollen.«

»Ach was!«, rief Tito beschwichtigend. »Du weißt genau, dass mich deine Witze nicht stören. Wahrscheinlich ist es sogar dir zu verdanken, dass Marta ihre Einstellung geändert hat. Ich möchte nur nicht, dass Arbeit und Privatleben durcheinandergeraten.«

»Du hast recht.«

»Wenigstens weiß ich jetzt, was ich den unzähligen Anrufen, die ich bekommen werde, sagen oder nicht sagen soll«, sagte er und ging zur Tür.

Vicequestore Vanina Guarrasi begleitete ihn.

»Du stimmst mir aber zu, dass ich diesen Vorteil nutzen musste, bevor mir jemand in die Quere kommt« Tito Macchia legte ihr eine Hand auf die Schulter. »Vanina, ich bin immer deiner Meinung, das solltest du inzwischen wissen. Und noch etwas. Was du auf Lorenza Ianninos Computer gefunden hast, könnte dir den Weg ebnen, wie du es dir nicht vorstellen kannst.«

»Wer sagt denn, dass ich es mir nicht vorstellen kann?«

Der Big Boss lächelte und nickte dann.

Er wollte gerade gehen, als Nunnari auftauchte und aufgeregt mit einem Blatt Papier wedelte.

»Boss!«

Vanina und Macchia sahen ihn an.

Aus Respekt vor der Rangordnung wandte er sich zuerst an Macchia.

»Endlich wissen wir, woher wir die anonymen Anrufe erhalten haben. Das ist wirklich seltsam.«

Vanina nahm ihm das Blatt aus der Hand.

»Der erste wurde von einem Telefonanschluss getätigt, der mit dem Café in der Raststätte *Sala Consilina Est* verbunden ist.«

»Auf der Strecke Salerno-Reggio Calabria?«, fragte Macchia erstaunt.

»Der zweite vom *Caffè ... Baccelli.*«

Vanina musterte ihn erstaunt. »In Rom?«

»Rom?«, echote Tito und strich sich den Bart glatt.

»Ist das nicht seltsam?«, meinte Nunnari und sah erst seinen Boss und dann den Big Boss an, der sich daraufhin umdrehte und Vaninas Stuhl besetzte.

»Die Sache interessiert mich wirklich immer mehr«, gestand er.

Auch Vanina setzte sich wieder. Das Papier in der Hand und den Kopf auf die Nachricht gerichtet. Sie spürte, dass sie darüber nachdenken musste, denn gerade weil die Nachricht so unerwartet gekommen war, konnte sie der Schlüssel zu allem sein.

»Vanina?«, sagte Tito Macchia und riss sie aus ihren Gedanken.

Sie starrte ihn an, ohne ihn zu sehen, und hing ihren Gedanken weiter nach.

»Nunnari, können Sie bestätigen, dass alle Personen aus dem Chat vor Ort sind?«

»Sì, Dottoressa.«

»Woran denkst du?«, fragte Macchia.

»Dass offenbar nicht alle Partygäste auch in dem Chat waren.«

»Warum?«

»Wenn dem so wäre, würde jemand fehlen.«

»Wer denn?«

»Die Person, die mich zweimal angerufen und behauptet hat, im Haus gewesen und weggeschickt worden zu sein, um die Ermordung des Mädchens nicht mitzubekommen. Nur um später herauszufinden, wo und wie die Leiche entsorgt wurde. Wenn wir den Gedankengang weiter verfolgen, könnte diese Person noch in derselben Nacht ein Auto genommen und nach Rom gefahren sein, dann aus Pflichtgefühl aber beschlossen haben, uns über die Vorkommnisse zu informieren.«

»Das erscheint mir plausibel.«

»Keinen Sinn hingegen ergibt die Frage, warum sich diese Person aus dem Staub machen wollte.«

»Wieso hat das etwas mit dem Mord zu tun?«, spekulierte Tito.

»Weil sie sich vielleicht bedroht fühlt. Wenn das zuträfe, wäre klar, dass dahinter etwas Größeres steckt, als wir annehmen.«

Die Tür zu Vaninas Büro stand halb offen, jemand öffnete sie ganz. Marta Bonazzoli trat ein.

»Darf ich reinkommen, Vanina?«, fragte sie. Sie sah Tito am Schreibtisch sitzen, doch diesmal blieb sie nicht wie angewurzelt stehen, sondern begrüßte ihn.

Vanina bedeutete ihr, näher zu kommen. »Was gibt es, Marta?«

»Ich habe mit dem Grenzschutz gesprochen. Dort hat man natürlich keine Neuigkeiten, sonst hätte man uns schon verständigt, allerdings wurden einige Gegenstände geborgen. Darunter ein Frauenschuh, der sich unter dem Steg eines Strandbads in Aci Trezza verkeilt hatte.«

»Der könnte Lorenza Iannino gehört haben«, vermutete der Big Boss.

»Könnte sein«, meinte Vanina. »Die Kollegen sollen ihn uns so schnell wie möglich herbringen.«

»Ja sicher. In der Zwischenzeit haben sie mir ein Foto davon geschickt.«

Marta rief das Foto auf ihrem Handy auf und zeigte es Vanina.

Eine schwarze Sandale mit hohem Absatz.

Das nächste Foto zeigte eine Vergrößerung des Etiketts, das mühelos lesbar war. *Saint Laurent.*

Vanina lächelte. »Hast du darum gebeten, dass sie die Marke fotografieren?«, fragte sie.

»Ja, habe ich.«

»Bravo, Marta, sehr clever«, lobte Vanina. »Angesichts der Luxusmarke handelt es sich höchstwahrscheinlich um Lorenza Ianninos Sandale«, erklärte sie Tito, der bestätigend nickte.

»Ich drucke das Bild aus«, sagte Marta.

»Ja. Wir sollten es den Personen zeigen, die wir heute befragen. Vielleicht erinnert sich jemand daran.«

»Das erscheint mir ein wenig zu optimistisch«, kommentierte Tito.

Es klopfte an der Tür. Giustolisi, der Leiter der Abteilung für organisierte Kriminalität, betrat das Büro. Er grüßte alle.

»Dottore, ich muss mit Ihnen sprechen«, sagte er. Macchia stand auf. »Ich komme.«

Er drehte sich zu Vanina um. »Wie dem auch sei, Vanina, halt mich auf dem Laufenden!«

Dann lächelte er Marta an und ging.

14

Der stellvertretende Staatsanwalt Paolo Malfitano schloss das Aktenbündel, mit dem er den ganzen Vormittag verbracht hatte. Er verzog das Gesicht, stand auf und öffnete das Fenster so weit wie möglich, um das Büro im zweiten Stock des legendärsten Gerichtsgebäudes Italiens zu lüften. Hier war in den vergangenen Stunden mindestens ein Dutzend Menschen ein und aus gegangen. Der angehende V-Mann der Justiz, den er gerade gemeinsam mit Hauptmann Gazzara vom Raggruppamento Operativo Speciale der Carabinieri, kurz ROS, verhört hatte, stank mehr als ein Feld frisch gedüngter Brokkoli. Sowohl im wörtlichen wie im übertragenen Sinne. Am Ende hatte er ihn ins Gefängnis Ucciardone zurückgeschickt, wo er so lange warten sollte, bis er die richtige Eingebung bekäme.

Er hörte es zweimal klopfen.

»Herein.«

Die stellvertretende Staatsanwältin Stefania Trizi trat ein, während er noch offensichtlicher als sonst zu seinem Schreibtisch zurückhumpelte.

»Malfitano, wie geht es dir?«

»Sehr gut, danke«, antwortete er.

»Tut es weh?«, fragte Stefana Trizi und deutete auf sein Bein.

»Nicht mehr als sonst auch.«

Die Frau setzte sich, und er tat es ihr gleich.

»Hast du schon von der Stellenausschreibung in der Staatsanwaltschaft gehört?«

Sie reichte ihm ein bedrucktes Blatt Papier. Paolo Malfitano betrachtete es einen Moment lang und legte es dann auf den Tisch. Er nickte.

»Du wirst dich doch bewerben, oder?«

»Natürlich«, antwortete er. »Fast umgehend.« Trizi fiel die Formulierung *fast umgehend* natürlich auf.

»Hast du irgendwelche Zweifel?«

Stefania war eine Frau, mit der er ohne Probleme reden konnte. Sie hatten drei Jahre lang Tür an Tür gearbeitet, wenn auch nicht im Rahmen derselben Ermittlungen, und drei Jahre lang hatten sie sich gegenseitig respektiert. Paolo Malfitano stand kurz davor, sein zehnjähriges Dienstjubiläum bei der DDA von Palermo zu feiern, und schon bald würde er gezwungen sein, seinen Posten zu verlassen und in eine andere Abteilung zu wechseln. Die stellvertretende Staatsanwältin Trizi hätte das bedauert.

Ein Stellenwechsel hätte es ihm aufgrund seiner Qualifikationen ermöglicht, wieder für die Antimafia-Einheit zu arbeiten.

»Inwiefern?«

»Ich weiß es nicht genau … Vielleicht überlegst du ja, ob das eine gute Gelegenheit wäre, dich von allem zu befreien und es ruhiger angehen zu lassen. Für uns wäre es ein großer Verlust, aber wenn ich du wäre, könnte ich es verstehen.«

Ein Lächeln huschte über Paolo Malfitanos Lippen. Stefania tappte im Dunkeln. Die Formulierung *wenn ich du wäre,* ein Euphemismus, mit dem sie sich auf die umherfliegenden Projektile und die Todesdrohungen bezog, über die jeden zweiten Tag zwischen den Mauern des Hochsicherheitsgefängnisses gemunkelt wurde, hatten nichts damit zu tun.

»Sehe ich wie jemand aus, der sich von etwas befreien kann?«, fragte Paolo.

Stefana Trizi starrte ihn an und kniff die Augen zusammen.

»Nein. Aber man kann nie wissen. Was ist es dann?«

»Nichts. Ich werde mich auf jeden Fall auf die Stelle bewerben«, versicherte er ihr.

Was hätte er sonst sagen sollen? Der Gedanke, der ihn beschäftigte, war immer noch so weit hergeholt, dass es sich nicht lohnte, ihn der einzigen ranghöheren Kollegin mitzuteilen. Von ihr konnte er einen zuverlässigen Bericht über die Beurteilungen erhalten, die der Oberste Rat für Gerichtswesen über ihn abgeben würde.

»In der Hoffnung, eine gewisse Chance auf Erfolg zu haben«, fügte er hinzu.

»Das würde ich nicht bezweifeln. Du weißt ja, wie das ist. Manchmal gibt es Überraschungen.«

Stefana Trizi stand auf.

»Das war's. Ich bin nur gekommen, um dir das zu erzählen. Jetzt gehe ich zum Mittagessen. Mein Mann wartet unten auf mich.«

»Warte, ich komme mit! Ich habe meiner Mutter versprochen, bei ihr zu Mittag zu essen«, sagte er, griff nach der Garderobe und stützte sich auf sein linkes Bein. Er griff nach seiner Jacke und zog sie an.

»Hast du das Bein jemals untersuchen lassen?«, fragte Stefania in dem Ton, den sie mit ihrem dreizehnjährigen Sohn pflegte.

»Da gibt es nicht viel zu untersuchen.«

»Ich würde schon sagen. Du wurdest angeschossen, das war nicht einfach nur ein Kratzer.«

»Stefania, das liegt länger als vier Jahre zurück.«

»Das mag sein, aber ich habe den Eindruck, dass du Schmerzen hast«, widersprach sie und musterte ihn zweifelnd.

»Daran habe ich mich inzwischen gewöhnt«, beruhigte er sie, während er Unterlagen und Akten einsammelte. Es stimmte. Im Gegenteil, dieses ständige Ziehen, das ihm seit vier Jahren den Quadrizeps femoris quälte, verursachte ihm manchmal fast einen Schauer, der ihm vor Freude über den Rücken lief. Freude, am Leben zu sein.

Er griff in seine Schreibtischschublade, zögerte aber, bevor er ein Blatt herauszog, das er einige Tage zuvor ausgedruckt hatte. Er legte es zusammen mit dem Papier, das Stefania ihm gerade überreicht hatte, in die Ledertasche, die aus allen Nähten zu platzen drohte.

»Wie ich sehe, bist du auch resistent gegen digitale Formate«, stellte Stefana Trizi fest, als sie das Büro verließen.

»Völlig resistent.«

Rasch stiegen sie die Treppe hinunter. Unter der Arkade am oberen Ende der ehemals viel längeren Treppe, die seit der Anhebung des Straßenbelags auf wenige Stufen reduziert worden war, blieben sie stehen.

Paolo Malfitanos Wagen stand schon bereit.

Er verabschiedete sich von Stefania Trizi und blieb noch einen Moment lang stehen, um sich auf der Piazza Vittorio Emanuele Orlando umzusehen. Er ging täglich unzählige Male daran vorbei, betrachtete sie aber nie genau. Abgesehen von der Treppe war das Gebäude in den vergangenen zehn Jahren komplett renoviert worden. Sogar eine Tiefgarage hatte man gebaut. Dennoch hatte ihm der alte Zustand des Hauses besser gefallen. Verärgert kam der Leiter seiner Eskorte auf ihn zu.

»Dottore, ausgerechnet hier?« Er hatte recht, der Arme. Sein Job war kein Zuckerschlecken und äußerst riskant. Und wenn er noch dazu einen atheistischen, fatalistischen und undisziplinierten Menschen wie Paolo schützen musste, wurde das zu einem Spießrutenlauf.

Paolo stieg in den Wagen, der sofort losfuhr. Auf dem Sitz lag eine Ausgabe der *La Repubblica*, die er an diesem Morgen dort vergessen hatte. Er schlug sie auf und blätterte zur Seite mit den lokalen Unfall- und Verbrechensberichten. Das Verschwinden der Anwältin aus Catania war erneut das Hauptthema. Drei Artikel, die er überflog. Am Ende der Seite stockte er, als er ein Passfoto von Vicequestore Giovanna Guarrasi sah, die *völlig im Dunkeln tappte*, wie dort zu lesen war.

Instinktiv griff er nach seinem Handy und zog es aus der Tasche. Er betrachtete es lange und unsicher. Dann entsperrte er den Bildschirm, um ihn gleich darauf wieder zu sperren. Verärgert pfefferte er das Handy auf den Sitz.

Was zum Teufel hat er sich dabei gedacht? Keine Anrufe mehr, keine SMS.

Nun blieb ihm nichts anderes übrig, als dieses Versprechen zu halten. Wenn es auch nur eine Chance gab …

In der Via Volturno herrschte wie üblich starker Verkehr. Bei der Porta Carini blieb der Wagen ein paar Sekunden lang stehen. Paolo drehte sich um und betrachtete das Bauwerk. Er konnte sich nicht mehr daran erinnern, wann er zum letzten Mal hier zu Fuß vorbeigegangen und in den Gassen des Capo-Marktes umhergeschlendert war. Ohne zu zögern. Ohne Angst zu haben. Ohne einer Gefahr ausgesetzt zu sein.

Er öffnete seine Tasche und nahm das Blatt zur Hand, das er aus seiner Schreibtischschublade gezogen hatte. Er las den Text sorgfältig durch und steckte ihn zusammen mit dem Zettel, den die stellvertretende Staatsanwältin Stefania Trizi ihm gegeben hatte, in eine Seitentasche. Im Moment war es besser, wenn der Inhalt unter Verschluss blieb. Genau wie der Gedanke, der ihm seit Tagen im Kopf herumschwirrte und ihn bis zum Halt in der Via Emerico Amari begleitete. Sein Handy, das auf dem Sitz lag, klingelte plötzlich.

Paolo runzelte die Stirn, linste auf das Display und war überrascht.

15

Vanina hatte Carmelo Spanò im Auto zurückgelassen und rannte den Flur der Staatsanwaltschaft entlang. Vor Staatsanwalt Vassallis Tür blieb sie stehen und schickte die vereinbarte Nachricht los. Falls ihr brillanter Einfall funktionierte, würde sie zwei Fliegen mit einer Klappe schlagen. Dann klopfte sie an und trat ein. In dem Büro sah es aus wie in einer finnischen Sauna. Tropische Temperaturen, verriegelte Fenster und ein Duft nach Pfefferminze hing in der Luft. Es war stickig. Mit der Entschlossenheit eines Ricola-Testimonials kaute er auf Hustenbonbons herum und schien kaum noch eine Stimme zu haben.

Das schien eine Epidemie zu sein.

»Treten Sie ein, Dottoressa, nehmen Sie Platz! Sie haben neue Indizien zum Verschwinden des Mädchens.« Er war immer noch verärgert über die Vorladungen der Mitglieder der WhatsApp-Gruppe, auch wenn der Boss Tito Macchia ihn ein wenig beschwichtigt hatte.

»Wir konnten Lorenza Ianninos Computer öffnen und sind auf ein schwerwiegendes Beweismittel gegen mehrere Personen gestoßen, die in den mutmaßlichen Mord an ihr verwickelt sind«, erklärte Vanina.

Vanina reichte Vassalli den USB-Stick, auf den Nunnari die Datei hochgeladen hatte, und der Staatsanwalt steckte ihn in seinen Computer.

»Treten Sie ruhig näher, Dottoressa Guarrasi!« Vassalli las alle Briefe, die sie ausgewählt hatte.

Dann las er sie ein zweites Mal durch. Währenddessen fächelte er sich mit einer Akte Luft zu.

Der Geruch nach Pfefferminze wurde stärker. Fast befürchtete Vanina, wegen des Sauerstoffmangels umzukippen.

»Das sind äußerst brisante Briefe. Es sind …«

»Papiernachrichten, wie die Mafia sie nutzt«, fügte Vanina hinzu, als es an der Tür klopfte.

Der Staatsanwalt fasste sich an die Stirn, auf der sich allmählich Schweißperlen bildeten.

»Herein«, sagte er so laut wie möglich.

Die stellvertretende Staatsanwältin Eliana Recupero betrat den Raum.

»Mamma mia! Franco, wie bekommst du hier überhaupt Luft?« Dann wandte sie sich an Vanina.

»Dottoressa Guarrasi! Schön, Sie zu sehen!«

An der Art, wie sie sich umarmten und auf die Wangen küssten, war zu erkennen, dass sie sich schon lange nicht mehr gesehen hatten.

Staatsanwalt Vassalli wusste, dass die beiden einander sehr schätzten und die gleichen Auffassungen teilten, weshalb er sie erst recht hasste. Schon Vanina Guarrasi neigte dazu, eigenmächtig die Initiative zu ergreifen. Jetzt fehlte nur noch Eliana Recupero, um ihren Motor weiter auf Touren zu bringen, dann hätte sie niemand mehr aufhalten können.

Das dachten Vanina und Eliana mehr oder weniger jede für sich, und dies im positiven Sinn.

»Aber entschuldigt bitte, ich möchte eure Arbeit nicht stören«, erklärte Eliana Recupero, ohne sich einen Zentimeter von der Stelle zu bewegen. Staatsanwalt Vassalli brauchte ein paar Minuten länger als die drei, mit denen Vanina gerechnet hatte, um zu verstehen, worum es hier ging. Fast wäre es ihm sogar gelungen, das heiße Eisen weiterzureichen.

Vassalli betrachtete die Mitglieder der Anti-Mafia-Einheit als Menschen von einem anderen Planeten, die er zwar respektierte, aber niemals imitiert hätte. Viel eher hätte er sich auf die zivilrechtliche Seite geschlagen und basta.

Eliana Recupero trat an ihn heran und sah kurz alle Briefe durch. »Papiernachrichten«, bestätigte sie.

»Das sind äußerst wichtige Elemente zu Ermittlungen, die ich leite. Wie haben Sie die erhalten, Dottoressa?«

Vanina erläuterte kurz den Fall von Lorenza Iannino.

»Dann wäre es sinnvoll, Dottoressa, wenn wir hier zusammenarbeiten könnten. Anhand Ihres Falles könnten natürlich noch weitere wichtige Elemente hinzukommen, die Sie uns umgehend weiterleiten sollten. Wenn Sie mir ein paar Stunden Zeit geben, sorge ich dafür, dass wir Professor Ussaro abhören können. Warten wir ab, was er so zu sagen hat. Nehmen wir an, die junge Frau hat ihn mit diesen Papiernachrichten erpresst. Dann hat er bestimmt einige Erklärungen, sobald Dottoressa Guarrasi bei ihm gewesen ist und ihn angehört hat. Franco, so machen wir es, und ich bitte den Staatsanwalt um Unterstützung.«

Vassalli, der erleichtert aufatmen wollte, blieb die Luft weg. Verdammt, er hatte sich eigenhändig in Schwierigkeiten gebracht.

Spanò hatte in zweiter Reihe vor der Bäckerei an der Ecke geparkt. Während er wartete, hatte er eine mit Mozzarella gefüllte Cartocciata und ein Stück Pizza verdrückt und kam aus dem Café, in dem er einen Espresso getrunken hatte.

Mit einem spitzbübischen Lächeln stieg Vanina in den Wagen. Sie freute sich über ihren genialen Schachzug.

»Entschuldigen Sie, Ispettore, aber dieser Gang zur Staatsanwaltschaft war notwendig.«

Spanò fuhr los.

»Professor Ussaro ist weder in der Uni noch in seiner Kanzlei. Die Sekretärin hat mir gesagt, dass er an einer Konferenz im Auditorium der Benediktiner teilnimmt«, berichtete er.

»Na, dann los«, meinte Vanina, öffnete eine Schachtel Zigaretten und bot ihm eine an.

»Eine nehme ich gern.« Ein paarmal in der Woche erlaubte er sich eine Zigarette nach dem Kaffee.

Vanina zog ihr Handy heraus und tätigte einen Telefonanruf.

»Marta, wir treffen uns in einer Viertelstunde im Benediktinerkloster. Im Auditorium findet eine Konferenz statt. Nimm Lo Faro mit! Aber sprecht uns nicht an. Bleibt in der Nähe, bis ich dich anrufe und dir sage, was ihr tun sollt.«

Sie legte auf.

Spanò gab sich Mühe, Vanina zu verstehen.

»Dottoressa, darf ich fragen, was wir vorhaben?«

»Wir fahren zu Ussaro, um mit ihm zu sprechen.«

»Das weiß ich, aber was ist mit Marta Bonazzoli und Lo Faro?«

»Die brauchen wir für später.«

Das war einer jener Momente, in denen Vanina die Nachrichten homöopathisch dosierte. Man musste ihr einfach folgen, ohne zu wissen, was genau sie vorhatte. Das war ärgerlich, vor allem für ihn, der wusste, dass er ihr Liebling war, aber so arbeitete sie nun einmal. So war es, und so musste es auch sein, damit es klappte. Carmelo Spanò hatte das mittlerweile begriffen. Wenn die Zeit reif war, würde sie ihm alles erzählen.

Vanina tätigte einen weiteren Anruf und kontaktierte Nunnari.

»Nunnari, hören Sie gut zu! Ferlito von der Abteilung für organisierte Kriminalität wird in Kürze mit einer Abordnung im Büro sein, die es uns erlaubt, Ussaro abzuhören. Führen Sie diese sofort aus!«

»In Ordnung, Boss, keine Sorge!«

Sie legte auf und sah Spanò an, der unter seinem Schnurrbart lächelte. Nach und nach verstand er.

Das Benediktinerkloster von San Nicolò l'Arena verblüffte Vanina. Um das Auditorium Mazzarino zu finden, in der Professor Elvio Ussaro seit einer halben Stunde auf einer Konferenz zum Thema *Korruptionsbekämpfung* schwadronierte, mussten sie und Spanò einen weiten Weg zurücklegen. Prunkvolle Treppen, Kreuzgänge aus dem achtzehnten Jahrhundert, endlose Gänge, die zu wieder anderen Gängen führten, von denen kleine Türen abgingen. Ehemalige Klosterzellen, die inzwischen als Dozentenzimmer oder Klassenzimmer der geisteswissenschaftlichen Abteilung dienten.

Nachdem sie zum dritten Mal durch dieselbe Tür gelaufen waren, beschlossen zwei mitfühlende Studenten, sie zu retten und sie zu begleiten. Überzeugt, ahnungslose Touristen aufgegabelt zu haben, betätigten sie sich als Fremdenführer und würzten den labyrinthischen Weg mit zahlreichen Informationen über das Gebäude, seine Geschichte und das Warum und Wieso, weshalb aus einem ehemaligen Kloster aus der Zeit der Vizekönige im Lauf von drei Jahrhunderten eine Universität geworden war. Am Ende des Intensivkurses tat es Vanina fast leid, als sie aus dem alten Refektorium, das als Hörsaal diente, statt eines genüsslich satten Don Blasco Uzeda Professor Elvio Ussaro auf sich zukommen sah.

»Dottoressa Guarrasi, guten Morgen! Meine Sekretärin hat mir schon Bescheid gegeben, dass Sie mich aufsuchen wollen«, begrüßte er sie und übersah wie üblich Vaninas Kollegen Spanò.

Zitronengelbe gepunktete Krawatte, braunes Jackett, braune Hose, Lederslipper. Ein Schlag ins Gesicht für jeden, der auch nur den geringsten Geschmack besaß.

Ihn umringten einige Menschen, darunter die Anwältinnen Susanna Spada und Nicola Antineo. Als Letzte und etwas im Abseits hielt sich die Anwaltsgehilfin Valentina Borzi auf und vermittelte den Eindruck, als wollte sie Nonne werden.

Vanina sah Marta Bonazzoli und Lo Faro gleichmütig im Hörsaal umherstreifen. Wie hatten sie es geschafft, so schnell herzukommen?

»Tut mir leid, dass ich Sie belästigen muss, aber die Alternative wäre gewesen, Sie in mein Büro zu bestellen. Ich glaube, wir können uns gleich hier unterhalten, oder?«

»Aber natürlich. Sollen wir nach draußen gehen?«

Die Glastür vor dem Hörsaal stand offen und gab den Blick auf einen Garten frei. Eine Eisentreppe führte nach unten. Weiter hinten, hinter einem Torbogen, führte ein Ausgang zur Straße.

»Wenn wir das vorher gewusst hätten …«, entkam es Spanò, der sechsundfünfzig Jahre lang gut gelebt hatte, ohne die Geschichte des Klosters zu kennen, und sich auch am heutigen Tag gern vor näherer Bekanntschaft gedrückt hätte.

Ussaro signalisiert den jungen Leuten, dass sie oben auf ihn warten sollten, doch Vanina gab ihm zu verstehen, dass sie auch Rechtsanwältin Susanna Spada dabeihaben wollte. Diese folgte ihnen leicht verwirrt.

Sie stiegen die Treppe hinunter und schlenderten in einen abgeschiedenen Teil des Gartens. Fernab von neugierigen Augen und Ohren.

»Ich komme gleich zur Sache«, begann Vanina. »Als ich Sie neulich morgens fragte, ob Sie Lorenza Iannino am Montagabend nach der Arbeit gesehen oder von ihr gehört hätten, haben Sie nicht die Wahrheit gesagt. Nennen Sie mir den Grund dafür?«

Die beiden Befragten wirkten verblüfft.

»Wovon reden Sie, Dottoressa?«, fragte der Professor und ließ den Blick über den Kiesweg schweifen.

»Davon, dass Sie beide nicht nur mehrmals von Lorenza Iannino gehört, sondern auch aktiv an der von ihr organisierten Party teilgenommen haben.«

Der Anwalt lächelte. »Ich weiß nicht, wer Ihnen solchen Blödsinn erzählt hat.«

Vanina warf ihm einen vernichtenden Blick zu.

»Herr Rechtsanwalt, ich möchte Sie daran erinnern, dass ich Ihnen einen Gefallen getan habe, indem ich zu Ihnen gekommen bin, statt Sie wie alle anderen vorzuladen.«

»Dann verzeihen Sie meine Offenheit, aber ich verstehe wirklich nicht, wovon wir hier sprechen«, konterte Ussaro und warf seiner Kollegin Susanna Spada einen Blick zu, die allerdings schwieg. Ihr Gesichtsausdruck war so düster wie ihr Haar.

»Ach so! Die Chatgruppe *Abende mit Freunden* sagt Ihnen also nichts, oder?«

Die beiden zuckten zusammen. Diesmal sichtbar.

»Sie sind beide Mitglieder dieser Gruppe. Besser gesagt, Sie *waren* es. Denn als Lorenza verschwand, kehrten alle der Gruppe den Rücken. Sie, Herr Rechtsanwalt, als Erster. Sie haben die Gruppe noch am Abend der Party verlassen.«

Die beiden schwiegen weiter.

»Werden Sie das wieder *Blödsinn* nennen, Herr Rechtsanwalt? Oder können wir jetzt ernsthaft über die Angelegenheit reden?«

»Darf ich fragen, wie Sie von diesem Chat erfahren haben?«

Der Dreckskerl zerbrach sich zweifellos den Kopf darüber, welcher Verräter über ihre Abende geplaudert hatte.

»Das spielt keine Rolle. Ich hätte es lieber, Sie würden meine Frage beantworten.«

»Dottoressa, versuchen Sie, mich zu verstehen. Ich bin ein verheirateter Mann. Es war eine Party, die ich ohne meine Frau besuchte, also hatte ich gewisse Skrupel.«

Vanina musste sich ein Lachen verkneifen.

»Aha, Skrupel.« Sie wandte sich an die Frau. »Rechtsanwältin Spada, hatten Sie auch solche Skrupel?«

»Nein, hatte ich nicht. Ich wollte nur vermeiden, in eine Angelegenheit verwickelt zu werden, mit der ich überhaupt nichts zu tun habe.«

»Welche Angelegenheit? Lorenzas Verschwinden?«

Professor Ussaro meldete sich wieder zu Wort: »Ja natürlich, Dottoressa. Denn keiner weiß doch, was mit der armen Lorenza passiert ist. Es waren sehr viele Leute auf der Party.«

»Ja, ja, das wissen wir. Musik, Austern, Champagner …« Vanina legte eine wirkungsvolle Pause ein und bedachte die Anwälte mit kühlem Blick. »Kokain.«

Die beiden erstarrten.

»Sogar Kokain?«, fragte Ussaro oscarreif.

»Warum? Wussten Sie das nicht?«

»Woher sollte ich das denn wissen?«

Wie Spanò bemerkte, verlor Vicequestore Guarrasi allmählich die Geduld.

»Signor Ussaro, vielleicht ist es besser, wenn wir Klartext sprechen. Wir kennen den Inhalt der Chats genau. Wort für Wort. Und nicht nur das.«

Ussaro zuckte zusammen. »Jemand hat Ihnen also Chats gezeigt, die sogar etwas Vertrauliches enthielten. Ich bin schockiert …«

»Das muss Sie nicht schockieren, Herr Rechtsanwalt. Keiner Ihrer Freunde hat sich die Mühe gemacht, uns irgendetwas zu erzählen. Wir haben die Chats wiederhergestellt.«

Die darauffolgende Stille war ohrenbetäubend.

Vanina wandte sich erneut an Susanna Spada.

»Ich formuliere die Frage, die ich Ihnen bereits gestellt habe, gern anders. Wann haben Sie das letzte Mal mit Lorenza Iannino gesprochen?«

Susanna Spada gab sich völlig ungerührt.

»Am Partyabend.«

»Können Sie mir sagen, um wie viel Uhr?«

»Das weiß ich nicht so genau, vielleicht gegen elf. Ich bin früh gegangen.«

»Ispettore, holen Sie das Foto heraus!«, verlangte Vanina.

Spanò zog den Farbdruck, auf dem der Schuh abgebildet war, aus der Plastikhülle.

Vanina überreichte ihn Susanna Spada.

»Können Sie mir sagen, ob Lorenza den Schuh an jenem Abend trug?«

»Ich weiß nicht, ich erinnere mich nicht daran«, murmelte die Anwältin und schüttelte den Kopf. Sie zog die Mundwinkel nach unten und reichte den Fotoausdruck an Ussaro weiter. Der behauptete sofort, er sei absolut nicht in der Lage, so etwas zu beurteilen.

»Signora Spada, ich habe im Moment keine weiteren Fragen an Sie. Bitte stehen Sie uns aber weiter zur Verfügung«, sagte Vanina, schob das Foto in die Klarsichthülle und reichte sie Spanò zurück.

Susanna nahm ihre Aktentasche, die sie an eine Wand gelehnt hatte, und machte sich auf den Weg. Dann drehte sie sich noch einmal um.

»Entschuldigen Sie, Vicequestore Guarrasi. Warum?«

»Warum *was?*«

»Warum sollte das der Schuh von Lorenza sein?«

Vanina zögerte. Früher oder später musste sie die Bombe platzen lassen.

»Weil wir glauben, dass Lorenza Iannino nicht verschwunden ist, sondern getötet wurde. Ihre Leiche wurde wahrscheinlich in der Nähe von Aci Trezza ins Meer geworfen. Wir arbeiten daran, sie zu bergen. Dieser Schuh wurde genau dort gefunden.«

Susanna Spada schien fassungslos.

»Ermordet? Aber … wie? Und von wem?«

»Genau das wollen wir herausfinden. Bisher haben wir nur Blutspuren von ihr gefunden, sowohl im Haus als auch in dem Koffer, in dem sie wahrscheinlich eingesperrt und ins Meer geworfen wurde.« Vanina hatte das Ass ausgespielt.

»Sie ermitteln also in einem mutmaßlichen Mordfall. Wenn Sie das nächste Mal mit uns sprechen wollen, würde ich Sie bitten, dies in Anwesenheit eines unserer Strafrechtler zu tun«, erklärte Ussaro feindselig.

»Wenn Sie darauf bestehen. Allerdings weiß ich nicht, ob es so zuträglich ist, wenn Ihre Beteiligung an der Sache offiziell wird. Vor allem angesichts der *Skrupel,* von denen Sie vorhin sprachen.«

»Worauf wollen Sie hinaus?«

Vanina entließ Susanna Spada ein zweites Mal. Sie ging.

»Sehen Sie, Herr Rechtsanwalt, in dem Koffer, in dem wir Lorenzas Leiche vermuten, befand sich auch ihr iPhone. Es war zwar halb zertrümmert, aber in keinem so desolaten Zustand, dass wir den Inhalt nicht wiederherstellen konnten. Sie wissen, was auf dem Handy gespeichert war, oder?«

Für einen Moment war Ussaro sprachlos.

»Nun, wie ich sehe, wissen Sie es«, bestätigte Vanina.

»Das hat nichts damit zu tun, dass irgendjemand sie umgebracht hat«, antwortete der Anwalt in noch arroganterem Ton als zuvor.

»Nein, aber es hat sicherlich etwas mit der Beziehung zwischen Lorenza und Ihnen zu tun. Und welche Vorteile sie daraus zog. Wollen Sie es mir hier sagen, oder wäre es Ihnen lieber, wenn ich Sie offiziell vorlade?«

»Da gibt es nichts mehr zu sagen. Sie haben schon verstanden, worum es geht. Ich hatte eine Affäre mit Lorenza. Ja, ich weiß, sie hätte meine Tochter sein können. Aber ich glaube nicht, dass ich der erste oder der letzte Mann bin, der den Verlockungen einer viel jüngeren Frau erliegt. Und sie dann auf jede erdenkliche Weise dafür belohnt.«

»Schon klar, aber das interessiert mich nicht. Mich interessiert vielmehr, warum Sie, der Sie eine besondere Beziehung zu Lorenza hatten, am Partyabend als Erster den Chat verließen.«

Ussaro bewegte die Augen von rechts nach links, immer unterhalb von Vaninas Blickfeld. Blumenbeet, Eisentreppe, wieder Blumenbeet.

»Ich hatte beschlossen, mich von ihr zu trennen.«

Guter Punkt, dachte Vanina.

»Und warum?«

»Ich hatte den Verdacht, dass sie sich auch mit anderen Männern traf. Und ich wollte nicht einer von vielen sein.«

»Und wussten Sie auch, wer diese anderen waren?«

»Einen gewissen Verdacht hatte ich schon, aber keine Gewissheit.«

Vanina tat ihm nicht den Gefallen, nach Namen zu fragen.

»Ich verstehe. Haben Sie darum die Party mit allen anderen Gästen überstürzt verlassen?«

»Überstürzt? Warum das?«

»Das weiß ich nicht. Sagen Sie es mir! Wir haben einen Zeugen, der gesehen haben will, wie Ihr Ferrari zusammen mit mehreren anderen Autos gegen zwanzig Uhr dreißig vom Haus wegfuhr. Nur zehn Minuten bevor Sie den WhatsApp-Chat verlassen haben.«

Ussaro ließ den Blick abermals über den ganzen Garten schweifen.

»Das habe ich Ihnen doch gesagt, Dottoressa. Ich wollte die Beziehung beenden. Ich bin gegangen, als die anderen gegangen sind, weil es nicht angebracht gewesen wäre, noch weiter dort zu bleiben«, sagte er und hielt sich die Hand über die Augen. »Es tut mir leid. Ich kann immer noch nicht ganz begreifen, dass …«

Vanina antwortete nicht. Endlich hatte er wohl erkannt, dass er angesichts der Nachricht von der Ermordung seiner Geliebten wenigstens ein bisschen Mitgefühl zeigen musste.

»Erinnern Sie sich, ob irgendwer bei Lorenza blieb?«

»Nein. Das weiß ich nicht mehr.«

Das war genug. Für den Moment jedenfalls.

»Gut, Herr Rechtsanwalt. Im Augenblick habe ich keine weiteren Fragen an Sie.«

Ussaro wollte ihr den Weg zur Treppe frei machen.

»Nein danke, der Ispettore und ich werden diesen Weg nehmen.«

»Na dann, auf Wiedersehen, Dottoressa Guarrasi.«

Er streckte ihr seine schlaffe Hand entgegen, und Vanina schüttelte sie.

»Ach ja, eine letzte Frage noch!«, rief sie, als der Mann bereits den halben Weg auf der Treppe zurückgelegt hatte. »Wissen Sie noch, wo Lorenzas Auto an jenem Abend geparkt war?«

»Weiter oben am Bürgersteig. Unter einem Baum, wenn ich mich recht erinnere«, antwortete der Anwalt ohne Zögern.

Vanina verabschiedete sich erneut von ihm.

Kurz darauf verwandelte sich der abgelegene Teil des Gartens zur Raucherecke für die Konferenzteilnehmer in der Mittagspause. Sie waren gerade rechtzeitig fertig geworden.

Vaninas Handy klingelte. Eine Nummer, die sie nicht kannte.

»Hallo?«

»Vicequestore Guarrasi?«

»Ja.«

»Hier spricht Fortunato Bonanno, der Nachbar der vermissten Frau.«

»Ah, guten Tag. Was kann ich für Sie tun?«

»Ich rufe an, weil … ich mich an die Marke des roten Autos erinnere, das ich an besagtem Abend im Hof gesehen habe. Es war ein Ferrari.«

Vanina lächelte eher gerührt als ironisch.

»Vielen Dank für Ihre Information, Signor Bonanno.«

»Ich stehe Ihnen gern weiterhin zur Verfügung, Dottoressa.«

»Danke, das habe ich vermerkt.«

Sie legte auf und dachte über eine Idee nach, die ihr plötzlich gekommen war.

Der Weg zurück zum Wagen war von hier aus leichter: geradeaus über einen Eisensteg, der über alte Mauerreste führte. Eine weitere Treppe hinunter und dann nach rechts zu einem schmalen Weg, an dessen Ende sich ein Tor befand.

Vanina blieb stehen und rief Marta Bonazzoli an.

»Marta, stehst du noch vor dem Hörsaal?«

»Ja, wir sind hier.«

»Der Mann, mit dem ich vorhin sprach, ist Professor Elvio Ussaro. Behaltet ihn im Auge!«

»Er ist hier und spricht angeregt mit der schwarzhaarigen jungen Frau.«

»Lass ihn nicht aus den Augen und merk dir wenn möglich, was er sagt. Falls nötig zieht euch die ganze Konferenz rein und folgt ihm dann.«

»Soweit ich es verstanden habe, wollen sie zum Mittagessen gehen.«

»Gut, rein mit euch!«

»Leichter gesagt als getan! Wenn man nicht für die Konferenz angemeldet ist, kommt man nicht einmal in den Vortragssaal, geschweige denn zum Mittagessen.«

»Dann meldet euch an.«

»In Ordnung, aber das kostet fünfzig Euro.«

»Ist mir doch egal, ob das fünfzig Euro kostet, Marta! Dann beantragt ihr eben die Erstattung.«

»Na schön.«

»Ich wünsche euch eine gute Konferenz.«

Die Vorstellung, Lo Faro in einer Reihe von mehr oder weniger aufgeblasenen Zwanzigjährigen zu sehen, war kurios.

Spanò deutete auf ein altes Gebäude zur Linken.

»Das war früher mal das Institut für Rechtsmedizin der Universität. Es wurde mittlerweile in die Poliklinik verlegt.« *Palazzo Ingrassia* stand darauf.

Sie traten durch ein kleines Fußgängertor nach draußen und kehrten zur Piazza Dante zurück. Dann gingen sie an der Kirche mit der unvollendeten Fassade vorbei und gelangten zum Haupteingang des Benediktinerklosters. Vanina verlangsamte für einen Moment das Tempo und betrachtete die Fassade. Wie majestätisch sie war!

»Den Mönchen muss es gut gegangen sein«, bemerkte Spanò, als sie den Wagen holten, den sie unter den Bäumen geparkt hatten.

»Einige von ihnen haben sich's wirklich gut gehen lassen«, bestätigte Vanina und schaltete wieder ihre Musik von Uzeda an, der Undergroundband aus Catania. Hatte sie eigentlich die Kinoversion des Films *I Vicerè* von Roberto Faenza in ihrer Filmsammlung?

Es war inzwischen zwei Uhr nachmittags.

»Dottoressa, wollen Sie nicht etwas essen?«, fragte Spanò erstaunt. Sie waren seit drei Stunden unterwegs, und er hatte sie nicht einen Cappuccino trinken sehen.

»Habe ich jemals eine Mahlzeit ausgelassen, Ispettore?«

»Nein, eigentlich nicht wirklich.«

»Na dann! Was ist mit Ihnen?«

»Ich habe in der Bäckerei zwei warme Teilchen gegessen. Aber ich leiste Ihnen gern Gesellschaft, wenn Sie wollen. Vielleicht können Sie mir dann auch berichten, worum es hier eigentlich geht. Sie wissen ja, dass es mir später leidtäte, wenn ich etwas Dummes anstellen würde.«

Vanina lächelte über diesen als Sorge getarnten Protest. Spanò mochte es nicht, wenn sie ihn im Unklaren über ihre Vorhaben ließ. Aber konnte sie ihm jemals gestehen, dass sie das alles nur deshalb in Szene gesetzt hatte, um Staatsanwalt Vassalli auszuschalten?

»Ich verspreche, dass ich Ihnen später erzähle, was los ist. Tun Sie mir einen Gefallen und setzen Sie mich vor dem Gericht ab. Ich bin zum Mittagessen verabredet.«

Sie nahm ihr Handy, rief Nunnari an und bat ihn, einen Dienstwagen vorbeizubringen.

»Eigentlich bin ich gerade damit beschäftigt, Ussaro abzuhören.«

»Ach ja. Und, was sagt er so?«

»Nichts, er hat nur mit seiner Frau telefoniert, sie dann aber recht schnell abgehängt und ihr gesagt, er müsse zum Mittagessen.«

»Also gut, überlassen Sie die Angelegenheit Fragapane und bringen Sie mir den Dienstwagen vorbei. Ich kann ihn mir nicht selbst abholen, sonst verschwenden wir zu viel Zeit.«

Sie hörte ein Tuscheln im Hintergrund.

Vanina beendete das Gespräch und wandte sich wieder an Spanò.

»Also, Ispettore, Sie warten auf Nunnari und fahren mit ihm zurück ins Büro. Auf dem Weg dorthin kommen Sie an der Spurensicherung vorbei. Geben Sie die Plastikhülle mit dem Foto dort ab und bitten Sie, die Fingerabdrücke darauf mit denen zu vergleichen, die in Lorenza Ianninos Auto und auf dem Koffer gefunden wurden.«

Spanò nickte. »In Ordnung, Boss.« Er brauchte nicht nach dem Grund für diesen Auftrag zu fragen. Im Gegenteil, allmählich begriff er vielleicht tatsächlich die Zusammenhänge auch so.

»Sobald Sie im Büro sind, lösen Sie Fragapane beim Abhören ab. Die Vorgeladenen aus dem Chat müssten in Kürze eintreffen. Lassen Sie sie im Wartebereich Platz nehmen und auf mich warten. Und bitte sagen Sie Fragapane, dass er genau darauf achten soll, ob sie Anrufe erhalten.«

»Machen Sie sich keine Sorgen, Dottoressa!«

»Wenn Salvatore die Ohren spitzt, hört er selbst die Flöhe husten.«

16

Die stellvertretende Staatsanwältin Eliana Recupero hatte auf die Nachricht geantwortet, die Vanina ihr einen Augenblick zuvor geschickt hatte. Sie trafen sich in dem Café an der Ecke der Piazza Verga. Es war ein Lokal, das von allen Richtern und Anwälten Catanias gern aufgesucht wurde und an dessen Tischen mehr Urteile gefällt und mehr Fälle besprochen wurden als in den Sälen des Gerichtsgebäudes selbst. Sie wären lieber woanders hingegangen, doch in der halben Stunde, die sie zur Verfügung hatten, konnten sie sich nicht weiter entfernen.

In dem Moment, als Vanina ankam, betrat die Staatsanwältin das Café. Auch Nunnari stieg gerade aus dem Wagen und kam mit den Schlüsseln in der Hand auf sie zu.

Er ging, und Vanina gesellte sich zu Eliana Recupero.

Sie wählten einen kleinen Tisch im hinteren Teil des Lokals, das um diese Zeit nicht mehr ganz so voll war.

»Ich habe mich sofort in Bewegung gesetzt«, berichtete Eliana. »Wie ich Ihnen bereits sagte, habe ich Ispettore Ferlito den Auftrag erteilt, Professor Ussaro abzuhören. Die Leitungen werden bereits überwacht.«

»Ja, das habe ich gerade von meinen Mitarbeitern gehört. Ich danke Ihnen, Dottoressa.«

»Ich danke *Ihnen*. Vor einiger Zeit stießen wir auf eins der Bankkonten, das auch in den schriftlichen Nachrichten der ermordeten jungen Frau auftauchte. Wir konnten es nirgends zuordnen. Als Sie mich heute Morgen anriefen und mich um Hilfe baten, entschloss ich mich zu sofortigem Handeln.«

»Um ehrlich zu sein, habe ich das auch noch aus einem anderen Grund getan.«

»Das weiß ich, aber in diesem Fall helfen wir uns gegenseitig. Während Sie im mutmaßlichen Mord von Lorenza Iannino ermitteln, stoßen Sie vielleicht auf andere, sagen wir mal zusätzliche Straftaten. Ich für meinen Teil gebe Ihnen einen Freibrief für jeden Antrag, den Sie stellen wollen.«

Sie bückte sich, griff in ihre Tasche und holte einige Papiere heraus.

»Lassen Sie uns erst einmal hier anfangen! Das sind die Telefonaufzeichnungen von Ussaro.«

Vanina war erstaunt.

»Wie haben Sie die so schnell bekommen?«

»Ich habe meine Quellen.«

Sie bestellten zwei Toasts und dazu zwei Gläser Orangensaft.

»Aber erzählen Sie mir doch bitte mehr von den Ermittlungen!«, bat Eliana Recupero. »Bedenken Sie, dass Staatsanwalt Vassalli und ich ab morgen offiziell Seite an Seite arbeiten werden.«

»Ich weiß nicht, ob das für Sie so angenehm ist«, scherzte Vanina.

Eliana lachte.

»Ach was! Vassalli ist kein schlechter Mensch, sondern ein Feigling. Von denen gibt es leider viele, und das auf allen Ebenen. Andernfalls hätten wir schon längst gewonnen. Niemals schlafende Hunde wecken, das ist ein guter Leitsatz, wenn man in Frieden leben will. Und Vassalli strebt nach nichts anderem, das versichere ich Ihnen.«

»Das bezweifle ich nicht, aber Sie müssen verstehen, dass das in einer solchen Situation eine große Bremse sein kann.«

»Natürlich verstehe ich das, darum sind wir ja hier.«

Sie hatten sich vor einiger Zeit kennengelernt und sich auf Anhieb verstanden. Wie Tito Macchia befürwortete auch Eliana eine mögliche Rückkehr von Vicequestore Vanina Guarrasi in die Abteilung für organisiertes Verbrechen, welche diese aber im Keim erstickt hatte, ohne die Argumente der beiden zu akzeptieren.

Vanina erklärte ein wenig näher, was sie vorhatten.

»Diese Briefe waren ein Mittel zur Erpressung, welche die junge Frau möglicherweise das Leben kostete. Das ist die einzige Hypothese, die momentan Bestand hat«, schloss sie.

»Theoretisch wäre auch denkbar, dass jemand, vielleicht der andere Mann, den Ussaro erwähnte, Lorenza nach der Party aufsuchte und auf dem Sessel ermordete, um sie dann in dem Koffer zu verstauen, der sich vermutlich im Haus befand.«

»Möglich, aber mir scheint, dass Sie das nicht glauben.«

»Glauben Sie es denn?«

»Das weiß ich nicht. Ich sehe nichts als selbstverständlich an, sondern mache mir ein Bild anhand der Beweislage.«

»Weil Sie Richterin sind«, warf Vanina ein und lächelte. »Ich hingegen bin Polizistin, und Polizisten machen sich manchmal kein Bild, sondern folgen ihrem Instinkt.«

»Und von Ihrem Instinkt profitieren wir.« Der Toast wurde serviert.

»Wie auch immer«, fuhr Vanina fort. »Spaß beiseite, ich glaube kein Wort von Vassallis Behauptungen. Erstens, weil ich mir ziemlich sicher bin, dass ich Ussaros Kopf auf dem Video wiedererkannt habe. Der fuhr Lorenza Ianninos Corolla. Und zweitens, weil die anonyme Anruferin angab, zum Zeitpunkt des Vorfalls weggeschickt worden zu sein. Dies deckt sich mit der Aussage der Nachbarn, die alle Gäste eilig aufbrechen sahen.«

»Allerdings einschließlich Ussaro.«

»Inklusive seines Autos, um genau zu sein.«

»Richtig. Die unbekannte Person, die sogar bis nach Rom geflohen ist. Ein ziemliches Rätsel.«

In wenigen Minuten hatten sie ihre Toasts aufgegessen und sahen beide auf die Uhr. Eliana Recupero musste los, um im Gefängnis von Bicocca einen Gefangenen nach Artikel 41 (dem härtesten Gefängnisparagrafen) in die Mangel zu nehmen, und Vanina hatte es eilig, an einer bestimmten Stelle vorbeizufahren, bevor sie die *Freunde* empfing, die sich bei Lorenza Iannino ein Stelldichein gegeben hatten.

»Wir hören uns morgen früh«, schlug die Staatsanwältin vor, während sie den Gürtel ihres Trenchcoats festzog.

Vicequestore Vanina Guarrasi bestätigte das gern.

»Vanina?«

Es war Marta Bonazzoli, die flüsterte.

»Was gibt es, Marta?«

»Die Konferenz ist noch in vollem Gang. Lo Faro und ich haben uns dicht hinter Ussaro positioniert, aber wir verstehen nicht viel von dem, was er sagt. Er spricht hauptsächlich mit der dunkelhaarigen Frau und gelegentlich mit dem jungen Anwalt. Ich habe nur verstanden, dass er spätestens um 15.30 Uhr weg sein muss, weil er einen Termin hat.«

»Hat er irgendwelche Anrufe getätigt?«

»Ein paar, aber immer im Abseits.«

»Also gut. Wenn er geht, dann folg ihm.«

»In Ordnung. Vanina?«, fragte Marta noch immer im Flüsterton.

»Warum flüsterst du eigentlich? Wo bist du denn? Im Hörsaal?«

»Nein, nein. Ich stehe in einem Innenhof. Es ist sehr schön hier.«

»Das glaube ich dir. Also, was hast du mir noch zu sagen?«

»Darf ich etwas über den Grund dieser Beschattung erfahren? Nur damit ich es verstehe.«

Na bitte, wieder eine Frage! Immer nach dem gleichen Schema. Wenn Spanò ihre rechte Hand war, war Marta Bonazzoli ihre linke. Und oft versetzte sie beide in Erstaunen.

»Ich habe einen Köder ausgeworfen. Jetzt muss ich wissen, wie sich der Anwalt verhalten wird. Er hat dich und Lo Faro noch nie gesehen. Also weiß er auch nicht, dass ihr zu meinem Team gehört. Den Rest erkläre ich dir später.«

»Na gut, ich halte dich auf dem Laufenden.«

Vanina erreichte die Via dei Villini a Mare und parkte vor dem Tor von Lorenza Ianninos Haus.

Sie ging zum Haus der Nachbarn und klingelte.

»Wer ist da?«

»Signora Bonanno?«

»Ja.«

»Hier ist Vicequestore Guarrasi, ich möchte Sie um eine Information bitten.«

»Kommen Sie herein!«

Signora Bonanno kam ihr entgegen.

»Guten Abend, Dottoressa.«

Sie wirkte jünger als in jener Nacht, als sie sie um Mitternacht vor dem Tor befragt hatte.

»Guten Abend, Signora. Entschuldigen Sie die Störung. Ist Ihr Mann zu Hause?«

»Ja. Heute ist der einzige Tag, an dem er am Nachmittag nicht wieder zur Arbeit muss.«

»Also habe ich Glück.«

Sie rief ihren Mann, der sofort im Trainingsanzug erschien.

»Entschuldigen Sie meinen Aufzug! Aber sobald ich zu Hause bin, mache ich es mir gemütlich.«

»Ja, verständlich. Ich brauche auch nicht lange.«

Sie setzten sich in ein hell eingerichtetes Wohnzimmer mit einer weißen Sofagarnitur. Beige Teppiche, hier und da antike Möbelstücke, minimalistische Einrichtung, aber nicht kühl.

»Meine Frau ist Architektin«, erklärte Signor Bonanno, als er Vaninas bewundernden Blick sah.

Vanina beglückwünschte die Dame des Hauses, zog ihr Handy heraus und suchte nach den Fotos von Lorenza Ianninos Auto.

»Erinnern Sie sich noch, ob dieses Auto am Abend der Party im Innenhof des Hauses stand? Oder draußen, in der Nähe des Tores? Oder vielleicht haben Sie den Wagen gar nicht gesehen, weil er weiter weg geparkt hatte? Die Straße weiter runter beispielsweise.«

Bonanno griff nach seiner Brille, die in einem Etui auf einem Tischchen voller Einrichtungszeitschriften lag. Er sah sich das Foto an.

»Ja natürlich. Ich erinnere mich gut daran, weil der Wagen hier sehr oft steht. An dem Abend parkte er direkt neben dem Tor meines Hauses.«

»Ist Ihnen vielleicht aufgefallen, ob der Wagen bewegt wurde, als alle wegfuhren?«

Der Mann dachte nach.

»Ich kann es nicht beschwören, aber ich glaube nicht. Ich hätte es bemerkt, weil er so dicht bei uns parkte.«

»Und ist Ihnen vielleicht aufgefallen, ob er in der Nacht bewegt wurde?«

»Nein, Dottoressa. Irgendwann sind wir ins Bett gegangen. Unser Schlafzimmer geht auf die andere Seite hinaus, von der sieht man das Meer besser.«

»Also gut. Signor Bonanno, Sie haben uns sehr geholfen.«

»Das freut mich«, sagte der Mann und lächelte. »Sie müssen entschuldigen, dass ich neulich etwas zögernd zu dem roten Auto geantwortet habe. Verstehen Sie, ich war verwirrt. Vielleicht ist es aber auch nur eine Frage der Einstellung, wonach man uns eingeschärft hat, dass man sich besser um seine eigenen Angelegenheiten kümmern soll. Das wurde uns so massiv eingetrichtert, dass es in Fleisch und Blut übergegangen ist. Aber das ist falsch, Dottoressa. Meine Frau und ich haben uns noch vor Kurzem darüber gestritten«, sagte er und sah seine Frau an, die nickte. »Eine junge Frau wird vermisst. Das ist eine ernste Angelegenheit! Wir haben die Pflicht, nach Kräften zu helfen.«

»Dass es sich bei dem Auto um einen Ferrari handelte, hatten wir ohnehin schon geahnt. Aber ich danke Ihnen für Ihre guten Absichten. Und ich fühle mich verpflichtet, Sie vorzuwarnen, dass es vermutlich Mord war.«

Die Bonannos wirkten beunruhigt.

»Heilige Maria!«, stieß er hervor.

Sie begleiteten Vanina zur Tür.

Auf dem Rückweg ins Büro dachte Vanina über die Informationen nach, die sie erhalten hatte. Genau das hatte sie erwartet. Polizeiinstinkt.

Im Wartebereich im Erdgeschoss des mobilen Einsatzkommandos sah aus wie im Wartezimmer einer Zahnarztpraxis. Etwa zehn Personen saßen auf blauen Plastikstühlen und wirkten mit ihren besorgten Mienen wie Patienten, denen ein Zahn gezogen werden sollte und die nicht wussten, wann sie an die Reihe kamen. Mit Bangen sahen sie der Ankunft von Vicequestore Vanina Guarrasi entgegen.

Von Zeit zu Zeit schaute Inspektor Salvatore Fragapane vorbei und stellte sich den unzähligen Fragen, mit denen er überschüttet wurde. Dann kehrte er zum Eingang zurück und wartete.

Dort fand Vanina ihn vor.

»Fragapane, was haben Sie hier unten verloren?«

»Ich warte auf meine Frau.«

»Ihre Frau? Was will sie hier?«

»Um genau zu sein, kommt sie mit einer Kollegin, die sagt, dass sie uns etwas zu sagen hat.«

»Eine Kollegin Ihrer Frau? Eine Krankenschwester also?«

»Ja.«

»Was könnte sie uns zu sagen haben?«

»Das kann ich nicht so genau sagen, aber soweit ich weiß, hat es etwas mit der verschwundenen Anwältin zu tun. Ich habe ihr gesagt, sie soll herkommen und es mir persönlich erzählen. Soll ich sie gleich zu Ihnen schicken?«

»Ja natürlich. Bringen Sie sie zu mir, sobald sie da ist. Sind sonst alle hier?«

»Ja. Alle bis auf zwei.«

»Lassen Sie mich raten! Signor Alicuti und sein Sohn sind nicht gekommen?«

»Richtig.«

Darauf hätte sie alles verwettet.

»Gut, lassen Sie in fünf Minuten alle hochbringen. Einen nach dem anderen.«

Als sie gerade die Treppe hinaufsteigen wollte, klingelte Fragapanes Handy. Aber nur einmal. »Sie sind da«, verkündete Fragapane.

Vanina bat ihn, sie vorzulassen und beide in fünf Minuten zu ihr bringen.

Sie stieg die Treppe hinauf und ging den leeren Korridor entlang. Dann betrat sie Chefinspektor Carmelo Spanòs Büro, der gerade ein Gespräch abhörte.

»Gibt's was Neues?«

»Ussaro hat einen Anruf getätigt, aber den Namen seines Gesprächspartners nicht genannt, trotzdem war mehr oder weniger klar, mit wem er gesprochen hatte. Ich glaube, es war Alicutis Sohn. Er bat ihn, seinem Vater mitzuteilen, dass er nach der Konferenz bei ihm vorbeikommen wolle. Dann sagte er noch, dass er wisse, dass sie eine Vorladung erhalten hätten und dass sie auf ihn warten sollten, bevor sie zu der … Dame gingen, die sie vorgeladen habe.«

»Na so was!«, rief Vanina. »Die *Dame!*« Spanò nickte verlegen.

»Spanò, was verschweigen Sie mir?«

»Nichts …«

»Spanò!«

»Na gut. Bevor er ging, hatte er eine Auseinandersetzung mit dem Mann hinter ihm.«

»Mit dem Anwalt Nicola Antineo?«

»Das weiß ich nicht. Einem seiner Assistenten, glaube ich.«

»Was hat er gesagt?«

»Er sprach leise, aber ich konnte heraushören, dass er etwas nicht tun solle. Was genau, konnte ich nicht hören. Um genau zu sein, sagte er: *Wenn du irgendetwas unternimmst, sorge ich dafür, dass du es bereust.* Das ist alles, was ich gehört habe.«

»In Ordnung, vielen Dank.«

Sie drehte sich um und trat auf den Balkon. Sie öffnete ein Fenster und zündete sich eine Zigarette an.

Ein seltsames Gefühl überkam sie. Je weiter sie mit den Ermittlungen voranschritt, umso mehr erschienen sie als weit hergeholt.

Und zwar nicht, weil sie noch immer keine Leiche hatten, und auch nicht, weil die beiden wichtigsten Hinweise anonym eingegangen waren. Das Ganze wirkte irgendwie konstruiert.

Die Beweise reichten allmählich aus, sie ordnete sie sogar schon in der richtigen Reihenfolge ein. Trotzdem ...

Fragapane klopfte an die Tür.

»Boss, soll ich die Leute reinlassen?«

Vanina drückte ihre Zigarette aus und lehnte die Balkontür an.

»Ja.« Sie setzte sich an ihren Schreibtisch.

Das erste Mitglied der Gruppe *Abende mit Freunden*, das sich vorstellte, hieß Giammarco Pedara. Sechsundvierzig Jahre alt. Unternehmer, sehr bekannt. Spanò hatte notiert: *Mischt in der Politik mit, gehört zur Alicuti-Gruppe.*

»Guten Abend, Signor Pedara.«

»Guten Abend.«

»Setzen Sie sich!«

»Dürfte ich erfahren, warum ich vorgeladen wurde?«

»Nur zu einem Gespräch, nichts Förmliches«, beruhigte ihn Vanina. »Wir wissen, dass Sie in der Nacht von Lorenza Ianninos Verschwinden auf einer Party waren.«

Der Mann erblasste.

»Um welchen Abend geht es?«, fragte er und versuchte ganz offensichtlich, Zeit zu schinden. Vanina lächelte ihn spöttisch an.

»Nein, Signor Pedara, das ist keine intelligente Antwort. Erstens, weil es keine Frage ist, und zweitens, weil sie voraussetzt, dass ich dumm bin.«

»Also, ich würde mir niemals anmaßen ...«

»Ich sage Ihnen alles, was ich weiß, damit Sie keine weiteren Fehler begehen.« Sie öffnete den Ordner, in dem Nunnari die von Lorenza Ianninos Telefon heruntergeladenen Gespräche abgelegt hatte. »Am Montag, dem siebten November, haben Sie um 16.46 Uhr eine Nachricht an den Chatroom der *Abende mit Freunden* geschickt. Sie erkundigten sich, wann die Party stattfinden würde. Um 20.51 Uhr kündigten Sie an, dass Sie einen Gast hätten, und fragten, ob Sie ihn mitbringen könnten. Der Anwalt Ussaro stimmte zu. Wer war dieser Gast?«

Pedara wirkte verwirrt. »Äh ... ein Mädchen ...«

»Darf ich ihren Vor- und Nachnamen erfahren?«

»Aber ... was hat das mit Lorenzas Verschwinden zu tun?«

»Signor Pedara, Sie machen einen Fehler nach dem anderen. Sie stellen Fragen, statt meine zu beantworten. Ich möchte Sie daran erinnern, dass wir uns heute lediglich unterhalten, schon morgen könnte ich Sie verhören.«

»Entschuldigen Sie bitte! Sie ist eine Freundin von mir, und wenn man sie mit mir in Verbindung bringt ... bekomme ich Ärger ... Ich bin ein bekannter Mann ...«

»Sind Sie verheiratet?«

»Getrennt lebend.«

»Ist die betreffende Dame verheiratet?«

»Nein.«

»Wo liegt dann das Problem?«

Pedara zögerte. Anhand einiger im Chat verwendeter Begriffe hatte Vanina verstanden, worum es sich bei dem Problem handelte, noch bevor sie ihn nach dem Namen der Person gefragt hatte. Eine neue Freundin. Ganz frisch. Eine Knospe.

Nach einer Minute des Schweigens versuchte es Vanina noch einmal. »Also, wenn das so weitergeht, verbringen wir hier die Nacht, und ich beantworte die Fragen für Sie. Sie ist minderjährig.«

Giammarco Pedara sprang vom Stuhl. »Dottoressa, bitte ...«

Sie hätte nachlegen können, beschloss aber, es nicht zu tun. Sie musste noch neun Personen vernehmen, und das zentrale Thema war ein anderes.

»Haben Sie in jener Nacht etwas Seltsames gesehen oder gehört?«, lenkte sie ab.

»Nein, nicht dass ich wüsste.«

»Ist es Ihre Angewohnheit und die Ihrer Freunde, Partys in Scharen zu verlassen?«

»Nein, wir verlassen Partys nie in Scharen. Warum fragen Sie? Tut mir leid … Jetzt habe ich wieder eine Frage gestellt.« Er wirkte besorgt, verstand aber offenbar wirklich nicht, worüber sie sprachen.

»Um wie viel Uhr sind Sie gegangen?«

»Früh. Meine Freundin und ich wollten eine Weile allein sein.«

»Also vor 23:30?«

»Viel früher.«

»Gibt es Zeugen dafür?« Pedara schwieg.

»Ich informiere Sie über ein weiteres Detail, das Sie nicht kennen. Lorenza Iannino wurde ermordet. Ihre Leiche wurde ins Meer geworfen, und bisher haben wir sie noch nicht gefunden.«

Der Mann schwankte auf seinem Stuhl. Fragapane eilte herbei, um ihn vor dem Sturz zu bewahren, doch der fing sich selbst gerade noch rechtzeitig.

»Also, Signor Pedara, Sie treiben sich vielleicht mit Minderjährigen herum und konsumieren Koks, aber ich glaube nicht, dass Sie ein Mörder sind. Ist das richtig?«

»Dottoressa, wieso ein Mörder?« Plötzlich wirkte er hellwach. »Sollte das nicht nur eine informelle Unterhaltung sein?«

»Das ist es auch.«

»Ich war in einem Hotel. Wenn Sie wollen, können Sie prüfen, wann ich eingecheckt habe.« Er gab den Namen des Hotels an Fragapane weiter, der ihn notierte.

»Haben Sie bemerkt, ob außer Ihrer *Freundin* sonst noch jemand anwesend war, der nicht zur Gruppe gehörte?«, fuhr Vanina fort.

»Nein, sie war die Einzige, die nicht dazugehörte.«

»Eine letzte Frage noch. Wer hatte das Kokain beschafft?« Pedara erblasste erneut.

»Das K... Kokain?«

»Kokain, ja. Wer hat es geliefert?« Der Unternehmer dachte darüber nach. »Lorenza«, erklärte er dann.

Vanina konnte sich kaum beherrschen, am liebsten hätte sie ihn angeschrien. Aber er war nur ein Schwachkopf, zwar von nationaler Bekanntheit, aber eben doch nur ein Trottel.

»Sie können gehen, stehen mir aber bitte auch weiterhin zur Verfügung.« Das waren starke Worte, wie aus einem Polizeifilm. Doch sie verfehlten das gewünschte Ergebnis nicht.

»Nunnari!«, rief sie, sobald der Unternehmer mit Fragapane verschwunden war.

Nunnari erschien umgehend.

»Überprüfen Sie bitte, um wie viel Uhr der Mann eingecheckt hat«, sagte sie und reichte ihm den Zettel, auf dem der Name eines Hotels und einer Person stand.

Die zweite Person, die hereinkam, war eine Frau. Sie war in den Fünfzigern, hatte platinblond gefärbtes Haar, falsche Brüste und reichlich Botox im Gesicht. Elisa Bini, Ladenbesitzerin von Beruf. Bini ... Dieser Nachname kam ihr bekannt vor. Sie sah ihre Unterlagen durch und fand sie. Auch Ussaros Mutter trug diesen Nachnamen sowie Oreste, von dem der Anwalt den Ferrari gekauft hatte. Kurz gesagt, der Komplize im Betrugsfall des Barons.

Vanina stellte Elisa Bini die übliche Frage und erhielt die übliche Antwort, nur dass sie dieses Mal schneller kam. Es sei

eine Party wie jede andere gewesen, ja, es hatte Kokain gegeben, aber sie persönliche habe es nicht angerührt. Und sie
wusste nicht, wer es geliefert hatte. Bis Vanina fragte, wann die
Frau gegangen sei und warum es eine solche Massenflucht gegeben habe.

»Um halb zwölf. Ich weiß nicht, warum wir alle gleichzeitig
aufbrachen ...«

Da war nichts zu holen.

»Mit wem waren Sie zusammen?«

»Mit Nunzio Lomeo. Er sitzt auch hier unten.«

»Ich muss Sie bitten, uns auch weiterhin zur Verfügung zu
stehen und darüber nachzudenken, ob Sie nicht vielleicht doch
etwas vergessen haben ... Lorenza Iannino ist leider nicht verschwunden, sie wurde ermordet.«

Die Reaktion auf die Nachricht von Lorenzas Tod fiel ein
wenig kühler aus als bei ihrem Vorgänger, dennoch wirkte
sie ... authentisch.

»Eine letzte Frage noch!«, rief Vanina, als Elisa Bini schon
an der Tür war. Sie wirkte nun unsicherer auf den Beinen als
zuvor und drehte sich um.

»Sind Sie mit dem Rechtsanwalt Ussaro verwandt?«

»Elvio ist mein Cousin zweiten Grades«, erklärte sie. Vanina
ließ sie gehen.

Nunzio Lomeos Version des Abends glich exakt der von Signora Bini. Er war sechsundsechzig Jahre alt und Bankbeamter im Ruhestand. Im Unterschied zu Signora Binis Aussage
bestritt er, dass es auf der Party Kokain gegeben hatte. Erst als
er erfuhr, dass es sich um einen Mord handelte und das Haus
von der Spurensicherung auf den Kopf gestellt worden war,
gab er zu, dass vielleicht jemand mit diesen Angewohnheiten
dort gewesen sein könnte. Er verneinte, dass Fremde auf der

Party gewesen waren. Natürlich verlor er kein Wort über das Mädchen, das Pedara mitgebracht hatte. Lorenza Iannino war so ein hübsches Mädchen gewesen, das arme Ding. Welch schreckliches Ende! Vanina fragte den älteren Herrn, ob er von der Beziehung zwischen Lorenza Iannino und Professor Ussaro wusste. Daraufhin antwortete Lomeo, dass Vicequestore Guarrasi ihn mit seinem Anwalt vorladen solle und dies nicht die richtige Vorgehensweise sei.

»Hören Sie, für mich sind wir hier fertig. Sie können gehen«, schnitt sie ihm das Wort ab.

Auch von den anderen sechs Zeugen erfuhr sie nichts Neues. Nur einer, ein pensionierter Juraprofessor, also über siebzig Jahre alt und wohl ein noch größerer Bonvivant als die anderen, gab zu, dass zwei Linien Koks ab und zu noch niemandem geschadet hätten.

»Nur schade, dass es illegal ist, Professore.«

»Wie vieles ist illegal, und trotzdem tut man es, ohne es zu merken. Außerdem für den persönlichen Gebrauch …«

»Eigentlich reden wir hier von einer Party mit vielen Gästen.«

»Und trotzdem bleibt es eine Privatangelegenheit, jedenfalls was mich betrifft.«

»Und von wem hatten Sie das Kokain?«

»Ich persönlich? Von Elvio Ussaro. Aber ich habe ihn nicht gefragt, woher er es hatte.«

Als Vanina ihm am Ende die Frage stellte, warum sie alle zusammen gegangen seien, antwortete er, dass auch er sich angeschlossen habe, als alle die Villa verließen. »Die Via dei Villini a Mare ist im Winter dunkel, wie Sie wahrscheinlich wissen. Ich habe Grauen Star, ich sehe nicht so gut.«

»Wirkten die Gäste in Eile? Hatten Sie den Eindruck, es sei etwas passiert?«

»Na ja, vielleicht. Aber ich wüsste nicht, was es gewesen sein könnte. Ich habe nicht danach gefragt. Entschuldigung, aber was hat das mit der Tatsache zu tun, dass Lorenza verschwunden ist? Vielleicht ist sie ja irgendwohin gefahren …«

»Lorenza ist nicht verschwunden. Sie wurde ermordet.«

Professor Turano, so hieß er, eilte davon und stellte sich für alle weiteren Fragen zur Verfügung. Er bat Vanina noch, Franco Vassalli von ihm zu grüßen.

Die Letzte in der Reihenfolge ihres Eintreffens und für Vanina auch in ihrer Bedeutung war Mara Perrotta, eine junge Anwältin und ehemalige Studienkollegin von Lorenza Iannino.

Am Ende war sie diejenige, die am freimütigsten auftrat.

»Lorenza ist tot, nicht wahr, Dottoressa?«, fragte sie sofort.

»Davon gehen wir aus.«

Mara Perrotta schüttelte den Kopf. »Ich habe immer gedacht, dass sie irgendwann in Schwierigkeiten geraten würde, wenn sie so weitermachte. Dass es aber so enden würde, hätte ich nicht gedacht …«

»Was meinen Sie mit *weitermachen*?«, fragte Vanina.

»Sie hatte merkwürdige Affären. Auch mit Ussaro, erzählte man, aber nicht nur das. Sie war zu seinem Sprachrohr geworden, auch für den Unsinn, den er an der Universität verzapft. Entschuldigen Sie den Ausdruck, aber so ist es.«

»Was zum Beispiel?«

»Dass er ganz offenkundig bestimmte Studenten anderen vorzieht.«

»Und was hatte Lorenza damit zu tun?«

»Sie verfolgte ehrgeizige Ziele, wollte vorankommen. Deshalb drängte sie sich in Ussaros Kreise. Die totale Sklaverei für gewisse Gefälligkeiten.«

»Was haben Sie auf Lorenza Ianninos Party gemacht?«

Mara Perrotta lächelte nervös.

»Es sollte auch eine bestimmte Person anwesend sein, die dann aber nicht kam.«

»War sie auch im Chat?«

»Ja.«

Es gab nur zwei, die denselben Nachnamen hatten.

Vom Alter her konnte es aber nur einer sein. »Armando Alicuti?«, fragte Vanina.

Die junge Frau nickte nur.

»Er war also nicht da?«

»Jedenfalls nicht, solange ich dort war.«

»Wann sind Sie gegangen?«

»Gegen halb zwölf. Plötzlich wurde die Musik abgeschaltet, offenbar gab es ein Problem mit der Anlage. Dann sind alle gegangen, und ich habe eine Mitfahrgelegenheit genutzt. Armando habe ich etwas später im Auto gesehen, aber ich glaube, er war gekommen, um seinen Vater abzuholen.«

Es war bereits sieben Uhr, als Vanina endlich fertig war. Ihr brannten die Augen, und sie hatte das Gefühl, sich im Kreis zu drehen.

Sie zog einen Schokoriegel heraus und aß die Hälfte davon. Dann trat sie hinaus auf den Balkon und zündete sich eine Zigarette an.

Ohne einen Laut von sich gegeben zu haben, stand Tito Macchia plötzlich vor der Tür.

»Hallo!«

Vanina zuckte zusammen.

»Tito! Was zum … Henker.«

Er kam heraus und füllte den ganzen Balkon mit seiner üppigen Gestalt aus.

»Und? Wie ist es gelaufen?«, fragte er und zog die Zigarre hervor, die er pflichtbewusst den ganzen Tag über nicht angezündet hatte.

»Grob gesagt sind die Leute alle auf eine Party gegangen, haben sich ein paar Linien reingezogen, milde gesagt, geflirtet, getrunken, sich dann in die Hose gemacht und sind abgehauen. Aber ich wette, Ussaro hat seinen Wagen nicht selbst gefahren.«

»Warum?«

»Weil ich sicher bin, dass er etwas mit dem Koffer auf den Felsen zu tun hat. Erstens, weil auf dem Überwachungsvideo der Toyota zu sehen ist, an dessen Steuer ein Fahrer sitzt, der aussieht wie er. Und zweitens – und das ist noch wichtiger – fragte ich ihn, wo Lorenzas Auto an jenem Abend geparkt war. Da antwortete er ohne Zögern, es habe an der Stelle gestanden, wo wir es dann auch fanden. Leider behauptet aber ein zuverlässiger Zeuge, dass der graue Corolla zu Beginn des Abends woanders geparkt war. Deshalb gibt es nur zwei Möglichkeiten. Entweder lügt der Zeuge, was ich nicht glaube, oder Ussaro lügt.«

»Ich halte Letzteres für wahrscheinlicher.«

Spanò klopfte an die Tür und trat ein.

»Dottoressa, ich habe Neuigkeiten. Und zwar viele.«

Macchia lehnte sich bequem zurück, diesmal auf dem Sofa. Da die Balkontür aufstand, machte er eine Ausnahme und rauchte seine Zigarre weiter.

»Zunächst einmal stimmen die Fingerabdrücke auf der Fototasche mit denen auf dem Lenkrad des Autos und auf dem Koffer überein«, berichtete Spanò.

Vanina lächelte zufrieden. »Boss, was habe ich dir gesagt?«, fragte Vanina an Tito gewandt.

»Stammen sie von Ussaro?«, fragte Tito.

»Theoretisch könnten sie auch von Susanna Spada sein. Sie hat auch das Foto berührt«, erläuterte Spanò.

»Doch in der Praxis«, erwiderte Vanina, »hätte man die Haare von Susanna Spada auf den Kameraaufnahmen von

Dottor Monterreale sehen müssen. Stattdessen ist am Steuer deutlich ein Mann zu erkennen. Fahren Sie fort, Spanò!«

»Inspektorin Marta Bonazzoli rief mich an und berichtete mir, wohin Professore Ussaro gegangen ist. Sie sagte, ich solle die Adresse überprüfen, aber das brauchte ich nicht. Es handelte sich um das Parteibüro von Giuseppe Alicuti. Innerhalb einer halben Stunde tätigte der Anwalt einen Anruf. Er teilte jemandem mit, offenbar einer Frau, dass er käme und alle zu Hause sein sollten, Mann und Kinder. Marta Bonazzoli und Lo Faro folgten ihm bis nach San Cristoforo. Sie sahen, wie er ausstieg und an eine Tür klopfte. Sie gaben mir die Adresse, die ich überprüfen sollte. Dort wohnt Colangelo Vinzo. Vorstrafen wegen Rauschgifthandels und verschiedener Diebstähle. Gehört dem Nola-Clan an. Die Typen sind auch bekannt als die Vastasi.«

»Wie heißt der Boss des Nola-Clans?«, fragte Vanina. Allein beim Hören dieser Namen wurde ihr übel. Sie mochte es nicht, gegen ihren Willen gezwungen zu werden, sich mit diesem Abschaum abzugeben. Aber sie hatte sich nun einmal darauf eingelassen und jetzt sogar die stellvertretende Staatsanwältin Eliana Recupero mit hineingezogen.

Spanò lächelte spöttisch. Er hätte ein halbes Gehalt darauf verwettet, dass Vanina wusste, worüber sie sprachen, und dass es Teil dessen war, was sie ihm noch nicht gesagt hatte.

»Rosario«, antwortete er, »auch genannt …«

»Rino«, kam Macchia ihm zuvor. »Seit drei Jahren auf der Flucht. Er steht mit den Familien der kalabrischen 'Ndrangheta in Verbindung«, fügte er hinzu. Dann wandte er sich an Vanina, die immer ernster wurde.

»Vanina Guarrasi, du entkommst uns nicht mehr!«, rief er fast amüsiert. Vanina musterte ihn mit schiefem Blick. »Ich bin nur daran interessiert, Lorenzas Mörder zu fangen. Und wenn möglich auch ihre Leiche zu finden.«

Der Chefinspektor winkte ab, um zu signalisieren, dass es in der Hinsicht nichts Neues gab.

»Im Übrigen, Tito«, fuhr Vanina fort, »halte ich es für besser, wenn Staatsanwältin Recupero entscheidet, dass die Abteilung Servizio Centrale Operativo uns unterstützt. So wie sie im Übrigen Staatsanwalt Vassalli unterstützen.«

Vor Überraschung nahm Macchia die Zigarre aus dem Mund.

»Die stellvertretende Staatsanwältin Recupero?«

Vanina nickte lächelnd. »Das ist eine lange Geschichte.«

»Und kurz und bündig?«

Sie erzählte ihm von dem Schauspiel, das sie in Vassallis Zimmer veranstaltet hatte.

»Habe ich dir doch gesagt, dass diese Papiernachrichten dir noch nützlich werden können.«

Nunnari erschien an der Tür.

»Ispettore, Ussaro telefoniert!«

Alle liefen los, auch Macchia. Das Telefon klingelte lange.

Dann ging ein junger Mann dran.

»Sag deinem Papa, dass alles in Ordnung ist. Das Schweigen hier ist absolut. Sie kennen uns nicht einmal.«

»In Ordnung.«

»Schaut euch an, wie dieser Dreckskerl seine Sprache codiert!«, rief Spanò wütend.

»Deshalb haben wir ihm ja Marta Bonazzoli an die Fersen geheftet. Wenn wir ein paar Daten abgleichen, legen wir ihn sowieso aufs Kreuz, Spanò«, vermutete Vanina.

Macchia schüttelte den Kopf. »Guarrasi, ich habe es dir schon so oft gesagt, du sollst die Abteilung wechseln ...«

»Tito!«, schnitt sie ihm das Wort ab.

Der Big Boss hob die Hand: »Schon gut. Aber du weißt Bescheid.«

Vaninas Telefon klingelte.

»Marta«, sagte sie.

»Ussaro hat soeben auf der Piazza Europa geparkt und öffnet mit seinem Schlüssel eine Tür im Viale Africa.«

»Das ist sein Haus«, flüsterte Spanò ihr zu.

»Er betritt sein Haus. Ihr könnte euch zurückziehen«, entschied Vanina.

»Wie bitte?«, sagte Marta.

»Ihr könnt zurückkommen«, übersetzte Vanina.

Als Marta und Lo Faro zurückkamen, erwarteten sie nur noch Vanina und Nunnari, der Dienst hatte und weiterhin Ussaro abhörte.

Tito Macchia, der Leiter der Ermittlungseinheit, hatte sich mit gleichgültiger Miene in seinem Zimmer eingeschlossen, aber so wie Marta Bonazzoli die Tür beäugte, wartete er auf sie.

Lo Faro war erschöpft. Er hatte wieder keine Stimme mehr und schien Fieber zu haben. Dennoch wirkte er hochzufrieden mit dem erfolgreichen Nachmittag.

»Zur Belohnung erteile ich Ihnen jetzt eine weitere Aufgabe«, sagte Vanina zu ihm. »Morgen früh besorgen Sie sich einen Wagen, fahren sämtliche Labore in Catania ab und fragen, ob eine gewisse Lorenza Iannino am Montagmorgen Ergebnisse abgeholt hat.«

»In Ordnung, Boss. Und wenn ich etwas finde, was soll ich dann tun?«

»Nichts, dann rufen Sie mich an.«

»Verstanden.«

»Jetzt gehen Sie nach Hause und nehmen ein Aspirin.«

»Danke, Boss.«

Vanina rief ihn zurück. »Lo Faro!«

»Ja.«

»Habe ich Ihnen die Erlaubnis erteilt, mich Boss zu nennen?«

Der junge Mann senkte den Blick. Er hatte gehofft, dass sie ihn nach diesem Auftrag endlich als einen der Ihren betrachtete. Nur engste Vertraute durften sie Boss nennen. Diese Tatsache, dass er ausgeschlossen war, empfand er als Demütigung. Und das wusste sie.

»Also, ich sage Ihnen mal etwas. Wenn der Fall gelöst ist und Sie Ihre Sache gut gemacht haben, erlaube ich es Ihnen vielleicht.«

»Natürlich, Dottoressa. Ich danke Ihnen.«

»Ach, noch etwas! Es könnte doch sein, dass die Journalistin, mit der Sie befreundet sind, zufällig heute Abend erfährt, dass wir im mutmaßlichen Mord an Lorenza Iannino ermitteln und vielleicht sogar etwas über den Fund von Koffer und Schuhen herausfinden. Aber wehe, wenn etwas über Einzelheiten und Verdachtsmomente herauskommt, die wir bereits haben, verstanden?« Der junge Mann nickte. Sie hörten ihn den Korridor entlanghüpfen.

»Und dann beschwert er sich, dass ich ihm nicht vertraue. Er ist ein Vollidiot«, kommentierte Vanina.

Alle lachten.

»Aber so schlimm, wie du denkst, ist er nicht«, widersprach Marta Bonazzoli.

»Meine liebe Marta, ihr habt einen halben Tag lang Seite an Seite zusammengearbeitet. Ich verstehe, dass man sich am Ende auch an die Begleitung eines Affen gewöhnt.«

Macchia tauchte aus seinem Büro auf.

»Wer ist ein Affe?«

Zum Glück antwortete niemand, denn in diesem Moment tauchte Lo Faro wieder in Vaninas Büro auf, er schwebte förmlich herein.

»Marta! Entschuldige, aus Versehen habe ich deinen Schal mitgenommen.«

»Behalt ihn, sonst wird es noch schlimmer.«

»Bist du sicher?«

»Ja.«

»Danke, meine Liebe«, sagte er und ging.

Tito drehte sich langsam zu Marta um.

»Meine Liebe?«, fragte er. Sein Anflug von Eifersucht war überdeutlich zu spüren.

»Nunnari, gehen Sie und sehen Sie nach, wie es mit der Überwachung funktioniert. Na los!«, rief Vanina.

Ispettore Nunnari ging.

»Meine Liebe«, wiederholte Macchia verärgert. Marta lachte. »Wo denkst du hin?«

»Du hast ihm sogar deinen Schal geliehen«, maulte Tito an Vanina gewandt, die ebenfalls lachte.

»Was gibt's denn da zu lachen?«

»Tito, ich lasse mir alles einreden, aber eifersüchtig auf Lo Faro …«, spottete Vanina.

Nach fünf Minuten verließen beide den Raum, getrennt.

»Wer weiß? Vielleicht findet Nunnari etwas heraus.«

Um neun Uhr verließ Vanina völlig erschöpft und hungrig wie eine Wölfin die Einsatzzentrale, ohne zu wissen, ob sie noch etwas zu essen bekam, denn Sebastiano öffnete erst am kommenden Tag wieder. Sie beschloss, den Umweg über eine Bäckerei und einen Feinkostladen an der Kreuzung zwischen der Staatsstraße nach Aci Castello und dem Ortseingang von Cannizzaro zu nehmen. Wenn sie Glück hatte, war er noch geöffnet.

Sie hatte keine Lust, Musik zu hören. Sie wollte ihre Ohren schonen. Und ihre Gedanken ordnen, die sie den ganzen Tag über aufgeschoben hatte. Paolos Nummer hatte seit fast drei Tagen nicht mehr auf ihrem Handy aufgeleuchtet, seit dem Abend, an dem sie nachgegeben und ihn angerufen hatte. Sie war es gewesen, die ihm das Versprechen abgerungen hatte, sie eine Weile nicht zu kontaktieren. Weil es sonst schwierig geworden wäre. Sie wollte über ihre Beziehung nachdenken, über die Situation, die entstanden war, was sie wollte oder was sie tun sollte.

Aber gab es überhaupt noch etwas, worüber sie nachdenken musste?

Ihre Selbstverteidigungsstrategie war offenkundig gescheitert.

Jahrelanges Weglaufen, der Versuch, nichts mehr wissen zu wollen, ein unbarmherziges Schicksal zu überlisten, das alles hatte nicht gewirkt, sondern sie am Ende wieder in denselben Zustand zurückversetzt und ihr die gleichen Schmerzen zugefügt. Dasselbe verdammte Finale, das sie schon einmal durch Pistolenschüsse hatte abwenden müssen. Vielleicht war das ja der Sinn des Ganzen. Noch einmal ein Trauma zu durchleben, um dessen Folgen zu überwinden.

Das hatte sie damals schon gedacht. Sie hatte Paolo gerettet, während ihr das bei ihrem Vater nicht gelungen war. Das hatte den Kreis geschlossen. Aber einen weiteren Kreis zu öffnen, dafür hätte sie keine Kraft mehr gehabt. Denn es hätte bedeutet, in Palermo bei Paolo zu bleiben. Der Gedanke, dass die Flucht sie vor weiteren Prüfungen schützen würde, war ihr als einziger Ausweg erschienen.

Von wegen.

Paolo war für sie Paolo geblieben, und die neue Prüfung hatte sie wie eine Ohrfeige erwischt, nur vier Jahre später.

Als sie an Ognina vorbeifuhr, kamen ihr die Ermittlungen wieder in den Sinn.

Warum hatte sie das Gefühl, dass sie trotz der Fortschritte und eines möglichen Täters auf dem Holzweg war?

Sie fuhr vor der Bäckerei vor, kurz bevor diese schloss, das Licht war schon gedimmt. Kein einziges Schaufenster am Bürgersteig entlang war mehr beleuchtet. Sie stieg aus und ging auf den einzigen Kunden zu, der noch immer vor dem halb heruntergelassenen Fensterladen stand.

»Ist schon geschlossen?«, fragte Vanina.

Der Mann drehte sich um. »Leider ja, ich hole nur eine Bestellung ab. Vanina!«

Vor ihr stand der Kinderarzt Manfredi Monterreale.

17

Mitten in der Nacht erwachte Vanina. Sie wusste nicht, wie spät es war. Aber sie wusste, wo sie war.

Sie stand auf, ohne einen Laut von sich zu geben, und sammelte langsam ein, was sie in der Nacht zuvor im Haus verstreut hatte.

Ein Haus, das nicht ihr eigenes war, in dem sie sich irgendwie wiedergefunden hatte, ohne es überhaupt zu bemerken. Und in dem sie geblieben war, wiederum ohne es zu bemerken. Erst zum Abendessen, dann für den Rest der Nacht. Es hatte sich so spontan ergeben, dass es keine Fragen aufgeworfen hatte, weder bei ihr noch bei Manfredi Monterreale.

Zum Glück schlief er noch. Wenn es ihr gelang, unbemerkt zu verschwinden, hätte sie ein Problem gelöst. Oder zumindest aufgeschoben.

Im Wohnzimmer standen noch die Reste des Abendessens.

Nichts Besonderes, hatte der Kinderarzt gesagt: Spaghetti Sarde a Mare, also ohne Sardinen. Danach Crêpes. »Es ist Sankt Martin, Dottoressa, wollen wir das nicht feiern? So macht man das hier. Deshalb auch die Röstkastanien. Und Kekse, schließlich stammen wir aus Palermo.«

Eine leere Flasche Beaujolais. Die Plattenhüllen von De André auf dem Sofa.

Vanina schüttelte den Kopf. Wie hatte sie in diesen Schlamassel geraten können?

Manfredi Monterreale war kein Mann für einen One-

Night-Stand. Ihr hatten die wenigen Stunden mit ihm gereicht, um genau zu wissen, wen sie vor sich hatte. Er war angenehm, fürsorglich, aber vor allem war er kein Mann, der sich an der Nase herumführen ließ oder der andere an der Nase herumführte. Er war ein Mann, dem man entweder treu war oder mit dem man gar nicht erst etwas anfing. Ohne Umschweife.

Sie hätte sich ohrfeigen können, während sie die Haustür öffnete, wieder schloss und die Außentreppe hinunterstieg, die zu der Seite führte, die auf das Meer hinausging.

Ihr Mini stand dort geparkt, ungefähr an der Stelle, an der einige Nächte zuvor Lorenza Ianninos Corolla gestanden hatte. Vanina stieg in ihren Wagen und fuhr ein Stück außer Sichtweite.

Wenn Manfredi aufgewacht wäre, wenn er gehört hätte, dass sie gegangen war, dann hätte er als Erstes einen Blick aus dem Fenster geworfen. Dieses unglaubliche Panoramafenster allein war schon die Miete wert. Das in der Nacht zuvor bei Vollmond, dem silberfarben glitzernden Meer und den Schornsteinen im Hintergrund seinen Beitrag geleistet hatte.

Vanina fuhr gemächlich dahin und rauchte eine Zigarette. Niemand war zu sehen. Wer wollte sich schon um zwei Uhr nachts an einem Freitag im November auf der Straße herumtreiben?

Sie fuhr aus dem Dorf Richtung Acireale. Auch von dort aus war Santo Stefano zu erreichen. An einer bestimmten Stelle stieg die Straße über die Timpa an, ein Naturschutzgebiet mit mediterraner Vegetation, das sich an eine Wand aus Lavagestein schmiegte und von Capo Mulini bis Santa Maria la Scala reichte. Ein wunderschönes Plätzchen, wäre es nicht durch eine Reihe von Hochhäusern über der Bundesstraße verunstaltet worden.

Auf der rechten Seite erstreckte sich das Meer. Still wie ein Ölteppich lag es da.

Dasselbe Meer, in dem Lorenza Iannino verschwunden war.

Der nächste Tag, vielmehr der Tag, der gerade begonnen hatte, war Samstag, der 12. November. Der Geburtstag von Vaninas Stiefvater Federico Calderaro, dem sie versprochen hatte, ihn nicht zu verpassen. In Anbetracht der Tatsache, dass die Ermittlungen voranschritten, hieß dies, dass sie am selben Abend hundertneunzig Kilometer hin- und zurückfahren musste.

In der Stille der Nacht, die in Santo Stefano absolut war, betrat sie ihr Haus.

Ohne ihre Jacke auszuziehen, betrat sie die kleine Terrasse mit Blick auf den Zitronenhain und setzte sich auf einen Eisenstuhl, kreuzte die Beine übereinander und rauchte eine Zigarette.

Eine Nachricht ploppte auf ihrem Handy auf. Vanina sah sofort nach.

Sie war von Manfredi Monterreale. *Ist es jetzt nicht mehr üblich, sich zu verabschieden? Gute Nacht, Vicequestore.*

Es waren nur ein paar Worte, noch dazu freundliche, aber jetzt fühlte sie sich noch schuldiger als zuvor.

Sie schloss alles ab und ging schlafen.

Angelina Patanè hatte sich bereit erklärt, mitzuspielen und Informationen einzuholen. Sie hatte ihre Kindheitsfreundin ausgefragt, die seit ihrer Geburt in Piana dell'Etna lebte und die einzige Person in ihrer Heimatstadt war, zu der Angelina noch Kontakt hatte, nachdem sie Gino geheiratet und in die große Stadt Catania gezogen war.

Was sie über Laura Di Franco, Professor Ussaros erste Frau, und über die Jugend des Anwalts herausgefunden hatte, wollte sie Vicequestore Vanina Guarrasi persönlich mitteilen. Ihr genügte es nicht, wenn ihr Ehemann, der Commissario, es Vanina erzählte.

»Was ist los mit dir? Stört es dich, wenn ich in der Nähe bin?«

Mit solcher Unterstellung konfrontiert, gab Gino klein bei.

Um halb zehn Uhr fuhr Vicequestore Vanina Guarrasi am Haus der Patanès vor. Hinter sich hatte sie drei Stunden Schlaf, zwei Tassen Kaffee, zwei Zigaretten, einen Milchzopf und einen Cappuccino. Außerdem eine Unterhaltung mit ihrer Nachbarin Bettina, die sie seit zwei Tagen nicht mehr gesehen hatte und die alle möglichen Leckereien für sie einfror, um sie im Notfall wieder aufzutauen. Denn ob heute, morgen oder übermorgen immer nur auswärts zu essen setzte dem Magen zu.

Vanina wusste nicht, warum sie ihre Zeit mit dem Anhören alter Geschichten verschwendete, während im Büro neue Geschichten auf sie warteten. Zum Teil vermutlich deshalb, weil sie Patanè erfreuten, zum Teil, weil sie von alten Geschichten fasziniert war, ebenso wie von alten Filmen. Eine halbe Stunde mehr oder weniger hatte also kaum Auswirkungen auf die Gestaltung des Vormittags.

Commissario Patanè gehörte nicht zu den Männern, die ihr Verhalten in Gegenwart ihrer Frau änderten. Er war immer galant und blieb es auch in Anwesenheit von Angelina. Vanina wagte sich kaum vorzustellen, mit welcher Leichtigkeit er als junger Mann jeden Tag etwas ausfraß, um abends mit gewinnendem Lächeln und dieser besonderen Art nach Hause zu kommen, die ihm auch mit dreiundachtzig Jahren noch einen gewissen Charme verliehen.

»Hereinspaziert, Dottoressa, nehmen Sie Platz!«, forderte der Commissario sie auf und legte ihr eine Hand leicht auf die

Schulter. Sie nahm auf einem kleinen Sessel aus Brokatimitat Platz, auf dessen Kopfstütze ein gestärktes Spitzendeckchen lag.

Angelina Patanè setzte sich sofort auf den Stuhl, der ihr am nächsten stand, sodass er sich in eine Ecke setzen musste. Sie wirkte zufrieden. Er hatte Vanina sogar die Hand auf die Schulter gelegt, dieser Schuft!

»Angelina hat so einiges herausgefunden ...«

»Gino, was ist jetzt? Rede ich, oder redest du?«

Vanina verstand den Wink mit dem Zaunpfahl.

»Erzählen Sie mir alles, Signora!«

Angelina machte es sich bequem, breitete die Hände aus und verschränkte sie auf den Knien. »Also«, fing sie an, »ich habe Elvio Ussaros erste Frau Laura Di Franco nie kennengelernt. Vom Sehen her kannte ich ihre Schwester Maria Carmela, die in meinem Alter war. Sie war zehn Jahre älter als Laura. Sie heiratete einen Mann, der zwar hässlich war, aber dem das Geld nur so aus den Ohren quoll. Die Ehe sei vollzogen worden, sagte man sich. Damals war es noch nicht so, dass eine Frau den Mann heiraten durfte, den sie liebte.« Sie drehte sich zu ihrem Ehemann um, der verlegen wegsah.

»Komm schon, Angelina, nicht abschweifen! Die Dottoressa hat keine Zeit zu verlieren.«

Vanina traute sich nicht, etwas zu sagen, aber sie amüsierte sich.

»Wie dem auch sei, eine Freundin von mir kannte diese Laura gut, weil sie eng mit ihrer älteren Schwester befreundet war. Die Geschichte ist also folgende: Laura Di Franco studierte am Konservatorium in Catania. Sie war hübsch, sehr hübsch, Dottoressa! Blond, blaue Augen. Meine Freundin hat mir ein Gruppenfoto gezeigt. Jeder wusste, dass die Eltern dieses Mädchen für den Anwalt Ussaro bestimmt hatten, der zwar sehr hässlich war, aber über viel Geld verfügte. Außerdem war er der Sohn eines Mannes, der im Dorf hochgeachtet war. Fragen Sie mich nicht, warum, ich habe es nie verstanden.«

Patanè lächelte, als wollte er sagen: *Ich schon.*

Angelina schenkte ihm keinerlei Beachtung. »Nur dass sich die Zeiten ein wenig geändert hatten, oder vielleicht war es auch das Mädchen, das rebellischer war als seine ältere Schwester und sich nicht mit ihm einlassen wollte. Sie wollte ihr Studium in Rom beenden und ließ nicht mit sich reden. Eines Tages verbreitete sich im Dorf das Gerücht, Laura habe einen Kerl in Catania kennengelernt. Um die Gerüchte zum Schweigen zu bringen und die Gemüter zu beruhigen, willigten ihre Eltern ein, sie nach Rom zu einer Tante zu schicken. Unter dem Vorwand, dass sie dort ihren Abschluss am Konservatorium machen müsse. Nach einem Jahr kehrte sie ohne Diplom zurück und wurde im Nu verheiratet. Mit Ussaro. Und dann geschah, was geschehen musste. Seine Familie behauptete, das Mädchen sei so verwirrt gewesen, dass er sie sogar von einem Spezialisten habe behandeln lassen müssen. Das hat mir meine Freundin erzählt.«

»Und diese Maria Carmela ist die Schwester, die Ussaro wegen Anstiftung zum Selbstmord angezeigt hat?«, fragte Vanina.

Der Commissario zog sein vorsintflutliches Notizbuch hervor und las.

»Nein, Angelica erstattete die Anzeige. Sie war jünger als Maria Carmela, jedoch zwei Jahre älter als Laura.«

»Aber man brachte sie sofort zum Schweigen.«

»Im Grunde ja. Gestern habe ich nach der Akte gesucht und mir das Wichtigste notiert. Aber ich dachte mir schon, dass ich da nicht viel finden würde. Am meisten beeindruckte es mich, dass sogar die Eltern des Mädchens bezeugten, Ussaro sei unschuldig.«

»Und diese Angelica wohnt in Piana dell'Etna?«, fragte Vanina und beugte sich zu Angelina hinüber.

»Das weiß ich nicht. Gino sagte mir, ich solle Laura aus dem Weg gehen, und das habe ich getan.«

Vanina stand auf.

»Vielen Dank, Signora.«

Angelina erhob sich ebenfalls und begleitete ihren Gast zur Tür.

»Lass gut sein, Liebling! Ich begleite die Dottoressa hinaus«, sagte Patanè. Angelina schien verwirrt. Konnte sie mürrisch reagieren, nachdem er sie *Liebling* genannt hatte? Sie schwieg.

»Dottoressa, ich bin die Verpflichtung eingegangen, also habe ich sie auch zu Ende geführt. Unter diesem Vorwand hat meine Frau einen Ausflug in ihr Heimatdorf gemacht, und wir haben dort sogar zu Abend gegessen. Aber diese Geschichte ist wirklich alt. Wie ist es mit den Leuten ausgegangen, die sich diese Nachrichten und so weiter im Chat geschrieben haben? Ich habe heute in der Zeitung gelesen, dass von Mord die Rede sein soll. Jetzt wird erst recht der Teufel los sein.«

Vanina brachte ihn auf den neuesten Stand, einschließlich der wichtigen Nachrichten vom vorherigen Nachmittag.

»Ich fände es toll, wenn Sie so einen Kerl dingfest machen würden! Er windet sich geschmeidiger als jede Schlange aus einer Affäre.«

»Ich hoffe, wir finden etwas Handfesteres als das, was wir bisher haben. Sonst weiß ich nicht, welches Ende das nimmt.«

»Dottoressa, alles, was Sie mir bisher an Straftaten aufgezählt haben, könnte ein Buch füllen. Es handelt sich zwar um andere Straftaten, aber sie sind trotzdem zu ahnden.«

Natürlich mussten sie geahndet werden. Selbst wenn sie sich mit Bereichen zu befassen hätte, die sie wie die Pest mied.

Spanò kam ihr auf halbem Weg im Flur entgegen.

»Guten Morgen, Boss. Jemand wartet seit heute Morgen um halb neun auf Sie und möchte Sie unbedingt sprechen.«

»Wer ist es denn?«

»Rechtsanwalt Nicola Antineo. Er will nur mit Ihnen reden. Ich habe ihn in den Warteraum gebracht.«

Das wurde ja regelrecht zur Gewohnheit! »Schicken Sie ihn zu mir hoch! Er darf auf keinen Fall erfahren, dass wir Ussaro abhören. Übrigens, gibt es in dieser Hinsicht Neuigkeiten?«

Spanò fasste die Anrufe zusammen.

»Der Professor und die Anwältin Susanna Spada, von wegen rein berufliche Beziehung!«, knurrte Spanò und machte eine entsprechende Handbewegung.

»Mit ihr auch?«

»Offenbar will er, dass sie an die Universität geht und ihm hilft. Ohne Lorenza Iannino und nur mit diesem Arschloch Antineo, so sagt er, könne er es nicht schaffen.«

»Und was hat Susanna Spada darauf geantwortet?«

»Dass es von ihm abhängt.«

»Für nichts gibt's nichts. Aber für ihn ist das ganz normal, oder?«

»Er hat ihr sogar angeboten, dass sie sich sofort qualifizieren könne. Wofür, habe ich allerdings nicht ganz verstanden. Er hat ihr auch eine Zusammenfassung gegeben, nach dem Motto, dass heute jemand an der Reihe sei, morgen ein anderer, und dann mit der Tatsache, dass Lorenza nicht mehr da sei ...«

»Sie meinen, sie teilen sich bereits ihren Job auf?« Spanò nickte.

»Schicken Sie den jungen Mann zu mir hoch! Mal sehen, was … er will.« Sie wollte gerade *das Arschloch* sagen, hielt sich aber zurück. Wenn Ussaro Antineo für ein Arschloch hielt, war der junge Mann möglicherweise ein anständiger Mensch. Leute wie Ussaro hielten anständige Menschen für dumm.

Auf ihrem Schreibtisch lagen die Zeitungen mit den Artikeln, die an diesem Morgen erschienen waren, einschließlich des Artikels von Sante Tammaro, der am ausführlichsten war. Außerdem gab es einen kurzen Bericht über die regionalen Nachrichten in RAI 3 sowie zu weiteren lokalen Nachrichtensendern.

Nach zwei Minuten klopfte Spanò an die Tür.

»Dottoressa, Rechtsanwalt Antineo.«

Die Ellbogen auf die Armlehnen gestützt, die Finger ineinander verschränkt, messerscharfer Blick, drehte sie sich langsam auf dem Stuhl nach rechts und links. Sie überlegte, wem der junge Mann mit dem Gesicht eines verwirrten Kindes und den akkurat zum Seitenscheitel gekämmten Haaren ähnlich sah. Alessandro Momo in der Rolle des Dieners von Vittorio Gassman im Film *Der Duft der Frauen*, nur dass er ein paar Zentimeter größer war.

»Guten Morgen, Vicequestore«, grüßte Antineo.

»Guten Morgen, Herr Rechtsanwalt«, sagte sie, doch sie hätte am liebsten *Ciccio* zu ihm gesagt, so wie der blinde Kapitän Fausto im Film. »Ispettore Spanò sagte mir, dass Sie mich sprechen wollen.«

Antineo lehnte sich auf seinem Stuhl zurück, richtete sich aber gleich wieder auf.

»Ja«, sagte er und sah zu Spanò hinüber, der sich keinen Millimeter bewegt hatte.

»Also?«, drängte Vanina.

»Ich bin gekommen, weil ich die Last nicht weiter mit mir herumtragen kann«, sagte er und blickte auf. »Am Abend von Lorenzas Party rief mich Professor Ussaro um Viertel nach elf an. Er sagte, ich müsse kommen und solle mich beeilen. Ich fragte ihn, worum es gehe, aber er … fing an zu schreien und sagte, ich solle keine Zeit verlieren. Ich eilte zu der Adresse, die er mir gab, einem Haus am Meer. Als ich ankam, schienen alle verängstigt Hals über Kopf zu fliehen. Jemand sei krank geworden, hieß es. Auch Susanna Spada ging.«

»Hat Rechtsanwältin Spada Sie kommen sehen?«

»Ich glaube nicht, sie stand mit dem Rücken zu mir. Laut Professor Ussaro sollte ich dafür sorgen, dass mich niemand sah. Ich habe nur Armando Alicuti getroffen, der mit seinem Vater wegging. Professor Ussaro wirkte verärgert. Er sagte mir, ich müsse ihm helfen, etwas zu erledigen, und wenn ich auch nur ein Wort darüber verlöre, müsse ich dafür büßen. Er holte Lorenzas Auto und fuhr es auf den Hof. Er bat mich, ins Haus zu gehen und einen Koffer aus dem Wohnzimmer zu holen. Sofort wusste ich, dass irgendetwas nicht stimmte. Der Sessel in der Mitte des Raumes war blutverschmiert, und Lorenzas Kleidung lag … überall in dem Chaos verstreut. Ich ging zurück und fragte den Professor, was passiert sei. Aber er nahm mich nur wieder mit ins Haus und befahl, ich solle tun, was er sage und keine weiteren Fragen stellen, das sei besser für mich. Er sammelte Lorenzas Kleidung auf und nahm sie mit.«

»War sie mit Blut befleckt?«

»Ja«, sagte der junge Mann und senkte den Blick, seine Augen waren gerötet.

»Und dann?«

»Dann habe ich getan, was er von mir verlangte. Wir gingen bis zu dem Mäuerchen, wo er befahl, dass ich mit dem Koffer über die Felsen klettern und ihn entsorgen solle.«

»War der Koffer verschlossen.«

»Ja.«

Vanina und Spanò sahen sich an.

»Fahren Sie fort!«

»Dann kehrten wir zurück, und der Anwalt parkte das Auto am Ende der Straße in einem etwas dunkleren Teil. Mehr sagte er nicht. Als ich ihn nach Hause fuhr, fragte ich ihn, wo sein Auto sei. Als ich ankam, hatte ich es im Hof gesehen. Er antwortete, ich hätte mich um meinen eigenen Mist zu kümmern und solle vergessen, was passiert sei.«

Vanina sah ihn schweigend an.

»Warum haben Sie so lange gewartet, uns davon zu erzählen?«

Der junge Mann wurde sichtlich nervös. »Weil der Professor mir versichert hatte, dass er wisse, wo Lorenza sei. Und er hatte mir gedroht. Ich falle immer auf die Füße, hatte er zu mir gesagt. Aber wenn du fällst, landest du mit dem Hintern auf dem nackten Boden. Und das stimmt, Dottoressa. Als ich aber heute in der Zeitung las, dass Lorenzas Leiche in dem Koffer war … dass sie tot ist …« Er fuhr nicht fort.

»Entschuldigen Sie, aber ist Ihnen nicht aufgefallen, wie schwer der Koffer war? Sogar sehr schwer, weil der Körper einer Frau darin lag, die zwar sehr schlank war, dennoch mindestens fünfzig Kilo wog.«

»Ja, natürlich war der Koffer sehr schwer. Nur in dieser Situation … Ich habe nicht nachgedacht, Dottoressa! Ich hatte Angst. Jetzt, im Nachhinein … ich bin mir nicht sicher, aber wenn ich mich recht erinnere, lag ein Messer auf dem Boden. Ein Küchenmesser, wissen Sie? Zuerst habe ich mir nichts dabei gedacht, aber dann …«

Spanò machte sich bereits Notizen.

»Herr Rechtsanwalt, Sie wissen, wie es läuft, das muss ich Ihnen wohl nicht erklären. Was Sie mir soeben erzählt haben, müssen Sie noch einmal vor einem Richter wiederholen und eine Anzeige unterschreiben«, erklärte Vanina.

»Natürlich, das weiß ich. Dazu bin ich bereit. Auch wenn das bedeutet, dass ich in Schwierigkeiten gerate.«

Vanina gab Spanò ein Zeichen, den Zeugen nach nebenan zu begleiten. Antineo hatte ihnen aller Wahrscheinlichkeit nach die Wahrheit gesagt. Ussaros Fingerabdrücke befanden sich auf dem Lenkrad des Wagens. Jetzt musste nur noch nachgeprüft werden, ob Antineos Fingerabdrücke irgendwo auf der Beifahrerseite zu finden waren. Außerdem war die Geschichte so detailliert, dass sie perfekt ins Bild passte.

Vanina nahm den Hörer ab und rief die Spurensicherung an. Um Missverständnisse zu vermeiden, fragte sie gleich nach Pappalardo.

Kurz darauf kam er ans Telefon.

»Dottoressa, was gibt's?«

»Hören Sie, Pappalardo! Haben Sie die Messer eingesammelt, die in Lorenza Ianninos Haus herumlagen?«

Der Gerichtsmediziner schwieg.

»Eigentlich lagen keine Messer herum. Nur in der Küchenspüle …« Er merkte zu spät, dass er Blödsinn von sich gegeben hatte. »Tut mir leid, Dottoressa. Daran haben wir überhaupt nicht gedacht. Da es keine Leiche gab …«

Um ehrlich zu sein, hatte selbst sie nicht daran gedacht. Und das machte sie wütend.

»Tun Sie mir einen Gefallen, kehren Sie in das Haus zurück und nehmen Sie alle Messer mit, die zu finden sind. Vor allem die Küchenmesser. Prüfen Sie, ob Blutspuren daran sind. Und Fingerabdrücke, auch wenn das schwierig sein wird.«

»In Ordnung, ich mache mich gleich auf den Weg.«

»Sagen Sie mir Bescheid!«

Sie legte auf und wählte Staatsanwalt Vassallis Nummer, doch er ging nicht dran.

Sie versuchte es auf seinem Handy, aber es war abgeschaltet. Also rief sie die stellvertretende Staatsanwältin Eliana Recupero an.

»Guten Morgen. Wissen Sie zufällig, was mit Dottor Vassalli passiert ist? Ich kann ihn nicht erreichen.«

»Er ist krank«, antwortete sie mit einem Hauch Ironie in ihrer Stimme.

»Ach so, das heißt?«

»Er fällt eine Weile aus. Der Fall wird also neu zugewiesen. In der Zwischenzeit kümmere ich mich darum. Ich hätte ihm eigentlich zuarbeiten sollen, aber bis jemand ernannt wird, übernehme ich.«

Vanina konnte es kaum fassen. Welch unglaublicher Glücksfall!

Vassalli hatte die Waffen niedergelegt und sich krankgemeldet.

Sie teilte der Staatsanwältin mit, dass sie Ispettore Capo Spanò mit Nicola Antineo bei ihr vorbeischicken werde.

Sie dachte über die Geschichte nach, die der junge Anwalt ihr erzählt hatte. Sie sprang auf und eilte ins Nebenzimmer, in dem Spanò gerade Protokoll führte.

»Eine Frage noch, Herr Anwalt«, begann sie.

Antineo stand auf, aber sie gab ihm ein Zeichen, sich wieder zu setzen.

»Erinnern Sie sich noch, ob in dem Zimmer, in dem Lorenzas Kleider verstreut waren, auch ihre Schuhe herumlagen?«

Der Anwalt dachte darüber nach und schüttelte den Kopf. »Nein. Ihre Schuhe nicht.«

Wie auf Kommando zog Spanò das Foto hervor.

»Könnte das einer von Lorenzas Schuhen sein?« Antineo betrachtete es. »Das weiß ich nicht … Der Stil könnte passen. Vielleicht weiß es Susanna Spada. Sie haben immer gemeinsam Schuhe gekauft, das weiß ich noch, weil sie das online gemacht haben, in der Kanzlei.«

Online bedeutete, dass es sehr wahrscheinlich Aufzeichnungen zu diesen Käufen gab. Vanina war keine Expertin, aber sie wusste, wen sie fragen musste.

Sie kehrte in ihr Büro zurück und rief Maria Giulia De Rosa an.

Die Anwältin ging nicht dran, rief aber kurz darauf zurück.

»Tut mir leid, ich konnte gerade nicht. Seit einer Dreiviertelstunde stehe ich bei der Post in der Schlange, um ein Einschreiben abzuholen. Dafür gibt es keinen eigenen Schalter mehr. Man muss eine Nummer ziehen und dann in der Menge warten, bis sie aufgerufen wird. Die Chance, dass also wenigstens ein Dienst gut funktioniert, ist gleich null.«

Vanina kicherte. »Ich weiß. Der perfekte Ablauf.«

»Wolltest du mir etwas sagen?«

»Ja. Hör zu, du kaufst doch oft online ein. Kannst du mir erklären, wie das funktioniert? Wenn du etwas kaufst, zum Beispiel ein Paar Schuhe. Wie läuft das?«

Giulia lachte. »Steigst du auf Onlineshopping um?«

»Nein, ich muss nur wissen, wie es funktioniert.«

»Du erhältst eine E-Mail mit den Bestelldaten, dann eine weitere mit den Versanddaten. Wenn der Artikel nicht passt, schickst du ihn zurück. Das war's.«

»Das heißt, man bekommt eine E-Mail.«

»Das ist korrekt … Hier bin ich!«, rief sie. »Tut mir leid, Vanina, ich muss Schluss machen.« Sie legte auf. Vanina fuhr Lorenza Ianninos Computer hoch. Es gab keine Passwörter. Konnte es sein, dass die junge Frau so naiv gewesen war?

Vanina fiel auf, dass sich unter den E-Mail-Eingängen auch eine Reihe von Onlinekäufen befand, die sie nacheinander durchging, bis sie die gewünschte E-Mail fand.

Schwarze Sandalen, Saint Laurent, Größe 38. Unglaublicher Preis. Sie überprüfte die Kreditkartennummer, die bis auf die letzten Ziffern verschlüsselt war. Dann rief sie Inspektor Fragapane an und bat ihn um Lorenza Janninos Kontoauszüge.

Er kam sofort.

Keine der Kreditkarten des Mädchens passte.

»Fragapane, finde heraus, wem die Kreditkarte gehört, mit der diese Käufe getätigt wurden.«

Sie wusste zwar nicht, was das bringen sollte, aber damit konnte sie sich bestimmt einen besseren Überblick verschaffen.

Wieder bekam sie Hunger. Das kannte sie schon. Je weniger sie schlief, desto hungriger wurde sie. Eine furchtbare Spirale. Aber der Tag war noch lang und hätte mit einer Fahrt nach Palermo geendet. Ob es auch eine Rückfahrt gab, da war sie sich nicht so sicher.

Sie öffnete die Tür zum Büro ihres Teams.

»Ich gehe nur schnell ins Café und bin gleich wieder zurück. Möchte jemand etwas?«

Alle schüttelten den Kopf. Nur Nunnari hob verunsichert den Kopf.

»Kommen Sie schon, Nunnari, sprechen Sie es aus!«, rief Vanina amüsiert.

»Ein Panzerotto, wenn es das gibt?«

»Also gut.«

Sie wollte gerade wieder die Tür hinter sich schließen, als das Telefon auf Martas Schreibtisch klingelte.

Marta ging dran. Erst wurde sie ernst, dann mürrisch.

»Tut mir leid, wirklich. Wann ist das passiert?« Dann hörte sie wieder zu.

»Ich verstehe. Ja, wir haben bemerkt, dass es ihm nicht gut ging.« Dann verabschiedete sie sich und legte auf.

»Wer war das?«, fragte Vanina. Warum kam ihr Vassalli in den Sinn? Vielleicht war sie irrtümlich davon ausgegangen, dass er eine Krankheit vorgetäuscht hatte.

»Das war Signora Grazia Sensini, die Frau von Lorenzas Bruder. Signor Iannino ist heute Morgen verstorben. An einem Herzinfarkt.«

Vanina setzte sich auf Martas Schreibtisch.

»Armer Kerl, das tut mir leid! Er war jung. Man hat ihm aber angesehen, dass es ihm nicht gut ging, weißt du noch?«

Marta nickte beunruhigt.

»Seine Frau erzählt, dass er vor seinem Tod oft von seiner Schwester sprach. Sie sagt, er sei im Delirium gewesen.«

»Wir müssen der Witwe einen Besuch abstatten«, beschloss Vanina. Wer mochte wissen, um wie viel Uhr sie an diesem Abend in Palermo gewesen wäre?

Sie kehrte in ihr Büro zurück, öffnete die Balkontür und zündete sich eine Zigarette an.

Abermals dachte sie über Antineos Aussage nach. Nun musste Ussaro offiziell vorgeladen werden. Natürlich hätten sie gewisse Bestätigungen erhalten müssen, aber sie hatten einen enormen Schritt nach vorn getan.

Plötzlich kamen ihr wieder die Telefonaufzeichnungen in den Sinn, die sie von Staatsanwältin Recupero erhalten hatte. Am Tag zuvor hatte sie die Notizen in die Schublade gelegt. Sie nahm sie heraus und überprüfte den betreffenden Abend. Um 23.27 Uhr ging ein Anruf ein. Die Nummer war die von Antineo.

»Dottoressa?«, sagte Fragapane und öffnete die Tür.

»Haben Sie den Inhaber der Kreditkarte ermittelt?«

»Ja, es handelt sich um eine Debitkarte. Sie ist auf Susanna Spada ausgestellt.«

Seltsam, dass Susanna Spada einen Schuh nicht erkannt hatte, der mit ihrer Kreditkarte gekauft worden war.

Sie musste noch einmal mit ihr sprechen, und das konnte sie genauso gut gleich tun. Sie suchte die Nummer in der Anrufliste von Lorenza Iannino heraus und wählte sie. Die Anwältin war nicht zu erreichen. Sie versuchte es in der Kanzlei in der Hoffnung, dass sie samstags geöffnet war.

Wie immer ging die gleiche Sekretärin an den Apparat und teilte mit, dass Rechtsanwältin Spada bei Gericht sei, um Akten einzusehen.

Vanina drückte ihre Zigarette aus, begab sich ins Nebenzimmer und rief Marta Bonazzoli.

»Marta, begleite mich zu Gericht!«

Zehn Minuten später marschierten sie durch das Drehkreuz am Eingang des Gerichtsgebäudes. Ein Glück, dass es Motorräder gibt, und gesegnet sind jene, die sie fahren können, dachte Vanina. Mit ihrem sperrigen Gefährt hätte sie sich nicht einmal auf halber Strecke befunden, und dann wäre sie wie eine Irre herumgekurvt, um eine Parklücke zu finden.

»Wo sollen wir nach Susanna Spada suchen?«, fragte Marta.

»Wir rufen sie an.«

Vanina zog ihr Handy aus der Tasche und wählte erneut die Nummer an, die sie in Lorenza Ianninos Anrufliste gefunden und die sie gespeichert hatte. Diesmal klingelte es.

»Rechtsanwältin Spada, guten Morgen. Hier spricht Vicequestore Guarrasi.«

»Guten Morgen, Dottoressa. Entschuldigen Sie, aber ich bin bei Gericht.«

»Ich weiß. Wo denn genau?«

»Wie bitte?«

»Ich habe Sie gefragt, in welchem Teil des Gerichtsgebäudes Sie sich aufhalten.«

»Warum?«

Vanina verlor langsam die Geduld.

»Signora Spada, ich muss kurz mit Ihnen sprechen, ich bin auch hier im Gericht. Wenn Sie mir sagen, wo ich Sie finde, geht es schneller, ansonsten machen Sie sich keine Sorgen. Ich finde Sie schon.«

Susanna Spada antwortete, dass sie sofort kommen werde. Marta und Vanina stellten sich etwas abseits auf und warteten auf sie.

»Vanina!«

Sie wandte sich um und entdeckte Maria Giulia De Rosa, die mit klappernden Absätzen den Gang entlangkam. Die Anwältin küsste Vanina auf die Wangen, ebenso Marta, obwohl sie sich kaum kannten.

»Was hat euch denn hierher verschlagen?«

»Wir müssen mit jemandem reden.«

»Mit wem, wenn ich fragen darf?«

»Mit Susanna Spada.«

»Ah, Morticia.«

Vanina und Marta mussten lachen.

»Warum? Sieht sie nicht aus wie Morticia Addams?«, fragte Giulia lachend.

»Wie aus dem Gesicht geschnitten«, bestätigte Vanina. Susanna Spada tauchte aus einer Seitentür auf und sah sich suchend um.

Vanina verabschiedete sich von Maria Giulia und ging auf die Zeugin zu.

»Frau Rechtsanwältin, ich nehme nur ein paar Minuten Ihrer Zeit in Anspruch.«

Sie suchten einen Platz, an dem sie ungestört waren.

»Worum geht es?«, fragte Susanna, und Vanina spürte deren Anspannung. Sie wusste nicht, ob es daran lag, dass sie bei ihrer Arbeit unterbrochen wurde, oder an den Fragen, die sie beantworten sollte.

»Warum haben Sie geleugnet, dass Ihnen der Schuh von Lorenza auf dem Foto bekannt vorkam?«

»Das habe ich nicht geleugnet. Ich kenne diese Schuhe nicht.«

»Seltsam, denn sie wurden mit einer Kreditkarte gekauft, die auf Ihren Namen lautet.«

Susanna Spada wirkte teilnahmslos.

»Ich habe Lorenza von Zeit zu Zeit meine Debitkarte geliehen, aber ich habe keine Ahnung, was sie damit gekauft hat.«

»Es war also nicht Ihre Gewohnheit, gemeinsam online einzukaufen?«

»Manchmal, aber das war nicht die Regel.«

»Und warum wollte Lorenza mit Ihrer Kreditkarte bezahlen? Wir wissen, dass sie selbst eine besaß.«

Der Gesichtsausdruck von Susanna Spada nahm hämische Züge an, ihre Antwort war es hingegen nicht.

»Vermutlich, weil meine Karte wieder aufladbar ist und ihre es nicht war. Es besteht immer die Gefahr, dass sie geklont werden.«

»Oder lag es vielleicht daran, dass Lorenza das Geld cash hatte und es auf eine wiederaufladbare Karte laden musste, um Onlinekäufe zu tätigen?«, schlug Vanina vor.

Der Ausdruck auf Susanna Spadas Gesicht wurde noch hämischer, doch sie antwortete nicht.

»Erinnern Sie sich noch, dass Nicola Antineo am Abend der Party in Lorenzas Haus kam?«, schweifte Vanina ab.

Susanna wirkte überrascht.

»Ich glaube, ich habe ihn kurz gesehen. Aber da war es schon sehr spät. Kurz bevor ich ging.«

»War er auch zur Party eingeladen?«

»Das weiß ich nicht«, erklärte Susanna Spada und blickte auf ihre Uhr. »Das Sekretariat schließt bald«, gab sie zu bedenken.

»Eine letzte Frage habe ich noch. Sollte ich Sie dann noch einmal brauchen, lade ich Sie persönlich vor. Dann gibt es keine Probleme mehr«, versicherte Vanina sarkastisch. »Erinnern Sie sich zufällig daran, wer am Steuer von Rechtsanwalt Ussaros Ferrari saß, als Sie alle zusammen wegfuhren?«, fragte sie noch.

Die Anwältin wirkte sprachlos. Sie sah Marta an, die neben Vanina stand und keine Regung zeigte.

»Nein … ich meine ja. Er natürlich.«

»Sind Sie da sicher?«

»Warum sollte er nicht mit seinem Wagen gefahren sein?«, fragte sie und schien sich wieder gefangen zu haben.

»Das weiß ich nicht. Ich frage nur. Sie glauben es vielleicht nicht, Frau Anwältin, aber manchmal sind es die absurdesten Fragen, die den Unterschied machen. Jene Fragen, die einem unvermutet in den Sinn kommen. Und doch sind sie nützlich. Und zwar äußerst nützlich.«

»Ich glaube nicht, dass Ihnen diese Antwort weiterhilft.«

»Da könnten Sie recht haben«, kommentierte Vicequestore Vanina Guarrasi mit finsterem Blick, der jedem anderen Unbehagen bereitet hätte. Allerdings keiner Frau wie Susanna Spada, die es faustdick hinter den Ohren hatte.

Sie starrte ihre Besucherinnen unschlüssig an und nickte nur. Vanina gab ihr zu verstehen, dass das Gespräch vorerst beendet war.

Die Vicequestore und Marta Bonazzoli sahen sich an.

»Wenn sie etwas damit zu tun hat, ruft sie meiner Meinung nach als Erstes Ussaro an«, mutmaßte Marta, sobald Susanna Spada außer Hörweite war.

Vanina lächelte. »Ja natürlich. Und wir hören mit, was sie ihm zu sagen hat.«

»Fahren wir ins Büro zurück?«

»Nein. Zuerst gehen wir noch bei Staatsanwältin Recupero vorbei.«

Sie nahmen die Treppe und stiegen bis in das Stockwerk hinauf, in dem sich die Staatsanwaltschaft befand. Sie erreichten das Zimmer des Staatsanwalts, aus dem Spanò und Antineo gerade herauskommen wollten. Eliana Recupero sah sie.

»Dottoressa Guarrasi!«, rief sie. Vanina ging auf sie zu.

»Langsam ergibt sich ein Bild.«

»Scheint so.«

Der junge Anwalt Nicola Antineo wirkte erschöpft. Er stand neben Spanò, der ihn mit einem väterlichen Blick bedachte.

»Dottoressa, ich hoffe, dass meine Aussage wirklich dazu beiträgt, die Ermittlungen in die richtige Richtung zu lenken«, sagte er.

»Natürlich.«

»Rechtsanwalt Antineo hat uns auch viele nützliche Informationen zu anderen Delikten geliefert, die Professor Ussaro zugeschrieben werden können«, sagte Staatsanwältin Recupero.

Sie wechselte einen Blick mit Vanina, die zustimmend nickte.

»Was ich soeben getan habe, wird dazu führen, dass ich die Kanzlei und die Universität verlassen muss ... Es wäre schön, wenn ich wüsste, dass nicht alles umsonst war.«

»Rechtsanwalt Antineo, wie ich schon sagte, es gibt keinen Grund, an den Straftaten zu zweifeln«, versicherte ihm Eliana Recupero.

Fragend sah der junge Mann Vicequestore Vanina Guarrasi an.

»Gehen Sie nach Hause, Herr Rechtsanwalt!«, riet sie ihm. »Berichten Sie uns von allen Neuigkeiten, auch den noch so unbedeutenden. Und vor allem, informieren Sie uns unverzüglich über etwaige Vergeltungsversuche seitens des Professors.«

Der junge Mann schluckte und nickte.

»Ich begleite ihn zu seinem Wagen«, erbot sich Spanò.

Vanina und Marta blieben noch mit Eliana Recupero in ihrem Büro.

»Da hat er sich ganz schön in Schwierigkeiten gebracht«, bemerkte Vanina und lächelte schief.

Eliana kehrte hinter ihren großen Schreibtisch zurück, auf dem sich Unterlagen stapelten. »Nicht, wenn es uns gelingt, Ussaro zu fassen.«

»Zunächst einmal muss er nach allen Regeln der Kunst vorgeladen werden.«

»Das ist klar.«

Martas Handy klingelte und unterbrach die Unterhaltung.

»Nunnari, was gibt es?«, fragte Marta. Sie wandte sich an Vanina. »Ich gebe sie dir«, sagte sie.

»Nunnari, was ist los?«, fragte die Vicequestore.

»Boss, Ussaro hat gerade einen Anruf erhalten …«

»Von Rechtsanwältin Spada, nehme ich an«, vermutete Vanina.

»Richtig! Woher wussten Sie das?«

»Ich wusste es nicht, habe es mir aber denken können. Und worum ging es in dem Telefonat?«

»Das sollten Sie sich am besten selbst anhören, wenn Sie zurückkommen.«

»Ich bin gerade bei der Staatsanwaltschaft und kann mir den Anruf auch von hier aus anhören.«

»Wenn wir schon dabei sind, hören wir uns auch gleich noch den Anruf von 9.46 Uhr an. Der hat zwar nichts mit unserem Fall zu tun, ist aber trotzdem hochinteressant.«

Vanina legte auf, sah Eliana Recupero an und lächelte.

»Wir haben eine interessante Aufzeichnung von einem Telefonat, das Ussaro geführt hat.«

Die Staatsanwältin sprang auf.

»Hören Sie uns an!«

Als sie den Raum verließen, kam Spanò gerade zurück und wurde umgehend auf den neuesten Stand gebracht.

»Mist, der Kerl kann keine Minute stillhalten! Nunnari hat mir mitgeteilt, dass er ständig telefoniert«, kommentierte der Chefinspektor. Während sie zum Abhörbüro gingen, sprach er weiter. »Wie dem auch sei, Boss, bevor Sie heute Morgen kamen, konnte ich noch einige Nachforschungen anstellen. Allerdings hatte ich keine Zeit mehr, Ihnen davon zu berichten. Das mache ich jetzt, zumal auch Staatsanwältin Recupero dabei ist«, sagte er und drehte sich zu ihr um.

»Worum geht es, Spanò?«, fragte Vanina, als Eliana stehen blieb, um zuzuhören.

»Vincenzo Colangelo, zu dem Ussaro sich gestern Hals über Kopf begab, nachdem er das Sekretariat von Alicuti verlassen hatte, ist auch Mandant des Anwalts. Im Namen seiner Frau führt Ussaro gerade einen Schadenersatzprozess wegen eines Verkehrsunfalls und versucht, diesen zu gewinnen. Es geht um hunderttausend Euro. Colangelo ist ein Krimineller, der in der Hierarchie des Verbrecherrings von San Cristoforo gleich hinter der Führungsspitze rangiert, wenn Sie verstehen, was ich meine. Im Auftrag der Familie Nola leitet er den Drogen-handel. Vor allem Kokain.«

Eliana Recupero lächelte, freundlich und bewundernd zu-gleich.

»Herzlichen Glückwunsch, Capo. Alles, was Sie bisher ge-sagt haben, trifft zu. Neu für mich ist nur die Tatsache, dass Colangelo Mandant von Ussaro ist. Bei solchen Figuren ken-nen wir für gewöhnlich eher den Strafverteidiger.«

»Colangelo könnte der Kontakt sein, über den Ussaro Koks bezieht«, fasste Vanina zusammen.

»Das habe ich mir auch gedacht«, stimmte Spanò zu.

»Darum hat Ussaro sich gestern persönlich davon über-zeugt, dass niemand in der Familie etwas ausplaudert. Oder um ein Ablenkungsmanöver zu starten, falls wir bis zu ihr vor-dringen.«

»Möglich«, kommentierte die Staatsanwältin. Wie eine Schülerin im Unterricht hob sie den Finger.

»Entschuldigt, aber sollten wir dazu nicht lieber Alicuti an-hören?«

»Natürlich«, antwortete Vanina. »Wenn er glaubt, sich einer Vorladung entziehen zu können, und sei es auch nur als Ken-ner der Fakten, dann irrt er sich gewaltig.«

Sie erreichten das Abhörbüro.

Nachdem sie die fortlaufende Nummer abgerufen und den genauen Zeitpunkt des von Nunnari angegebenen Anrufs aus-gewählt hatten, hörten sie das Telefonat ab.

Ussaro: Susanna, was willst du? Ich bin beschäftigt, du darfst mich nie morgens anrufen, das weißt du.

Spada: Ist mir scheißegal, ob du beschäftigt bist. Ich habe gerade einen Besuch von der Palermitanerin erhalten. Die ist bis zum Gericht gekommen, um mit mir zu reden, stell dir das mal vor. Und willst du hören, was sie wissen wollte? Ob ich noch weiß, wer am Abend der Party dein Auto gefahren hat.

Ussaro: Und was hast du geantwortet?

Spada: Dass ich es nicht weiß, aber dass bestimmt du am Steuer gesessen hast.

Ussaro: Sehr gut. Und wo liegt das Problem? Du hast die richtige Antwort gegeben. Ich verstehe also deinen Ton mir gegenüber nicht. Unerhört. Hast du vergessen, mit wem du es zu tun hast?

Spada: Wie könnte ich das je vergessen? Aber, mein Lieber, ich habe keine Lust, in ein Dilemma hineingezogen zu werden, dessen Zusammenhänge ich nicht einmal kenne. Und ich bin nur deshalb in diesen Mist hineingeraten, weil ich dir aus Gefälligkeit dein Auto in die Garage gefahren habe.

Ussaro: Du Fotze!

Die Kommunikation brach plötzlich ab.

»Mir scheint, dass auch Susanna Spada keine rein berufliche Beziehung zu dem Anwalt hat«, kommentierte Eliana Recupero.

»Richtig«, bestätigte Vanina. »Aber dem Ton des Telefongesprächs zufolge lässt sich Folgendes sagen: Obwohl sie ihm … sagen wir mal … untergeordnet ist, nimmt sie ihm gegenüber kein Blatt vor den Mund. Die hat einen Auftrag ausgeführt und nicht hinterfragt, was wirklich passiert ist.«

»Dottoressa, ich würde sagen, wir müssen Susanna Spada noch einmal befragen. Und Ussaro können wir formell mitteilen, dass gegen ihn ermittelt wird. Wir werden ihn offiziell vorladen«, schlug Staatsanwältin Recupero vor.

Vanina war einverstanden.

Sie hörten auch das Telefongespräch ab, das um 9.46 Uhr erfolgt war. Eine halbstündige Diskussion zwischen Ussaro und einem Kollegen über den Ablauf von fünf oder sechs Auswahlverfahren. »Mit Hinz habe ich gesprochen, mit Kunz sprichst du, der andere Kerl zählt nicht.« Ohne Namen zu nennen. Der andere war etwas vorsichtiger. Aber Ussaro war in das Gespräch vertieft und führte einen Monolog. Für einen Moment schien er vergessen zu haben, dass er am Telefon war.

»Eine perfekte Organisation«, kommentierte Vanina.

Eliana Recupero verzog das Gesicht, als wollte sie sagen, dass dies für einen Mann wie ihn ganz normal sei.

Sie kehrten ins Büro der Staatsanwältin zurück.

»Wenn wir Ussaro vernehmen, sollten Sie auch dabei sein, Dottoressa Guarrasi.«

»Natürlich, keine Sorge.«

»Was den Kollegen angeht, der Franco Vassalli vertreten soll, so wurde er vorerst noch nicht benannt. Das bedeutet, dass ich mich auch weiterhin mit dem mutmaßlichen Mordfall befasse. Ich lade Rechtsanwalt Ussaro für heute Nachmittag vor.«

Vanina hatte darauf gehofft. Vor allem jetzt, da es langsam ernst zu werden schien.

18

Giuseppe Alicuti, auch Beppuzzo genannt, empfing Vicequestore Guarrasi milde lächelnd. Er hatte sie und Chefinspektor Spanò zehn Minuten warten lassen, bis der übliche Bittsteller sein Büro verlassen und Vanina fast auf die Palme gebracht hatte. Sie musste sich überwinden, das Lächeln und den Händedruck des Politikers zu erwidern, der sich dafür entschuldigte, dass sie hatten warten müssen.

Blick von oben herab, pseudogewählte Ausdrucksweise, aber mit starkem Dialekt. Er sprach genauso salbungsvoll wie sein Freund, aber auf eine noch hinterhältigere Art.

»Da stimme ich Ihnen zu, Dottoressa. Wenn ich Ihnen behilflich sein kann, zögern Sie bitte nicht, mich alles zu fragen«, versicherte Alicuti.

»Sie haben am Abend des siebten November an einer Party im Haus von Lorenza Iannino teilgenommen, der vermissten jungen Frau. Wir glauben, dass sie ermordet wurde«, begann Vanina die Befragung.

»Ich darf gar nicht darüber nachdenken! So ein hübsches Mädchen, und so intelligent!«

»Sie und Ihr Sohn, der Eigentümer des Hauses, wurden zuletzt von einem Zeugen beim Verlassen des Hauses beobachtet. Ist das richtig?«

»Ja, wir waren mit die Letzten, die gingen. Armando war nur gekommen, um mich abzuholen, er fühlte sich an jenem Abend nicht so gut und war zu Hause geblieben.«

Genau wie Lorenza Ianninos Freundin enttäuscht erzählt hatte.

»Blieb Professor Ussaro noch da?«

»Elvio? Ja, ich glaube schon.«

»Haben Sie Lorenza gesehen, bevor Sie gingen? Haben Sie sich von ihr verabschiedet?«

»Ehrlich gesagt nicht wirklich. Sie war mit Elvio im Wohnzimmer. Sie waren allein … Sie wissen ja, wie das ist, Dottoressa. Niemand will indiskret sein. Es war ein offenes Geheimnis, dass Lorenza und Elvio etwas miteinander hatten. Jeder wusste das.« Er hatte eine gutmütige Miene aufgesetzt, die Vanina noch mehr auf die Nerven ging. »Man muss Einfühlungsvermögen haben, Dottoressa. Man kann seinen Gefühlen nicht entkommen, Dottoressa.« Am liebsten hätte sie eine der Trophäen ergriffen, die hinter seinem Stuhl an der Wand aufgereiht standen, und sie ihm an den Kopf geworfen. Stattdessen nickte sie nur.

»Ihn haben Sie also auch nicht gesehen?«

»Doch, ihn habe ich gesehen und begrüßt.«

»Erinnern Sie sich, ob Sie Anwalt Nicola Antineo gesehen haben?«

Alicuti tat so, als müsste er überlegen. »Ich glaube schon. Nicola kam sehr spät, als bereits die Kerzen ausgingen, wie man so schön sagt.«

»Die Anwältin Susanna Spada haben Sie aber gesehen.« Diesmal blieb der Mann teilnahmslos.

»Natürlich«, antwortete er.

»Erinnern Sie sich, wann sie gegangen ist?«

»Vor mir, so viel ist sicher.«

»Erinnern Sie sich, ob Rechtsanwalt Ussaro sie vorher noch getroffen hat?«

Alicuti lächelte. »Dottoressa, wie soll ich mir diese Details merken?«

Vanina änderte ihren Tonfall.

»Signor Alicuti, konsumieren Sie Kokain?«, fragte sie und warf die Frage überraschend in den Raum.

Ihm gingen offenbar die Argumente aus. Sekundenlang wirkte er überrascht. Die Stille reichte Vanina aus, um sie als Bestätigung zu werten.

»Wer lieferte es an jenem Abend?«, fragte sie.

»Dottoressa, ich habe Ihnen bisher noch nicht geantwortet«, bemerkte Alicuti.

»Dann tun Sie das! Ich wiederhole die Frage: Konsumieren Sie Kokain? Für den persönlichen Gebrauch, versteht sich.«

»Nein, natürlich nicht!«

»Sie wissen also nicht, wer es in jener Nacht in Lorenzas Villa geliefert hat.«

»Ich habe keine Ahnung.«

»Haben Sie sich nicht gefragt, warum Susanna Spada vor Ihnen ging?«, wagte Vanina die Frage. Sie hatte eine Vermutung, und irgendetwas sagte ihr, dass sie nicht falschlag.

Alicuti zeigte das Lächeln, das er immer aufsetzte, wenn die Diskussion auf bestimmte Themen zu sprechen kam.

»Dottoressa, Sie wissen zu viel. Das sind private Angelegenheiten ...«, meinte er scheinbar gutmütig mit einem Anflug von spöttischem Vorwurf.

»Es ist mein Job, zu viel zu wissen. Und angesichts der Tatsache, dass wir es mit einem mutmaßlichen Mord zu tun haben, gibt es für niemanden private Angelegenheiten. Nicht einmal für einen Mann wie Sie, der über alles informiert ist.«

Alicuti hob die Hände.

»Gott bewahre, ich stehe der Justiz niemals im Weg! Und wenn es um Mord geht, bin ich der Erste, der alles in seiner Macht Stehende tut. Susanna ist vor mir gegangen, weil Elvio sie bat, etwas für ihn zu erledigen. Was wollen Sie, Dottoressa? Auch wenn er mein Freund ist, ist er immer noch ihr Arbeitgeber.«

»Ein Auftrag um elf Uhr nachts? Fanden Sie das gelinde gesagt nicht etwas bizarr?«

»Bizarr? Ja, vielleicht ein bisschen. Aber so ist Elvio eben. Wenn es um die Arbeit geht, hält er sich an keine Tageszeiten. Eigentlich war der ganze Abend ein bisschen seltsam, müssen Sie wissen.«

»Wie meinen Sie das?«

Alicuti atmete lange und theatralisch ein. »Nun, das kann ich Ihnen nicht genau sagen. Es herrschte eine seltsame Atmosphäre.«

»Inwiefern seltsam? Ungewöhnlich oder beunruhigend?«

»Das weiß ich nicht. Es waren auch fremde Leute da. Lorenzas Freunde wahrscheinlich …« Er legte eine wirkungsvolle Pause ein. Wer konnte schon wissen, welche Leute Lorenza eingeladen hatte?

»Warum? Trafen Sie auf diesen Partys sonst immer dieselben Leute?«

»Eigentlich immer, ja. Das waren ungezwungene Abende. Sozusagen unter Freunden. Der Name der Gruppe, die wir gegründet haben, sagt ja schon alles.«

»Die Sie und Ihr Sohn noch in derselben Nacht überstürzt verließen. Warum, wertester Signor Alicuti?«

Alicuti wurde ernst. »Dottoressa, glauben Sie mir, wenn ich Ihnen sagte, dass es ein Bauchgefühl war? Mein Sohn hatte mitbekommen, dass Lorenza zu diesen Abenden auch Fremde einlud, die sich dann vielleicht der Gruppe angeschlossen hätten. Meine Telefonnummer wäre praktisch öffentlich bekannt geworden. Ich brauche Ihnen nicht zu erklären, dass ich das auf keinen Fall zulassen kann …«

Vanina war versucht, ihm ins Gesicht zu lachen, aber das hätte nichts gebracht. Er fühlte sich zu überlegen, der Herr Abgeordnete.

Es hatte keinen Sinn, weiter Zeit zu verschwenden.

Als Vanina und Spanò den Raum verließen, hatte sich die Schlange der Bittsteller verdoppelt.

»Er weiß genau, was an jenem Abend passiert ist«, erklärte Spanò, als sie wieder auf der Straße standen.

»Dottoressa, wer hat Ihnen gesagt, dass Susanna Spada und Alicuti …«

»Niemand, Ispettore. Es war nur eine Vermutung, als ich ihn fragte, ob er sie in jener Nacht gesehen habe, und er mir sofort und ohne Umschweife darauf antwortete. Ich wette, dass einige Chats in Lorenzas Telefon dies bestätigen.«

»Warum?«

»Alicuti ahnt bereits, dass wir Lorenzas Telefon in der Hand haben. Ussaro muss es ihm erzählt haben, als er hergeeilt ist.«

Spanò dachte darüber nach, während sie zum Wagen zurückkehrten.

»Meiner Meinung nach hat Alicuti nichts mit dem Mord zu tun. Er weiß höchstens, wie alles abgelaufen ist, aber er hat nicht aktiv mitgewirkt«, sagte er und setzte sich auf den Fahrersitz.

»Davon gehe ich aus«, stimmte Vanina zu. Sie zog ihr Handy heraus und rief die Staatsanwältin Eliana Recupero an.

»Dottoressa, ich brauche einen Beschluss, damit ich Ussaros Ferrari in Augenschein nehmen kann. Wir müssen überprüfen, ob im Wageninnern Susanna Spadas Fingerabdrücke zu finden sind. Dazu benötige ich Ihre Genehmigung.«

»Ja sicher. Nach der Vernehmung heute Nachmittag können Sie gern die Spurensicherung damit beauftragen«, antwortete Eliana Recupero.

»Ach, ich wollte Ihnen noch sagen, dass ich Sovrintendente Pappalardo gebeten habe, noch einmal in das Haus zurückzukehren und alle auffindbaren Messer einzusammeln. Ich weiß nicht, ob das etwas bringt, aber wir versuchen es. Außerdem lagen nirgends Patronenhülsen herum. Nichts deutet darauf hin, dass die tödliche Wunde, die Lorenza Iannino angeblich zugefügt wurde, durch eine Schusswaffe verursacht wurde. Antineo kann sich nur dunkel an ein Messer erinnern.«

»Das haben Sie gut gemacht.«

Wie einfach es doch war, mit einer Frau wie ihr zusammenzuarbeiten! Sie war ihr in vielerlei Hinsicht ähnlich, in anderen Bereichen aber auch ganz anders. In einer Hinsicht waren sie aber grundverschieden, nämlich wenn es um körperliche Ertüchtigung ging. Auf diese verzichtete die Staatsanwältin nie, während Vanina sie regelmäßig vergaß.

»Glauben Sie, dass Susanna Spada Ussaros Ferrari gefahren hat?«, fragte Spanò.

»Das glaube ich nicht nur, ich bin mir ziemlich sicher. Bei den abgehörten Telefonaten kommt das doch deutlich heraus.«

Sie erreichten den Parkplatz, auf dem die Polizeidienstwagen standen. Sie verließen ihn über die alte Kaserne, auf dem er sich befand, und überquerten die Straße, um zur mobilen Einsatzleitung zu kommen.

»Dottoressa, darf ich Sie etwas fragen, was mich seit gestern Morgen beschäftigt?«

»Seit gestern Morgen? Wenn Sie schon mal dabei waren, hätten Sie auch noch ein paar Tage warten können. Kommen Sie, spucken Sie es aus!«

Spanò lachte. »Was hat Commissario Patanè bei Ihrem gemeinsamen Frühstück zu Ihnen gesagt? Während ich in Ihrem Büro ein und aus ging, hörte ich, wie er etwas über Ussaro sagte.«

Bei dem Gedanken an die Ermittlungen, die Patanè parallel durchführte, musste Vanina lächeln. Zweifellos zum Selbstzweck, aber dennoch faszinierend. Sie erinnerte sich daran, dass er das letzte Mal vorgeschlagen hatte, nach Neuigkeiten über Angelica Di Franco zu suchen. Er hatte es vergessen.

»Eine alte Geschichte, Ispettore«, antwortete er. »Ich erzähle Sie Ihnen ein anderes Mal.«

»Also, fassen wir zusammen. Offenbar ist Rechtsanwalt Ussaro der Mörder von Lorenza Iannino«, konstatierte Tito Macchia, der auf die Ankunft der beiden gewartet hatte und nun in Hemdsärmeln auf seinem eigenen Sessel schaukelte. Die nicht angezündete Zigarre hatte er zwischen die Lippen geklemmt, und sein Bart sah aus, als hätte er ihn mit einem Föhn gebügelt, so oft hatte er mit der Hand darübergestrichen. Vanina setzte sich ihm gegenüber, Marta und Spanò blieben stehen.

»So könnte es sein«, setzte Vanina an. »Lorenza hat Ussaro erpresst.«

»Warum hätte sie ihn erpressen sollen?«, fragte Tito.

»Das weiß ich nicht. Aber sie muss etwas im Schilde geführt haben, sonst hätte sie die Kopien dieser Briefe nicht aufbewahrt«, sagte Vanina. »Ussaro tötet sie«, fuhr sie fort. »Dann schickt er alle weg, ohne genau zu sagen, was passiert ist. Er bittet Susanna Spada, seinen Ferrari wegzubringen, der ihm nur im Weg stünde. Er ruft Antineo, den er als Sklaven betrachtet, und weist ihn an, ihm keine Fragen zu stellen und seine Befehle auszuführen. Dann holt er Lorenzas großen Koffer – schließlich weiß er genau, wo sie ihn aufbewahrt – und verstaut den Leichnam darin. Lorenza ist sehr zierlich. Er steckt auch ihr Mobiltelefon hinein, um es aus dem Weg zu räumen. Als Antineo eintrifft, trägt er ihm auf, den Koffer an sich zu nehmen, begleitet ihn zum Meer und weist ihn schließlich an, ihn zu den Felsen zu schleppen. Sie haben es offenbar eilig, was erklärt, warum das Haus Hals über Kopf verlassen wurde. Schließlich kehrt er um, parkt Lorenzas Auto am Ende der Straße unter einem Oleander und lässt sich dann von Antineo nach Hause fahren. Auch wenn er Lorenza Ianninos Handy entsorgt hat, verlässt er als Erster den Chat. Doch das ist unklug, weil damit unsere Aufmerksamkeit erregt wird.«

»Bislang erscheint mir das alles sehr plausibel.«

»Ja. Abgesehen von ein paar Details, die mir noch Kopfzerbrechen bereiten.«

»Und die wären?«

»Erstens, und das ist entscheidend, haben wir keine Spuren einer möglichen Mordwaffe. Zweitens muss jemand den Koffer geöffnet und die Leiche ins Meer gestoßen haben, denn sonst hätte sie sich selbst im stärksten Seesturm nicht von der Stelle bewegt. Doch die Kameras von Manfredi Monterreale haben nicht aufgezeichnet, dass jemand zum Meer und dann in Richtung Felsen lief. Dann haben wir noch die anonymen Anrufe, einen von einer Raststation, den anderen aus Rom. Wer hat sie getätigt? Eine Person auf der Flucht, die in die Sache verwickelt ist? Oder ein Augenzeuge?«

Tito antwortete nicht, er nickte nur.

Spanò ergriff das Wort. »Offenbar sind fast alle Partygäste auch Mandanten des Anwalts. Derjenige, der das Mädchen mitgebracht hat, verdankt Ussaro zum Beispiel den Gewinn einer millionenschweren Berufung. Alle Mandanten, mit Ausnahme von Elisa Bini, seiner Cousine. Da sie jedoch einen Sohn hat, der Jura studiert, muss sie sich in jeder Hinsicht beim Professor einschmeicheln. Und während dieser Party – entschuldigen Sie meine Offenheit, Dottoressa! – hatte sie wer weiß wie viele und welche Möglichkeiten, sich ihm erkenntlich zu zeigen.«

»Ein Abend mit *Freunden*, na klar! Wie auch immer, Ussaro wurde für heute Nachmittag offiziell vorgeladen. Er wird in der Staatsanwaltschaft von Staatsanwältin Recupero vernommen.«

Das Telefon auf Macchias Tisch klingelte.

»Herr Polizeipräsident, guten Tag.«

Vanina wollte gehen, aber der Big Boss hob die Hand und hielt sie auf. Die beiden anderen verließen den Raum.

»Jetzt?«, fragte Tito. »Natürlich, Herr Polizeipräsident. Ich bin gleich da.«

Er legte auf, und mit der Zigarre zwischen den Zähnen starrte er Vanina an.

»Vorladung vom Polizeipräsidenten?«, fragte sie.

»Ja, genau.« Macchia stand auf und nahm die Jacke von der Garderobe. Sie hatte die Größe eines Mantels, aber ihm war sie fast zu eng.

»Bis später, Guarrasi«, verabschiedete er sich und eilte in den Flur hinaus.

Vanina betrat das Zimmer, das neben ihrem lag.

Der neugierige Spanò hatte sie auf einen Gedanken gebracht.

»Marta, tu mir einen Gefallen! Ich möchte, dass du die Adresse und Kontaktdaten einer bestimmten Person herausfindest. Angelica Di Franco heißt sie.«

»Ja sicher. Wer ist sie?«

»Die Schwester der ersten Frau von Rechtsanwalt Ussaro.«

»Ussaro ist geschieden? Das wusste ich nicht …«

»Witwer.«

»Oh, verstehe. Ich mache sie sofort ausfindig.«

Vicequestore Vanina Guarrasi kehrte in ihr Büro zurück.

Lorenza Janninos Computer stand noch immer auf ihrem Schreibtisch. Sie öffnete das E-Mail-Programm und ging die

Mails durch. Sie wählte die Adresse der jungen Frau als Schlüssel und suchte nach weiteren selbst verschickten E-Mails. Unter den neuesten fand sie eine Nachricht. Diesmal war es ein am Computer geschriebenes Dokument und hatte mehr mit dem Fall zu tun. Eine Liste von Namen, einer wohlklingender als der andere, einige davon waren unterstrichen. Ussaros Name war in der rechten oberen Ecke isoliert, daneben befand sich ein Punkt. Weiter unten, in Klammern, tauchte wiederholt ein Name auf: *Fernando Maria Spadafora.*

Vanina überprüfte Ussaros Daten. Sie erinnerte sich gut daran, dass Spadafora der Nachname seiner Frau war.

Sie rief Spanò an. Der Inspektor kam sofort, er hatte das Telefon am Ohr und blieb so lange an der Tür stehen, bis er fertig war.

»Entschuldigen Sie, Dottoressa. Das war Lo Faro.«

»Ach, und was hat er Ihnen erzählt?«

»Nur dass er sich alle Labors im Zentrum vorgenommen hat, aber nirgends eine Blutprobe der jungen Frau finden konnte. Jetzt weitet er seine Suche auf die Labore im Umkreis aus. Darf ich Ihnen trotzdem sagen, was ich davon halte, Dottoressa?«

»Ja sicher.«

»Ich glaube, das ist wie die Suche nach einer Nadel im Heuhaufen. Ich frage mich, wo sie die Proben abgegeben haben könnte. Vor allem, falls sie tatsächlich schwanger war.«

Vanina dachte darüber nach.

»Ein schöner Zufall, nicht wahr? Am Morgen lässt Lorenza Iannino eine Probe untersuchen, und am Abend wird sie ermordet.«

»Glauben Sie, dass sie den Anwalt erpressen wollte?«

»Eine Waffe mehr als die, die sie bereits gegen ihn in der Hand hatte? Vielleicht. Und eine mächtige Waffe zudem.

Nehmen wir an, sie war wirklich schwanger und hat es Ussaro in dieser Nacht eröffnet. Der hat ein dickes Fell, aber das Image der Familie ist ihm wichtig. Und zwar sehr. Ich würde sogar behaupten, dass es ihm nicht nur um den Anschein geht.«

»Wie meinen Sie das, Boss?«

»Dass seine Beteiligung an der Firma, die das Büro seines Schwiegervaters betreibt, sicherlich mit ein Grund ist, weshalb er jedes Zerwürfnis innerhalb der Familie vermeiden will.« Sie überblickte noch einmal die E-Mail mit der Namensliste. Sie war der Grund, weshalb sie Spanò gerufen hatte. »Wissen Sie, ob Ussaros Schwiegervater Fernando Maria Spadafora heißt?«

Spanò hob die Hand zum Zeichen, dass sie warten sollte, und zog einen Haufen Papierchen aus seiner Tasche.

»Warten Sie, ich habe es gleich!«, rief er und ging die abgegriffenen Zettel durch.

Vanina lächelte. »Spanò, wie haben Sie es geschafft, diese Zettel so zuzurichten? Die sehen aus, als hätten sie den Krieg mitgemacht.« Wobei das nicht schwer zu verstehen war. Chefinspektor Ispettore Capo Spanò hatte die schlechte Angewohnheit, Jeans mit niedriger Taille zu tragen, die er sich bei seinem Körperbau eigentlich nicht leisten konnte. Alles, was er in seine Taschen stopfte, zerfiel zu Schnipseln und konnte nur mühsam herausgezogen werden. Kein Blatt überstand dies unversehrt.

»Weil ich sie einfach willkürlich wegstecke«, rechtfertigte er sich, während er zwei Quittungen entfernte, die sich zwischen die Zettel geschlichen hatten.

»Da ist er ja! Ja, Spadafora Fernando Maria ist sein Name. Die Mutter hingegen heißt …«

»Lass die Mutter! An ihr sind wir im Moment nicht interessiert«, unterbrach ihn Vanina. Sie starrte auf Lorenza

Ianninos Laptop. »Wer weiß schon, was all diese Namen zu bedeuten haben.«

Sie stand auf, die Zigaretten in der Hand, und zog die Jacke an.

»Gehen Sie zum Mittagessen?«, erkundigte sich der Inspektor.

»Ja, aber nur kurz. Dann besuchen wir die Witwe von Gianfranco Iannino, die offenbar in Catania geblieben ist, denn die Leiche ihres Mannes liegt noch bis morgen im Krankenhaus.«

»Die Arme ... Aber wer besucht sie?«

»Wie *wer*? Sie und ich, Spanò!«

»Entschuldigung, das hatte ich nicht verstanden.«

Sie wechselten nach nebenan in das Büro des Teams. Nunnari war mit dem Abhören von Ussaro beauftragt, der seit zwei Stunden kein Telefonat mehr geführt hatte. Der Ispettore hatte eine Papiertischdecke auf seinem Schreibtisch ausgelegt und aß gerade einen halben Meter Blätterteig, gefüllt mit gesunder, allergenfreier Salami.

Marta Bonazzoli stand sofort auf und hielt einen Zettel in der Hand.

»Vanina, hier sind alle Kontaktdaten von Angelica Di Franco. Ich habe einige weitere Informationen hinzugefügt.«

Spanò fragte sich, worüber sie redeten.

»Danke, Marta«, sagte Vanina. »Der Ispettore und ich gehen zu Gianfranco Ianninos Witwe und danach zu Eliana Recupero in die Staatsanwaltschaft. Kommen Sie mit uns zum Essen?«

»Nein danke. Ich gehe etwas später.«

Das bedeutete, dass Macchias Treffen mit dem Polizeipräsidenten nur von kurzer Dauer gewesen und der Big Boss bereits auf dem Rückweg war.

Vanina wertete das als positiv. Irgendwie hatte sie das Gefühl, dass sich das Gespräch zwischen Macchia und dem

Polizeipräsidenten um die laufenden Ermittlungen gedreht hatte. Dass er so schnell zurückkam, deutete darauf hin, dass sie sich geirrt hatte.

Andererseits lag sie mit ihrem Gefühl sonst nie falsch.

Und genau so war es.

Der Big Boss wartete unten an der Treppe vor dem geschlossenen Eingangstor auf sie.

»Ich habe deine Stimme gehört und wusste, dass du herunterkommst«, sagte er ernst.

»Was wollte der Polizeipräsident?«, fragte Vanina ihn ohne Umschweife. Tito zögerte, bevor er antwortete, und warf Spanò einen beiläufigen Blick zu.

Der verstand.

»Dottoressa, in der Zwischenzeit hole ich den Wagen.« Er ging hinaus und schloss das Tor hinter sich.

»Und?«, fragte Vanina neugierig.

»Komm, begleite mich im Fahrstuhl nach oben!«, forderte sie der Big Boss auf.

Vanina folgte ihm zur hinteren Treppe und betrat den Aufzug, in dem er fast den ganzen Platz einnahm.

»Tito, was hat der Polizeipräsident zu dir gesagt?«, beharrte sie, presste den Rücken an die Rückwand und reckte den Hals.

»Er wollte uns warnen.«

»Uns?«

»Dich und mich. Aber vor allem dich.«

»Warnen wovor?«

»Vor Ussaro. Es scheint, dass der Rechtsanwalt den Ermittlungsbescheid und die offizielle Vorladung nicht einfach nur zur Kenntnis genommen hat. Er hat die halbe Welt in Bewegung gesetzt. Aber das war klar.«

»Ist doch logisch, dass einer wie er sofort aktiv wird«, meinte Vanina. »Und was sagt der Polizeipräsident dazu?«, fragte sie.

Sie hoffte, dass die Antwort ihre Meinung über ihn nicht erschüttern würde. Sie kannte ihn nicht näher, aber der erste Eindruck war gut gewesen.

»Er sagt, dass Ussaro um jeden Preis versuchen wird, den Vorfall zu vertuschen, und dass er über genug Mittel verfügt, um es durchzuziehen. Und zwar über eine ganze Menge an Mitteln. Aber der Polizeipräsident weiß, dass du zu denen gehörst, die nicht lockerlassen, und sichert dir seine Unterstützung zu. Er war bereits darüber informiert, dass sich Vassalli aufgrund gesundheitlicher Probleme krankgeschrieben hat und dass du mit Eliana zusammenarbeitest. Darüber schien er erfreut zu sein.«

Vaninas Gefühl hatte sich bestätigt.

»Ich glaube, diesmal beißt Ussaro auf Granit«, vermutete Vanina, als sie endlich aus dem Aufzug kamen, der langsamer als ein Kurbelaufzug hochgefahren war.

»Das glaube ich auch. Aber sei vorsichtig, Vanina!«

»Werde ich sein.«

»Wirst du sein.«

Spanò wartete im Auto auf sie.

»Alles in Ordnung, Dottoressa?«, fragte er.

»Ja, alles in Ordnung.«

Er fuhr los.

»Sollen wir zu *Da Nino* gehen, oder soll es schneller gehen?«

»Gehen wir zu *Da Nino*.«

Während der fünf Minuten, die die Fahrt dorthin dauerte, schwieg Vanina. Sie zündete sich eine Zigarette an und konzentrierte sich auf die vielen Puzzlesteine, die sie zusammenzusetzen versuchte und die irgendwie nicht richtig zusammenpassen wollten.

Sie setzten sich an einen kleinen Tisch im Eingangsbereich und bedienten sich an den Vorspeisen am Tresen. Für mehr blieb keine Zeit. Aber es waren mehr als genug.

»Dottoressa, darf ich Sie etwas fragen?«, ergriff Spanò das Wort, sobald sie sich gesetzt hatten.

»Aber natürlich! Worum geht es, Ispettore?«

»Welche Kontakte hat Marta Bonazzoli für Sie gesucht?« Vanina lächelte ihn an. Spanò war ein noch engagierterer Polizist als sie.

»Nichts Besonderes, Ispettore. Es ging um diese Geschichte, die mir Commissario Patanè erzählt hat. Eine Geschichte über Ussaro, die aber nichts mit Lorenza Iannino zu tun hat. Die erste Frau des Anwalts beging nach nicht einmal einem Jahr Ehe Selbstmord. Im Jahr 1975. Sie hieß Laura Di Franco. Angelica Di Franco ist ihre Schwester. Nach der Tragödie zeigte diese Angelica den Rechtsanwalt wegen Anstiftung zum Selbstmord an. Natürlich wurde die Sache sofort unterbunden, absurderweise auch dank der Zeugenaussage ihrer Eltern. Ich war neugierig, seine Version der Ereignisse zu erfahren.«

Spanò wirkte verwirrt. Die Tatsache, dass Vanina Guarrasi sich nicht Tag und Nacht auf die Ermittlungen konzentrierte, sondern ihrer Neugierde nachging, war etwas ganz Neues.

»Und wo ist diese Angelica?«

»In Riposto, wie es aussieht.«

»Wann wollen Sie hinfahren?«

»Das weiß ich nicht. Vielleicht morgen Nachmittag, aber das hängt von den Ermittlungen ab.«

»Morgen ist Sonntag. Es schadet also nicht, wenn auch Sie sich ab und zu eine Pause von den Ermittlungen gönnen, Dottoressa.«

Richtig. Morgen war Sonntag.

Vanina sprach ihre Gedanken aus. »Wenn ich daran denke, dass ich heute Abend eine zweihundert Kilometer lange Fahrt vor mir habe …«

Spanò riss die Augen auf. »Wohin müssen sie denn?«

»Nach Palermo.«

Chefinspektor Ispettore Capo Spanò stellte keine weiteren Fragen mehr. Er kannte Vanina inzwischen gut genug, um zu wissen, dass sie bei Reisen in ihre Geburtsstadt immer schlechte Laune bekam.

»Zu Signora Grazia Sensini, der Witwe von Gianfranco Iannino, fahren wir aber, um ihr einen Trauerbesuch abzustatten. Oder meinen Sie, sie könnte uns etwas über ihre Schwägerin erzählen, das ihr Mann uns verschwiegen hat?«, fragte Spanò.

»Ein Trauerbesuch«, antwortete Vanina. »Aber Sie wissen ja, wie das ist, Spanò. Besser eine Information zu viel als eine zu wenig.«

Nach einer halben Stunde waren sie mit dem Mittagessen fertig und machten sich auf den Weg zu der Frühstückspension, in der Gianfranco Iannino gewohnt hatte und in der nun die Witwe übernachtete.

Als Vanina und Spanò eintrafen, hielten sich bei Signora Grazia Sensini zwei Personen auf, die sich gerade verabschiedeten. Es waren Cousins des verstorbenen Gianfranco, die gekommen waren, um ihr beizustehen und ihr immer wieder ihr Beileid für die beiden Todesfälle bekundeten, die ihre Familie getroffen hatten. Und sie äußerten die Hoffnung, der armen jungen Frau, die wer weiß welches Unheil ereilt hatte, so bald wie möglich eine angemessene Bestattung zu ermöglichen.

Die Signora empfing die beiden Polizisten in dem kleinen Zimmer, in dem ihr Mann in der Nacht verstorben war, nachdem er nach einem Herzinfarkt gerade noch rechtzeitig ins Krankenhaus gekommen, kurz darauf aber verschieden war.

Grazia Sensini stammte aus der Toskana, genauer gesagt aus Montevarchi, und war in etwa so alt wie der Verstorbene. Die Verzweiflung auf ihrem Gesicht war Ausdruck eines Menschen, der nicht mehr wusste, wie es weitergehen sollte.

»Als ich gestern ankam, war Gianfranco am Boden zerstört. Lorenzas Verschwinden, die Nachricht, dass sie ermordet worden war. Und all die Geheimnisse, die er über sie erfahren hatte … Vielleicht wissen Sie nicht, dass mein Mann herzkrank war. Früher oder später hätte er sich einer Operation unterziehen müssen, und das wusste er. Leider war es zu spät …« Sie brach in Tränen aus.

Spanò reichte ihr ein Taschentuch.

»Es tut mir sehr leid, Signora Sensini«, sagte Vanina.

»Als er am frühen Morgen in aller Eile nach Catania aufbrach, um seine Schwester zu suchen, hatte ich ein ungutes Gefühl. Ich wollte ihm sofort folgen. Aber wie hätte das gehen sollen? Ich hätte die Kinder zu meinen Eltern bringen müssen, außerdem die Arbeit …«

»Gab es einen Auslöser für die Verschlechterung seines Gesundheitszustandes?«, fragte Vanina.

Grazia Iannino schüttelte den Kopf. »Ich weiß es nicht und zerbreche mir die ganze Zeit den Kopf darüber. Ich war im Badezimmer und hörte ihn reden. Dann schrie er um Hilfe. Ich stürzte hinaus, aber da lag er bereits am Boden, die Hand auf der Brust, und atmete kaum. Er redete wirres Zeug, sprach von Lorenza und sagte, dass wir sie holen müssten. Er bestand darauf, hatte sogar das Telefon in der Hand. ›Ruf sie an!‹, flehte er. ›Ruf sie an!‹« Sie fing wieder an zu schluchzen. »Wenn ich daran denke, dass wir nicht einmal Lorenzas sterbliche Überreste haben, um die wir trauern können …«

»Signora, ich schwöre Ihnen, dass wir alles tun werden, um ihre Leiche zu finden«, versprach Vanina. »Und um ihren Mörder zu fassen.«

Voller Zorn hob die Frau den Blick. »Dann schwören Sie mir auch, dass er lebenslang hinter Gitter kommt. Denn wer immer dieser verfluchte Kerl ist, er hat zwei Morde begangen, den an Lorenza und den an Gianfranco.«

»Das schwöre ich Ihnen, Signora.«

»Ich kann es gar nicht fassen«, murmelte Grazia.

»Kannten Sie Ihre Schwägerin gut?«

»Das dachte ich, aber jetzt wird mir klar, dass wir ... vieles nicht wussten.«

»Haben Sie eine Ahnung, was passiert sein könnte?«

»Nein. Aber vermutlich kann alles passieren, wenn man auf die schiefe Bahn gerät. Und Lorenza befand sich sicherlich auf keinem guten Weg.«

»Beziehen Sie sich auf die Verbindung zu dem Anwalt?«

»Hauptsächlich. Aber auch auf alles andere. Sie hatte eine kleine Villa am Meer gemietet, kaufte Luxusartikel. Wie konnte sie sie sich das bloß leisten? Irgendwoher musste sie das Geld ja bekommen. Wer weiß, woher. Wenn ich daran denke, dass mein Mann sparte, um ihr fünfhundert Euro im Monat zu schicken. Um ihr zu helfen, wie er sagte. Für ihn blieb seine Schwester immer ein kleines Mädchen, dem man helfen und das man verwöhnen musste ...«

Es klopfte an der Tür. Die Frau wollte aufstehen, doch Spanò kam ihr zuvor.

»Bleiben Sie sitzen, Signora! Ich kümmere mich darum.«

Als er die Tür öffnete, stand ein Mädchen vor ihm, das ihn verwirrt ansah.

»Entschuldigung, vielleicht habe ich mich geirrt, ich suche Signora ...«

»Eugenia!«, rief Grazia und stand sofort auf.

Das Mädchen kam herein und lief auf sie zu. Sie umarmten sich und weinten beide.

»Danke, dass du gekommen bist!«, murmelte Signora Iannino. Eugenia riss sich zusammen und stellte sich Vanina und Spanò vor.

»Eugenia Livolsi.«

»Giovanna Guarrasi«, antwortete Vanina.

»Ah, Sie sind also Vicequestore Guarrasi. Neulich haben Sie Ihre Leute geschickt, um mir Fragen zu stellen, aber ich musste aus den Zeitungen erfahren, dass Lorenza ermordet wurde«, stieß sie wütend hervor.

»Ich verstehe Sie, und es tut mir leid. Aber glauben Sie mir, als Inspektorin Bonazzoli zu Ihnen kam, um mit Ihnen zu sprechen, konnten wir noch nicht mit Ihnen darüber reden.«

Eugenia wurde still. »Vermutlich hatten Sie Ihre guten Gründe. Ich wollte sowieso bald zu Ihnen kommen und mit Ihnen sprechen«, sagte sie und setzte sich auf einen Stuhl, von dem Signora Grazia gerade mehrere Kleidungsstücke weggeräumt hatte. »Ich kann es einfach nicht fassen, Dottoressa«, seufzte sie.

Ihr Blick war offen und klar. Sicher. Ein Mädchen mit Köpfchen, hatte Gianfranco Iannino sie beschrieben. Erst einmal gab es keinen Grund, daran zu zweifeln.

»Wollten Sie mir etwas sagen?«, fragte Vanina.

»Eigentlich nichts Besonderes. Eindrücke. Sätze von Lorenza, die ich jetzt anders interpretiere. Geheimbotschaften, die sie mir schickte, die ich aber nicht entschlüsseln konnte … Aber vielleicht bilde ich mir das auch nur ein. Womöglich will ich auch nur herausfinden, ob ich etwas zu ihrer Rettung hätte tun können. Sie war kein schlechter Mensch, Dottoressa. Ich weiß, dass sie anders war, als Sie von ihr denken.«

»Ich habe mir noch keine Meinung gebildet. Das ist nicht meine Aufgabe, Dottoressa Livolsi. Meine Aufgabe ist es, den Mörder von Lorenza zu finden und ihn ins Gefängnis zu schicken. Der Rest interessiert mich nicht.«

Livolsi senkte den Kopf.

»Das kommt mir alles so unglaublich vor. Es gab so vieles, was ich über Lorenza nicht wusste. Selbst der arme Gianfranco kam nicht darüber hinweg … Wenn ich an einige von Lorenzas seltsame Äußerungen zurückdenke, habe ich im Nachhinein das Gefühl, dass sie in den letzten Tagen nur den richtigen Moment suchte, um sich mir anzuvertrauen. Und ich habe das Gefühl, dass diese Unruhe etwas mit ihrem Tod zu tun hat.«

»Vielleicht«, bemerkte Vanina.

»Auch Raffaele Giordanella, ihr Ex-Freund, ist da gleicher Meinung. Er sagte, bei ihrem letzten Treffen sei Lorenza wütend gewesen. Als ob sie sich an jemandem rächen wollte. Mehr verriet er mir aber nicht. Für ihn sei es besser, nichts zu wissen, meinte er. Sind das nicht seltsame Worte, Dottoressa?«

Das waren keine seltsamen Worte. Es waren kryptische Worte. Es waren die Worte eines Mannes, der etwas andeutete, es aber nicht offen aussprechen konnte. All dies deckte sich in etwa mit dem, was Giordanella am Telefon zu ihr gesagt hatte.

Und es deckte sich mit ihrer persönlichen Meinung.

Lorenza hatte sich rächen wollen.

Vanina und Spanò waren auf dem Weg in die Staatsanwaltschaft zum Büro von Eliana Recupero und viel zu früh dran, als Vanina einen Anruf von Marta erhielt, der sie zum Innehalten zwang.

»Marta, was gibt's?«

»Vanina, bist du schon in der Staatsanwaltschaft?«

»Fast, warum?«

»Bei uns ist jemand, der uns einiges sehr Interessantes erzählt hat.«

»Wer denn?«

»Dottoressa Valentina Borzi, Praktikantin in der Anwaltskanzlei von Rechtsanwalt Ussaro.«

Vanina wog die Wichtigkeit dieser Nachricht ab.

»Hat es etwas mit der Vernehmung zu tun?«, fragte sie.

»Neue Einzelheiten, welche die Stellung des Anwalts erheblich verschlechtern könnten.«

Vanina blickte auf ihre Uhr. Sie hatte noch Zeit.

»In Ordnung, ich komme.«

Sie rief Staatsanwältin Recupero an, übermittelte ihr die Nachricht und machte sich mit Spanò am Steuer wieder auf den Weg in ihr Büro. Die Information über Valentina Borzi kam unerwartet. Doch jetzt, da sie darüber nachdachte, fügte sich ein weiteres Puzzleteil zu einem Gesamtbild. Ein Bild, das an einen Ausbruch des Ätna nach einer langen Ruhephase erinnerte. Fliegt erst der Pfropfen, tritt alles aus. Zuerst die Explosion, dann der Lavastrom. Alles, was nur darauf gewartet hatte, endlich austreten zu können, bahnte sich seinen Weg.

Valentina Borzi saß Marta Bonazzoli gegenüber und wirkte verängstigt. Sie knetete die Hände wie einen Lappen, der ausgewrungen werden musste.

Sobald sie Vicequestore Guarrasi kommen sah, stand sie auf.

»Bleiben Sie ruhig sitzen!«

Marta machte Vanina Platz, stellte sich an die Seite und war bereit, sich Notizen zu machen

»Also, Dottoressa Borzi, können Sie wiederholen, was Sie Inspektorin Bonazzoli bereits gesagt haben?«

Die junge Frau schluckte mehrmals und nickte. Sie war sichtlich verängstigt, wirkte aber auch entschlossen.

»Vor einigen Stunden bekam ich ein Gespräch zwischen Professor Ussaro und Susanna Spada mit. Der Professor kehrte während der Mittagspause unerwartet in die Kanzlei zurück und schloss sich mit Susanna im Büro ein. Ich hörte ihn herumschreien. Vermutlich rechnete er nicht damit, dass noch jemand im Büro war. Er sagte, wenn er reingelegt würde, würde er alle in den Abgrund ziehen, auch sie und Nicola Antineo. Sie nannte er *Schlampe*, sie ihn ein *Arschloch*. Entschuldigen Sie bitte die Ausdrucksweise! Er meinte, wenn sie sich von Alicuti beschützt fühle, dann nur, weil er ihr erlaubt habe, mit ihm ins Bett zu gehen. Dass er sie aber genauso gut wieder von der Bettkante stoßen könne, wenn er wolle. Doch das, was mich am meisten traf, Dottoressa, waren folgende Worte: *Willst du enden wie die blöde Lorenza, die wer weiß welche Hirngespinste hatte?* In diesem Moment reagierte Susanna und fragte nach, was denn mit Lorenza passiert sei. Erst einmal, dann zweimal, dann dreimal, bis Professor Ussaro völlig die Fassung verlor und sie anschrie: *Im Meer ist sie gelandet.*«

Die Augen der jungen Frau waren gerötet.

»Dottoressa Borzi, Sie sind sich doch dessen bewusst, was Sie hier aussagen, oder?«, erkundigte sich Vanina. Eine Aussage wie diese konnte nach allem, was auch Nicola Antineo gesagt hatte, für einen Richter entscheidend sein.

»Natürlich bin ich mir dessen bewusst, Dottoressa. Und nicht nur das, da gibt es noch mehr.«

Vanina machte ihr ein Zeichen, sie solle fortfahren.

»Als ich in diesen Tagen an Lorenza dachte, fiel mir wieder etwas ein. Vor einigen Monaten wurde ich zufällig Zeugin eines Wutausbruchs des Professors ihr gegenüber. Ein heftiger Auftritt, und ich erinnere mich daran, dass ich mich darüber ziemlich ärgerte. In dem Streit ging es darum, dass Lorenza offenbar gewagt hatte, sich in eine persönliche Angelegenheit einzumischen. Das kam zwar danach nicht mehr vor, aber von diesem Moment an wirkte sie … irgendwie anders. Vielleicht war es nur mein Eindruck, Dottoressa, aber ich hatte das Gefühl, dass sie sich in seiner Gegenwart ganz anders verhielt als hinter seinem Rücken. Ich weiß nicht, ob ich mich klar ausgedrückt habe … Immer wenn er es nicht bemerkte, warf sie ihm böse Blicke zu. Vor ein paar Tagen war der Anwalt unmöglich zu mir und griff mich wegen eines kleinen Fehlers fast tätlich an. Da kam Lorenza zu mir und sagte: *Wehr dich, Valentina! Lass nicht zu, dass er dich verschlingt. Vielleicht finden wir früher oder später ja jemanden, der ihn verschlingt.* Mir kam es seltsam vor, als sie so redete. Ich wusste, was man sich über sie und den Ussaro erzählte, und es schienen wohlbegründete Gerüchte zu sein …«

Vanina schaukelte auf Martas Stuhl vor und zurück.

»Sie haben sich klar und deutlich ausgedrückt«, sagte sie und stand auf.

Marta Bonazzoli sah Valentina Borzi an. »Wollen Sie der Vicequestore den Rest auch noch erzählen?«, ermunterte sie die Zeugin.

»Warum, gibt es da noch mehr?«, fragte Vanina.

Die junge Frau nickte und senkte für einen Moment den Blick. Dann hob sie ihn wieder.

»Es betrifft mich, Dottoressa«, erklärte sie. Nach und nach enthüllte sie eine Geschichte, in der es im Grunde um hinterhältige Übergriffe ging, die alle auf psychische Unterwerfung und auf Macht ausgerichtet waren. Ussaro wusste genau, wie er sich einem ehrgeizigen Mädchen gegenüber verhalten musste. Es waren Belästigungen, gegen die sie sich bisher mit allen Mitteln gewehrt hatte.

»Vielleicht aus Respekt meinem Vater gegenüber, der mit ihm studiert hatte, oder weil er derzeit schon eine andere hatte, mit der er sich vergnügte. Aber als dann die Sache mit Lorenza passierte, verschlimmerte sich meine Lage. Er drohte mir sogar. Natürlich auf seine persönliche Art und Weise. Ich hätte mich auf ihn einlassen sollen ... oder da wäre die Tür gewesen. Natürlich benutzte er nicht so deutliche Worte. Vielmehr umschrieb er seine Anmache mit Beispielen. Metaphern. So wie ...« Sie legte eine Pause ein.

»So wie die Mafia vorgeht?«, schlug Vanina vor.

»Ich wollte es nicht aussprechen, aber genauso kam es mir vor. Er sagte, dass jetzt alles infrage gestellt würde und ich, wenn ich wollte, noch mehr bekommen könnte, als Lorenza erhalten hatte. Er meinte, dass er nicht nur die Personen förderte, die er bevorzugte, sondern auch diejenigen behinderte, die seiner Meinung nach bestimmten Aufgaben nicht gewachsen waren. Denn um gewisse Positionen auszufüllen, müsse man den Anforderungen gewachsen sein. So drückte er sich aus. Theoretisch ist das ja richtig, Dottoressa. Man muss sich die Vorteile verdienen. Das Problem ist nur, welcher Maßstab angesetzt wird«, räumte Valentina ein. Alles, was sie danach sagte, spiegelte genau wider, was Vanina bereits im Kopf hatte.

Am Ende dieses Marathons der Anschuldigungen, als Valentina Borzi nichts mehr hinzuzufügen hatte, hob Nunnari schüchtern die Hand.

»Was gibt es, Nunnari?«, fragte Vanina.

»Darf ich Ihnen etwas sagen, Dottoressa?«

»Ja sicher.«

»Lieber nebenan«, schränkte der Inspektor ein und musterte Valentina Borzi.

Vanina ging mit ihm hinaus in den Flur.

»Und?«

Nunnari kam näher und flüsterte. »Ich wollte Ihnen nur sagen, dass ich die Aussagen bestätigen kann. Ich konnte ein paar Anrufe des Anwalts mit der jungen Frau mithören. Mir war nicht klar, was diese absurden Gespräche sollten. Jetzt habe ich verstanden. Jedenfalls ist sie nicht die Einzige, mit der er so umspringt. Auch bei anderen schlägt er diesen Ton an.«

»Verstehe.«

Vanina überließ es Marta, die Aussagen der jungen Frau zu Protokoll zu bringen, und verließ mit Spanò wieder das Büro.

Am Tor stießen sie auf Lo Faro.

»Gibt es etwas Neues?«, fragte Vanina ihn sofort.

»Nichts, Dottoressa. Die Labore, die am Samstag geöffnet waren, erbrachten nichts. Bei jenen, die geschlossen hatten, konnte ich die Besitzer ausfindig machen und sie überprüfen lassen. Nichts.«

»In Ordnung, Lo Faro. Sie haben sich den Tag redlich verdient. Wenn Sie wollen, können Sie nach Hause gehen.«

Während sie den Dienstwagen holten, rief Vanina die Staatsanwältin an und bat sie zu warten, da sie wichtige Neuigkeiten habe.

»Wir fahren zu Ussaros Kanzlei«, sagte sie zu Spanò. Der Chefinspektor brauchte gar nicht erst nach dem Grund zu fragen.

»Ist Rechtsanwältin Spada zu sprechen?«, fragte Vanina.

Die Sekretärin wirkte verwirrt. »Ja, aber sie hat einen Mandanten.«

»Das spielt keine Rolle, rufen Sie sie trotzdem!«

Die Frau verschwand im pistaziengrünen Flur und kehrte mit Susanna Spada zurück. Die Anwältin öffnete die Tür zu dem kleinen Raum.

»Setzen Sie sich, Dottoressa!«, sagte sie und ließ Vanina vorgehen. Spanò trat als Letzter ein und schloss der Sekretärin die Tür vor der Nase.

»Frau Rechtsanwältin, ich warne Sie. Sie haben fünf Minuten Zeit, um mir die Wahrheit über den Partyabend mitzuteilen. Wenn Sie noch weiter zögern, wird der Richter Sie das nächste Mal vorladen«, begann Vanina.

Susanna Spada lief dunkelrot an.

»Was wollen Sie damit sagen, Dottoressa Guarrasi? Ich habe Ihnen bereits alles gesagt, was …«

»Susanna, hören Sie mir gut zu! Sparen Sie sich das Theater und kommen wir zum Punkt. Vielleicht können Sie die Sache für sich gleich hier klären, und wir müssen nicht noch weiter ermitteln. Ich bin überzeugt davon, dass Sie nichts mit Lorenzas Tod zu tun haben. Glauben Sie wirklich, es ist besonders klug, mich daran zweifeln zu lassen?«

Susanna Spada zögerte und starrte sie an.

Vanina setzte noch einen drauf. »Rechtsanwalt Ussaro ist zur Vernehmung bei der Staatsanwaltschaft. Ihm werden verschiedene Verbrechen vorgeworfen, vor allem aber der Mord an Lorenza Iannino.«

Ergeben lehnte sich Susanna auf ihrem Stuhl zurück.

»Was wollen Sie wissen?«

»Erzählen Sie mir von Anfang an, was am Abend der Party geschah!«

Susanna Spada holte tief Luft und erzählte:

»Irgendwann am Abend, so gegen elf Uhr, hielten sich alle Gäste im Garten auf. Manche rauchten, andere vertrieben sich die Zeit mit etwas anderem. Lorenza blieb mit Ussaro allein, sie hatten sich im Wohnzimmer eingeschlossen, während ich mit einem Freund in einem anderen Raum war.«

»Mit Alicuti?«, fragte Vanina. Susanna musste es bestätigen. Irgendwann hatte Ussaro an ihre Tür geklopft. Er sagte, es sei besser, wenn die Gäste gingen, denn Lorenza gehe es nicht gut. Er rief seinen Sohn, der gerade angekommen war. Ussaro hatte

Armando Alicuti gebeten, sein Auto zu holen, um dann mit Lorenza wegzufahren. Aber Ussaro wollte nach Hause, und so fuhr Susanna schließlich das Auto des Rechtsanwalts in seine Garage. Kurz bevor sie das Haus verließ, war ihr aufgefallen, dass auch Nicola Antineo anwesend war. Von Lorenza hingegen hatte sie nichts mehr gesehen oder gehört.

Ussaro kam in Begleitung von gleich zwei Kollegen zur Staatsanwaltschaft. Zwei Spitzenverteidiger der Anwaltskammer von Catania, die breit lächelten und vor Selbstvertrauen strotzten. Der Professor brauche sich keinerlei Sorgen zu machen, das war die Botschaft, die beide vermittelten.

So ganz gelassen wirkte dieser aber nicht.

Das konnte ihm keiner verübeln. Die stellvertretende Staatsanwältin Eliana Recupero, Vicequestore Giovanna Guarrasi und der Chefinspektor Ispettore Capo Carmelo Spanò waren das Schlimmste, was ihm widerfahren konnte.

Er wusste nicht, was ihn erwartete, und das machte ihn sichtlich nervös.

Vanina sprach nur über den Fall Iannino und ließ absichtlich alles andere aus. Sie hoffte inständig, dass das Servizio Centrale Operativo sich darum kümmerte.

Sie legte alle Indizien vor, die sie in Händen hatten. Die anonymen Anrufe, die Zeugenaussagen, die darauf hindeuteten, dass Ussaro für den Tod von Lorenza Iannino und die Entsorgung ihrer Leiche im Meer verantwortlich war. Die Fingerabdrücke auf dem Koffer und auf dem Lenkrad des Wagens.

Ussaro hörte sich die Ausführungen der stellvertretenden Staatsanwältin an, ohne ein Wort zu verlieren. Seine Miene war grimmig, sein Blick noch ausweichender als sonst, er sprühte vor Arroganz.

Seine Verteidiger ließen sich nicht aus der Ruhe bringen.

Als Vanina schließlich die Blutflecken auf dem Sessel und im Koffer erwähnte, zuckten alle drei leicht zusammen und sahen sich verblüfft an.

Einer der beiden meldete sich zu Wort. »Und könnten Sie uns bitte mitteilen, wo die Mordwaffe sein soll?«

»Einem Zeugen zufolge soll es ein blutverschmiertes Messer gegeben haben«, sagte Staatsanwältin Recupero.

»Und, haben Sie es gefunden?«

»Nein, Herr Rechtsanwalt. Noch nicht.«

Spanò räusperte sich. »Entschuldigen Sie, Dottoressa«, mischte er sich ein. Vanina und Eliana Recupero drehten sich gleichzeitig zu ihm um.

»Soeben habe ich von der Spurensicherung die Ergebnisse der von uns angeforderten Untersuchungen erhalten.«

Die drei Männer starrten ihn mit angehaltenem Atem an.

Vanina stand auf und verließ mit ihm für einen Moment den Raum.

»Und?«

»Gerichtsmediziner Pappalardo hat das Küchenmesser gefunden, das Antineo erwähnte. Es lag zwischen den anderen, aber in einer Ecke war noch etwas Blut zu sehen. Auf der Klinge selbst wurde ein Fingerabdruck gefunden. Um das Blut abzugleichen, muss es nach Palermo geschickt werden. Aber wie es aussieht, gehört der Fingerabdruck zu Rechtsanwalt Ussaro.«

Vanina kehrte in den Raum zurück und teilte Ussaro und seinen Verteidigern die neuen Erkenntnisse mit.

Die Reaktion des Anwalts erfolgte im Handumdrehen. Er wurde aschfahl, Schweißperlen bildeten sich auf seiner Stirn, und er starrte mit zusammengepressten Lippen Eliana Recupero an.

»Ich mache von meinem Recht zu schweigen Gebrauch«, stieß er hervor.

Auch seine beiden Kollegen sahen sich an und wirkten plötzlich gar nicht mehr so selbstsicher.

Eliana Recupero zuckte nicht mit der Wimper und hob die Hände.

»Wie Sie wollen.«

Der Rechtsanwalt hatte eine Strategie gewählt, die es ihm ermöglichte, Zeit zu gewinnen, die aber sehr riskant war. Einer wie er musste das wissen, doch offenbar setzte er auf diese Taktik.

Vanina und die Staatsanwältin waren sitzen geblieben und sahen sich an. Inspektor Spanò stand an der Tür, die er gerade hinter den drei Männern geschlossen hatte.

»Ein dummer Schachzug, ich bin überrascht, dass seine beiden Verteidiger darauf eingegangen sind«, kommentierte die Staatsanwältin.

»Er hat sie gar nicht erst gefragt.«

»Wie dem auch sei, Dottoressa, ein weiteres Puzzlestück hat sich dem Gesamtbild hinzugefügt. Natürlich wäre es ideal, wenn wir die Leiche fänden, aber wenn wir so weitermachen, könnte es sogar zu einem Indizienprozess kommen. Auch wenn es im Moment vermutlich von Vorteil wäre, dass Ussaro weiterhin glaubt, noch handlungsfähig zu sein. Um sich zu schützen, könnte er falsche Schritte unternehmen. Das wäre für die anderen Ermittlungen, die noch gegen ihn laufen, nur von Nutzen.«

Vanina nickte.

Ein neues Puzzleteil. Ein weiteres schwerwiegendes Indiz zum Nachteil von Rechtsanwalt Ussaro, das als entscheidend betrachtet werden musste.

Doch auf unerklärliche Weise war der Eindruck stärker geworden, dass sie etwas übersah. Die plötzliche Abwärtsspirale, welche die Ermittlung genommen zu haben schien, forderte sie auf, langsamer zu werden, statt auf die Endphase zu drängen. Als ob sie einen Moment innehalten und nachdenken sollte, um zu verstehen, warum irgendetwas immer noch nicht stimmte.

Sie hatte eine Fahrt nach Palermo und ein Wochenende Zeit, um darüber nachzudenken.

19

Bis sie endlich fertig war und Santo Stefano verließ, war es sieben Uhr geworden. Bettina war ihr ängstlich gefolgt, während sie ein kleines Gepäckstück im Auto verstaute und sich auf eine Art gekleidet hinters Steuer setzte, wie sie sie es noch nie an ihr gesehen hatte … feminin.

»Vanina, ist es nicht gefährlich, mit solchen Absätzen nach Palermo zu fahren?«

Solche Absätze waren eigentlich nichts Besonderes. Hoch, aber nicht so hoch, dass sie nicht hätte fahren können. Sie waren lästig, und sie wäre gern mit flachen Schuhen gefahren, hätte die Uhrzeit es nicht von ihr verlangt. Beim besten Willen hätte sie es nicht geschafft, die Türschwelle des Hauses Calderaro vor neun Uhr und mitten in den Feierlichkeiten zu überschreiten. Sie hätte sicherlich nicht mehr die Möglichkeit gehabt, sich vorher noch einmal umzuziehen.

Diese anderthalb Stunden Fahrt entspannten sie. Ein paar Zigaretten, Musik über das iPhone, das mit dem Auto verbunden war. Ein Espresso an der Raststation, einer Örtlichkeit, die für Vanina stets ihren Reiz gehabt hatte. Vielleicht deshalb, weil sie sie an lange Autofahrten mit ihrem Vater erinnerte. Wunderschöne Reisen, die selbst von den erstaunlichsten Reisezielen, die sie im Lauf ihres Lebens besucht hatte, nicht übertroffen wurden.

Ihre Gedanken kreisten um ihren Vater, Inspektor Guarrasi. Morgen würde Vanina zu ihm gehen und ihm die Blumen bringen, die sie ihm zu Allerseelen nicht hatte bringen können. Und die übliche Trauer würde sie ergreifen.

Das war immer so. Jedes Mal, wenn ein Familientreffen bevorstand, kreisten ihre Gedanken um ihn. Er, der nichts mit *dieser* Familie zu tun hatte und niemals hätte zu tun haben können, selbst dann nicht, wenn er noch gelebt hätte.

Sie war schon fast vor den Toren der Stadt, als Manfredi Monterreale sie anrief.

»Wo bist du, Vicequestore?«

»Hinter Oreto.«

Fassungsloses Schweigen. »In Palermo? Was hast du dort vor?«

»Ich gehe zu einer Familienfeier.«

»Tut mir leid, das hatte ich vergessen.«

Er konnte sich nicht erinnern, weil sie es ihm nicht gesagt hatte. Sie hatte nur mit wenigen Menschen über diese Reise nach Palermo gesprochen, und er hatte einfach nicht dazugehört.

Das sagte eine Menge aus.

»Ich wollte dich zum Abendessen bei mir einladen, aber das erübrigt sich ja jetzt. Das spare ich mir für einen späteren Abend auf. Ich habe es immer noch nicht geschafft, dich offiziell einzuladen. Immer wenn du zu mir nach Hause kommst, kann ich nur irgendetwas Essbares aus den Vorräten zaubern.«

»Wenn du das *zaubern* nennst, wage ich mir nicht vorzustellen, was du unter einer offiziellen Einladung verstehst.«

Vanina befürchtete, dass er irgendeine kleine Anspielung auf den Vorabend machen könnte, doch Manfredi erwähnte ihn nicht. Er spielte weiter den Chefkoch, der für einen außergewöhnlichen Gast sein Bestes geben wollte.

Als sie auflegte, hatte sich Vaninas Laune verbessert. Um zehn nach neun bog sie in die Via Cavour ein. Sie fuhr links an der Villa Pajno vorbei, der Präfektur von Palermo, und entdeckte in der Ferne einen unerwarteten Ort in Miniaturformat, direkt neben dem Gebäude, in dem die Familie Calderaro wohnte und in dem auch sie – leider – jahrelang gelebt hatte. Ein Ort, an dem sie sich zu Hause fühlen sollte, der ihr aber fremder war als jede Mietwohnung, in der sie jemals gelebt hatte. Bis ihr ein gewisses Maß an wirtschaftlicher Unabhängigkeit den Auszug ermöglicht hatte.

Sie stieg aus dem Auto, holte ihr Gepäck und das Päckchen mit dem Schal, den sie am Nachmittag für ihren Stiefvater Federico gekauft hatte. Sie zog den Schlüssel zur Haustür heraus und steckte ihn in das Schlüsselloch.

»Guten Abend, Dottoressa.«

Sie wandte sich um. Der Leiter von Paolo Malfitanos Eskorte winkte ihr zu. Der Beamte neben ihm tat dasselbe.

Regungslos blieb Vanina stehen, die Hand auf die halb geöffnete Eingangstür gelegt. Sie antwortete mit einem Nicken und versuchte ein Lächeln, das aber kläglich scheiterte.

Was hatten die beiden hier draußen verloren?

Sie fuhr ins oberste Stockwerk. Für die Familie von Professor Federico Calderaro musste es mindestens ein Penthouse sein.

Auf dem Treppenabsatz standen zwei weitere Beamte, die sich dem Aufzug näherten, sobald sie sahen, dass sich die Tür öffnete.

»Oh, guten Abend, Dottoressa«, sagte einer von ihnen entschuldigend.

»Guten Abend«, antwortete Vanina.

Jetzt war alles klar.

Sie suchte den richtigen Schlüssel aus ihrem Bund, kam aber nicht mehr dazu, ihn zu benutzen. Die Wohnungstür öffnete sich, und ihre Schwester Costanza erschien auf der Schwelle.

»Vanina!«, rief sie und umarmte die Vicequestore. »Ich hörte den Aufzug kommen. Ich hatte schon gehofft, dass du es bist.«

Vanina erwiderte die Umarmung und zwang sich zu einem Lächeln.

»Du siehst wunderschön aus«, sagte Vanina. Und das stimmte. Kurz darauf erschien Federico.

»Nicht zu glauben, dass ich auch noch dieses Geschenk erhalte!«, rief er und umarmte sie, als hätten sie sich ein Jahr lang nicht gesehen. Doch es war kaum mehr als ein Monat her, dass sie bei ihm zu Hause gewesen war. Doch es war ein Wendepunkt für beide gewesen, und offensichtlich hatte auch er dies gespürt.

Wenn sie es nur nicht so übertrieben hätte, wie die Gestalten vor der Tür zeigten, dann hätte ihre Mutter sie diesmal mit einem schönen Abend überraschen können.

Aber stattdessen …

Costanza nahm ihr das Gepäck aus der Hand. Vanina wollte instinktiv nach ihrer Tasche greifen, in die sie den kleinen Revolver gesteckt hatte und die sie immer bei sich hatte, wenn sie ihr Holster nicht tragen konnte. Aber sie hielt sich zurück und gestattete, dass man sie ihr abnahm. Es war nicht ratsam, sich von der eigenen Schwester als verrückt erklären zu lassen. Sie folgte ihr in ihr Zimmer.

»Wie geht es dir, Coco?«, fragte sie.

Sie lächelte. »Gut. Wir haben schon lange nicht mehr miteinander gesprochen.«

Da hatte sie recht.

Sie waren Schwestern. Eigentlich Halbschwestern, aber andere hatten sie nicht. Und doch hörten sie nie voneinander. Ab und zu schickte ihr Costanza ein paar Nachrichten, immer liebevoll, immer mit Emoticons versehen. Vanina erwiderte den Gruß. Mehr nicht. Jetzt hatte Costanza vor zu heiraten. Aber war sie dafür nicht noch ein bisschen zu jung? Und was für ein Typ war ihr Verlobter? Dieses Genie der Herzchirurgie, das Federico Calderaro unter seine Fittiche genommen hatte? Schlimmer noch, es hatte Vanina nie interessiert. Es genügte, Hallo zu sagen, Interesse zu zeigen, damit Costanza sie in zehn Minuten über alles informieren konnte, was sie monatelang, ja, jahrelang nicht beachtet hatte. Und dann knallte ihr die Schwester eine Bitte vor den Latz, mit der sie nie gerechnet hatte und die sie ohne Umschweife annehmen musste. Costanzas Trauzeugin zu werden.

Als sie das Wohnzimmer betraten, fühlte sich Vanina erschöpft.

Sie war besorgt, weil sie wusste, was sie dort erwartete.

Signora Marianna drängte sich durch das Grüppchen *enger* Freunde und stürmte auf Vanina zu.

»Liebling, da bist du ja endlich! Brauchst du etwas? Willst du dich für einen Moment in dein Zimmer zurückziehen, dich frisch machen?«, überfiel sie ihre Tochter.

»Nein, Mama, mach dir keine Gedanken! Ich fühle mich sehr frisch.«

Ihre Mutter wirkte betrübt. »Ist etwas passiert?«

Vanina starrte sie ratlos an.

»Das weiß ich nicht, sag du es mir!«

Marianna verstand. Einen Moment lang befürchtete sie, ihre Tochter könne sich mit einer Ausrede wieder verabschieden, doch dann sah sie sie lächeln und einem Grüppchen zuwinken. Auch wenn sie wusste, dass dieses Lächeln nicht echt war, hoffte sie, dass es so lange wie möglich anhielt.

Lange genug, um Zeit zu gewinnen.

In den vier Jahren, in denen Paolo mit ihrer Tochter befreundet gewesen war, hatte Marianna Calderaro ihn vielleicht dreimal angerufen. Es war reiner Zufall, dass er ihre Nummer noch auf seinem Handy gespeichert hatte. Deshalb hatte ihn ihr Anruf an jenem Morgen vor zwei Tagen auch völlig aus der Fassung gebracht.

Er wusste nicht, wie und warum er nun hier war, im Haus der Calderaros, um Federicos Geburtstag zu feiern. Ein Mann, den Paolo schätzte, mit dem er aber nie viel zu tun gehabt hatte. Dann wegen Vanina, weil sie sich von ihm fernhielt. Und als er Nicoletta geheiratet hatte, weil sie mit Costanza befreundet war, aber nicht mit dem Rest der Familie.

Jetzt war er allein, und er war hier.

Als einzige Gewissheit wusste er, dass er an diesem Abend Vanina sehen würde. Ohne sie zu suchen, ohne einen Finger zu rühren, ohne sein Versprechen brechen zu müssen. Einfach so.

Um nichts in der Welt hätte er sich diese Gelegenheit entgehen lassen.

Vanina hatte ihn sofort entdeckt.

Mit dem Glas in der Hand lehnte er an der Wand neben dem offenen Fenster, das auf eine Terrasse hinausging, in den Fängen von Professor Guccino, einem Neurochirurgen und engem Freund von Federico. Ein Mann, der wie ein Wasserfall redete und den man nur unter einem Vorwand wieder loswurde.

Paolo sah genauso aus wie damals, als sie sich zum ersten Mal begegnet waren. Er war wieder rasiert, trug sein grau meliertes Haar nach hinten gekämmt und wirkte nachdenklich. Michele Placido in der Rolle des Inspektors Cattani. Damals hatte sie ihn so beschrieben. Und er hatte gelacht.

Wenigstens sich selbst gegenüber musste sie es eingestehen: Paolo Malfitano zu sehen bereitete ihr eine so große Freude, dass sie nur schwer zu ertragen war. Eine Freude, die sie sich verbat, die sich aber trotzdem immer wieder einstellte und ihr zeigte, dass die Überzeugung, sie wäre die Herrin über ihre Gefühlswelt, völliger Unsinn war. Dennoch redete sie es sich ein.

Sie kam dicht genug heran, um gesehen zu werden, aber nicht dicht genug, um in Professor Guccinos feuriges Gespräch miteinbezogen zu werden. Der berühmte Geniestreich, den Paolo sofort verstand.

Es war nicht der richtige Abend, um auf der Terrasse zu sitzen, aber Signora Marianna hatte überall Heizstrahler aufgestellt. Vier Kellner in Livree und weißen Handschuhen servierten alle Arten von frittierten Speisen, Timbali aus Ringnudeln, winzige Parmigiane, kleine Caponate, Tellerchen mit Fleisch- und Fischgerichten. Ein Menü, das auf Federico zugeschnitten war, mit dem sich Vanina immer gut verstanden hatte, wenn es ums Essen ging. Sie zündete sich eine Zigarette an und blickte von der Brüstung aus nach draußen. Allein dieser Blick über die Dächer von Palermo war die einhundertneunzig Kilometer lange Fahrt und das Eintauchen bis zum Hals in die Welt der Calderaros wert gewesen.

»Es ist besser, wenn ich mich nicht auch noch hinauslehne, sonst bekommt Nello noch einen Herzinfarkt«, sagte Paolo. Nello war der Leiter seiner Eskorte, dem Vanina vor der Tür begegnet war.

Er hat immer schon Witze darüber gemacht. Als ob Witze darüber ihre Ängste vertrieben hätten. Von außen gesehen mochte er rücksichtslos wirken, aber in Wirklichkeit, und das wusste sie, wollte er sich nur verteidigen. Für den körperlichen Schutz sorgte die Eskorte, für den psychischen musste er selbst sorgen. Und das brachte er zustande, indem er den Nutzen der Eskorte ins Lächerliche zog.

Wenn sie dich töten wollen, werden sie dich töten. Das war der Schluss, den er immer daraus zog.

Vanina trat einen Schritt zurück. »Wie schön diese Stadt ist!«, sagte sie.

Paolo starrte sie einen Moment lang an.

»Wenn es dir hier so gut gefällt, warum kehrst du nicht zurück in diese Stadt?«

Vanina zog eine Grimasse, als wollte sie sagen, dass er die Antwort bereits kannte. Sie inhalierte den Rauch und blies ihn aus.

»Weil mir Palermo nur in sehr kleinen Dosen guttut«, antwortete sie.

»Bist du sicher?«

»Ganz sicher.«

»Was ist mit Catania?«

»Catania ist ein Allheilmittel«, antwortete Vanina instinktiv. Sie wusste nicht, wie sie darauf gekommen war, aber im Grunde stimmte es. »Catania ist eine Stadt, die Energie überträgt. Ich glaube ja, die Schuld oder auch der Verdienst – je nachdem, wie man es nimmt – liegt an der *Muntagna*. All diese unterirdischen Aktivitäten, die Erde, die unter deinen Füßen brodelt. Man sieht sie nicht, aber ich glaube, dass sie etwas bewirkt.«

»Hast du dich wirklich in Catania verliebt?«, fragte Paolo. Ironisch, gespielt ungläubig, aber mit einem spürbaren Anflug von Verärgerung.

»Ich will damit nur sagen, dass ich gern dort lebe.«

Paolo schwieg und dachte nach. Dann wurde er plötzlich ernst.

»Das heißt«, sagte er und wandte den Blick ab, »dass du diese Stadt empfehlen kannst.«

Vanina wollte ihm gerade antworten, als das Licht im Wohnzimmer gedimmt und die Musik lauter wurde.

Also gingen sie wieder hinein.

»Deine Mutter hat in großem Stil organisiert«, befand Paolo.

Vanina wandte sich um und sah, dass die Kellner eine mit Zucker überzogene dreistöckige Torte trugen, die wie aus einer New Yorker Bäckerei aussah. Obenauf flatterte die Zahl 68 neben einer brennenden Kerze.

Federico schien peinlich berührt zu sein. Wer ihn gut kannte, wusste, dass er sich in dieser Choreografie mit Musik und Applaus nicht wohlfühlte. Er versuchte, sich abzuschirmen, während Marianna und Costanza alles taten, um ihn ins Licht zu rücken.

Sie sah, wie eindringlich er den Blick schweifen ließ.

»Rede! Komm schon, Federico, ein paar Worte! Lass dich nicht so bitten!«, rief sein Freund Guccino. Er hätte gewusst, was er sagen sollte. Er hätte stundenlange Monologe halten können.

Paolo wandte sich zu Vanina um.

»Siehst du nicht, dass er nach dir sucht?«, fragte er.

Vanina zögerte, bevor sie sich mit ihrem Schicksal abfand.

Sie bahnte sich einen Weg zwischen den Gruppen der Gäste hindurch. Sobald Federico sie sah, lächelte er, streckte eine Hand aus und signalisierte ihr, sich zu nähern. Er wollte sie in das Familienbild mit einschließen. Der Tisch mit der Torte, dahinter die Sofas, der knisternde Kamin, der schon weihnachtlich blinkte, auch wenn er noch mit Kürbissen und Kastanien geschmückt war. Mit katastrophalen Auswirkungen auf Vaninas Stimmung.

»Na endlich, jetzt ist die Familie komplett!«, rief Paolo. »Meine Frau Marianna, meine Tochter Costanza und Vanina, meine andere Tochter«, sagte er, drehte sich um und sah sie an. »Die heute gekommen ist, um mich zu feiern.« Er lächelte sie an und flüsterte ihr ins Ohr. »Kann ich jetzt diese Achtundsechzig ausblasen? Sie lastet schwer wie ein Felsbrocken auf mir.«

Er nahm sie und Costanza bei der Hand und blies die Kerze aus.

Vanina wäre am liebsten davongerannt.

Sie durchquerte das Wohnzimmer und schenkte denjenigen, an denen sie vorbeikam, ein schiefes Lächeln. Sie betrat ihr Zimmer, das Marianna so gelassen hatte wie damals, als sie es noch bewohnte. Und ohne sich noch einmal umzusehen, griff sie nach ihrer Tasche und ihrer Jacke und schlüpfte durch den Dienstbotenkorridor zur Hintertür.

Sie trat auf den Treppenabsatz hinaus und nickte den beiden Sicherheitsbeamten zu.

Sie musste fliehen. Aber wohin? Nachts nach Catania zurückzukehren mit der Müdigkeit, die auf ihr lastete? Sie hatte sogar ihr Gepäck zurückgelassen. Außerdem wollte sie am folgenden Tag ihren Vater besuchen. Ihren einzig wahren Vater.

Sie schlüpfte in den Aufzug und fuhr hinunter.

Gerade wollte sie die Tür öffnen, als das Telefon in ihrer Tasche vibrierte. Zu neunundneunzig Prozent war es ihre Mutter. Oder Paolo. Sie zog es heraus und runzelte die Stirn. Pappalardo, Spurensicherung.

»Pappalardo«, sagte sie erstaunt.

»Dottoressa, entschuldigen Sie, dass ich mir die Freiheit nehme, Sie um diese Zeit an einem Samstag anzurufen, aber ich konnte nicht anders.«

»Schon in Ordnung. Was ist passiert?«

»Heute Nachmittag, nachdem ich Spanò die Untersuchungsergebnisse zu dem Messer mitgeteilt hatte, habe ich mir noch einmal Gedanken gemacht. Irgendetwas hat mich nicht überzeugt. Stellen Sie sich vor, dass ich bereits zu Hause angekommen war, doch statt mich zum Abendessen hinzusetzen, fuhr ich zurück ins Büro und machte mich wieder an die Arbeit. Ich sah mir noch einmal genau die Blutspuren zwischen Klinge und Griff an und stellte fest, dass sie irgendwie seltsam aussahen.«

»Inwiefern seltsam, Pappalardo?«

»Lassen Sie mich das genauer erklären. Wenn Blut mit Sauerstoff in Berührung kommt, gerinnt es. In den Ecken, in denen es zurückgelassen wurde, und davon gab es einige, hätte man logischerweise geronnenes Blut finden müssen. Stattdessen wirkten das Aussehen und die Konsistenz wie … nicht geronnenes Blut. Zwar schon ein paar Tage alt, aber flüssig. Ich war so verwirrt darüber, dass ich der Sache unbedingt auf den Grund gehen wollte. Also führte ich einfach wahllos einige Tests durch, bis ich ein Ergebnis erhielt, das ich so niemals erwartet hätte.«

»Und was bedeutet das?«

»Ich habe Spuren von EDTA gefunden.«

»Was ist EDTA?«

»Eine Substanz, die das Blut an der Gerinnung hindert. Ein Zusatzstoff, der verwendet wird, um es flüssig zu halten, insbesondere wenn es transportiert werden muss.«

Vanina dachte über diese Neuigkeit nach.

»Hören Sie, Pappalardo, könnte man diese Substanz auch in einem Reagenzglas finden?«

»Ja sicher.«

Es war absurd. Aber …

»Gut, ich danke Ihnen.«

»Warten Sie, Dottoressa, da wäre noch etwas. Das ist aber nur mein Eindruck.«

»Na, dann los!«

»Ich habe mir noch einmal die Fingerabdrücke angesehen und festgestellt, dass sie sich in einer ungewohnten, etwas merkwürdigen Position befanden.«

»Das heißt?«

»Der Daumen war auf die Klinge gedrückt, als wollte er damit mehr Kraft ausüben. Da wir noch keine Leiche haben, wissen wir nicht, um welche Wundart es sich handelt, aber aus dieser Haltung heraus erscheint es mir schwierig zu sein, einen tödlichen Schlag zu versetzen.«

Vanina verinnerlichte die Nachricht.

»Das sind zwei sehr wichtige Informationen, über die wir sorgfältig nachdenken müssen. Danke, Pappalardo, Sie sind großartig.«

»Nicht der Rede wert, Dottoressa.«

Sie verabschiedete sich von ihm und legte auf.

Paolo stand hinter ihr und starrte sie an.

»Alles in Ordnung?«

Sie musterte ihn, ohne Filter. Ohne die Kraft, ihn auf Abstand zu halten. Ohne sich zu zwingen, vor ihm zu verbergen, dass sie sich über das Wiedersehen eigentlich freute. Dass sie ihn brauchte.

Sie ging auf ihn zu und umarmte ihn.

»Nichts ist in Ordnung.«

20

Inspektor Giovanni Guarrasi lächelte unter seiner Dienst-
mütze hervor. So hatte man ihn auf dem Foto verewigt, doch
Vanina glaubte nur zu gern, dass das Lächeln ihr galt. Sie hatte
die Vasen zu beiden Seiten des Grabsteins gesäubert und mit
frischen Blumen gefüllt. Nun saß sie auf der Steinplatte, die
ihn bedeckte, und sah ihm in die Augen.

»Ich habe Mist gebaut, nicht wahr, Papa?«, fragte sie ihn.

Sie versuchte, sich seine Antwort vorzustellen, wenn er hier
sitzen und mit ihr reden könnte.

Doch es war nicht leicht, zu einem Ergebnis zu kommen.
Wäre er tatsächlich bei ihr gewesen, wäre dieses Chaos vermutlich gar nicht erst aufgetreten.

Die einzige Antwort, die sie formulieren konnte, war das
Mantra, das er immer gebetsmühlenartig wiederholt hatte. Sie
erinnerte sich noch daran, als wäre es gestern gewesen, obwohl
fünfundzwanzig Jahre vergangen waren.

»Was hältst du für richtig, Liebes? Denn davon wird dein
Leben bestimmt. Das brauchst du, um in den Spiegel schauen
zu können und zu wissen, dass du dir nichts vorwerfen musst.
Und dass du alles dafür tust, um dein Leben so zu gestalten,
wie du es dir wünschst. Ganz nach deinen Träumen wird es
zwar nicht werden, Liebling, aber meistens hängt das nicht von
dir ab.«

Vielleicht hatte sie es nur vergessen. Vielleicht wusste sie
nicht mehr, wie sie die Worte interpretieren sollte. Alles konnte

entweder gut oder schlecht ausgelegt werden. War sie noch in der Lage, beides zu unterscheiden?

Ihr Stiefvater Federico hatte gar nicht bemerkt, dass sie sich aus dem Staub gemacht hatte. Zumindest war ihm nicht aufgefallen, dass er der Grund dafür gewesen war. Ihre Mutter war überzeugt, dass der Coup, den sie ausgeheckt hatte, um ein Treffen mit Paolo zu organisieren, das Ziel nicht verfehlt hatte. In ihrer Vorstellung war ihre Tochter bereits wieder in Palermo. Sie an dem Morgen wieder zur Vernunft zu bringen hatte sie als anstrengendes Unterfangen empfunden.

Doch das wirkliche Chaos, das unauslöschliche Spuren in ihrem ohnehin schon prekären Gefühlsgleichgewicht hinterlassen würde, war das, was Vanina mit Paolo angestellt hatte.

Zuerst hatte sie darum gebeten, sie nicht mehr zu kontaktieren, ihre Entscheidung zu respektieren und ihre Liebesgeschichte zugunsten einer hypothetischen oder besser gesagt utopischen Unbeschwertheit aufzugeben. Und was hatte sie bei der ersten Gelegenheit getan? Sie hatte sich in seine Arme gestürzt und die halbe Nacht mit ihm verbracht. Zum zweiten Mal in etwas mehr als einem Monat.

Und nun würde sie nach Catania zurückkehren und einen ganzen Teppich ungelöster Knoten zurücklassen.

Sie stand vom Grabstein auf und beugte sich vor. Sie küsste ihre Finger und streichelte das Foto. Ihre Augen waren trocken, aber ihre Kehle wurde so eng, dass sie zu ersticken drohte.

Sie verließ den Friedhof von Santa Maria dei Rotoli gegen Mittag.

Pappalardos Anruf am Vorabend war zwischen die Flucht vor den Calderaros und die Nacht in Paolos Haus geraten. Im Augenblick war er in den Hintergrund getreten, doch kurz darauf hatte es ohne Unterlass in ihrem Kopf gehämmert. Zusammen mit einer Hypothese, die zwar absurd erschien, aber durchaus plausibel sein konnte.

Sie hatte auch mit Paolo darüber gesprochen, der ihr zugestimmt hatte.

»So abstruse Fälle bekommst auch nur du auf den Tisch«, hatte er nur gesagt.

So wie sie ihm Ussaro beschrieben hatte, hatte er kein Blatt vor den Mund genommen. Er war die schlechte Kopie des skrupellosen Mafioso Tano Cariddi. Und wenn TV-Commissario Cattani das sagte, dann war daran nicht zu rütteln.

Auch diese Dummheit hatte Vanina in der Nacht zuvor begangen. Ihn an die Ähnlichkeit mit dem TV-Kommissar zu erinnern, mit der sie ihn damals geneckt hatte. Etwas, das ihn im Handumdrehen um acht Jahre zurückversetzte und nur seine Überzeugung bestärkte, dass das Stück Leben, das er ohne sie verbracht hatte, verschwendete Zeit gewesen war.

Ein ganzes Bündel von Gefühlen war offengelegt worden.

Dann hatte sie mit frischem Geist, als wäre nichts geschehen, ihre Sachen gepackt und war gegangen.

Gleichgewicht wiederhergestellt.

Doch Paolo wusste – und tief in ihrem Innern war sie sich dessen auch bewusst –, dass man seine Gefühle nicht ewig verdrängen kann, sie früher oder später akzeptieren muss. Es war nur eine Frage der Zeit. Andernfalls riskierte man, ein Leben lang unglücklich zu sein.

Sie fuhr an Arenella vorbei und hinunter nach Acquasanta. Dabei kam sie an der *Villa Igiea* vorbei, dem schönsten Hotel in Palermo, das als Kulisse für viele Filme in ihrer Sammlung gedient hatte.

Sie durchquerte die Stadt, nahm den Viale Regione Siciliana und bog schließlich auf die Autobahn ab.

Dann setzte sie die Kopfhörer auf und rief Spanò an.

Er meldete sich bereits nach dem ersten Klingelton.

»Ispettore, entschuldigen Sie, dass ich Sie an einem Sonntag störe.«

»Sie stören nicht. Ich bin im Büro.«

»Und was machen Sie da?«

»Ich habe Dienst. Und wenn ich schon mal da bin, erledige ich auch gleich den Papierkram. Sind Sie noch in Palermo, oder sind Sie in der Nacht wieder zurückgefahren?«

»Ich fahre gerade zurück.«

Sie berichtete ihm, was der Gerichtsmediziner Pappalardo ihr erzählt hatte.

Sie sah ihn förmlich vor sich, wie er sich nachdenklich über den Schnauzbart strich.

»Es kann also kein Blut von einer Stichwunde sein«, schloss Spanò.

»Aber auch nicht von einem Schnitt, Ispettore. Es handelt sich um präpariertes und transportiertes Blut.«

»Wie das, was Lorenza Iannino sich von Finuzzas Kollegin hatte abnehmen lassen. Das denken Sie doch auch, nicht wahr, Dottoressa?«

»Ganz genau, Ispettore.«

»Was soll ich tun?«

»Kontaktieren Sie Signora Rizza, die Krankenschwester, welche die Blutabnahme durchgeführt hat, und fragen Sie sie, ob sie ein Röhrchen mit diesem Zusatzstoff verwendet hat.«

»Mache ich.«

Vanina legte auf und tätigte einen weiteren Anruf.

»Pappalardo, entschuldigen Sie die Uhrzeit!«

»Dottoressa Guarrasi, keine Ursache.«

»Ich muss Sie um einen Gefallen bitten. Theoretisch könnte

ich Ihr Büro anrufen und dem Diensthabenden die Sache erklären …«

»Das kostet Sie einiges an Zeit, Dottoressa.«

»Ich fürchte, ja, aber ich brauche eine schnelle Antwort.«

»Worum geht es?«

»Können Sie feststellen, ob dieser Gerinnungshemmer EDTA auch in dem Blut enthalten ist, das sich auf dem Stuhl in der Villa und im Koffer befunden hat?«

»Ja sicher.«

»Könnten Sie das noch heute erledigen?«

»Ich begebe mich sofort an die Arbeit.«

»Aber nein, nehmen Sie sich ruhig Zeit für das Mittagessen, schließlich ist es Sonntag! Ein paar Stunden mehr oder weniger machen für mich keinen großen Unterschied.«

»Für mich schon, Dottoressa.«

»Warum?«

»Weil ich am Nachmittag Tischkicker spiele. Ich esse lieber nichts zu Mittag!«

Vanina legte auf und lächelte.

Um ein Uhr blieb sie an der Raststätte Scillato stehen. Sie bestellte eine Focaccia mit Mozzarella, getrockneten Tomaten und Basilikum und eine Coca-Cola.

»Möchten Sie das Menü?«, fragte sie das Mädchen an der Kasse.

»Das Menü?«

»Ja, Sandwich plus ein Getränk und ein kleines Dessert.«

Sie warf einen Blick in die Dessertvitrine und entdeckte einen Nutellamuffin. Den konnte sie sich für später aufheben.

Sie entschied sich für das Menü.

Dann kehrte sie mit einer rot-weißen Tüte zum Auto zurück.

Um halb zwei kam sie in Santo Stefano an.

Bettinas Fenster waren geschlossen, ein Zeichen dafür, dass sie zu einem Sonntagsausflug mit den Witwen aufgebrochen war. Vor sechs Uhr kam sie mit Sicherheit nicht zurück.

Vanina machte sich einen Kaffee, öffnete das Wohnzimmerfenster und trat hinaus in den Zitronenhain.

Sie setzte sich auf ihren gewohnten Eisenstuhl und zündete sich eine Zigarette an.

Da war er, der *Muntagna*. Ruhig, schon halb mit Schnee bedeckt. Im letzten Winter hatte sie mit Giulia und Adriano die Skipisten ausprobiert. Mit Blick aufs Meer. Das war einzigartig gewesen.

Sie hatte keine Ahnung, wie sie einen erholsamen Nachmittag verbringen sollte.

Adriano Calì, der Gerichtsmediziner, litt unter der Abwesenheit seines Freundes Luca Zammataro und hatte sich in seinem Haus in Noto verschanzt, um sich inmitten barocker Mauern, die er und sein Gefährte als Rückzugsort gewählt hatten, spirituell zurückzuziehen. Er hatte Vanina sogar eingeladen, aber von Palermo aus kam das nicht infrage.

Giulia gönnte sich einen Wellnesstag mit einer Gruppe von Freunden in einem neuen Relais an den Hängen des Ätna. Sie hatte Vanina bereits drei Nachrichten mit Fotos von Saunen und verschiedenen Whirlpools geschickt, um sie zum Kommen zu überreden. Doch Vanina hätte nicht im Traum daran gedacht, daran teilzunehmen.

Ihr fiel ein, dass sie eigentlich etwas zu tun hatte, auch wenn sie es zunächst zur Seite geschoben hatte.

Sie sah auf die Uhr. Es war Viertel nach drei. Der Sonntag war der einzige Tag, an dem man Commissario Patanè zu dieser Zeit anrufen konnte, ohne glückliche Träume zu stören.

Sie suchte seine Nummer heraus und rief ihn an. Ein Kind ging an den Apparat.

»Hallo, ist dein Opa da?«, fragte sie.

»Ja. Aber wer ist denn dran?«

»Ich bin Vanina«, antwortete sie.

»Und der Nachname?«

»Guarrasi.«

»Ich kenne dich nicht.«

Das sollte wohl ein Witz sein! Hatte das Kind sich mit seiner Großmutter abgesprochen?

»Aber dein Opa kennt mich. Gibst du ihn mir?«

»Er isst gerade ein Cannolo«, erklärte der Junge.

Die Stimme des Commissario war zu hören, der dem Kind den Hörer aus der Hand nahm.

»Andrea, wer ist dran?«

»Eine Frau, die ich nicht kenne.«

»Hallo?«, sagte Patanè.

»Commissario.«

»Dottoressa, guten Abend!«

»Sie sind noch beim Mittagessen, tut mir leid.«

»Nein, keine Sorge. Wir sind schon beim Nachtisch.«

»Ich wollte Sie fragen, ob Sie mich am Nachmittag begleiten möchten.«

Patanès Lächeln war fast über die Telefonleitung wahrzunehmen. Vanina sah es förmlich vor sich.

»Ja natürlich! Wohin soll es denn gehen?«

»Nach Riposto, zu Laura Di Francos Schwester.«

»Das dachte ich mir schon! Um wie viel Uhr sollen wir uns treffen?«

»Ich hole Sie gegen fünf Uhr ab.«

»Perfekt.«

Vanina schlüpfte in eine andere Hose und in einen mehrlagigen Pulli, sie steckte den kleinen Revolver weg, den sie in ihrer Tasche hatte, holte ihre Dienstwaffe und schob sie ins Holster.

Sie verließ ihre Wohnung, fuhr ins Büro und fand einen Parkplatz direkt auf dem Platz davor, ein Glücksfall, der einem Autofahrer nur an einem Sonntag um diese Uhrzeit widerfuhr.

»Dottoressa?«, rief Spanò, als er Schritte auf dem Korridor hörte.

»Ispettore.«

»Ich habe gerade ein Telefonat mit Agata Rizza beendet. Sie hat mir bestätigt, dass in den Röhrchen, die sie verwendet hat, dieser Zusatzstoff enthalten war. ETDA … oder wie der heißt.«

Vanina ging in ihr Büro, und der Inspektor folgte ihr.

»Das Blut auf dem Messer ist also höchstwahrscheinlich das, was sich Lorenza abnehmen ließ«, sagte sie und setzte sich auf ihren Platz. Sie zündete sich eine Zigarette an und bot auch dem Inspektor eine an. Beide rauchten bei geschlossenen Fenstern, denn außer ihnen hielt sich niemand im ersten Stock auf.

Vanina öffnete die Akte, holte das Foto des blutverschmierten Sessels hervor und betrachtete es ganz genau.

Dann nahm sie den Hörer ab und rief Gerichtsmediziner Pappalardo an.

»Dottoressa, ich wollte Sie gerade anrufen. Sie haben mal wieder den Nagel auf den Kopf getroffen.«

»War der Test positiv?«

»Ja. Spuren von EDTA lassen sich sowohl im Blut auf dem Stuhl als auch im Koffer nachweisen.«

Das überraschte sie nicht im Geringsten.

»Hören Sie, Pappalardo. Könnte Ihrer Meinung nach der Fleck auf dem Sessel mit Blut kompatibel sein, das aus einer Spritze gespritzt wurde?«

Der Gerichtsmediziner dachte eine Weile darüber nach.

»Schwer zu sagen. Aber wenn das Blut mit irgendetwas behandelt wurde, dann mit etwas Ähnlichem.«

»Ich danke Ihnen. Aber jetzt gehen Sie zu Ihrem Fußballspiel.«

Spanò sah sie fragend an. Vanina informierte ihn.

»Verrückt!«, rief der Inspektor, der nicht aufhören konnte, mit den Fingern über seinen Schnurrbart zu streichen. »Das alles könnte also reine Makulatur sein.«

»Ob alles, das weiß ich nicht, Ispettore. Aber die Blutflecken sind mit Sicherheit manipuliert. Das würde auch noch etwas anderes erklären. Überlegen Sie mal, Ispettore! Wann hat Ussaro plötzlich seine Haltung geändert und beschlossen, von seinem Schweigerecht Gebrauch zu machen?«

»Als Sie ihm sagten, dass wir das blutverschmierte Messer gefunden hätten.«

»Blut auf einem Messer, das absichtlich dort platziert wurde. Was denken Sie?«

»Dass der Anwalt plötzlich Angst bekam, weil er nicht wusste, wovon wir sprachen.«

Vanina nickte. »Und in einem ersten Impuls wollte er Zeit gewinnen.«

Spanò dachte darüber nach.

»Aber entschuldigen Sie, Dottoressa! Wenn das der Fall war, warum haben Sie es dann nicht gleich gesagt? Er wusste weder etwas über das Messer noch über das Blut. Es hätte zu seiner Verteidigung verwendet werden können.«

»Wie denn, Ispettore? Zunächst einmal war sein Fingerabdruck auf der Klinge. Dass er sich an einer ungewöhnlichen Stelle befindet, wissen nur wir. Wir dürfen nicht vergessen, dass Lorenza – Blut hin oder her – verschwand, nachdem sie mit ihm allein geblieben war. Und wenn es stimmt, was Valentina Borzi aussagte, muss er Spada gegenüber geäußert haben, dass Lorenza im Meer gelandet sei. Außerdem zu sagen, er wisse nichts über das Blut, hieße zuzugeben, dass er etwas anderes weiß. Wir haben noch nicht herausgefunden, was das sein könnte, jedenfalls stimmt irgendetwas nicht.«

»Vielleicht ist es tatsächlich so«, räumte Spanò ein und machte eine Pause. »Rechtsanwalt Antineo behauptet aber, er habe sowohl auf dem Stuhl als auch auf der Kleidung des Mädchens Blut gesehen. Wie erklären Sie sich das?«

»Im Moment kann ich es nicht erklären. Er behauptet es. Jedenfalls gab es den Fleck. Wir wissen nicht, wann und wie er entstanden ist. Vielleicht hat er es gesehen.«

Spanò kam ein Gedanke, doch der war mehr als absurd.

Vanina kam um fünf Uhr und zwei Minuten vor dem Haus des Commissario an.

Mit angezündeter Zigarette in einer Hand, die andere in der Hosentasche, einem Sakko im Stil des Prinzen von Wales und blauer Krawatte, stand der Commissario aufrecht vor der Eingangstür, in sicherem Abstand zu jenem Bereich, der von seinem Küchenbalkon aus einsehbar war. Hätte seine Angelina ihn rauchen sehen, hätte sie ihm den ganzen Abend lang den Kopf gewaschen. Als ob in seinem Alter ein paar Zigaretten mehr oder weniger noch etwas änderten.

Vanina wollte gerade in die Straße einbiegen, die am Meer entlangführte, als der Commissario sie daran hinderte.

»Um diese Zeit an einem Sonntag geht es auf der Autobahn schneller«, sagte er. »Haben Sie einen *Telepass*?«

»Na sicher.«

»Perfekt, keine Wartezeit vor der Mautstation.«

An der Mautstelle San Gregorio war kaum jemand zu sehen. Der Asphalt war so löchrig, dass die Straße nach Santo Stefano im Vergleich dazu wie ein Teppich war.

Sie nahmen die Autobahn Catania-Messina und fuhren ein Stück darauf entlang. In Giarre fuhren sie ab. Vanina tippte die Adresse von Angelica Di Franco auf Google Maps ein und übergab dem Commissario ihr Handy.

»Na so was …!«, kommentierte Patanè, fasziniert von der *jungen Dame*, die ansagte, wohin sie fahren und wann sie abbiegen mussten und wie die Straßen hießen. Jedes Mal wiederholte er die Hinweise laut, doch Dottoressa Guarrasi hörte nicht auf ihn.

»Weiß Angelica Di Franco, dass wir kommen?«

»Ja, das weiß sie.« Vanina hatte sie angerufen, während sie auf dem Weg zum Commissario war.

»Sie wird sich fragen, was wir von ihr wollen.« Nun war er wieder im Polizeimodus.

»Bestimmt. Aber sie schien nicht beunruhigt zu sein.«

»Warum sollte sie besorgt sein, Dottoressa? Ehrliche Menschen sollten sich nicht scheuen, mit uns zu sprechen. Das heißt, die Schwester von Elvio Ussaros erster Frau hat nichts zu befürchten.«

Ein Bulle auf ganzer Linie.

Sie parkten vor der Marina di Riposto, wo sich der größte Touristenhafen der Ostküste befand. Vanina war im Sommer zuvor schon einmal dort gewesen, an Bord von Giulias Beiboot, das dort zum Tanken angelegt hatte, bevor es weiter nach Taormina ging. Ein riesiges Areal mit Booten jeder Art und Größe sowie viele Superluxusjachten, die dem Hafen von Monte Carlo die Schamröte ins Gesicht getrieben hätten.

Angelica Di Franco begrüßte sie an der Tür im ersten Stock eines Gebäudes mit Blick aufs Meer. Fünfundsechzig Jahre alt, mehr oder weniger, die man ihr nicht ansah. Sie war schlank, braun gebrannt und hatte langes graues Haar, das sie offen trug. Langes Strickkleid, dazu einen farbigen Schal, den sie um den Hals geschlungen hatte. Ein bisschen Boheme. Eine schöne Frau.

»Vicequestore Giovanna Guarrasi«, stellte sich Vanina vor.

»Angelica Di Franco.«

Vanina stellte Patanè vor. »Commissario Biagio Patanè, einer meiner …« Sie sah ihn an. Wie konnte sie ihn definieren? »Einer meiner Mitarbeiter.«

Der Commissario blieb ernst, doch seine Augen strahlten. Er war offenbar angenehm beeindruckt von der Erscheinung der Signora.

Angelica führte sie in einen im ethnischen Stil eingerichteten Salon mit Blick auf den Hafen.

»Vicequestore, ich will Ihnen gar nicht verheimlichen, dass ich äußerst gespannt bin, was Sie zu diesem Besuch bewogen hat. Ich habe viel Gutes über Sie gelesen.«

Ihre Stimme klang ruhig und war fast ohne dialektale Färbung.

»Danke«, sagte Vanina. »Signora, ich weiß, es klingt seltsam, und Sie fragen sich bestimmt, warum ich mich dafür interessiere. Aber ich bin hier, um über Ihre Schwester Laura und ihren Tod zu sprechen.«

Signora Di Franco kassierte den Schlag mit einem Lächeln.

»Meine Schwester? Aber das ist fast vierzig Jahre her. Sie hat sich das Leben genommen, und daran gab es nie einen Zweifel. Ich verstehe nicht ganz …«

»Ich weiß. Es gab nie einen Zweifel, und es gibt keinen Zweifel. Aus der Akte geht jedoch hervor, dass Sie Anzeige gegen Ihren Schwager, Rechtsanwalt Elvio Ussaro, erstattet haben. Sie haben ihn der Anstiftung zum Selbstmord beschuldigt.«

»Das ist richtig.« In der Bitterkeit ihres Gesichtsausdrucks lag ein Hauch Sarkasmus. Sie sah kurz weg, dann wandte sie sich wieder an Vanina. »Das ist eine schmerzvolle Geschichte für mich, Dottoressa.«

»Das kann ich mir vorstellen. Aber würden Sie mir davon erzählen?«

Angelica stand auf und holte ein Tabaktäschchen.

Sie füllte etwas davon in ein Papier und drehte sich eine Zigarette.

»Stört es Sie, wenn ich rauche?«, fragte sie.

»Nein.«

Sie zündete sich die Zigarette an.

»Ich habe diesen Mann angezeigt, weil meine Schwester seit jenem Tag zu sterben begann, an dem man sie zur Heirat mit Elvio gezwungen hatte.«

Sie blieb stehen und nahm einen Aschenbecher zur Hand. Sie betrachtete die Zigarette, als könnte ihr diese die richtigen Worte zuflüstern.

»Elvio Ussaro war seit Jahren wie besessen von meiner Schwester. Aber sie beachtete ihn nicht. Laura hatte gerade die zehnte Klasse am Konservatorium Santa Cecilia in Rom absolviert, als meine Eltern sich plötzlich darauf versteiften, dass sie ihn heiraten müsse. Meine Schwester bestand allerdings darauf, ihren Abschluss zu machen, und zog nach Rom zu einer Tante, die Musik unterrichtete. Meine Eltern ließen sie eine Zeit lang in Ruhe. Laura lernte einen Studienkollegen am Konservatorium kennen, mit dem sie sich traf, Tommaso Escher. Er studierte wie sie Geige. Keiner kannte die Hintergründe, aber die Familie Ussaro erfuhr davon und probte den Aufstand.«

»Verzeihen Sie die Frage, aber warum hatte Ihre Familie solche Angst vor der Familie Ussaro?«

»Treffende Frage, Dottoressa. Aus einem einfachen Grund: Mein Vater war bis über beide Ohren verschuldet, und Ussaros

Vater hatte einen Teil seiner Schulden getilgt. Ich glaube, er lieh ihm auch Geld. Ganz zu schweigen von den laufenden Rechtsstreitigkeiten, in die mein Vater verstrickt war.«

»Wahrscheinlich hieß sein Anwalt Elvio Ussaro«, vermutete Vanina.

»Laura war sogar im Begriff, mit Tommaso zu einem Meisterkurs nach Paris zu reisen. In dem Moment tauchten meine Eltern unangekündigt in Rom auf und zückten die tödliche Waffe. Sie sagten, wenn sie nicht bald nach Hause käme und sich ihren Wünschen unterordnen würde, wäre unsere ganze Familie vernichtet, und mein Vater würde im Gefängnis landen. Und dass nur deshalb noch nichts passiert sei, weil Elvio Ussaro sich so um sie sorgte. Ich weiß nicht, wie sie es anstellten, jedenfalls schafften sie es, meine Schwester von der Notwendigkeit dieses Opfers zu überzeugen. Keine drei Monate später war sie mit Ussaro verheiratet. Die finanziellen Verhältnisse meines Vaters verbesserten sich, und seine Berufungen wendeten sich wie von Zauberhand zum Guten. Doch meine Schwester starb langsam. Sechs Monate später nahm sie sich das Leben.«

»Und Sie waren damals überzeugt, dass Ihr Schwager schuld war.«

»Nicht nur überzeugt, sondern ganz sicher, Dottoressa. Ich war die Einzige, der sich meine Schwester anvertraute. Elvio war wahnsinnig eifersüchtig und gewalttätig. Er war fest davon überzeugt, dass sie ihn früher oder später betrügen würde, wenn sie weiter Geige studierte, und verbot es ihr deshalb. Das Einzige, woran Laura denken durfte, war seiner Meinung nach ein Kind. Laura hasste ihn. Jemand wie sie hätte das nicht länger ertragen.«

»Und was passierte mit dem Freund in Rom?«, fragte Vanina.

»Tommaso Escher? Er wurde ein weltbekannter Geiger und unterrichtet am Konservatorium von Santa Cecilia. Stellen Sie sich vor, dass er mir sogar seine Unterstützung anbot, als ich Elvio anzeigen wollte. Aber Sie wissen ja selbst, wie die Geschichte ausging, Dottoressa. Meine Eltern, meine ältere Schwester, sie alle haben für ihn ausgesagt. Die Gründe dafür brauche ich Ihnen nicht zu nennen. Was zählt schon meine Meinung? Für meine Familie war ich immer das schwarze Schaf. Die Tochter, die von zu Hause wegging, die arbeitete, die allein lebte … die die Rebellion der jüngeren Schwester geschürt hatte. Elvio wäre sogar imstande gewesen, den Spieß umzudrehen und zu behaupten, dass es meine Schuld gewesen sei. Seitdem habe ich nicht mehr mit meinen Eltern gesprochen. Ich habe Maestro Escher erst vor wenigen Monaten getroffen. Er kam wegen eines Konzerts im Bellini-Theater hierher und suchte mich auf. Er erzählte mir, dass er sich seit vierzig Jahren mit Elvio um die Geige streitet, welche die Tante in Rom Laura schenkte, als sie am Konservatorium in Santa Cecilia studierte. Meine Schwester hatte ihm vor ihrem Tod noch geschrieben, dass das Instrument ihm gehören solle. Der Maestro wollte sie Ussaro abkaufen, falls er den Rechtsstreit nicht für sich entscheiden könnte. Angesichts der Möglichkeit, Gewinn daraus zu schlagen, hätte mein Schwager keinen Widerstand geleistet.«

»War es eine wertvolle Geige?«

»Das weiß ich nicht, aber wahrscheinlich schon. Jedenfalls für den Maestro. Ein emotionaler Wert, den Elvio nie verstanden hätte.«

Vanina hatte keine weiteren Fragen.

Angelica hatte sie überrascht.

»Dottoressa, entschuldigen Sie, aber warum wollten Sie diese Geschichte hören?«, fragte Angelica.

Vanina wusste nicht, was sie darauf antworten sollte. Die Geschichte hatte ihr nur einmal mehr bestätigt, wie bösartig Ussaro war.

»Bei Ermittlungen zu Rechtsanwalt Ussaro bin ich über die Geschichte Ihrer Schwester gestolpert. Zu den Straftaten, die ihm zur Last gelegt werden, gehörte auch die Anstiftung zum Selbstmord. Ich wollte also mehr über Ihre Sicht der Dinge erfahren.« Das war die einzige plausible Erklärung, die ihr einfiel.

»Möchten Sie ein Foto von meiner Schwester sehen, Dottoressa? Sie war wunderschön«, sagte Signora Di Franco, bevor sie sich verabschiedeten.

»Ja, gern.«

Angelica verließ den Raum und kam mit einem gerahmten Foto in der Hand zurück. Darauf war eine sehr junge Laura während eines Konzerts an der Musikhochschule von Catania zu sehen. Sie zeigte es zuerst Vanina und dann dem Commissario. Laura war blond, hatte helle Augen, wirkte intelligent. Sie sah aus wie Dominique Sanda im Film *Il Giardino dei Finzi-Contini*.

Patanè betrachtete das Foto eine Zeit lang, dann gab er es verstört zurück.

»Dottoressa, was halten Sie davon, wenn wir uns ein Gläschen genehmigen?«, schlug der Commissario vor und atmete tief durch, als müsste er Sauerstoff tanken.

Vanina nahm den Vorschlag gern an.

In der Nähe ihres Parkplatzes befand sich die Einfahrt zur Marina di Riposto mit dem Schild *Bar del Porto*.

Sie gingen hinein und setzten sich an einen Tisch. Das Lokal war halb leer.

Das Meer vor den Hafenmauern war ruhig, der Vollmond stand hoch, doch am Himmel schienen Wolken aufzuziehen.

Vanina bestellte einen Aperol Spritz, der Commissario einen Wermut.

»Was für eine Geschichte, Dottoressa!«, sagte Patanè.

»Wirklich eine schlimme Geschichte, Commissario. Es erscheint mir so unglaublich, dass so etwas 1975 passiert ist. Das liegt noch gar nicht so lange zurück. Waren davor nicht die Achtundsechziger, die Feministinnen und die Miniröcke?«

»In einer Familie wie der Di Francos konnten sich Achtundsechziger und Feministinnen auch zwanzig Jahre später nicht durchsetzen, Dottoressa. Sie haben ja gehört, was meine Frau sagte. Die älteste Schwester haben sie mit einem Mann verheiratet, den die Familie ausgewählt hatte, und Angelica hatte keinen guten Ruf, weil sie unabhängig war. Aber hier ging es nicht nur um Konventionen, Traditionen oder arrangierte Ehen, sondern es war eine Frage des Überlebens. Entweder so oder der Ruin. Es war Erpressung. Mafia, wage ich zu behaupten.«

»Kurz gesagt, der Rechtsanwalt lebt sein ganzes Leben auf diese Weise … durch Erpressung. Wie ein Mafioso«, schloss Vanina.

Sie wollten gerade aufstehen und gehen, als ein Mann die Bar betrat und vor ihnen stehen blieb.

Vanina sah auf und erblickte Manfredi Monterreale, den Kinderarzt. Er trug Ölzeug und hielt in der einen Hand einen Sack mit Seilen, in der anderen einen Anker. Er lächelte.

Diesmal schlug der Commissario die Fahrt über die Uferstraße vor. Weil es um diese Zeit eine drei Kilometer lange Schlange an der Mautstelle gab und man diese nicht einmal mit dem *Telepass* umgehen konnte. Alles Sonntagsausflügler. Vielleicht nach Taormina.

Vanina redete nicht viel. Die Begegnung mit Manfredi hatte sie aufgewühlt. Es war nicht seine Schuld, er hatte nur mit

Patanè geplaudert, ihm von seinem Segelboot erzählt, das an einem der Piers lag, und sie vielleicht ein wenig herzlicher umarmt, als er es noch vor einigen Tagen getan hätte. Es war ihre Schuld, dass sie riskierte, die Beziehung zu ihm zu ruinieren, bevor sie überhaupt begonnen hatte. Als Freundschaft vielleicht. Manfredi war ein netter Mann, und von denen gab es so wenige, dass es eine Schande war, sie zu verlieren, nachdem man sie gefunden hatte. Durch Unachtsamkeit, Missverständnisse, mangelnde Ehrlichkeit.

Patanè schien ihre Gedanken zu lesen. Er schwieg die ganze Zeit. Doch es war klar, dass er den Arzt mochte.

Als sie am Strand von Mascali vorbeifuhren, wandte er sich zu ihr um.

»Hier gibt es ein Restaurant mit besonders guten Fischgerichten«, sagte er. Schade, dass es noch zu früh sei, sonst hätten sie dort zu Abend essen können.

Vanina reagierte sofort. »Natürlich, damit Angelina mich morgen bis Santo Stefano verfolgt.«

Sie mussten beide lachen, und das hob die Stimmung. Vanina berichtete über die neuesten Informationen zum Stand der Ermittlungen. Die vorsätzlich angebrachten Blutflecken, Ussaros Reaktion im Verhör. Alles, was in dieser Untersuchung über ihn herausgekommen war. Und vor allem darüber, wie sehr sie die unzähligen Indizien verwirrten, die wie Puzzleteile vor ihr lagen und zusammengefügt werden mussten. Alle zu Ussaros Lasten. Alle plausibel, alle überprüfbar, alle einwandfrei nachweisbar. Es war offensichtlich, dass Elvio Ussaro ein Schurke schlimmster Sorte war, der zu jeder Art von Niedertracht fähig war und mit den gefährlichsten Mafiosi in Verbindung stand. Dass er auch ein Mörder war, musste erst noch bewiesen werden.

Das letzte Dorf, das sie vor ihrer Ankunft in Catania erreichten, war Aci Castello.

»Commissario, stört es Sie, wenn wir einen Umweg machen?« fragte die Vicequestore.

»Überhaupt nicht.«

Vanina steuerte ihren Wagen in den Ort hinein und die Promenade entlang, so weit sie fahren durfte, und parkte. Der Platz unterhalb des Schlosses war nur spärlich besetzt. November, halb acht Uhr abends an einem Sonntag. Die Trattoria war noch leer, während in der Kneipe an der Ecke ein paar Leute standen und tranken.

Sie und Patanè kamen unterhalb der Festung an und blickten aufs Meer hinaus. Vor ihnen lagen die Felsen von Aci Trezza, links unten die Promenade, wo der Koffer gefunden worden war. Vanina zeigte dem Kommissar die genaue Stelle.

»Nach Aussage des jungen Anwalts will er den Koffer bis zu den Felsen dort getragen haben? Ist er etwa *Der unglaubliche Hulk*, Dottoressa?«

»Das habe ich auch gedacht. Aber er behauptet, dass er in dem Moment gar nichts mehr verstanden hat. Er wusste nur, dass er zu gehorchen hatte und dass er es tun musste. Er hatte Angst.«

»Dieser Ussaro sät wohl überall Angst und Schrecken. Die Familie Di Franco opfert ihm ihre Tochter, und sein Mitarbeiter lädt eine Frau auf den Felsen ab, nur um ihn zufriedenzustellen. Ganz zu schweigen von dem Richter, der wegen *Krankheit* untertaucht, nur damit er sich nicht mit ihm befassen muss.«

»Wer Angst sät, sät auch Hass, Commissario. Und Hass sät früher oder später Rache.«

Dem konnte Patanè nur zustimmen.

21

Die Spitzel mussten überall sitzen. Schließlich machte die Nachricht, dass Professor Elvio Ussaro auf der Liste der Verdächtigen für den noch immer nicht aufgeklärten Mord an Lorenza Iannino stand, sogar die Runde in den nationalen Zeitungen. Ganz zu schweigen davon, was online zu lesen war. Echte Nachrichten mischten sich mit Falschmeldungen schlimmster Art.

Innerhalb nur eines Tages entlud sich über Professor Elvio Ussaro ein wahrer Shitstorm.

Vanina hatte es vorausgesehen. »Sie werden schon sehen, dass man Ussaro auseinandernehmen wird«, hatte sie am Abend zuvor beim Verlassen des Büros noch zu Spanò gesagt.

Seit dem Mittag herrschte beim mobilen Einsatzkommando ein reges Kommen und Gehen. Zwei Jurastudenten, ein Junge und ein Mädchen, erschienen und wollten den Professor wegen Machtmissbrauchs und Einschüchterung anzeigen. Dann kam ein gewisser Lomeo aus der Chat-Gruppe *Abende mit Freunden*, der gestand, er habe deutlich gehört, wie Elvio zu *jemandem* sagte, dass Lorenza tot sei und er seine nächsten Schritte überlegen müsse. Bei diesem Jemand, dessen Namen er verschwieg, konnte es sich für Vanina nur um eine Person handeln. Der Einzige, der nach allen bisherigen Aussagen als Letzter gegangen war. Und der gleich nach dem Mittagessen freiwillig auftauchte und nach Vicequestore Vanina Guarrasi fragte. Mit Susanna Spada an der Seite.

Vanina hörte sich die Ausführungen von Giuseppe Alicuti mit der gleichen Zurückhaltung an, die sie in ihrem anderen Leben den zahlreichen Justizkollaborateuren entgegengebracht hatte, mit denen sie zusammengekommen war. Diese waren erklärte Kriminelle, Alicuti konnte sie hingegen einen Vertrauensvorschuss gewähren, während sich die Dynamik allerdings nicht änderte.

»Elvio rief mich an. Er sagte, Lorenza habe sich krank gefühlt und sei nicht mehr zur Besinnung gekommen. Er dachte, dass sie tot sei. Er sagte, sie habe vielleicht zu viel Kokain genommen, und es sei das erste Mal gewesen. Ich habe ihm geraten, einen Arzt zu rufen. Der Freund meines Sohnes, ein Kardiologe, war auch auf der Party. Aber er sagte nur, dass ich verrückt sei, dass wir alle gehen sollten und dass er sich schon darum kümmern würde. Verrückt schien allerdings *er* zu sein, Vicequestore Guarrasi! Ich rief meinen Sohn Armando an, der bereits auf dem Weg war, um mich abzuholen, und er kam sofort. Elvio nutzte die Gelegenheit, gab ihm die Schlüssel für seinen Ferrari und sagte ihm, er solle ihn mitnehmen. Niemand sollte wissen, dass er dort geblieben war. Aber ich zog es vor, meinen Sohn und mich der undurchsichtigen Situation zu entziehen, deren Ende nicht abzusehen war. Sie müssen mich verstehen, Dottoressa, ich stehe in der Öffentlichkeit. Susanna hat Elvios Auto genommen, Armando und ich sind nach Hause gefahren. Sie können ihn gern fragen.«

Als ob das etwas nutzte.

»Und was ist mit dem jungen Anwalt Nicola Antineo?«

»Als wir gingen, kam Antineo und begab sich in das Zimmer, in dem sich Lorenza aufhielt.«

»Mit Ussaro?«

»Nein, Elvio blieb draußen.«

»Lorenza war also noch am Leben, als Antineo den Raum betrat?«

»Oder sie war gerade gestorben.«

»Sie starb also, weil sie Kokain konsumiert hatte?«

»Sie schien tot zu sein, jedenfalls behauptete Elvio das. Jetzt lese ich in der Zeitung, dass sie womöglich erstochen wurde. Dass man Blut gefunden habe. Ich weiß nicht mehr, was ich sagen soll.«

Vanina bat um Erklärungen zu den Anrufen und Besuchen, die Alicuti von Ussaro erhalten hatte. Auf jede Frage hatte er eine plausible Antwort, die seine Stellung unangreifbar machte und die des Anwalts zunehmend schwächte.

Susanna Spada war eine wichtige Stütze.

Eliana Recupero war über die undichte Stelle nicht erfreut und wollte wissen, wie es dazu gekommen war.

Vanina ließ Spanò von der Leine, um der Sache auf den Grund zu gehen.

Als Ersten lud der Inspektor den Journalisten Sante Tammaro vor.

»Santino, dein Artikel war am ausführlichsten, und es ist nicht das erste Mal, dass dies während dieser Ermittlungen passiert. Ich wüsste gern, wer diese Informationen an dich weitergegeben hat«, sagte Spanò gerade, als Vicequestore Vanina Guarrasi sein Büro betrat.

Tammaro versuchte aufzustehen, doch Vanina nickte ihm und dem Inspektor zu, sodass sie sich wieder setzten. Sie zog einen Hocker heran und ließ sich neben ihm nieder.

Sante Tammaro zögerte einen Moment lang und fing dann an zu erzählen. Am Tag zuvor hatte er eine anonyme E-Mail erhalten. Von einer nicht identifizierbaren Adresse von wer weiß welchem Internetcafé irgendwo in Timbuktu. Die Mail enthielt detaillierte Informationen zur Ermordung der Anwältin Lorenza Iannino, zum Fund ihrer Leiche im Meer und der vermuteten, zwischen den Zeilen aber als sicher gewerteten Beteiligung von Professor Ussaro. Der Absender, der über persönliche Quellen verfüge, habe sich also schnell vergewissert, ob die Informationen ein Mindestmaß an Zuverlässigkeit besäßen, und so sei es ihm gelungen, noch viel mehr herauszufinden.

»Aber ich werde dir meine persönliche Quelle nicht verraten, und du kannst mich auch nicht zwingen, sie preiszugeben. Du weißt ja, an welch dünnem Faden solche Kooperationen hängen. Was geschehen ist, ist nun mal geschehen, und wenn Ussaro schuldig ist, wird Dottoressa Guarrasi ihn früher oder später mit Sicherheit hinter Gitter bringen.«

Vanina und Spanò sahen sich an.

Tammaro wurde klar, dass etwas unausgesprochen geblieben war. Er glühte vor Neugier.

»Hast du mir etwas verschwiegen?«, fragte er. Spanò starrte ihn an. »Und du glaubst, falls es etwas gibt, komme ich zu dir und informiere dich? Damit du morgen damit angeben kannst, dass ein persönlicher Kontakt es dir erzählt hat, der dich mit Nachrichten versorgt, damit du deinen Artikel schreiben kannst?«

Tammaro lief rot an.

»So kannst du mit mir nicht reden. Ich könnte es als Beleidigung auffassen. Habe ich jemals etwas geschrieben, obwohl du mich ausdrücklich gebeten hattest, es nicht zu tun?«

Spanò sah ihn von der Seite an.

»Wenn ich ehrlich bin, nein.«

»Also …«

Er drehte sich zu Vanina um. Es war ihre Entscheidung.

»Sagen wir so, noch müssen wir die Dynamik des hypothetischen Mordes definieren«, erklärte sie. »Alles deutet darauf hin, dass Ussaro der Täter ist, aber sicher sind wir nicht. Und es gibt noch viele andere wichtige Elemente, die wir bewerten müssen. Sehen Sie, Tammaro, dieser Mord hat den Anwalt Ussaro ins Rampenlicht gerückt, und wir entdecken nach und nach auch alles andere. Langsam, Stück für Stück, kommen jeden Tag neue Einzelheiten ans Licht.«

Tammaro dachte darüber nach.

»Wie bei der Lampe«, überlegte er.

Vanina und Spanò warfen ihm fragende Blicke zu.

»Die Lampe. Ihr wisst schon, das Licht, das man am Boot anbringt, um die Fische anzulocken.«

Spanò hob den Blick zur Decke. Das war inzwischen zu einer fixen Idee geworden. Als sie klein waren, war er Nacht für Nacht an sein Fenster gekommen, um ihn zum Angeln mitzunehmen.

»Und was hat es mit dieser Lampe auf sich?«

Tammaro wurde ganz aufgeregt. »Das Angeln mit einer Lampe folgt einer ganz eigenen Logik. Man schaltet das Licht an, macht keinen Lärm, bleibt so ruhig wie möglich und wirft in der Zwischenzeit die Netze aus. Früher oder später kommen auch die Fische an die Oberfläche, die sich am besten versteckt haben. Und dann gib es kein Entkommen mehr.«

Vanina fand, dass dieses Bild den Fall perfekt beschrieb.

Der Gedanke kam ihr, als sie an die Schlussszene des Films *Die Reise nach Palermo* dachte, den sie am Abend zuvor noch einmal gesehen hatte. Die herzkranke Sophia Loren/Adriana stirbt in den Armen von Richard Burton/Cesare, erdrückt von der Nachricht in einem Telegramm. Tödlicher Gefühlsausbruch.

»Signora Iannino, guten Morgen, hier spricht Vicequestore Vanina Guarrasi.« Sie hatte die Frau angerufen, sobald sie im Büro angekommen war.

»Haben Sie die Leiche der armen Lorenza gefunden?«, fragte Grazia.

»Leider noch nicht. Ich wollte Sie um ein paar Informationen bitten.«

»Worum geht es, Dottoressa?«

»Können Sie mir noch einmal genau wiedergeben, was Ihr Mann zu Ihnen sagte, bevor er starb?«

Die Frage überraschte die Signora.

»Ganz genau …« Es war spürbar, dass sie sich sehr anstrengte, und Vanina bedauerte, dass sie ihr das nicht ersparen konnte. »›Grazia‹, hat er zu mir gesagt, ›ruf Lorenza an! Frag sie, wo sie ist …‹ Nein, warten Sie … so hat er das nicht gesagt … er sagte: ›Frag sie, ob wir sie abholen sollen.‹ Dann bekam er keine Luft mehr … ›Bitte, vergiss das nicht!‹, hat er noch wiederholt. Dann ist er ohnmächtig geworden.«

Sie weinte.

»Und hatte er das Telefon in der Hand?«, fragte Vanina.

»Ja.«

Vanina überlegte, was sie tun sollte. Aber für die Auswertung der Telefonaufzeichnungen brauchten sie mehr Zeit. Es war also besser, sich direkt das Handy zu besorgen.

»Hören Sie, ich werde Beamte vorbeischicken, um das Handy Ihres Mannes abzuholen. Tut mir leid für die Unannehmlichkeiten, aber es könnte für die Ermittlungen wichtig sein.«

Grazia Sensini antwortete, dass dies kein Problem sei, sie das Handy aber erst am Abend abgeben könne, da sie zur Beerdigung ihres Mannes nach Syrakus fahre.

Vanina wollte höflich bleiben und bestand nicht darauf, es gleich holen zu wollen.

Der Himmel hatte sich plötzlich bleiern gefärbt. In kompaktem Grau, das die Farben der Stadt zu unterstreichen schien. So dunkel wie das Lavagestein, aus dem sie gebaut war und auf dem sie ruhte.

Die Büroräume des mobilen Einsatzkommandos waren dunkel, nur auf den Schreibtischen brannten einzelne Lampen, als wäre es schon spät am Abend.

Tito Macchia baute sich vor Vaninas Schreibtisch auf und stützte sich mit einer Hand darauf ab. In der anderen hielt er eine Zeitung, mit der er wedelte.

»Kannst du mir erklären, was dieser Artikel über den Fall Iannino soll?«

Vanina berichtete ihm kurz, was der Journalist Tammaro ihr erzählt hatte.

»Einer, der die Nachricht von einem V-Mann erhält und dann als Lautsprecher fungiert und sie herausposaunt«, kommentierte Tito.

»Oder vielleicht jemand, der genau wusste, was veröffentlicht werden sollte.«

Macchia wollte gerade etwas erwidern, als Nunnari ins Büro stürmte. Er wirkte ziemlich aufgedreht.

»Boss … Guten Tag, Dottore Macchia!«

»Nunnari, irgendwann stürzen Sie wie eine Lawine auf mich herab, und dann bleibt mir keine Zeit, in Deckung zu gehen«, bemerkte Vanina, als sie beobachtete, wie er auf einer Seite ihres Schreibtisches innehielt.

»Entschuldigen Sie, Dottoressa … Ich habe gerade ein kleines Geschenk aus der IT-Abteilung erhalten.«

Interessiert richtete sich Macchia auf.

»Was ist es?«

»Es ist ihnen gelungen, die Memos auf Lorenzas Ianninos iPhone wiederherzustellen.«

Auch Spanò betrat mit Fragapane im Schlepptau das Büro.

»Nunnari, was ist los? Warum hast du mich gebeten, schnell herzukommen?«

Auch er gesellte sich zu den Männern, die sich um Vaninas Schreibtisch versammelt hatten. Auf ihrem Computer sah sie nach, ob sie etwas von der IT-Abteilung erhalten hatte.

»Die letzte Nachricht ist die prägnanteste«, schlug Nunnari vor, der sich bereits einige angehört hatte.

Aufgenommen am siebten November, dem Montag der Party, um 22:46 Uhr. Im Hintergrund war laute Musik zu hören. Stimmen, Aufruhr. Dann wurde es leiser, als ob die Person, die das Telefon hielt, sich von dem Durcheinander entfernt hätte.

Die Stimme von Ussaro war deutlich herauszuhören. »Sag das dem Mädchen! Dass sie lieber nicht die unnahbare Zicke spielen soll. Sie muss nur Ja sagen, dann flutscht alles wie von selbst.«

»Sag du es ihr!«, antwortete eine weibliche Stimme. »Ich habe es satt, mich anzubiedern. Und weißt du was? Von dir habe ich auch die Schnauze voll.«

Der Antwort folgte ein lautes Lachen.

»Was hast du gesagt, Lorenza?«

»Mist, das sind ja Lorenza Iannino und Anwalt Ussaro!«, rief Spanò.

»Ich sagte, ich habe die Schnauze voll. Von dir, deinen Orgien, deinen Erpressungen, dem ganzen Dreck. Du hast mich zu allem gezwungen, sogar dazu, den Mafiosi Papiernachrichten zu überbringen.« Ein Handgemenge war zu hören. »Du tust mir weh, Arschloch! Lass mich in Ruhe!« Wieder Handgemenge.

»Was hast du gesagt, du kleine Schlampe? Dass du die Schnauze voll hast? Wieso bildest du dir ein, von mir die

Schnauze voll haben zu dürfen? Was glaubst du denn, wohin das führt, wenn du dich von mir trennst? Die außergewöhnlichen Einkünfte, die du durch den Mist erwirtschaftet hast, den du angeblich für mich erledigen musst? Wie viel bekommst du für jeden Brief, den du Don Rino und seinen Freunden bringst, hm? Prozentsätze, von denen du als gewöhnliche Anwältin nur träumen könntest. Was wärst du ohne mich?« Ein Rascheln war zu hören

Antwort: »Es gibt noch anderes im Leben, aber das verstehst du nicht.«

Ussaro lachte wieder.

»Und, wann hast du das bemerkt, hm? Hast du ein armseliges Arschloch getroffen, einen Romantiker, der dir diesen Mist erzählt hat?«

»Du solltest besser aufhören, denn ich weiß wirklich viel über dich. Von wegen wichtige Ämter und so.«

Eine weitere Frauenstimme war zu hören.

»Tut mir leid, die wollen noch Zeug, koksen wie die Weltmeister.«

Schweigen, dann Ussaro.

»Ich bin gleich wieder da.« Wieder Stille.

Dann eine wütende Stimme. »Versuch es gar nicht erst, Lorenza! Sonst sorge ich dafür, dass es böse für dich endet.«

Handgemenge. Ende der Aufnahme.

Die fünf Anwesenden sahen sich schweigend an.

»Scheiße«, sagte Macchia in neapolitanischem Akzent.

»Diese Aufnahme nagelt Ussaro an Händen und Füßen fest«, kommentierte Nunnari, der durch das Abhören von Telefonaten und Aufnahmen inzwischen bestens über den Beschuldigten Bescheid wusste.

Spanò schwieg.

Vanina folgte seinen Gedanken.

Macchia starrte sie an.

»Warum habe ich das Gefühl, dass du das anders siehst?«, fragte er.

»Die Sache ist vielleicht gar nicht so offensichtlich, wie sie aussieht«, antwortete sie.

Tito Macchia, der Big Boss, holte resigniert Luft.

»Vanina, seien wir mal ehrlich! Du hast dir schon längst eine Meinung gebildet«, sagte er, rückte einen kleinen Stuhl vor ihren Schreibtisch und nahm Platz.

»Wenn überhaupt, handelt es sich nur um eine Hypothese«, korrigierte ihn Vanina.

»Die interessiert mich trotzdem.«

Vanina stützte sich mit den Ellbogen auf dem Schreibtisch ab. Es war nicht einfach, die immer noch nicht ganz klaren Gedanken zusammenzufassen. Schlimmer als der Himmel, der sich mit einem Mal bleifarben zugezogen hatte und der Stadt buchstäblich das Licht ausknipste.

»Nehmen wir an, es gäbe eine Person, die im ganzen Leben nur krumme Dinge gedreht hat und immer davongekommen ist. Ein Serienverbrecher, getarnt als einflussreiche Person. Ein Guru der Korruption, des Missbrauchs, der Erpressung und der Beihilfe zur organisierten Kriminalität, die dieser Mensch als Quelle der Macht benutzt.«

»Reden wir über Ussaro?«, unterbrach Macchia die Aufzählung.

»Ja. Nehmen wir an, dass es eines Tages die Menschen, die er zum Erreichen seiner Ziele ausnutzt und die er mit Gefälligkeiten, Vorteilen und Geld erpresst, satthaben und nicht mehr aushalten. Und die auf Rache sinnen. Um ihn zu ruinieren. Sie kennen ihn gut und wissen, wie schwierig es werden könnte. Fast unmöglich, so wie für fast jeden, den der Betreffende während seiner über vierzigjährigen Laufbahn festnageln wollte. Dutzende von Anzeigen, die alle ins nichts laufen. Um seiner habhaft zu werden, ist etwas ganz Extremes notwendig, bei dem ihm nicht einmal seine Freunde helfen können. Ein extremes Verbrechen, das jeden schon beim Gedanken daran abschreckt und in das niemand jemals in Verbindung gebracht möchte. Und wenn es doch so wäre, könnte es öffentlich bekannt werden, noch bevor der Betreffende sich überhaupt verteidigen kann. Es müsste eine Straftat von solchem Ausmaß sein, die ihn unversehens in die Hände eines Mannes spielt, dem es gleichgültig ist, wer er ist, wie viele Freunde oder wie viel Macht er hat. Ein Verbrechen wie beispielsweise ein Mord.«

Nach und nach begriff Tito Macchia. Er nickte, unterbrach Vanina aber nicht.

»Ussaros Gegner organisieren alles bis ins kleinste Detail, sodass wir einen Hinweis nach dem anderen erhalten, alle überprüfbar, alle aufeinander abgestimmt, alle so gut konstruiert, dass sie selbst unsere Technik herausfordern. Oder noch besser, sie geschickt zu ihrem Vorteil nutzen. Ein paar anonyme Anzeigen, ein kaputtes Handy, aber nicht so kaputt, dass es unbrauchbar wäre, voller Nachrichten, Memos, kompromittierender Chats. Einen Computer ohne Passwörter, auf dem Beweise, wenn auch nicht allzu viele, zu wichtigen Verbrechen versteckt sind, die sicherlich hätten vernichtet werden müssen. Ein Archiv, das mehr Sprengkraft als ein Bombenlager enthält, das uns vollständig zur Verfügung gestellt wird. Die richtigen Spuren an der richtigen Stelle. Die ersten Zeugen melden sich. Dutzende von Verbrechen kommen ans Tageslicht, und diesmal gibt es kein Halten mehr. Und schließlich, mit perfektem Timing, ein Feuerwerk, die totale Verleumdung in Zeitungen und Fernsehen. Von diesem Moment an fühlt sich jeder, der etwas dazu zu sagen hat, auch berechtigt, dies zu tun.«

Macchia sah sie erstaunt an. Das alles ergab einen Sinn.

»Entschuldigung, Guarrasi, nur zum besseren Verständnis. Wie bist du zu diesen Schlussfolgerungen gekommen?«

Natürlich stellte er diese Frage, ihm fehlten einige grundlegende Schritte.

»Wer immer sich diese Geschichte ausgedacht hat, hat etwas vergessen.«

»Und das wäre?«

»Das Blut, das wir auf dem Messer finden sollten, sowie das Blut auf dem Sessel und im Koffer wurde mit einer Substanz behandelt, die eine Gerinnung verhinderte. Dies deutet darauf hin, dass das Blut mithilfe eines Reagenzglases angebracht wurde.«

»Die klassische Bananenschale, auf der man ausrutscht. Warum haben die Täter nicht daran gedacht?«, fragte Tito, der nun völlig in die Handlung des Films vertieft war, den Guarrasi ihm gerade vorführte. Aus Erfahrung wusste er, dass der Film früher oder später die Lösung des Falles bringen würde.

»Weißt du, was EDTA ist?«

»Nein.«

»Das wusste ich selbst nicht. Und ich habe auch keine Ahnung, ob die Verantwortlichen dieses Plans es wussten.«

Fragapane hob die Hand.

»Boss, aber wurde Lorenza Iannino an jenem Morgen nicht von der Freundin deiner Frau Finuzza Blut abgenommen?«

Vanina lächelte.

»Verrückt …«, murmelte Polizeimeister Fragapane und hielt die Hand vor den offen stehenden Mund.

»Will mir jemand hier verraten, worum es geht, oder muss ich sauer werden?«, fragte Macchia.

Vanina erzählte es ihm.

»Vanina, du glaubst doch nicht wirklich, dass Lorenza Iannino noch am Leben ist und uns seit einer Woche an der Nase herumführt?«

Spanò lächelte schief.

Vanina beugte sich zu ihrem Vorgesetzten hinüber.

»Tito, es gibt zwei Möglichkeiten. Entweder ist Lorenza Iannino am Leben und hat uns, wie du sagst, eine Woche lang an der Nase herumgeführt. Oder jemand hat ein Verbrechen begangen, um Ussaro etwas anzuhängen. Welche Hypothese ist deiner Meinung nach am plausibelsten?«

»Nehmen wir stattdessen an, dass Ussaro das Verbrechen begangen hat, wenn auch nicht auf diese Weise. Nehmen wir an, dass Alicuti recht hat und er sie nach dem Konsum von Kokain halb tot aufgefunden hat. Und dann hat er die Leiche wirklich im Meer versenkt.«

»In einem Koffer mit dem Blut, das dem Mädchen vorher abgenommen wurde?«, widersprach Vanina.

Macchia wusste nicht, was er darauf antworten sollte.

»Auch die Antworten der Zeitungsredaktionen waren eindeutig. Sie haben alle die gleiche E-Mail erhalten«, schaltete sich Spanò ein.

»Und wir sind nicht fähig und finden heraus, woher diese Mails kamen?«, fragte der Big Boss.

»Wir versuchen es gerade.«

Tito blieb nachdenklich. »Und weiß die Staatsanwältin schon davon?«

»Noch nicht«, antwortete Vanina. »Aber ich habe Eliana Recupero bereits versprochen, später bei ihr vorbeizukommen und sie zu informieren.«

Marta erschien an der Tür und war überrascht, so viele Kollegen anzutreffen. Sie musterte Tito, der seinen Bart zwirbelte und sich sogar eine Zigarre angezündet hatte, doch sein Gesichtsausdruck wirkte fast amüsiert.

»Habe ich etwas verpasst?«

Macchia stand auf und ging an ihr vorbei. Er blieb stehen, die Hände hinter dem Rücken, und wies mit dem Kopf zu Vanina hinüber.

»Lass es dir von Vicequestore Guarrasi erzählen!«

Marta Bonazzoli setzte sich auf Titos Platz und betrachtete ihre Kollegen voller Aufmerksamkeit. Die standen herum und unterhielten sich eifrig wie nach einem Fußballspiel.

Commissario Patanè schüttelte das Wasser von seinem Regenmantel und stellte den tropfenden Schirm in die Ecke neben der Tür. Vielleicht wäre es besser gewesen, sich ans Telefonieren zu gewöhnen, vor allem wenn beim Verlassen des Hauses die Gefahr des Ertrinkens bestand. Das änderte sich nie in dieser verdammten Stadt. Alle Schächte waren mit Sand vom Ätna verstopft, und sobald zwei Tropfen fielen, brauchte man ein Schlauchboot, um durch die Straßen zu kommen. Sie wurden zu Flüssen. Aber der Wunsch, ein wenig Zeit beim mobilen Einsatzkommando zu verbringen, hätte sogar über die Niagarafälle gesiegt.

Ein junger Mann, der vor dem Getränkeautomaten stand, sprach ihn an.

»Kann ich Ihnen helfen?«, fragte er. Patanè musterte ihn verwirrt.

»Ich muss mit Vicequestore Guarrasi sprechen«, erklärte er.

»Weiß sie, dass Sie hier sind?«

»Nein, aber ich bin sicher, dass sie sich in ihrem Büro aufhält«, wandte der Commissario ein.

»Warten Sie hier! Ich sehe nach.«

Nur mit Mühe beherrschte sich der Commissario, nicht die Augen zu verdrehen. So ein Tölpel hatte ihm gerade noch gefehlt!

»In Ordnung. Sehen Sie nach!«

Der junge Mann musterte den alten Herrn mit skeptischem Blick »Ihr Name?«, fragte er.

»Biagio Patanè.«

Der junge Mann rief an und hielt sich bereit.

»Ispettore Spanò? Hier ist ein Herr, der unbedingt mit Dottoressa Guarrasi sprechen will. Er hat keinen Termin. Soll ich ihn in den Warteraum bringen? Wie er heißt? Patanè Bia…«

Der junge Beamte riss die Augen auf. »Oh, Ispettore! Warum … was habe ich getan?«

Spanò eilte die Treppe hinunter und stand kurz darauf vor Patanè.

»Commissario!«

Der junge Beamte, der noch keinen Monat im Dienst war, erbleichte sichtlich.

»Comm… Commissario?«, stotterte er.

»Vergessen Sie's!«, schnaubte Spanò. »Aber wenn Sie schon dabei sind, holen Sie uns dreimal Kaffee und bringen Sie ihn hoch! Aber nicht aus dem Automaten!« Er reichte dem jungen Mann das Geld.

Sie stiegen in den ersten Stock und erreichten das Büro von Vicequestore Vanina Guarrasi.

Vanina hatte das Fenster geöffnet und sich eine Zigarette angezündet. Die Luft im Raum war sowieso mit dem Qualm von Macchias Zigarre geschwängert, da wollte sie nicht noch ihren Rauch hinzufügen. Sie telefonierte gerade mit Signora Recupero. Lorenza Ianninos Laptop stand offen vor ihr. Der Abhörkanal von Ussaro war aktiv, auch wenn er seit zwei Tagen nur belanglose Gespräche aufzeichnete.

Eliana Recupero hatte sie aufgefordert, dem Sturm nicht zu trotzen und sie per Telefon auf dem Laufenden zu halten.

Die Staatsanwältin war verblüfft, stimmte aber mit Vanina überein, Ussaro vorläufig nicht des Mordes an Lorenza Iannino zu verdächtigen. Es gab genug andere Ermittlungsverfahren gegen ihn, mit denen er auf Trab gehalten werden konnte. Wie Vanina gehofft hatte, und darin hatte Macchia sie unterstützt, hatten die Kollegen im zweiten Stock diese anderen Ermittlungen übernommen.

»Commissario, wieso treiben Sie sich bei diesem Wetter draußen herum?«, fragte Vanina und begrüßte Patanè.

Er setzte sich in den Sessel vor ihr. Das war sein Platz geworden.

»Dottoressa, ich wollte Sie nur mit einigen Informationen versorgen, und Sie wissen, dass ich nicht gern telefoniere. Also habe ich beschlossen, Sie zu besuchen. Sie hatten mir ja gesagt, dass Sie das Büro heute sowieso nicht verlassen.«

Der junge Beamte kam mit einem Tablett mit den drei Bechern Kaffee. Bevor er ging, entschuldigte er sich bei Commissario Patanè, der gutmütig lächelte.

Vanina kramte ihre Schokoladenvorräte hervor.

»Heute Morgen«, sagte Patanè, »traf ich zufällig eine Freundin, die ich lange nicht mehr gesehen hatte. Wir haben eine Granita getrunken und uns unterhalten. Während wir uns unterhielten, fiel mir wieder ein, dass sie eine Opernliebhaberin ist und am Teatro Bellini keine Spielzeit auslässt. Und nicht nur am Bellini. Silvia, so heißt die Dame, ist noch keine siebzig, hat viel Geld, ist geschieden, hat überall Freunde und hat nichts zu tun. Deshalb reist sie zu allen Theatern, nach Mailand, nach London. Da Di Franco und ich gestern über Maestro Escher sprachen, fragte ich sie aus Neugierde, ob sie in seinem Konzert gewesen sei. Sie erzählte mir eine halbe Stunde lang, wie gut er sei, welche Musikstücke er gespielt habe, und sogar über seine Karriere. Sie wusste alles!«

»Und Sie haben sie zufällig ausgerechnet heute getroffen?«, fragte Vanina ironisch

»Natürlich zufällig«, versicherte ihr Patanè. Aber in seinem Blick lag etwas Lausbübisches.

»Und was hat Ihre Freundin erzählt?« Die Art der *Freundschaft*, welche die beiden früher einmal verbunden hatte, gab nun Anlass zur Spekulation.

»Nichts weiter, nur Geschichten über Tourneen, die der Maestro in der ganzen Welt unternommen hatte. Sie erzählte mir, dass er ein sehr charmanter Mann sei und schon viele Frauen gehabt habe, aber noch nie verheiratet gewesen sei.«

»Sie haben also über Maestro Escher getratscht«, fasste Vanina zusammen und war zunehmend amüsiert, aber auch neugierig, was er erfahren hatte. Warum hatte er dem Wetter getrotzt, um sie aufzusuchen und ihr etwas Wichtiges mitzuteilen?

»Warten Sie! Manchmal ist Tratsch nützlicher als Ermittlungen. Es ist nie verkehrt, viel zu reden, Dottoressa. Sie wissen ja, wie man so schön sagt: *Mit der Zunge überquert man Meere.*«

Vanina nickte. Bettina sagte das auch immer.

»Und was haben Sie tratschend herausgefunden?«

»Als Escher das Konzert im Bellini gab, wurde er an das Konservatorium in Catania eingeladen, um dort zu unterrichten. Eine *Masterclass*, wie man so schön sagt, für die Schüler. Meine Freundin hat Beziehungen zur Musikhochschule und tat alles dafür, um ihn zu treffen. Sie versuchte sogar, ihn zu sich nach Hause zum Essen einzuladen, aber er lehnte höflich ab und meinte, er wolle zurück nach Rom. Ein paar Tage später traf sie ihn jedoch in einem Restaurant in Taormina. In der Gesellschaft eines Mädchens, das seine Tochter hätte sein können. Sie saßen an einem abgelegenen Tisch und unterhielten sich angeregt.«

Vanina wurde aufmerksamer.

»Und wer war dieses Mädchen?«

»Silvia wusste es nicht. Sie war sogar enttäuscht, weil sie es nicht herausfinden konnte. Aber sie hat sie gut beschrieben. Klein, sehr hübsch, wie aus einem Modemagazin, meinte sie.«

Spanò richtete sich auf seinem Stuhl auf.

Vanina warf Patanè einen verschmitzten Blick zu.

»Und Sie haben herausgefunden, wer sie sein könnte, nicht wahr, Commissario?«, fragte Vanina. Dieser Mann verblüffte sie immer wieder.

Der Commissario lächelte.

»Warum? Haben Sie das nicht verstanden?«

Spanò machte sich sofort an die Arbeit.

Er besorgte sich die Handynummer von Maestro Tommaso Escher sowie eine Reihe von Daten, die immer nützlich sein konnten. Geboren 1953 in Rom, unverheiratet. Mehrere Wohnsitzwechsel, Unterricht an verschiedenen Konservatorien. Derzeit lebte er in Rom und unterrichtete Geige am Conservatorio di Santa Cecilia.

»Tun Sie mir einen Gefallen, Ispettore, sehen Sie nach, ob unter den Aufzeichnungen von Lorenza Iannino um die Tage des Konzertes oder auch danach Eschers Nummer auftaucht. Und prüfen Sie, ob sie ihn in den Kontakten auf ihrem iPhone gespeichert hat!«, veranlasste ihn Vanina.

Patanè war immer noch da und wollte offenbar herausfinden, wie die Ermittlungen endeten. Auch wenn er dies nicht nötig gehabt hätte. Dass das Mädchen in Begleitung des Geigers Escher Lorenza Iannino war, hatte er sofort begriffen, nachdem Silvia sie ihm beschrieben hatte. So wie er sich sicher war, dass auch Vicequestore Guarrasi es begriffen hatte. Er wusste aber auch, dass selbst die brillantesten Intuitionen erst einmal bewiesen werden mussten. Immer.

Vanina dachte darüber nach, was herausgefunden worden war. Es beunruhigte sie, wie sich die alte Geschichte aus Patanès persönlichem Archiv wie eine Vorahnung in ihren Kopf geschlichen hatte. Welchen Grund hatte sie gehabt, sich so sehr darauf zu versteifen, dass sie Di Francos Schwester bitten musste, ihr alles darüber zu erzählen?

Und welchen Grund, den Commissario gleich mitzunehmen, ihren geistigen Führer während der absurdesten Ermittlungen?

Spanò brauchte fünf Minuten.

Als er zurückkehrte, strahlte er über das ganze Gesicht, als hätte er im Lotto gewonnen.

»Wahnsinn, Boss! Der Commissario hat es richtig gemacht!«

Patanè konnte seine Zufriedenheit kaum verbergen. Er klatschte in die Hände.

Mit allen Unterlagen in der Hand ließ sich Spanò nieder.

»Aus den Telefonaufzeichnungen von Lorenza Iannino lässt sich ableiten, dass sie bereits im Juli telefonischen Kontakt mit Escher hatte. Ab Ende September, als er nach Catania kam, wurde der Kontakt intensiver. Die Nummer im iPhone ist unter dem Namen *Guadagnini* gespeichert. Kurios ist, dass alle Anrufe der letzten Zeit aus dem Telefonspeicher gelöscht wurden. Offensichtlich sind sie aber immer noch in den offiziellen Telefonaufzeichnungen zu finden. Die letzte Aufzeichnung stammt vom letzten Montag um 19:33 Uhr. Noch seltsamer ist aber etwas, worauf ich nur durch Zufall gestoßen bin, nämlich dass unter den Nummern, welche Lorenza Iannino aus dem Speicher ihres Handys gelöscht hat, auch die von Antineo ist. Nur ein einziger Anruf, um 22:27 Uhr.«

»Letzten Montag fand die Party statt«, stellte Vanina nachdenklich fest und zündete sich eine weitere Zigarette an.

»Ispettore, ist Marta schon zurück?«, fragte sie. Es war inzwischen acht Uhr.

»Nein. Ich weiß nicht einmal, wohin sie verschwunden ist.«

»Zur Witwe Iannino und besorgt sich das Handy des Verstorbenen.« Vanina hatte sie dorthin geschickt, sobald die Dame ihr mitgeteilt hatte, dass sie wieder in Catania war. Am folgenden Morgen wollte sie nach Montevarchi zurückkehren.

Und nun hatte es Vicequestore Guarrasi noch eiliger, das Handy zu bekommen.

»Signor Ianninos Handy? Warum das?«, fragte Spanò verblüfft.

Vanina erklärte ihm den Grund dafür.

»Sie glauben also, dass Signor Iannino, der ein schwaches Herz hatte, einen Anruf erhalten haben könnte, der ihm den endgültigen Todesstoß versetzte?«, fasste Patanè zusammen.

»Von wem, zum Beispiel?«, fragte Spanò.

»Von jemandem, der ihn über etwas informieren wollte. Vielleicht eine unbekannte Person. So wie sie es mit mir gemacht haben, so wie sie es mit den Zeitungen gemacht haben. Erinnern Sie sich, Ispettore, was laut der Witwe ihr Mann zu ihr sagte, bevor er starb? Was sie für ein Delirium gehalten hatte? Signor Iannino hatte über Lorenza gesprochen, als wäre sie noch am Leben. Als ob er gerade davon gehört hätte und sie holen wollte. Und er hielt das Handy in der Hand.«

»Glauben Sie, jemand hat ihn angerufen, um ihm zu sagen, dass Lorenza noch am Leben ist? Jemand, der sie zufällig irgendwo gesehen hatte?«, fragte Spanò.

»Oder dass ihn Lorenza sogar höchstpersönlich anrief«, schlug Vanina vor.

Patanè stimmte ihr zu.

»Ich weiß, von allen Hypothesen, die mir in den Sinn kommen, ist das vermutlich die absurdeste. Aber Sie wissen ja, wie das ist, Ispettore. Manchmal muss man in die Menge schießen, um etwas zu erwischen.«

Spanò nickte. Die Fähigkeit, in einer unübersichtlichen Menge das richtige Ziel zu treffen, war eine der großen Stärken von Vicequestore Vanina Guarrasi. Vielleicht weil sie tief im Innern und ohne sich dessen bewusst zu sein, bereits wusste, wohin sie zielen musste.

Marta war in weniger als einer halben Stunde hingefahren und wieder zurückgekehrt. Auf zwei Rädern, wie sie sagte.

Gerade noch rechtzeitig, um dem zweiten Regenguss zu entkommen, der eine Minute nach ihrer Rückkehr einsetzte und vor dem sie nicht einmal mit ihrem berühmten Zweirad hätte fliehen können, ohne bis auf die Unterwäsche durchnässt zu werden.

Commissario Patanè war gerade gegangen.

»Das Handy von Gianfranco Iannino ist komplett tot. Seine Frau gab mir das Stromkabel mit, meinte aber, dass es erst nach einer Weile wieder anspringen werde, denn es sei alt«, teilte sie mit.

»Na, dann laden wir es doch auf! Hast du sie übrigens gefragt, ob sie nach dem Tod ihres Mannes noch irgendwelche Anrufe erhielt?«

»Ja. Sie sagte, es seien aber nicht viele gewesen. Ein Anruf gleich nach seinem Tod, an den sie sich aber nicht mehr erinnere, weil sie zu aufgeregt war. Sie meinte, es könne ein Lehrer aus ihrer Schule gewesen sein. Am nächsten Tag kamen ein paar Anrufe von Freunden ihres Mannes, dann sei das Handy ausgegangen, und sie habe es nicht wieder angeschaltet. Sie fragte mich, ob es im Handy vielleicht Spuren gibt, die uns zu Lorenzas Mörder führen könnten.«

»Und, was hast du ihr geantwortet?«

»Was hätte ich denn antworten sollen? Ich wusste ja nicht einmal, warum du mich überhaupt losgeschickt hattest. Jedenfalls meinte sie, wenn das der Fall sei, könnten wir das Handy beliebig lange behalten. Derzeit gebe es nichts Wichtigeres, als Lorenzas Mörder zu fassen und ihn mit der schlimmsten Strafe bezahlen zu lassen. Ich versicherte ihr, dass wir ihn schnappen werden.«

»Braves Mädchen! Sobald du das Handy einschalten kannst, überprüfst du alle aktuellen Anrufe, vor allem die eingehenden, aber auch die ausgehenden. Und dann überprüfst du, zu wem die Nummern gehören.«

»Und das alles immer, ohne zu wissen, warum ich das tun soll, nicht wahr?«, wagte Marta zu fragen.

Vanina seufzte. Sie hatte nicht ganz unrecht.

Sebastiano hatte seine Putía wieder geöffnet. Die Wurst- und Käsetheke war voll, und in der Brottheke lagen trotz der späten Stunde noch ein paar Cucciddati aus der letzten Backrunde.

»Möchten Sie auch etwas Soße, Dottoressa?«, fragte er, nachdem er hundert Gramm Mortadella, ein Stück Caciocavallo ubriaco, zwei Fleischspieße und zwei Wurstknoten mit Caliceddi eingepackt hatte. Dazu kam noch der spezielle, halb gereifte Caciocavallo Ragusano, den Vanina für Bettina gekauft hatte.

»Welche Soße?«

»Eine Soße aus Schweinefleisch, die endlos lange gekocht wurde. Großmutter hat sie heute Morgen zubereitet. Sie ist vorzüglich geworden.« Vanina ließ sich davon überzeugen.

Sie rief Bettina an, vergewisserte sich, dass sie noch nicht zu Abend gegessen hatte, und lud sie zu sich ein.

Ab und zu wollte sie sich für die unzähligen Abende revanchieren, die sie am Tisch ihrer Nachbarin gesessen hatte. Außerdem hatte sie an diesem Abend wirklich keine Lust, allein zu essen.

Vielleicht aber auch, weil unter den vielen Telefonaten, die sie an diesem Nachmittag verpasst hatte, ein Anruf von Paolo war. Nur ein einziger. Eine vorübergehende Verletzung ihrer Abmachung, die mühsam wieder hergestellt worden war, nachdem sie aus Palermo geflüchtet war.

Er hatte sicher nicht erwartet, dass sie reagierte.

Doch tatsächlich rief Vanina zurück. Kurz bevor sie zu Hause ankam, um Bettinas Neugierde zu entgehen, die seit jenem berühmten Sonntag vom Thema Paolo wie besessen war. Sie war hoffnungslos in *Dottore Malfitano* verliebt, den faszinierendsten Mann, dem sie je begegnet war.

»Mit Ausnahme ihres verstorbenen Mannes, Gott hab ihn selig.«

Martas Anruf kam, als Bettina bereits in ihr Haus zurückgekehrt war, nicht ohne den Caciocavallokäse mitzunehmen und dafür eine Handvoll frisch gebackener Frühstückskekse als Geschenk dazulassen.

»Marta, was ist los?«, fragte Vanina. Es war halb elf.

»Vanina, tut mir leid, dass es schon so spät ist.«

»Kein Problem, für mich ist der Abend noch lang. Vor zwei Uhr werde ich nicht schlafen. Aber bist du um diese Zeit nicht schon in der REM-Phase?«

»Um ehrlich zu sein, sitze ich noch im Büro. Ich bin im Dienst und habe die Gelegenheit genutzt, um mich auf die morgige Arbeit vorzubereiten. Die letzten Nummern, die Iannino angerufen haben, habe ich heruntergeladen und überprüft, zu wem sie gehören. Sie sagen mir nichts, aber vielleicht weißt du ja mehr. Soll ich sie fotografieren und dir zuschicken?«

»Ja gern, ich danke dir. Falls ich Nachforschungen anstellen muss, bist du dann noch im Büro?«

»Ja.«

Gut. Jetzt hatte sie etwas, womit sie die Nacht verbringen konnte. Sie legte auf und wartete auf das Foto, das Marta ihr schicken wollte.

Sobald es ankam, öffnete sie es, vergrößerte das Bild und blätterte durch die wenigen Namen, die darauf standen. Sie scrollte bis zum Ende durch, bis sie auf die letzten beiden Anrufe stieß, die Gianfranco Iannino erhalten hatte.

Sie stammten vom Geiger Thomas Escher.

22

Um fünf Uhr morgens fuhr Spanò in Santo Stefano in einem Škoda Kombi vor, den er eine halbe Stunde zuvor am Flughafen angemietet hatte. Im Fuhrpark des mobilen Einsatzkommandos gab es keine geeigneten Fahrzeuge für eine solche Fahrt, und Vicequestore Vanina Guarrasi hatte klargestellt, dass das Auto gemietet werden musste.

Vanina hatte den Entschluss am Abend zuvor gefasst, nachdem sie den Namen gelesen hatte.

Sie hatte Tito Macchia angerufen und fairerweise auch Staatsanwältin Recupero, aber gleich erklärt, dass ihre Entscheidung bereits feststehe.

Und nun standen sie und Spanò am Hafen von Messina und warteten auf die Fähre nach Villa San Giovanni. Sie hatten die Fähre davor knapp verpasst, und die Abfahrtszeit deutete darauf hin, dass sie mehr als fünfundvierzig Minuten warten mussten.

»Nervtötend, Dottoressa«, sagte der Inspektor, verärgert über die Zeitverschwendung. »Früher waren die Fähren zwar kleiner, funktionierten dafür aber besser. Sobald eine voll war, fuhr sie weg, und in der Zwischenzeit kam die nächste. Jetzt sind sie größer, doppelstöckig und manchmal schneller und fahren auch pünktlich. Aber wenn Sie eine verpassen, müssen Sie viel Wartezeit in Kauf nehmen.«

Sie erinnerte sich auch an die früheren Fähren. Manchmal waren sie im Hochsommer noch in Betrieb, auch vor Kurzem noch. Vielleicht um den zunehmenden Verkehr in der Meerenge zu bewältigen.

Was dann ankam, war ein brandneues Schiff. Es gab sogar glänzend neue und saubere Rolltreppen, die zum Passagierdeck hinaufführten. Ein schöner, heller Salon mit einer Bar voller Fenster, die einer Luxuskonditorei würdig gewesen wäre. Ein frisch gestrichenes Deck mit automatischen Türen und Stahlaufzügen. Vanina hatte gar nicht das Gefühl, dass sie sich auf der Straße von Messina befand. Ihr fehlten fast die schmutzigen, steilen und unbequemen Eisentreppen, das Bild des archaischen Tresens mit den öltriefenden Arancine auf Tabletts, die seit Monaten keinen Schwamm mehr gesehen hatten. Die Decks mit den Eisensitzen, die keiner weißen Hose etwas anhaben konnten. Sizilien! Italien!

Sie fuhren auf die Autobahn Salerno-Reggio Calabria, die nun Mittelmeerautobahn genannt wurde und endlich tatsächlich einer Autobahn ähnelte.

Um halb elf erreichte der graue Škoda die Raststätte Sala Consilina Est.

Vanina steuerte die Bar an, während Spanò im Toilettenbereich verschwand.

Die Vicequestore bestellte einen Cappuccino und ein Croissant und kam mit dem Jungen, der sie bediente, ins Gespräch.

»Hatten Sie letzten Dienstag um halb neun Uhr morgens zufällig Dienst?«, fragte sie beiläufig.

Der Junge dachte darüber nach.

»Nein. Aber mein Kollege war da«, sagte er und wies auf einen Mann, der Büffelmozzarella in einer separaten Kühlvitrine anrichtete. Er rief ihn.

Der Mann kam näher und wischte sich die Hände an der Schürze ab.

»Guten Tag, ich brauche ein paar Informationen«, sagte Vanina.

»Worum geht es?«

»Erinnern Sie sich daran, ob Sie am Dienstagmorgen von einem Mädchen gefragt wurden, ob sie vom Bartelefon aus telefonieren könne?«

Spanò erschien wieder neben ihr und wedelte mit den nassen Händen.

Der Mann musterte sie ernst. »Sind Sie von der Polizei?« Vanina zeigte ihm ihren Dienstausweis.

»Vicequestore Giovanna Guarrasi, mobiles Einsatzkommando Catania.«

»Natürlich erinnere ich mich. So etwas kommt nicht oft vor«, antwortete der Mann, trat an den Tresen und stützte einen Ellbogen auf die Stahlplatte. »Ein hübsches Mädchen. Sie sagte, ihr Handy sei gestohlen worden, und sie müsse einen Anruf tätigen.«

Spanò zog das Foto von Lorenza Iannino hervor.

»Ist sie das?«

Der Mann sah sich das Foto an und lächelte. »Ja, das ist sie. So ein Mädchen vergisst man nicht so leicht.«

»War sie allein?«

»Ja. Zumindest kam sie allein herein.«

»Wirkte sie nervös auf Sie?«

Der Mann dachte darüber nach. »Vielleicht ein bisschen, irgendwie in Eile. Sie betonte, dass es sich um ein wichtiges Telefonat handle, und bedankte sich für das Entgegenkommen. Am Ende tätigte sie dann zwei Anrufe.«

»Und wissen Sie zufällig noch, was sie sagte?«

»Vom ersten Telefonat nicht. Beim zweiten schon, weil ich sah, wie sie den Hörer abnahm. Ich ging zu ihr, um zu fragen, ob sie noch etwas wolle. Sie bat mich höflich, sie noch einen

Anruf tätigen zu lassen. Diesmal blieb ich allerdings in der Nähe. Sie sprach leise, trotzdem hörte ich etwas. Sie sprach mit einem Mann und nannte ihn beim Namen, an den ich mich ehrlich gesagt aber nicht erinnern kann. Sie sagte, dass er ihr helfen müsse, da sie nirgendwo anders hinkönne ... Es klang, als müsste sie ihn überzeugen.«

Von wegen, er habe nur etwas mitgehört, alles hatte dieser Schlingel belauscht!

»War das Mädchen elegant gekleidet?«, fragte Vanina.

»Nein, sie trug Jeans und eine Jacke, die drei Nummern zu groß schien. Ich erinnere mich daran, weil es mir auffiel.« Er machte eine Pause. »Geht es um das Mädchen, das getötet wurde und dessen Leiche vermisst wird?«, fragte er behutsam. Die Nachricht hatte sich mittlerweile landesweit verbreitet.

»Ja«, antwortete Vanina kurz angebunden. Weitere Fragen waren unnötig. Sie bedankte sich bei dem jungen Mann.

Spanò holte sich einen Kaffee und ein Croissant, während sie tanken ging.

Sie stiegen wieder ins Auto und fuhren weiter.

»Dottoressa, was haben Sie vor, wenn wir in Rom sind? Werden wir in das Lokal gehen, aus dem der andere Anruf getätigt wurde?«, fragte der Inspektor im Versuch, Vaninas Aktion zu verstehen.

»Nein, nicht nötig«, antwortete Vanina. »Wenn alles so läuft, wie ich es mir vorstelle, treffen wir Lorenza Iannino am Ende des Tages.«

Mit dem eigenen Auto ins Zentrum von Rom zu fahren, das hatte Vanina schon lange nicht mehr getan. Sie parkten in der Tiefgarage an der Piazza Cavour und gingen zu Fuß zur Via dei Greci.

Eine in einen Steinrahmen eingelassene kleine Tür mit der Aufschrift *Conservatorio di musica Santa Cecilia* verriet den Besuchern, dass sie ihr Ziel erreicht hatten. Die Messingtafel daneben auch.

Sie traten durch die kleine Tür, stiegen die Eingangsstufen hinauf und gelangten durch eine Glastür zur Pförtnerloge.

»Wie kann ich Ihnen helfen?«, fragte eine Frau in Uniform.

»Maestro Escher«, sagte Vanina. Sie hatte alle Stundenpläne für den Geigenunterricht durchgelesen und wusste, dass er an diesem Nachmittag im Haus sein musste. Deshalb war sie so früh aufgestanden, um rechtzeitig vor Ort zu sein.

»Erwartet der Maestro Sie?«

»Nein.«

»Dann kann ich Sie nicht zu ihm lassen.«

Vanina lächelte. »Es tut mir leid, aber ich muss darauf bestehen.«

»Der Maestro hält gerade Unterricht. Sie können ihn kontaktieren und einen Termin vereinbaren, wenn Sie möchten …«

Die Vicequestore beschloss, die Sache zu verkürzen, und zog ihren Dienstausweis hervor.

Vor Erstaunen riss die Frau die Augen auf. Maestro Escher wurde von der Polizei gesucht?

Die Pförtnerin nannte ihr die Nummer des Klassenzimmers und das Stockwerk.

Sie stiegen eine alte Steintreppe hinauf und betraten einen langen Korridor. Marmorböden, an den Wänden dunkle Holzschränke. Anschlagbretter, einige leer, andere mit Papieren überfüllt. Eine Reihe von Türen, aus denen unterschiedliche Klänge ertönten. Unterschiedliche Musik.

Instinktiv ging Vanina langsamer. Ein Klavier. Ein Saxofon.

Eine Geige, deren Klang einen ganzen Abschnitt des Korridors erfüllte.

Sie klopfte an die Tür. Die Musik brach ab.

»Herein.«

Sie öffnete die Tür und betrat das Klassenzimmer. Es war ein kleiner Raum. Weiße Wände, ein Tisch an der Wand, an der Seite ein Klavier. Ein Junge stand vor einem Notenständer mit einer Geige in der Hand. An der Seite saß ein Mädchen, auch dieses hatte eine Geige auf dem Schoß. Zwischen ihnen stand ein hochgewachsener, eleganter Mann in schwarzem Rollkragenpullover, graues Haar, grauer Bart, grüne Augen. Vanina hätte ihm niemals die dreiundsechzig Jahre angesehen, die aus seinen persönlichen Daten hervorgingen.

»Wie kann ich Ihnen helfen?«, fragte er.

Spanò blieb vor der Tür stehen.

»Maestro Tommaso Escher?«

»Der bin ich.«

»Vicequestore Giovanna Guarrasi, mobiles Einsatzkommando Catania. Würden Sie mir ein paar Minuten Ihrer Zeit widmen?«

Escher starrte sie an, schien aber nicht überrascht.

Er forderte die beiden Schüler auf, das Klassenzimmer zu verlassen.

»Nehmen Sie Platz!«

Er fragte nicht nach dem Grund des Besuches, sondern wartete darauf, dass Vanina anfing.

»Maestro, können Sie sich vorstellen, warum ich hier bin?«

Escher lächelte bitter.

»Ja, würde ich sagen«, erwiderte er, deutete auf einen Stuhl und rückte ihn für sie zurecht.

Vanina beschloss, Schritt für Schritt vorzugehen.

»Wann haben Sie Lorenza Iannino zum letzten Mal gesehen?«

Escher nahm neben ihr Platz. Er überschlug die Beine, wirkte ruhig. Ein Hauch von Bitterkeit umspielte weiter seinen Mund.

Er wollte gerade antworten, als Spanò klopfte und eintrat, ohne auf die Erlaubnis zu warten.

Sie drehten sich beide um und sahen ihn an.

Er wirkte benommen.

»Dottoressa, entschuldigen Sie, ich muss Ihnen etwas Wichtiges mitteilen.«

»Ich gehe hinaus«, erklärte der Maestro und stand auf. Er schien fast enttäuscht zu sein, nicht antworten zu können.

Spanò starrte ihn einen Moment lang an. »Ich glaube, das ist nicht nötig«, sagte er dann.

Vanina wurde klar, dass es um Lorenza ging.

»Was ist los, Ispettore?«

»Vor einer halben Stunde wurde die Leiche von Lorenza Iannino aufgefunden. In Aci Castello.« Er machte eine Pause. »Im Meer.«

Escher fiel auf seinen Stuhl zurück und wurde kreidebleich. Er schloss die Augen und wirkte erschüttert.

»Gestern Morgen. Ich habe sie gestern Morgen zum letzten Mal gesehen.«

Marta Bonazzoli und Nunnari hatten sich zum Fundort begeben, der sich unter der normannischen Burg befand.

Umgehend rief Vanina Marta an.

»Ein Junge und ein Mädchen, die gekommen waren, um ein wenig für sich zu sein, haben sie gefunden«, berichtete die Inspektorin. »Sie haben die Leiche auf dem Wasser treiben sehen und Angst bekommen. Daraufhin haben sie sofort die 113 angerufen, die die Meldung an uns weitergeleitet hat.«

»Sind Spurensicherung und Gerichtsmediziner bereits vor Ort?«

»Der Gerichtsmediziner schon, Dottore Manenti hat angerufen und mitgeteilt, dass er sich auf den Weg macht.«

»Wer ist der Gerichtsmediziner?«

»Ihr Freund, Dottore Calì.«

»Gib ihn mir!«

Adriano Calì ließ sie eine gute Minute lang warten.

»Ich war enttäuscht, als ich dich nicht gesehen habe«, sagte er. »Wie das? Erst gehst du der halben nationalen Marine auf den Sack, um Lorenza Ianninos Leiche zu finden, und dann, wenn sie endlich auftaucht, gönnst du dir zur Belohnung eine Reise mit Carmelo Spanò?«

»Mach dich nicht über mich lustig und sag mir etwas!«

»Und was soll ich dir sagen? Ich konnte mir gerade mal die Handschuhe anziehen und einen kurzen Blick auf sie werfen. Übrigens, ich warne dich, noch zwei Minuten länger, und deiner Inspektorin fällt der Arm ab. Sie hält mir gerade das Telefon ans Ohr.«

»Keine Sorge, sie ist trainiert! Mehr erfahre ich also nicht?«

»Auf den ersten Blick ist der Körper nicht sonderlich angeschwollen, und es gibt keine Anzeichen von Fäulnis, die im Wasser viel früher einsetzt. Und es finden sich keine größeren Verletzungen durch Fische. Sie ist also mit ziemlicher Sicherheit seit weniger als einem Tag tot.«

»Könntest du ungefähr sagen, wann sie gestorben ist?«

»Dazu müsste ich sie zuerst ausziehen. Was ich sehe, ist ein geschwollenes Gesicht, aufgesprungene Lippen und Spuren am Hals, die darauf hindeuten könnten, dass sie stranguliert wurde. Aber das ist reine Vermutung, hörst du?«

»Nun, dann mach dich gleich an die Arbeit!«

»Natürlich, Vicequestore, ich habe ja sonst nichts zu tun, als meinen Abend mit deinen Klienten im Seziersaal zu verbringen.«

Vanina kam ein Zweifel. »Übrigens, wer hat dich eigentlich angerufen? Nur so, falls Staatsanwalt Vassalli mir zufällig in die Quere kommt ...«

»Ich wurde von Terrasini angerufen, dem diensthabenden Staatsanwalt. Aber soweit ich weiß, wird auch Eliana Recupero herkommen.«

Vanina beendete das Telefonat und bläute Marta ein, sie auf dem Laufenden zu halten.

Im Kreuzgang des Konservatoriums hielten sich nicht so viele Menschen auf. Ein Trupp junger Leute, mit Musikinstrumenten bewaffnet, hielt sich auf dem Rasen auf. Alle sprachen durcheinander, einige standen am Rand und rauchten. Vanina hatte eine Ecke aufgesucht, sich eine Zigarette angezündet und von dort aus Marta angerufen. Spanò war vor dem Klassenzimmer stehen geblieben, in dem Maestro Escher gerade eilig die Stunde mit den Schülern beendete. Auch wenn das im Grunde nicht nötig gewesen wäre.

Das wenige, was der Maestro bisher erzählt hatte, stimmte mit den spärlichen Informationen überein, die Vanina zur Verfügung standen.

Bevor er die Schüler in den Klassenraum zurückgebeten hatte, hatte er sich abschließend noch zu ihr umgewandt. »Ich glaube, ich bin für das Ende verantwortlich, das dieses arme Mädchen genommen hat.«

Vanina konnte es kaum erwarten, Näheres zu erfahren.

Sie durchquerte den Flur seitlich des Kreuzganges zurück zum Eingang und blieb vor der monumentalen Treppe stehen, von der die beiden gleich herunterkommen würden. Um dem zunehmend verwirrten Blicken der Pförtnerin zu entgehen, betrat sie das Café des Konservatoriums. Weiße Wände, hohe Gewölbe. Eine antike Säule in der Mitte des Tresens und ein kleiner Balkon, überdacht von einer steinernen Balustrade. Sie bestellte einen Espresso. Dann ging sie wieder hinaus.

Sie schlenderte weiter durch die Gänge und gelangte in einen Raum voller Flügel. Sie näherte sich einem weißen Instrument.

»Entschuldigung, suchen Sie etwas?«, fragte ein Mann und kam zügig auf sie zu.

»Nichts. Ich warte auf jemanden.«

»Das gehörte einmal Ottorino Respighi«, begeisterte sich der Mann und deutete auf das Instrument, das Vanina gerade betrachtete.

Für sie hätte er auch Napoleon den Dritten nennen können, sie hatte keine Ahnung. Er bemerkte es und runzelte die Stirn. »Dem großen Komponisten …«, fügte er hinzu.

Vanina tat so, als verstünde sie. Doch das war ein Thema, bei dem sie sich für nahezu unwissend hielt.

»Möchten Sie die Sala Accademica sehen?«, fragte er mitleidig. Vanina folgte ihm zu einer Tür mit Samtvorhängen. An der Schwelle blieb sie stehen und warf einen kurzen Blick ins Innere. Eine weiße Kassettendecke, Parkett mit roten Samtstühlen, eine Bühne mit einer Orgel, die majestätisch zu nennen, unzureichend gewesen wäre.

Bei einer anderen Gelegenheit wäre sie gern stehen geblieben, um sich die Geschichte anzuhören, die der Mann ihr erzählen wollte, doch dies war nicht der richtige Moment.

Sie blickte auf die Uhr. Wenn die beiden nicht bald kamen, musste sie selbst hochsteigen und sie holen.

Escher erschien vor ihr im Foyer mit den Klavieren. Er trug ein graues Sakko über dem Rollkragenpullover und hielt seine Geige in der Hand. Spanò stand neben ihm.

»Er ist wunderschön, nicht wahr, Dottoressa?«, sagte Maestro Escher.

Vanina verstand, dass er den Saal meinte, aus dem sie gerade kam.

»Ja, wunderschön.«

»Ich habe dem Ispettore bereits gesagt, dass ich mit Ihnen gern nach Catania führe«, sagte Escher. »Wenn Sie mich kurz nach Hause begleiten, übergebe ich Ihnen ein paar Dinge, die Sie sicher gut gebrauchen können.«

»Maestro, ich habe viele Fragen an Sie, und Sie haben einiges zu erklären«, konterte Vanina.

Escher nickte.

Der Maestro wohnte in einer der engen Gassen zwischen Piazza Navona und dem Tiber. Er hatte eine kleine alte Wohnung voller Bücher und Musik, Noten, Schallplatten, CDs.

Escher führte sie in das Wohnzimmer, in dem ein Tisch stand, auf dem eine Geige in ihrem offenen Kasten lag.

»Diese Geige ist die Ursache für alles, was geschehen ist«, begann er, näherte sich dem Instrument und strich über die Oberfläche. Vanina verstand sofort, worum es sich bei dem Instrument handelte, ließ ihn aber reden.

»Ich gehe davon aus, dass Sie meine Geschichte kennen, Dottoressa Guarrasi. Sonst wären Sie wohl kaum hergekommen.«

»Ein wenig, Maestro.«

»Ich habe vierzig Jahre meines Lebens damit verbracht, mein Recht auf den Besitz dieses Instrumentes durchzusetzen. Nicht wegen seines wirtschaftlichen Wertes, der enorm ist, sondern weil es die einzige Möglichkeit für mich gewesen wäre, ein Stück der Seele des einzigen Menschen zu besitzen, den ich jemals geliebt habe.«

»Laura Di Franco«, ergänzte Vanina.

Escher nickte.

»Als ich den Brief erhielt, in dem Laura mir mitteilte, dass ihre Geige mir gehören solle, war sie bereits seit zwei Tagen tot. Es war der schrecklichste Moment meines Lebens, Dottoressa Guarrasi. Mir wurde klar, dass Laura tot war, und vor allem wurde mir klar, *wie* sie gestorben war, noch bevor ich die Bestätigung erhielt. Ihre Tante erzählte mir Näheres. Laura hatte hier in Rom gelebt und musste auf Druck ihrer Familie jeden Kontakt zu ihr abbrechen. Die Tante hatte sie vor der Bedrohung durch ihre Angehörigen schützen wollen ...« Ein verbittertes Lächeln huschte über seine Lippen, und er machte eine Pause.

Vanina zog es vor, ihn nicht zu drängen. Sie wartete, bis er Atem geschöpft hatte.

Escher ließ sich auf einem Stuhl am Tisch nieder, Vanina und Spanò setzten sich ebenfalls.

»Sie war es, die ihr die Geige geschenkt hatte, als Laura in Santa Cecilia in die zehnte Klasse aufgenommen wurde. Eine Guadagnini, Dottoressa. Eine sehr wertvolle Geige. Sie können sich vorstellen, wie es war, einem Mann wie Elvio Ussaro gegenüberzustehen. Der dachte nicht daran, mir ein solches Instrument zu überlassen. Nicht einmal auf Befehl des Papstes hätte er es getan. Die einzige Möglichkeit war ein Gerichtsverfahren, das ich energisch vorantrieb, obwohl ich wusste, dass ich es aller Wahrscheinlichkeit nach verlieren würde. Nicht weil ich im Unrecht war, sondern weil ich nicht genug Zeit und Geld hatte, um den Kampf zu führen. Und ich kann sagen, dass es mir sehr wohl gelungen ist, ihm ein paar Steine in den Weg zu legen, sonst hätte es nicht so lange gedauert. Er war, als ich dreiundsechzig Jahre alt wurde, so alt wie mein Vater, als er starb. Ich wusste nicht, wie viel Zeit mir noch bliebe, um die

Sache zu Ende zu bringen, auf die ich vierzig Jahre lang gewartet habe. Und so traf ich eine Entscheidung … mir um jeden Preis das zu kaufen, was mir von Rechts wegen zustand und was ich auf dem Rechtsweg nicht erlangen konnte. Ich fuhr nach Catania und suchte Ussaro in seiner Kanzlei auf. Er war nicht anwesend, stattdessen empfing mich Lorenza Iannino. So habe ich sie kennengelernt.«

Escher erzählte, wie er in nervenaufreibende Verhandlungen trat, mit allen möglichen Gutachten und Versuchen der Gegenseite, den Preis zu erhöhen. Schließlich gelang es ihm, für eine exorbitante Summe die Geige zu erwerben, die Laura ihm vermacht hatte. In der Zwischenzeit waren er und Lorenza Freunde geworden.

»Hier habe ich sie in jenen Tagen untergebracht«, führte der Maestro weiter aus und führte Vanina in ein Zimmerchen, in dem ein Einzelbett, ein Einbauschrank und ein kleiner Schreibtisch standen.

Vanina konnte ihre Verblüffung nicht verbergen.

»Dachten Sie etwa, Lorenza und ich wären ein Paar gewesen, Dottoressa?«, fragte Escher und lächelte erneut voller Bitterkeit. »Lorenza hätte das für möglich gehalten, ich für einen Moment vielleicht auch. Aber das wäre ihr gegenüber unfair gewesen.«

»Warum haben Sie mir vorhin im Konservatorium gesagt, dass Sie glauben, für Lorenzas Tod verantwortlich zu sein?«, fragte Vanina.

»Weil ich sie in eine Krise stürzte und ihr klarmachte, dass sie auf dem falschen Weg war. Dass sie für alles, was sie scheinbar gewonnen hatte, ihre Seele verkaufen musste und dass dies schließlich auf sie zurückfallen würde. Dann hätte sie bis an ihr Lebensende mit dieser Last leben müssen. Sie, die zweifellos längst die Nase von Ussaro und seinem verabscheuungswürdigen System voll hatte. Sie dachte ernsthaft darüber nach, was ich ihr sagte, und rief mich immer öfter an. Irgendwann schien sie sich in mich verliebt zu haben. Und in meiner Anmaßung dachte ich, dass dies wohl bei Weitem das kleinere Übel sei. Jetzt denke ich, dass Lorenza noch am Leben wäre, wenn sie mich nie kennengelernt hätte und an ihrem Leben festgehalten hätte, ganz egal, wie falsch es war«, schloss er leise.

Vanina betrat das kleine Zimmer. Auf dem Schreibtisch lagen alle Zeitungen, die über den Fall berichtet hatten.

Plus zwei Mappen.

»Die sind für Sie, Dottoressa. Lorenza überließ sie mir und glaubte, dass dies der sicherste Ort dafür sei«, erklärte Escher.

Vanina nahm eine der Mappen zur Hand und öffnete sie.

Als Erstes entdeckte sie die Originale der Briefe, die sie auf dem Computer von Lorenza Iannino gefunden hatte. Papierschnipsel. Äußerst nützlich für Untersuchungen der Handschrift. Zudem fand sie zwei USB-Sticks, die sicherlich wichtige Daten enthielten.

Sie reichte sie an Spanò weiter.

»Ispettore, nehmen Sie sie!«

Der Rest von Eschers Bericht vervollständigte das Bild, das sich Vanina teilweise bereits gemacht hatte. Schon vor Monaten hatte Lorenza alle möglichen Beweise für die Verbrechen gesammelt, die Ussaro Tag für Tag beging. In jedem Bereich. Um sie nicht ungenutzt zu lassen, wollte sie dafür sorgen, dass sie zum richtigen Zeitpunkt einem Richter vorgelegt wurden, der sie nicht außer Acht lassen konnte. Wichtig war ihr, dass die Beweise in die Hände der Polizei und der Richter gelangten, bevor sie vernichtet würden.

»Ich würde Ihnen gern sagen, dass ich versucht habe, Lorenza von ihrem Vorhaben abzubringen, Dottoressa, aber das ist leider nicht der Fall. Ehrlicherweise muss ich gestehen, dass mir der Mut dazu fehlte. Diese junge Frau verlieh meinen innersten Gedanken Ausdruck, meinen Rachegelüsten, die ich vierzig Jahre lang mit mir herumtrug, die ich jedoch nie auszuführen gewagt hätte.«

»Wussten Sie, dass Lorenza einen Mord vortäuschen wollte?«, fragte Vanina unverblümt.

Escher blickte ihr in die Augen. »Nein. Erst an dem Morgen, als sie mich anrief und bat, sie in meinem Haus hier in Rom unterzubringen.«

»Welcher Tag war das?«

»Letzten Dienstag. Sie rief mich von der Autobahn aus an und sagte, sie wisse nicht, wohin. Mir war klar, dass sie etwas Schlimmes getan haben musste, und es brauchte wohl kaum viel Fantasie, um den Grund dafür zu erraten. Aber glauben Sie mir, ich habe an alles gedacht, nur nicht daran, dass sie ihren eigenen Tod vortäuschen würde. Als sie es mir sagte, lief mir ein Schauder über den Rücken. Ich hatte eine Vorahnung. Das habe ich ihr sogar gesagt. Aber sie war entschlossen und überzeugt, dass alles gut gehen würde. Dann geschah, was geschehen musste. Ihr Bruder starb praktisch, während er mit ihr telefonierte. Allerdings erfuhren wir das erst am nächsten Tag, als ich mich als Kollege ausgab, um ihn anzurufen. Zu diesem Zeitpunkt beschloss sie, dass es an der Zeit war, dem Wahnsinn ein Ende zu setzen und nach Sizilien zurückzukehren. Ein noch größerer Irrsinn …«

»Wie lief das genau ab? Ich meine, von Anfang an?«

Escher seufzte, und es schien ihm schwerzufallen, die Geschichte zu erzählen.

»Lorenza und ihr Kollege …«, setzte er an.

»Nicola Antineo?«, fragte Vanina.

Escher nickte.

Er erzählte eine Geschichte, die mehr oder weniger dem entsprach, was Vanina sich bereits gedacht hatte.

Lorenza gibt Ussaro gegenüber vor, Kokain konsumiert zu haben. Während sie mit ihm Sex hat, wird ihr übel. Sie tut so, als würde sie bewusstlos. An diesem Punkt ruft Ussaro, wie vorhergesehen, Antineo, um sich von ihm helfen zu lassen. Nicola Antineo betritt Lorenzas Zimmer und kommt kurz darauf heraus, um Professor Ussaro mitzuteilen, dass sie tot sei. Er sagt ihm, er solle sich heraushalten, sich keine Sorgen machen, da er sich um alles kümmern werde. Gemeinsam bereiten sie die Szene vor. Dann schlägt Antineo dem Anwalt eine Möglichkeit vor, wie sie die Leiche loswerden können. Und so trickst er ihn aus, denn falls Ussaro ihn bloßstellen würde, würde er sich am Ende selbst bloßstellen. Der zweite Teil des Plans beginnt mit Lorenzas Flucht.

»In welchem Wagen ist sie weggefahren?«, fragte Vanina.

»Mit einem Auto, das ihr Antineo geliehen hatte. Die nächsten Schritte waren ihr überlassen.«

»Und die anonymen Anrufe?«

»Soweit ich weiß, war es für Lorenza sehr wichtig, dass Sie und Ihr Team, Dottoressa, sich um die Angelegenheit kümmerten.«

Vanina wurde sarkastisch. »Da hat mich Lorenza unterschätzt«, kommentierte sie. Vielleicht hatte diese sich aber auch nur mit ihrer früheren Tätigkeit befasst, als sie noch bei der Antimafia gewesen war, die von den Zeitungen gern in den Vordergrund gestellt wurde. Lorenza Iannino musste wohl gedacht haben, dass die Aufdeckung aller illegalen Aktivitäten von Ussaro Vanina so sehr in Anspruch genommen hätte, dass sie den Mordermittlungen weniger Aufmerksamkeit gewidmet und sie ohne zu viel Aufwand zu Ende geführt hätte.

»Warum hatte Nicola Antineo beschlossen, so viel zu riskieren, um Lorenzas Plan zu unterstützen?«, fragte Vanina.

»Nun, auch ihm hatte Ussaro unrecht getan, dennoch glaube ich, dass der Hauptgrund ein anderer war. Er war unsterblich in Lorenza verliebt. Er hoffte, eine Chance bei ihr zu haben, wenn er sie aus den Fängen des Anwalts befreite.«

Vanina notierte sich die Information.

»Und wie wollte Lorenza wieder aus der Sache herauskommen? Sobald Ussaro wegen aller Verbrechen zur Rechenschaft gezogen würde? Wäre sie mit falschen Papieren in einem südamerikanischen Land untergetaucht?«, fragte Vanina nun immer ironischer.

»Nein, Dottoressa. Lorenza hatte die irrsinnige Vorstellung, später einfach wieder aufzutauchen, als wäre sie freiwillig gegangen, um sich aus den Fängen ihres Peinigers zu befreien. Ein absurder Plan, der nicht aufgehen konnte.«

Escher verschwand in seinem Zimmer. Fünf Minuten später kam er mit einem Köfferchen in der Hand wieder heraus. Er war zur Abreise bereit.

In der Zwischenzeit hatte Spanò die ihm von Vanina übertragene Aufgabe erfüllt und den letzten Flug des Abends nach Catania gebucht, dem sich der Maestro anschloss.

Den Mietwagen am Flughafen Fiumicino stehen zu lassen und mit dem Flugzeug zurückzukehren war sowieso Vaninas Plan gewesen, auch dann, wenn die Entdeckung von Lorenzas Leiche den Prozess nicht beschleunigt hätte.

Auf ihrem Weg nach draußen kamen sie an einem Zimmer vorbei, in dem Escher zu üben und seine Schüler zu empfangen pflegte.

Vanina blieb vor einem Regal mit alten Fotos stehen. Da war sie, die sizilianische Dominique Sanda, die ihm für immer ihr Herz geschenkt hatte. Auf einem Foto waren sie zusammen im Kreuzgang des Konservatoriums zu sehen. Schwer zu sagen, wer von den beiden schöner war. Auf einem anderen Bild, das aus der Ferne aufgenommen worden war, standen sie auf einer Bühne. Vanina erkannte den Konzertsaal des Konservatoriums mit der großen Orgel im Hintergrund.

»Das war das erste und einzige Abschlusskonzert am Conservatorio di Santa Cecilia, an dem Laura teilnahm. Man denke nur daran, dass Raymond Gallois-Montbrun, der damalige Direktor des Pariser Konservatoriums, bei diesem Konzert anwesend war. Er hatte mir und Laura eine Meisterklasse in Paris angeboten. Wir wollten gemeinsam dorthin gehen. Laura war überglücklich«, erzählte Escher und verlor sich in dem Foto. »Sie wäre eine deutlich bessere Solistin als ich geworden.«

Bis dahin hatte er sich nicht allzu offen über seine Beziehung zu Laura geäußert. Die Umstände hatten dies nicht erfordert. Dennoch gab es Aspekte dieser Affäre, die nichts mit den Ermittlungen zu tun hatten und die Vanina faszinierten. Nicht aus romantischen Gründen, denn das war nicht gerade ihre Stärke, sondern aus weiblicher Solidarität gegenüber Laura Di Franco.

»Möchten Sie wissen, warum ich Lauras Wunsch unbedingt erfüllen und ihre Geige behalten wollte, obwohl mich das ein Vermögen kostete?«, fragte Escher, ohne den Blick von dem Foto abzuwenden.

»Natürlich«, antwortete Vanina.

Der Maestro stellte das Köfferchen auf dem Boden ab, öffnete eine Schublade und holte einen Stapel Notenblätter hervor.

»Diese Musik hat Laura komponiert«, erklärte er. »Zwischen der Bibliothek des Konservatoriums und ihrem Zimmer. Sie verstand sich darauf. Tag und Nacht saß sie da und komponierte. Dann spielte sie mir ihre Kompositionen vor. Mit dieser Geige. Als sie über Nacht verschwand, hinterließ sie mir die Partituren. Sie waren mir gewidmet. Zusammen mit einem schrecklichen Brief, in dem sie mir ewige Liebe schwor, um mich dann für immer zu verlassen.«

»Und erklärte sie Ihnen auch den Grund dafür?«

»Nein. Das tat ihre Schwester Angelica später, aber da war es zu spät.« Er schwieg einen Moment lang. »Ich hätte sie am Gehen hindern sollen.«

»Sie sagten gerade, warum Ihnen die Geige so wichtig war«, erinnerte ihn Vanina.

Spanò blickte auf die Uhr. Sie mussten das Auto bei der Autovermietung abgeben …

Escher ergriff wieder das Wort. »Ich habe Lauras Kompositionen zusammengestellt und mir geschworen, dass ich sie eines Tages auf der Bühne des Konzertsaals des Konservatoriums aufführen werde. Mit ihrer Geige. Ihr zu Ehren.«

Er legte die Notenblätter wieder in die Schublade zurück.

»Lorenza wäre bestimmt gern dabei gewesen.«

23

Nicola Antineo hatte sich in Luft aufgelöst.

Die Familie hatte seit Montagabend, dem 14. November, nichts mehr von ihm gehört. Die Bargeldreserven, die seine Eltern zu Hause aufbewahrten, hatte er an sich genommen sowie einige Kleidungsstücke und Unterwäsche zusammengepackt. Und zwei Kekspackungen. Sein Mobiltelefon war natürlich abgeschaltet.

Chefinspektor Carmelo Spanò hatte um 9.30 Uhr bereits sein zweites Aspirin genommen und kämpfte mit schlechter Laune, die ihn nicht einmal beim Abstieg Catanias aus der Ersten Liga befallen hatte. »Wissen Sie, wohin sich dieser Narr begeben hat?«, fragte er.

»Fühlen Sie sich nicht wohl, Ispettore?«, erkundigte sich Vanina.

»Mein Kopf ist schwer, als hätte ihn jemand Nacht für Nacht mit Wackersteinen gefüllt. Aber keine Sorge, Dottoressa, das ist nur mangelnder Schlaf!«

Der Flug in der Nacht zuvor, der letzte aus Rom, hätte selbst Hiob zur Verzweiflung gebracht. Zunächst war eine halbstündige Verzögerung angekündigt worden. Aus der dann anderthalb Stunden wurden. In der Zwischenzeit hatte sich der Flugsteig von B6, wo das Flugzeug direkt am Terminalgebäude stand, in ein sehr unbequemes Gate B22 verwandelt. Es befand sich in dem Gebäude, das Maria Giulia De Rosa den *Keller* nannte, an das man – wieder laut Giulia – die Flüge in die *exo-*

tischen Teile des Landes verlegte. Catania, Palermo, Reggio Calabria, Lamezia Terme, Bari. Mit einem Bus, der die Passagiere zum Flugzeug brachte, das irgendwo in Fregene geparkt war.

Und das nach einer siebenstündigen Hinfahrt mit dem Auto und einer Reihe von Anrufen wegen der plötzlich aufgetauchten Leiche.

Irgendwann hatte auch Maestro Escher die Auswirkungen der Müdigkeit und des Verlustes gespürt, der ihn so sehr bedrückte. Vicequestore Vanina Guarrasi und Carmelo Spanò hatten ihn um ein Uhr nachts vor dem *Hotel Excelsior* abgesetzt.

Vanina hatte natürlich nur zwei Stunden Schlaf hinter sich. Und zwei Frühstücke.

Das erste mit Gerichtsmediziner Adriano Calì, der sich ebenfalls bis spät in die Nacht mit Lorenzas Leiche befasst hatte und ihr endlich genauere Informationen geben konnte.

»Der Tod ist mehr oder weniger zwischen zwanzig und siebzehn Uhr des Vortages eingetreten. Aufgrund eines anaphylaktischen Schocks.«

Vanina bat um Klarstellung. »Du meinst eine allergische Krise?«

»Ja, eine lebensbedrohliche allergische Reaktion auf eine vermutlich oral eingenommene Substanz. Entweder ein Medikament oder ein Lebensmittel.«

»Und du kannst mir nicht sagen, wodurch sie ausgelöst wurde?«

»Dazu müsste ich eine toxikologische Untersuchung vornehmen. Aber zumindest sollte ich dafür ungefähr wissen, nach welchen Substanzen ich suchen soll.«

Bis vor ein paar Tagen hätte Vanina noch *Kokain* gesagt, aber jetzt wusste sie nicht so recht, was sie ihm raten sollte.

Gianfranco Iannino hatte erwähnt, dass seine Schwester gegen eine Vielzahl von Medikamenten allergisch war.

»Was ist mit den blauen Flecken, den Schwellungen, von denen du berichtet hast?«

»Die sind kurz vor ihrem Tod eingetreten und über den ganzen Körper verteilt. Außerdem sind seitlich am Hals Druckstellen zu erkennen, die durch Finger verursacht wurden, als wäre sie gewürgt worden. Was aber – ich wiederhole es – nicht die Todesursache war. Und noch etwas ist wichtig. Die junge Frau wurde vergewaltigt.«

Vanina sprang vom Stuhl auf. »So ein Mist, Adriano! Wie lange wolltest du noch warten, um mir das zu eröffnen?«

»Sollte ich dir nicht erst erklären, wie sie starb?«, rechtfertigte er sich.

»Haben wir wenigstens biologische Spuren des Vergewaltigers?«

Adriano antwortete erst mit ernster Miene und dann mit Worten. »Samenflüssigkeit in ausreichender Menge. Ebenso wie Hautfragmente unter den Nägeln der Toten.«

Er hatte sich einen Filmabend verdient.

Das zweite Frühstück hatte Vanina mit Commissario Patanè eingenommen, der die Ermittlungen mit Spannung verfolgt hatte. Die Nachricht in der Zeitung – *Leiche der vor Tagen verschwundenen Anwältin aus Catania im Meer gefunden* – hatte ihn fassungslos gemacht. Die Zeitungen verschwiegen jedoch, dass Lorenza Ianninos Tod nicht am vorangegangenen Montag eingetreten war, sondern nicht einmal zwölf Stunden vor ihrem Auffinden. Dieses Detail befreite den Commissario von der Befürchtung, Vicequestore Guarrasi mit seinen auf alten Geschichten und theoretischen Überlegungen beruhenden Einfällen in die Irre geführt zu haben.

»Ussaro ist also vom Vorwurf des Mordes freigesprochen«, fasste Patanè zusammen.

»Falls er ein Alibi für vorgestern Abend hat, und wenn seine DNA nicht mit der des Vergewaltigers übereinstimmt, würde ich zustimmen. Zumindest könnte er dann diese Anklage umgehen. Allerdings nur diese, Commissario, denn sonst haben wir mehr als genug gegen ihn in der Hand.«

Tommaso Escher rief sie am späten Vormittag an.

»Dottoressa Guarrasi, entschuldigen Sie, ich hatte gestern vergessen, Ihnen etwas mitzuteilen, das für Sie wichtig sein könnte. Ich hätte Ihnen vielleicht sagen sollen, dass mich Lorenza anrief, als sie in Catania ankam.«

»Von welcher Nummer?«

»Genau das ist der springende Punkt. Für die Reise wollte ich ihr mein altes Mobiltelefon schenken, dessen SIM-Karte noch aktiv war, aber sie wollte es nicht annehmen. Wie sie meinte, wollte sie mich nicht in ihr *Chaos* verwickeln. Sie versprach mir aber, sich umgehend bei mir zu melden. Und das tat sie auch. Ein zweiminütiger Anruf, nur um mir zu sagen, dass es ihr gut gehe. Zu diesem Zeitpunkt wusste sie noch nicht, was sie tun würde. Aber sie meinte, ich solle mir keine Sorgen machen, und sie werde den Schaden wiedergutmachen. Sie bekräftigte ihre Gefühle für mich … Kurzum, sie schien zwar traurig, aber entspannt zu sein. Ich weiß noch, dass sie sich in ihrer Wohnung verkriechen wollte. Jetzt frage ich mich, ob Sie vielleicht die Nummer brauchen, von der aus sie mich anrief. Ich weiß nicht, vielleicht ist das auch nur ein dummer Gedanke …«

»Nein, nein, Maestro! Das ist gar kein dummer Gedanke. Im Gegenteil, ich danke Ihnen für diese Information.«

Escher nannte ihr die Nummer und die Uhrzeit des Anrufs: 18:50 Uhr.

Vanina reichte sie Spanò weiter, der sie nachdenklich betrachtete und in seinem Büro verschwand. Mit seiner Brille auf der Nase kehrte er zurück, bewaffnet mit Lorenzas alter Anrufliste. Er wollte sichergehen.

»Da haben wir sie! Ich dachte es mir schon, wollte mich aber vergewissern.«

Vanina erzählte ihm, was Escher ihr soeben berichtet hatte.

»Sollen wir die Spurensicherung zu Iannino nach Hause schicken?«, fragte der Inspektor.

»Ja, aber zuerst gehen wir hin.«

Die Mitglieder des Briefings bei Vicequestore Vanina Guarrasi waren fast vollzählig erschienen: Spanò, Bonazzoli, Nunnari und Fragapane. Lo Faro hätte auch dabei sein dürfen, doch er war abwesend. Unentschuldigt.

»Kinder«, begann Vanina mit dem Rücken zum offenen Balkon und einer Zigarette zwischen den Fingern, »versuchen wir, alle bisher gesammelten Informationen zusammenzufassen. Lorenza Iannino wurde vergewaltigt, geschlagen und fast erwürgt, aber daran ist sie nicht gestorben. Sie starb an einem anaphylaktischen Schock.«

Nunnari reagierte postwendend. »Dasselbe, was mir fast mit dem Soja-Eintopf passiert wäre! Und was war die Ursache?«

»Das können wir nicht feststellen, aber wir wissen, dass sie auf eine ganze Reihe von Medikamenten allergisch reagierte. Die DNA des Vergewaltigers wurde nach Palermo geschickt. In der Zwischenzeit müssen wir uns an die Arbeit machen und dürfen keine Zeit verlieren. Marta, du versuchst zunächst, so schnell wie möglich an die Mobiltelefonaufzeichnungen von Nicola Antineo zu kommen.«

»Glaubst du, er hat etwas mit dem Tod des Mädchens zu tun?«, fragte Marta.

»Die Tatsache, dass er verschwunden ist, spricht nicht gerade für ihn. Und er ist der Einzige, der Lorenza mit Sicherheit getroffen hat.«

»Aber warum sollte Antineo Lorenza Iannino töten?«

»Und sie vergewaltigen«, fügte Vanina hinzu.

»Ganz genau! Warum?«

Vanina setzte sich auf ihren Bürostuhl, lehnte sich zurück, stützte die Ellbogen auf die Armlehnen und verschränkte die Hände auf Kinnhöhe.

»Weil er für Lorenza viel riskierte, zumindest seine Karriere, und sie plötzlich einen Rückzieher machte und das Kartenhaus fast zum Einsturz brachte. Sie war kurz davor, ihn in die Röhre schauen zu lassen.«

»Er lehnte sich also für etwas, das im Grunde sie angezettelt hatte, am weitesten aus dem Fenster«, überlegte Marta.

»Auch. Aber nicht nur das«, schränkte Vanina ein. »Lorenza betrog ihn vor allem bei einer anderen Sache, die ihn eigentlich dazu gebracht haben muss, sich für sie so aus dem Fenster zu lehnen.«

Spanò hatte bereits verstanden, das war seiner Miene anzusehen. Marta hingegen wartete auf den Rest des Berichtes.

Vanina lehnte sich gegen den Schreibtisch.

»Nicola Antineo war in Lorenza Iannino verliebt. Er hoffte, dass sich zwischen ihnen etwas entwickeln würde, sobald sie sich von Ussaro befreit hätte.«

»Vielleicht ließ sie ihn sogar in diesem Glauben«, warf Nunnari ein, ein Experte in unerwiderter Liebe.

»Das ist nicht sicher. Allerdings wissen wir, dass Antineo der Erste war, den Lorenza bei ihrer Ankunft in Catania traf. Sie benutzte sogar sein Handy.«

»Das seit dem Abend ausgeschaltet war, an dem die junge Frau starb«, ergänzte Spanò.

»Marta, wir müssen ihn ausfindig machen.«

»In Ordnung, Boss. Soll ich auch die Ausdrucke anfordern?«

»Ja natürlich.«

Vanina stand auf und sammelte Handy, Zigaretten und Feuerzeug ein.

»Spanò, kommen Sie, wir fahren zu Ianninos Wohnung!«

Der Inspektor folgte ihr.

Sie öffneten die Tür zu dem Gebäude mit den Schlüsseln von Gianfranco Iannino, die in den Händen der Polizei geblieben waren. Sie holten den Aufzug. Während sie warteten, stellte sich ein älteres Ehepaar mit einem Wägelchen voller Einkaufstüten hinter ihnen auf.

Vanina drehte sich zu ihnen um. Zu dumm, jetzt musste sie warten und die Leutchen vorbeilassen! Oder die Treppe nehmen, was noch schlimmer war. Sie dachte gerade darüber nach, als sie ein Pochen auf der Schulter verspürte.

»Entschuldigen Sie«, sagte die Frau und lächelte.

»Sind Sie nicht die Kommissarin, die immer in der *Gazzetta Siciliana* erwähnt wird?«

»Vicequestore!«, korrigierte sie der alte Mann.

»Ja, die bin ich«, antwortete Vanina. Noch blöder. Sie mochte es nicht, dass man sich überhaupt an sie erinnerte.

»Was für ein Zufall!«, sagte die Dame so glücklich, als hätte sie Raffaella Carrà persönlich getroffen. »Ich habe schon zu meinem Mann gesagt, dass Sie früher oder später kommen und uns einige Fragen stellen würden.«

Vanina stand mit der Hand an der Aufzugstür, die sie öffnete, um die beiden vorbeizulassen.

Überraschung.

»Warum sollte ich denn kommen und Ihnen Fragen stellen?«

»Was meinen Sie wohl, warum? Unsere Nachbarin wurde ermordet! Im Fernsehen, in Spielfilmen, überall machen die Polizisten das so. Sie befragen die Nachbarn.«

»Krimis, keine Spielfilme«, korrigierte sie ihr Mann.

Vanina dämmerte es allmählich.

»Ach ja, natürlich. Aber warum? Wollten Sie mir etwas sagen?«

»Wieso das?«, fragte der Mann und schüttelte den Kopf.

»Natürlich!«, rief seine Frau zeitgleich.

»Einigen Sie sich!«, riet Spanò und unterdrückte ein Lachen.

»Ja«, wiederholte die alte Dame.

»Na schön, bis dann! Ich fahre schon mal hoch«, beschloss der alte Mann und betrat mit seinem Wägelchen den Aufzug.

Vanina gab Spanò ein Zeichen.

»Steigen Sie schon mal ein, Ispettore! Ich komme gleich nach.«

Mit den Händen hinter dem Rücken wandte sie sich dann der Dame zu.

»Also, dann erzählen Sie mal!«

»Wer, ich?«

»Wer denn sonst, ich vielleicht?«

»Ja natürlich. Also … Neulich Nachmittag, als ich vor meiner Tür putzte, sah ich Leute kommen. Zwei Personen, eine Frau und einen Mann. Ich habe den Kopf gehoben und sah Signorina Iannino mit einem hochgewachsenen, gut aussehenden jungen Mann mit kindlichen Gesichtszügen.«

Vanina musste schmunzeln. Die alte Dame hatte ihn besser beschrieben als jedes Foto.

Dann sprach sie weiter. »Ich war schockiert. In den Zeitungen stand, dass Signorina Iannino verschwunden sei, dann, dass sie vielleicht tot sei. Und jetzt tauchte sie plötzlich aus heiterem Himmel wieder auf! ›Sollten Sie nicht tot sein?‹, ist mir dann ganz spontan herausgerutscht.«

»Und was hat sie erwidert?«

»Ihre Antwort war seltsam. In etwa so: Manchmal ist man lebendig, obwohl man innerlich stirbt, und wenn alle denken, dass man gestorben ist, erwacht man wieder zum Leben. Ich habe zwar nichts verstanden, mir aber gesagt, dass das ja irgendwie stimmte. Das Wichtigste ist, dass man am Leben bleibt.«

Vanina versuchte, sich das Pirandello'sche Gespräch zwischen Lorenza Iannino und dieser winzig kleinen alten Frau vorzustellen.

»Und dann?«, fragte sie.

»Dann gingen die beiden in die Wohnung. Es verging nicht einmal eine Stunde, bis ich Stimmen hörte. Laute Stimmen, Kommissarin! Er schien wütend zu sein, aber sehr, und sie antwortete. Sie schrie sogar. Es klang, als würde sie geschlachtet.«

Vanina sah die Szene bildlich vor Augen.

»Und was passierte dann?«, drängte sie.

»Nichts, dann herrschte Stille. Ich hörte nur, wie die Tür zugeschlagen wurde.«

»Und Sie haben auch nichts gesehen?«

»Wie denn? Ich war inzwischen in meine Wohnung zurückgekehrt.«

»Haben Sie noch andere Geräusche gehört?«

»Ja, nach einer Weile habe ich Wasser laufen hören. Mein Badezimmer ist Wand an Wand mit dem der Signorina. Ich wusste also, dass sie noch im Haus war und dass sie allein war. Keine Stunde später klingelte es an ihrer Tür. Kurz darauf schloss sich die Tür. Danach Stille. Die nicht enden wollte. Heute Morgen hat mir mein Mann die *La Gazzetta Siciliana* gebracht, in der stand, dass die Leiche von Frau Iannino gefunden wurde. Als ich ihm sagte, dass ich sie gesehen hätte, glaubte er mir nicht. Aber ich versichere Ihnen, Dottoressa: Das war sie!«

Der Artikel in der Zeitung hatte ein Chaos angerichtet.

»Ich glaube Ihnen, Signora …« Sie hatte sie nicht nach ihrem Namen gefragt.

»Spampinato.«

»Signora Spampinato. Ich glaube es, Lorenza Iannino war vorgestern noch am Leben. Ich danke Ihnen sehr für Ihre Informationen.«

In der Zwischenzeit war der Aufzug wieder ins Erdgeschoss zurückgekehrt.

Sie stiegen gemeinsam ein und fuhren in den zweiten Stock.

Die Frau ging in ihre Wohnung, und Vanina drückte die Tür zu Lorenza Ianninos Wohnung auf. Sie war sich nicht sicher, ahnte aber, was sie dort vorfinden würde.

Spanò starrte auf das zerwühlte Bett mit teils mürrischem, teils bestürztem Blick. Eines der Kissen war an mehreren Stellen mit Blut befleckt. Auf derselben Seite sah es so aus, als hätte sich jemand geprügelt. Schien das nur so?

Vanina bewegte sich vorsichtig, um nichts zu berühren.

Sie betrat die anderen Räume. Die Küche war mehr oder weniger so, wie sie sie das letzte Mal vorgefunden hatte, abgesehen von einigen schmutzigen Gläsern und den Stühlen, die umgestellt worden waren. Sie ging ins Badezimmer. Das reinste Chaos. Die Duschmatte lag auf dem Boden, der Bademantel war über das Waschbecken geworfen worden. Kapuze und Ärmel waren mit Blut befleckt. Auf dem Regal stand eine Flasche mit Wasserstoffperoxid, einige Wattepads lagen herum. Auf dem Boden weitere schmutzige Wattepads.

»Dottoressa, mir scheint, dass Lorenza Iannino hier vergewaltigt wurde.«

»Ja, Ispettore. Und nach der Beschreibung, die mir die alte
Dame von nebenan gegeben hat, konnte es sich nur um Antineo handeln.«

Sie erzählte ihm kurz, was die Frau ihr gesagt hatte.

»Haben wir ein Foto von Antineo?«, fragte Spanò.

»Seine Eltern haben uns heute Morgen eines zur Verfügung
gestellt, als sie ihn als vermisst gemeldet haben«, sagte Vanina,
zog ihr Handy heraus und suchte danach.

»Zeigen Sie es Frau Spampinato, nur zur Bestätigung! Und
rufen Sie die Spurensicherung an!«

Während Spanò an der Tür nebenan klopfte, ging Vanina
noch einmal durch die Wohnung. Sie zog ein paar Silikon-
handschuhe aus ihrer Tasche und öffnete alle Schränke. Nirgends waren Arzneimittel zu finden. Außer einer Packung
Bentelan in Fläschchen mit einer Spritze daneben. Das Le-
bensretterset für Allergiker, das wusste selbst sie.

Sie kehrte in die Küche zurück und roch an den schmutzigen Gläsern. In einem von ihnen klebte etwas Alkoholisches
auf dem Boden. Sie öffnete den Abfalleimer, der bis auf den
Karton einer Sechserpackung Wasserflaschen leer war. Aber es
lagen keine Flaschen herum.

Spanò kehrte zurück.

»Die Dame hat Antineo sofort erkannt. Außerdem kommt
Gerichtsmediziner Pappalardo gleich.«

Vanina nickte verwirrt.

»Hören Sie, Ispettore, erinnern Sie sich zufällig noch daran,
ob Sie eine Packung Wasserflaschen gesehen haben, als Sie das
erste Mal hier waren?«

»Ein Packung Wasser...«, wiederholte er erstaunt. Also
manchmal war die Guarrasi echt der Killer! Er schloss die

Augen, öffnete sie wieder und strich sich den Schnurrbart glatt. »Vielleicht.« Er trat an einen Schrank und öffnete ihn mit dem Ärmel. »Hier befanden sich zwei kleine Flaschen in der Packung. Eine davon hat ihr armer Bruder genommen, Gott habe ihn selig, weil er einen Schluck brauchte.«

»Und die andere?«

»Die andere blieb dort, glaube ich.«

»Und wo ist die jetzt?«

Zunehmend verwirrt starrte sie Spanò an.

»Das weiß ich nicht«, antwortete er unsicher.

»Das sollten wir nicht vergessen.«

Der Inspektor nickte. Er war sich nicht sicher, aber in Vanina Guarrasis Kopf musste es einen Sinn ergeben.

In Wirklichkeit wusste es Vanina selbst nicht. Sie war auf der Suche nach etwas, das ihr helfen würde, die Zusammenhänge zu verstehen. Nützliche Hinweise auf eine Substanz, die Adriano Calì bei der toxikologischen Untersuchung helfen würden.

»Ispettore, wir brauchen etwas, das Antineo gehört und seine DNA enthält. Vielleicht bekommen Sie es von seinen Eltern. Ich rede mit der Staatsanwältin.«

Spanò versicherte, dass er sich darum kümmern werde.

Pappalardo und sein Team trafen ein, als Vanina und Spanò gerade aufbrechen wollten.

Vanina empfahl, in den Gläsern sorgfältig nach Drogenspuren zu suchen.

Bevor sie zurückfuhren, kehrten sie bei *Da Nino* ein. Sie verschlangen einen Teller Spaghetti al Nero di Seppia, je zwei Kaktusfeigen und tranken einen Espresso, dann kehrten sie erfrischt ins Büro zurück.

Marta hatte auf sie gewartet.

»Antineos Mobiltelefon ist noch immer ausgeschaltet, er ist nicht auffindbar. Ich hoffe, die Aufzeichnungen so schnell wie möglich zu erhalten. Vanina, ein gewisser Dottore Bonanno hat für dich angerufen und bittet dich, ihn zurückzurufen. Er gab mir seine Telefonnummer.«

Vanina hatte Mühe, sich an den Namen zu erinnern. Bonanno … Wer war das noch mal? Dann fiel es ihr schlagartig wieder ein. Das war der Mann, der neben dem Haus am Meer wohnte und dessen Frau Architektin war. Fortunato Bonanno. Sie erinnerte sich sogar an seinen Vornamen. Was wollte er?

»Ich rufe ihn gleich zurück.«

Seine Nummer hatte sie tatsächlich gespeichert.

Bonanno ging fast umgehend dran, ließ sie aber ein paar Minuten warten.

»Entschuldigen Sie, Dottoressa! Ich bin gerade bei der Arbeit, wollte Sie aber auf etwas Seltsames aufmerksam machen, das mir im Nachbarhaus auffiel. Letzte Nacht, gegen ein Uhr, sah ich hinaus und entdeckte ein schwaches Licht, das durch einen Fensterladen im ersten Stock fiel. Als ich wieder ins Bett ging, dachte ich noch eine Stunde lang darüber nach. Ich erinnerte mich daran, dass das Haus versiegelt worden war. Dann, heute Morgen, las ich, dass der Leichnam des Mädchens gefunden wurde. Und … nun ja, das schien mir ein seltsamer Zufall zu sein.«

In der Tat!

Vanina versicherte ihm, dass sie die Sache sofort überprüfen lassen wolle, und bedankte sich bei ihm.

Sie rief Marta Bonazzoli und Nunnari.

»Nehmt das Motorrad und fahrt in die Via Villini a Mare hinunter. Werft unauffällig einen Blick auf das Haus von Lorenza Iannino! Seht nach, ob euch irgendetwas verdächtig vorkommt.«

»Was könnte das denn sein?«, fragte Marta.

»Darüber lässt sich momentan nichts sagen, sonst unterläuft uns womöglich noch ein Fehler.«

Marta Bonazzoli schwieg, aber ihr war anzusehen, dass sie verärgert war. Sie machte zusammen mit Nunnari auf dem Absatz kehrt. Der hatte nie den Ehrgeiz, immer alles verstehen zu wollen, was seine Vorgesetzte tat, und beschränkte sich deshalb darauf, zum Gruß beide Finger an die Stirn zu legen.

»Marta!«, rief Vanina. »Sei nicht immer gleich so beleidigt! Ich vertraue dir blind. Aber ihr solltet nicht voreingenommen sein, wenn ihr euch auf die Suche macht. Nur so kann das große Ganze betrachtet werden, und man läuft nicht Gefahr, zu sehr auf sich aufmerksam zu machen.«

Marta beruhigte sich wieder.

»Nur wenn du mich nicht wieder bittest, mit Nunnari zusammenzuarbeiten, denn dann weigere ich mich.«

Vanina konnte es ihr nicht versprechen.

»Dottoressa Guarrasi, ich bin der stellvertretende Staatsanwalt Roberto Terrasini.«

Etwa fünfzig Jahre alt, mittelgroß, keine besonderen Merkmale, abgesehen von einer leicht nach rechts gerichteten großen Nase. Tougher Eindruck.

Vanina schüttelte ihm die Hand und riskierte dabei, sich das Handgelenk zu brechen. Sie entschuldigte sich dafür, dass sie sich erst jetzt meldete.

Der Staatsanwalt ließ sie vor seinem ordentlich sortierten Schreibtisch Platz nehmen, auf dem einige gerahmte Fotos standen.

»Machen Sie sich keine Gedanken! Ich habe ein paarmal mit Inspektorin Bonazzoli bezüglich Anfragen zu Telefonaufzeichnungen gesprochen. Soweit ich weiß, konzentrieren sich die Ermittlungen auf den Rechtsanwalt Antineo.«

»Bis jetzt, ja. Wir haben auch eine Augenzeugin, die gesehen hat, wie er mit Lorenza Iannino das Haus betrat, und dann Schreie hörte. Was Ispettore Spanò und ich in der Wohnung des Mädchens gefunden haben, passt perfekt zu einem Szenario der Gewalt.«

Der Staatsanwalt zog ein Papier aus einem Ordner.

»Ich habe den Bericht der Gerichtsmedizin gelesen. Offenbar ist die junge Frau an einem anaphylaktischen Schock gestorben. Also ohne Gewalteinwirkung.«

»Ja. Wir versuchen gerade herauszufinden, was ihn ausgelöst haben könnte. Lorenza Iannino war gegen viele Medikamente allergisch, das hat uns ihr Bruder erzählt.«

»Ich habe auch den Bericht von Chefinspektor Ispettore Capo Spanò über Ihre Fahrt nach Rom und das Gespräch mit Signor …« Terrasini warf einen prüfenden Blick auf das Blatt. »… mit Signor Tommaso Escher gelesen. Ich bin allerdings nicht ganz im Klaren, in welchem Verhältnis dieser Escher zu dem Opfer stand.«

»Er ist ein Freund, den Lorenza Iannino auf ihrer Flucht um Gastfreundschaft bat.«

Vanina war es wichtig, Escher nicht in die Geschichte hineinzuziehen. Sie war sich sicher, dass der Maestro in gutem Glauben gehandelt und sich nicht an Lorenza Ianninos und Nicola Antineos Plan beteiligt hatte. Nur das zählte. Es wurde Zeit, dass dieser Mann endlich zur Ruhe kam.

Der Staatsanwalt kannte die Geschichte bereits, denn Eliana Recupero hatte ihm alles berichtet. Vanina musste nur wenig hinzufügen.

»Wissen Sie, warum ich Sie angerufen habe, Dottoressa?«, fragte Terrasini lächelnd und wartete ihre Antwort gar nicht erst ab.

»Vor einigen Stunden habe ich eine Aussage von Rechtsanwalt Elvio Ussaro aufgenommen, in der er zu Protokoll gibt, dass er nichts mit dem Tod von Lorenza Iannino zu tun habe und den Anwalt Nicola Antineo beschuldigt, weil er die Leiche in einem Koffer versteckt und ins Meer geworfen haben soll.«

Vanina warf dem Staatsanwalt einen erstaunten Blick zu.

»Das Ganze soll schon vor einer Woche passiert sein«, fügte dieser hinzu und schien sich zunehmend darüber zu amüsieren.

Natürlich. Die Geschichte der Entdeckung von Lorenza Ianninos Leiche, die in der Zeitung ausgebreitet wurde, als wäre sie schon eine Woche alt, hatte einen fatalen Mechanismus in Gang gesetzt und den Eckpfeiler von Ussaros Verteidigung untergraben. Die bestand darin, jede noch so geringe Beteiligung bis zum bitteren Ende zu leugnen. Nicola Antineo hätte ohnehin nie ausgesagt, sondern war abgehauen. Der junge Anwalt war zu einer tickenden Zeitbombe geworden, von der man alles erwarten konnte. Weniger schlimm war es also, ihm die ganze Schuld zuzuschieben. Es war besser, Komplize bei der Verschleierung einer Bluttat zu sein, als ein Mörder. Ussaros Aussage stünde also gegen die von Antineo.

»Und was haben Sie getan, Dottore?«, fragte Vanina neugierig und wollte wissen, wie die Sache zu Ende gegangen war.

»Was hätte ich wohl tun sollen, Dottoressa Guarrasi? Ich habe gewartet, bis er alles ausgesprochen hatte, und fragte ihn dann, wo er vorletzte Nacht zwischen zwanzig und zweiundzwanzig Uhr gewesen sei.«

Vanina musste sich beherrschen, um nicht zu applaudieren.

»Und er?«

»Er fragte mich, warum ich das wissen wolle, und ich erklärte es ihm. Am Ende des Gesprächs wirkte er etwas mitgenommen, aber das Alibi, das er mir gab, ist wasserdicht. Aber daran hatte ich im Grunde keinen Zweifel. Zurzeit wird Ussaro engmaschig beobachtet, und er wäre ein Narr gewesen, sich Lorenza Iannino zu nähern, selbst wenn er gewusst hätte, dass sie noch lebte und nach Catania zurückgekehrt war.«

Vanina stimmte Roberto Terrasini zu.

Sie bat den Staatsanwalt um die Erlaubnis, Material aus dem Haus von Antineos Eltern mitzunehmen, um die DNA mit dem Ergebnis zu vergleichen, das sie aus Palermo erwarteten.

Bevor sie ging, verabschiedete sie sich noch von Staatsanwältin Recupero, die über ihre Akten gebeugt dasaß und einen fast leeren Becher Joghurt neben sich stehen hatte. Ihr kurzes Haar hatte statt des Farbtons Rot ein helles Blond angenommen.

Von ihr erhielt Vanina weitere Details zu den Ermittlungen über Ussaro.

»Sehen Sie, Dottoressa Guarrasi«, sagte die Staatsanwältin schließlich. »Leute wie Ussaro verwalten ihre eigene Macht und führen ihre Vergehen auf so arrogante Weise aus, dass sie nicht merken, wenn sie ihre Grenzen überschreiten. Früher oder später kommt jemand, der sie dafür büßen lässt. Das ist nur eine Frage der Zeit.«

Genau das dachte Vanina auch

Marta und Nunnari waren nach einer Stunde zurück.

Der Superintendente wirkte verärgert.

»Nunnari, was ist los? Fährt Marta Bonazzoli zu schnell?«, fragte Vanina, als sie ihn den Gang entlanggehen sah.

»Nein, nein«, antwortete er.

Doch die Wahrheit war eine ganz andere, und Martas Tempo hatte nur am Rande etwas damit zu tun. Diese Motorradfahrt hatte Nunnari so sehr aufgewühlt wie nichts zuvor in seinem Leben und ihn gezwungen, sich an seine unmittelbare Vorgesetzte zu klammern, für die er eine Schwäche hatte. Die ihn aber kategorisch abwies.

Eine solche Folter hätte Nunnari nicht einmal seinem ärgsten Feind gewünscht.

»Wir haben ein paar Runden um das Haus gedreht. Auf den ersten Blick fiel uns nichts Ungewöhnliches auf. Vielleicht – aber ich sage nur vielleicht – weil ich nicht weiß, ob sich seit dem letzten Ortstermin der Spurensicherung etwas geändert hat, denn die Fensterläden im unteren Stockwerk sind geschlossener als beim letzten Mal«, berichtete Marta.

»Gut, danke.«

»Sagst du mir jetzt, warum du mich dorthin geschickt hast? Und das auch noch mit dem Motorrad? Und mit Nunnari auf dem Sozius. Das wurde zu einer unbeschreiblichen Anstrengung, weil er dreimal so viel wiegt wie ich.«

»Ich habe dich dorthin geschickt, weil ich einen Hinweis erhielt, dem ich nachgehen wollte. Auf einem Motorrad, weil man mit einem Helm weniger auffällt. Ich musste sehen, ob meine eher zufällige Vermutung plausibel war. Aber ich glaube nicht, dass da etwas dran ist.«

»Darf ich erfahren, um welche Vermutung es sich handelt?«

»Das erzähle ich dir morgen.«

»Warum morgen?«

Vanina antwortete nicht. »Sind die Telefonaufzeichnungen von Antineo schon da?«, fragte sie und wechselte das Thema.

Resigniert stand Marta auf, ging in ihr Büro und kam mit frisch übertragenen Ausdrucken zurück.

Sie bestätigten alles, was Vanina vermutet hatte. Antineo hatte einen Anruf von einer Festnetznummer erhalten, die dem Versorgungsgebiet von Rogliano Ovest entsprach. Lorenza

Iannino hatte das gleiche System wie auf der Hinfahrt verwendet.

Dem Anruf Lorenzas bei Escher, der insgesamt zwei Minuten und neun Sekunden gedauert hatte, war ein Anruf bei einer Nummer vorausgegangen, die nach Martas Feststellung Grazia Sensini gehörte, Gianfranco Ianninos Witwe.

Grazia Sensini war in der Nacht zuvor kontaktiert worden und gerade in Catania gelandet. Sie eilte sofort zum mobilen Einsatzkommando, wirkte noch verstörter, dünner und ungepflegter als zuvor. Aber das war verständlich. Innerhalb einer Woche hatte sie einen Ehemann und nun auch noch eine Schwägerin zu Grabe tragen müssen. Sie hatte eine schwierige Zeit in einer Stadt hinter sich, die sie kaum kannte und in der die Umstände sie gezwungen hatten, nach nur zwei Tagen wieder nach Hause zurückzukehren.

»Wo ist Lorenza?«, fragte sie unsicher. Man hatte sie bereits vorgewarnt, dass sie als einzige Verwandte die Tote identifizieren müsse.

Vanina versicherte ihr, dass Inspektorin Bonazzoli sie sofort in die Leichenhalle begleiten werde.

»Wer hat sie ermordet, Dottoressa Guarrasi?«, fragte sie, und ihr Gesichtsausdruck wirkte hart, aber nicht so wütend wie beim letzten Mal. Lorenzas Mörder war nicht mehr mit dem ihres Mannes zu identifizieren. Die Bitterkeit über den Verlust ihrer Schwägerin blieb, aber das war nicht dasselbe.

»Ich weiß, dass Sie mit Lorenza in der Nacht, in der sie getötet wurde, gesprochen haben«, sagte Vanina.

Die Signora wirkte überrascht. »Ja, das stimmt … Aber woher wissen Sie das?«

Vanina lächelte. »Signora, das ist mein Job.«

Grazia Sensini lächelte zurück. »Natürlich. Und den machen Sie sehr gut.«

»Ich danke Ihnen. Was hat Lorenza an dem Abend zu Ihnen gesagt?«

»Dass sie mir eines Tages alles erklären werde und dass sie traurig sei, dass sie nicht zur Beerdigung meines Mannes, ihres Bruders, kommen könne … Und dass es besser wäre, wenn wir uns nicht sehen. Dann bin ich abgereist.«

Marta war bereit, zur Identifizierung mit ins Leichenschauhaus zu kommen.

»Bleiben Sie in Catania?«, fragte Vanina Grazia Sensini.

»Ja, bis ich meine Schwägerin nach Syrakus überführen kann, in den Kreis ihrer Lieben, zu Gianfranco.« Ihr Blick verfinsterte sich, wie jedes Mal, wenn sie ihren Mann erwähnte.

Signora Sensini und Inspektorin Bonazzoli waren gerade gegangen, als Capo Pappalardo von der Forensik an Vaninas Tür klopfte.

Damit hatte sie nicht gerechnet.

»Pappalardo, setzen Sie sich!«

»Danke, Dottoressa. Ich habe es vorgezogen, persönlich zu kommen, weil ich Ihnen etwas zeigen möchte.« Er öffnete ein Köfferchen, holte einen Gegenstand heraus und legte ihn auf den Schreibtisch. »Das haben wir im Haus des Opfers gefunden, im Schirmständer im Flur.«

In der durchsichtigen Plastiktüte befand sich eine Aspirin-C-Brausetablette. Sie war angebrochen.

»Ich weiß nicht, ob uns das weiterhilft, aber die Oberfläche ist glatt. Mal sehen, ob ich ein paar Abdrücke erkenne. Aber versprechen kann ich nichts«, sagte Pappalardo.

Zumindest hatten sie jetzt eine Substanz, nach der sie suchen konnten.

»Danke, dass Sie mich sofort darauf aufmerksam machen, Pappalardo! Alles, was Sie tun, ist uns immer eine wertvolle Hilfe.«

»Ach Dottoressa!«, murmelte Pappalardo, bevor er ging.

»Ich habe auch die Verpackung der Wasserflaschen mitge-nommen, so wie Sie gesagt hatten. Aber ich wüsste gern, was ich damit anfangen soll.«

Wenn sie das gewusst hätte ...

»Tun Sie damit, was immer Sie können. Vielleicht lassen sich Fingerabdrücke nachweisen.«

Pappalardo lächelte. »Wer weiß, wie viele das sein werden, Dottoressa! Supermarktangestellte, Kassiererinnen, Lorenza Iannino, ihr Bruder ... Wer hat noch nicht, wer will noch mal!«

»Sehen Sie sich nur die frischesten an!«, riet ihm Vanina.

Sobald Pappalardo gegangen war, rief sie Adriano Calì an und sagte ihm, welche toxikologischen Tests er durchführen solle.

Um acht Uhr verließ Vanina das Büro. Sie war so müde, als hätte sie den Ätna bestiegen, und doch hatte sie sich nur von einem Stuhl über einen Sessel zu einem Autositz begeben. Höchstens vier Schritte bis zur Bar. Acht, wenn sie Hin- und Rückweg mitzählte. In Wahrheit hatte sie nach einer anstren-genden Reise nur zwei Stunden geschlafen, während die Er-mittlungen immer schneller voranschritten, wie jedes Mal, wenn das Ende nahte. Das war die eigentliche Last, die Vanina mit sich herumtrug: eine schwerwiegende Last, denn ihrer ver-fluchten Natur als nachtaktives Tier war es gleichgültig, ob sie kaputt war oder nicht. Und mit dem Verstreichen der Abend-stunden würde ihr Wachzustand sogar noch verstärkt werden.

Ihre Freundin Giulia De Rosa hatte sie mit Nachrichten bombardiert. Alle mit dem gleichen Inhalt: *Wann treffen wir uns?*

Sie rief sie zurück, als sie die Via Ventimiglia hinaufging, um zur Via di Sangiuliano zu gelangen, in der sie am Morgen ihren Mini geparkt hatte.

»Bestimmt befindest du dich am Höhepunkt deiner Ermittlungen, aber hättest du zufällig fünf Minuten für deine Freundin?«, fragte Giulia.

»Gern, aber in diesen Tagen hätte ich gern mal fünf Minuten für mich selbst.«

»Wie wäre es, wenn ich zu dir nach Hause käme? Ich schaue mir sogar einen deiner uralten Filme an.«

Das war eine echte Freundschaftserklärung.

Doch Vanina gab nicht nach. Sie musste sich auf dem Sofa zusammenrollen, die Augen schließen und darauf hoffen, dass die Müdigkeit sie übermannte.

Sie holte das Auto und fuhr nach Santo Stefano. Während der ganzen Strecke hörte sie klassische Musik, die sie am Abend zuvor mit Maestro Escher heruntergeladen hatte, während sie darauf warteten, endlich in den Flieger zu steigen. Die Klänge entspannten sie.

Ihr fiel ein, dass sie nichts mehr von dem Musiker gehört hatte. Also rief sie ihn an.

Escher war in Riposto und aß bei Angelica Di Franco zu Abend.

»Langsam verarbeite ich die Realität, leider«, sagte er auf die Frage, wie es ihm gehe. »Und die Realität ist, dass jemand, den ich geliebt habe, auf barbarische Weise ermordet wurde. Und ich konnte nichts tun, um sie zu retten. Wieder einmal ...«

»Sie können nichts dafür, Maestro. Sie hätten nichts tun können, selbst wenn Sie Lorenza begleitet hätten.«

»Vielleicht nicht, aber ich fühle mich trotzdem schuldig. Warum, weiß ich auch nicht. Wenn Sie den Mörder gefasst und die Umstände ermittelt haben, komme ich vielleicht darüber hinweg. Das ist alles für den Moment.«

Sie verabschiedete sich von ihm.

Brahms' *Sinfonie Nr. 3 in F-Dur* begleitete sie bis nach Santo Stefano.

Seit fast vier Stunden schlief sie nun schon auf dem grauen Sofa, eingewickelt in die Decke, die sie am Abend zuvor für Adriano herausgeholt hatte und die noch immer herumlag. Ein bleierner Schlaf, der alle Verbindungen zu ihrem Gehirn unterbrochen zu haben schien und sie dort festhielt, ohne ihr die Kraft zu geben, sich ins Bett zu schleppen. Als sie um halb vier plötzlich die Augen öffnete, schien es ihr jedoch, als hätte sie die Schlafenszeit mit der Verarbeitung von Informationen verbracht. Was sie zu einem Schluss gebracht hatte. Sie hatte die Zeitpunkte falsch eingeschätzt.

Eilig erhob sich Vanina, griff nach ihrem Holster und ihrer Jacke, schnappte sich die Autoschlüssel, ihre Zigaretten und das Handy und verließ das Haus.

Es war das zweite Mal im Lauf der Ermittlungen, dass sie nachts allein auf der Straße zwischen ihrem Haus und der Via Villini a Mare unterwegs war. Doch diesmal war etwas anders. Eine Dringlichkeit, die sie dazu brachte, das Gaspedal durchzudrücken, als wäre der richtige Weg nur einen Schritt von ihr entfernt und bereit, eingeschlagen zu werden. Die richtige Spur, die mit der Entschlossenheit eines Jagdhundes verfolgt wurde, der auf seine Beute zulief, weil sein Geruchssinn etwas aufgefangen hatte.

Die Lösung des Falles.

Sie hatte den Zeitpunkt falsch eingeschätzt, denn der Bericht des Nachbarn Fortunato Bonanno bezog sich auf etwas nur nachts Sichtbares. Wenn die seltsamsten Dinge möglich erscheinen. Die Dunkelheit, der Schlaf der anderen schützen einen, und man denkt, man könne ins Freie gehen, weil einen niemand sieht.

Vanina blieb vor dem Haus stehen, schaltete die Scheinwerfer aus und spähte zu den Fensterläden im oberen Stockwerk hinauf. Vielleicht war es nur ein Gefühl. Reine Einbildung. Und dennoch …

Und dennoch war da dieses Licht. Nur schwach, schemenhaft, versteckt, aber sie nahm es wahr.

Plötzlich wurde ihr klar, dass ihr einsames Rennen hier endete. Um ihr Vorhaben umzusetzen, brauchte sie Unterstützung. Ihr Team.

Sie suchte in den Telefonnotizen nach den Wochenschichten und las den Namen der Person, die heute Nachtdienst hatte.

Dann wählte sie die Nummer.

»Dottoressa«, antwortete Spanò, dessen Stimme verschlafen klang.

»Ispettore, entschuldigen Sie, ich habe gelesen, dass Sie im Dienst sind.«

»Eigentlich habe ich mit Fragapane getauscht, nach der letzten Nacht musste ich nach Hause.«

»Dann rufe ich Fragapane an«, erklärte Vanina.

»Dottoressa, wenn Sie mich um diese Zeit anrufen, heißt das, dass Sie wer weiß wo sind und wer weiß was anstellen. Also, sagen Sie mir, worum es geht. Sonst lasse ich den Anruf zurückverfolgen und suche nach Ihnen.«

Vanina lächelte über diese Androhung.

Sie sagte ihm, wo sie war und was er tun solle.

»Und Sie wollten Fragapane mitnehmen?«, fragte Spanò nach einer Weile des Schweigens.

Der VW Polo des Inspektors fuhr bei gelöschten Scheinwerfern auf der Straße vor. Neben ihm saß jemand.

Polizeibeamter Lo Faro stieg auf der Beifahrerseite aus, ohne einen Laut von sich zu geben. Auf seinem Gesicht waren noch die Falten zu sehen, die das Kissen eingedrückt hatte. Er begrüßte Vanina, die sich zur Fahrerseite drehte und darauf wartete, dass Spanò ausstieg.

»Es ist besser, zu dritt zu sein, und er war der Einzige, den ich auf die Schnelle auftreiben konnte«, rechtfertigte sich Spanò.

Sie kletterten über das bekannte Mäuerchen und betraten den Garten. Wie immer war die Beleuchtung eingeschaltet, was sich als hilfreich erwies. Sie gingen um das Haus herum und erreichten die Terrassentür auf der Rückseite. Die Fensterläden waren geschlossen, und das Innere war nicht einsehbar.

Spanò spähte zu dem Fenster im Obergeschoss hinauf, auf das Vanina ihn hingewiesen hatte.

Er nickte zustimmend. Auch für ihn brannte dort Licht.

Lo Faro sagte kein Wort. Vanina hätte gewettet, dass er sich vor Angst in die Hose machte.

»Lo Faro«, flüsterte sie ihm zu, »Spanò und ich gehen jetzt ins Haus. Sie bleiben draußen und halten Wache. Habe ich mich klar ausgedrückt?«

Der Beamte nickte heftig.

»Wenn Sie eine Frage haben, dann stellen Sie sie jetzt.« Er verneinte, indem er ebenso heftig den Kopf schüttelte.

Spanò holte die Schlüssel für das Haus hervor, die im Büro deponiert worden waren.

Sie kehrten zum Haupteingang zurück und öffneten leise die Tür. Die Siegel waren aufgebrochen worden, ein Zeichen dafür, dass jemand eingedrungen war.

Der Inspektor hängte sich das Handy mit der Taschenlampe um den Hals.

Mit der Waffe in der Hand stiegen sie langsam die Treppe hinauf. Vanina voran und Spanò dahinter. Oben angekommen, schaltete der Inspektor seine Taschenlampe aus. Das Licht, das aus dem Zimmer am Ende des Ganges drang, erhellte den ganzen Korridor. Mit ausgestreckter Waffe traten sie ein.

Nicola Antineo wurde aus dem Schlaf gerissen und schrie laut, bis er bemerkte, dass Vicequestore Guarrasi und Ispettore Capo Spanò vor ihm standen.

Er brach in Tränen aus.

24

Staatsanwalt Terrasini hatte Vanina beauftragt, Nicola Antineo zu vernehmen, der seit einer Stunde im Büro des Teams des mobilen Einsatzkommandos unter Spanòs und Lo Faros strenger Aufsicht eingeschlossen war. Er hatte bisher kein einziges Wort gesagt.

Und nun saß er im Büro von Vicequestore Vanina Guarrasi, die ihn mit eisigem Blick anstarrte.

Langer Bart, verstörtes Gesicht, rote Augen. Kopf gesenkt. Stumm.

Noch weitere fünf Minuten, und Vanina hätte die Beherrschung verloren.

Dass er die Gewalttaten gegen Lorenza Iannino initiiert hatte, schien Vanina erwiesen, und der Staatsanwalt stimmte ihr zu. Der DNA-Test hätte nur eine zusätzliche Information geliefert, die dies bestätigt hätte. Was hingegen den Mord betraf, so gab es nur Indizien, die allerdings zahlreich waren und miteinander übereinstimmten, sodass sie trotzdem ein Bild ergaben.

Von den beiden Verbrechen, für die er verhaftet werden sollte, brachte die erste Tat Vaninas Blut am heftigsten in Wallung. Die abscheulichste und ekelhafteste.

Sie gab sich Mühe, ruhig zu bleiben, und zündete sich ihre dritte Zigarette an.

»Hören Sie, Antineo, Sie sind nicht dumm, und Sie kennen das Gesetz. Sie wissen genau, dass Sie hier sind, weil ich genug

Beweise habe, um Sie hier festzuhalten. Egal, ob Sie reden oder schweigen, habe ich genug in der Hand, um Sie wegzusperren. Wenn Sie also noch einen Funken Verstand haben, dann sollten Sie begreifen, dass Schweigen auf keinen Fall zu Ihren Gunsten ausfällt. Ich wiederhole also noch einmal die Frage: Was ist passiert?«

Antineo hob den Kopf.

»Wo soll ich anfangen?«

Vanina lehnte sich auf ihrem Stuhl zurück. Ihr reichte es, wenn er gestand, dass er Lorenza Iannino vergewaltigt und ermordet hatte. Ansonsten konnte er gern auch weiterhin die Zunge im Zaum halten. Da es aber auch für vieles andere nützlich gewesen wäre, ihn zum Reden zu bringen, sollte er reden.

»Fangen Sie an, wo Sie wollen«, antwortete sie.

Der Anwalt holte tief Luft und schluchzte immer wieder tief auf.

»Alles fing damit an, dass Lorenza Professor Ussaro um jeden Preis drankriegen wollte. Den Entschluss hatte sie schon früher gefasst, nachdem sie es einfach nicht mehr aushielt. Ihre Beziehung zu ihm war enger als meine. Um ihm zu gefallen, hatte sie sich zur Drecksarbeit herabgelassen, und das berührte noch ganz andere Bereiche. Auch persönliche. Wer in ein solches System hineingerät, kommt kaum wieder heraus, ohne seine Karriere dauerhaft zu gefährden. Lorenza schlug vor, dass wir Ussaro gemeinsam ausschalten und für seine Vergehen bestrafen sollten. Wir hatten ja genug beobachtet und waren in seine Machenschaften hineingezogen worden. Ich fand, dass sie vielleicht recht hatte und dass wir unser Leben nur zurückbekämen, wenn wir ihn zur Rechenschaft zögen. Von diesem Moment an änderte sich unsere Beziehung. Wir wurden zu Komplizen. Wir sprachen miteinander, wir verstanden uns sofort, wir arbeiteten an demselben Projekt. Lorenza nahm mich in einer Weise wahr, wie sie es nie zuvor getan hatte und wie ich es nie erwartet hätte …«

»Fühlten Sie sich zu ihr hingezogen?«, fragte Vanina.

Antineo wirkte höchst erstaunt. »Ich habe sie geliebt«, korrigierte er sie fast entrüstet.

Vanina musterte ihn mit einem höhnischen Blick. »Es tut mir leid, aber das Wort *Liebe* im Zusammenhang mit einer Vergewaltigung zu verwenden, halte ich für etwas schwierig.«

Antineo wurde unruhig. »Ich weiß nicht …« Er hielt inne und fuhr nach einer Weile fort. »Wenn wir Ussaro treffen wollten, mussten wir es in einem Bereich tun, in dem er sich noch keine Verteidigung aufgebaut hatte. Und für welches Verbrechen können Sie keine Verteidigung aufbauen, Dottoressa?«

»Für ein Delikt, das Sie nie begangen haben.«

Antineo nickte nachdrücklich und mit einem seltsamen Lächeln auf den Lippen.

»Erzählen Sie mir, was in jener Nacht wirklich geschah!«, verlangte Vanina.

»Wir hatten alles bis ins kleinste Detail organisiert. Ich kam kurz vor elf zur Party. Ich sorgte dafür, dass Ussaro mich sah, bevor Lorenza ihn ins Wohnzimmer mitnahm. Die Gäste hatten sich über alle Räume verteilt, viele hielten sich im Garten auf. Niemand hatte mich gesehen. Ich versteckte mich so, dass ich nur per Handy erreichbar war. Auf diese Weise hätte es einen Nachweis gegeben, dass er mich angerufen hatte. Lorenza tat so, als wäre ihr vom Kokainkonsum übel geworden. Wie wir vorausgesagt hatten, geriet er in Panik. Allein wäre er nicht in der Lage gewesen, eine solche Situation zu bewältigen. Doch glücklicherweise hatte er seinen Lieblingssklaven zur Hand. Er rief mich an, und ich erschien fast umgehend. Ich stellte mich zur Verfügung und riet ihm, aus dem Weg zu gehen. Ich würde mich um Lorenza kümmern. Kurze Zeit später teilte ich ihm mit, dass sie nicht mehr lebte. Er führte sich wie verrückt auf, schickte die Gäste weg, schaltete Alicuti und dessen Sohn ein. Sobald die beiden jedoch merkten, welcher Gefahr sie ausgesetzt waren, hauten sie ab.«

»Was war mit Susanna Spada?«

»Sie war dabei, aber ich glaube nicht, dass sie etwas bemerkt hatte. Und selbst dann hätte sie keinen Finger gekrümmt. Denn inzwischen hatte sie in das vorteilhaftere Bett gewechselt. Ussaro diente ihr nur als Einnahmequelle, und er konnte sie nicht einmal hinauswerfen, weil ihm sein ehrenwerter Freund das sonst übelgenommen hätte.«

»Zurück zu uns!«, forderte Vanina Antineo auf.

Er berichtete weiter.

»Sie haben Ussaro also mitgeteilt, dass Lorenza tot sei.«

»Ja. Ich habe ihn in diesem Glauben gelassen. Er geriet in Panik und sagte, ich müsse ihm helfen … Und das tat ich auch«, bestätigte der Anwalt lächelnd. »Mit Lorenzas Hilfe.«

Den Rest brauchte Vanina nicht zu erfahren.

»Warum haben Sie Lorenza getötet?«

Er zuckte zusammen und schüttelte den Kopf.

»Ich habe sie nicht umgebracht … Ich liebte sie.«

»Ach, deshalb haben Sie sie vergewaltigt? Weil Sie sie geliebt haben?«

»Ich habe … Ich habe sie nicht vergewaltigt …«

»Das stimmt, Sie haben sie nicht nur vergewaltigt, sondern auch geschlagen und gewürgt. Und dann sind Sie auf und davon.«

Antineo riss die Augen auf, er wirkte wie versteinert.

Vanina lehnte sich über den Schreibtisch, ihr Blick war eiskalt, und sie fuhr mit ihrer Vernehmung fort. »Ihnen wurde klar, wie sehr Sie es vermasselt hatten, und bekamen Angst, dass Lorenza Sie verraten könnte. Dann wären Sie nie wieder aus der Sache herausgekommen. Also suchten Sie nach einem Weg, sie ohne viel Aufhebens loszuwerden. Sie wussten ja, dass sie eine Medikamentenallergie hatte, und verabreichten ihr ein Aspirin. Dann warteten Sie den Einbruch der Dunkelheit ab, luden sie ins Auto und fuhren zum Hafen. Dort legten Sie sie am Bootsanleger ab.«

Antineos Pupillen hatten sich geweitet. Er schüttelte den Kopf.

»Ich habe sie nicht getötet«, wiederholte er.

»Sie haben sie also nicht getötet, sondern nur vergewaltigt?«, wiederholte Vanina.

»Ich habe sie auch nicht vergewaltigt!«, beharrte Antineo und sprang auf. Spanò drückte ihn wieder auf seinen Stuhl zurück.

»Antineo, passen Sie auf, was Sie sagen!«

»Antineo, Leugnen bringt Ihnen nichts!«, rief Vanina mit erhobener Stimme.

»In wenigen Stunden werden auf diesem Tisch die Ergebnisse der DNA-Analyse liegen, und die wird Sie festnageln. Sie können es also genauso gut zugeben. Oder dachten Sie, dass Ihre Tat keine Spuren hinterlassen würde?«

Antineo schüttelte wieder den Kopf, diesmal langsamer.

»Nach allem, was ich für sie getan hatte, nach allem, was wir geteilt hatten … ich war überzeugt, dass alles anders würde … dass sie sich auch in mich verlieben würde. In diesem Glauben hatte sie mich gelassen. Aber dann …«

»Aber dann verliebte sie sich in einen anderen?«

Der Anwalt nickte und senkte den Kopf.

Vanina fuhr mit ihrer Befragung fort. »Als Sie sie an jenem Abend telefonieren hörten, da verloren Sie die Beherrschung. War das so?«

Er sah auf. »Sie sprach mit ihm, wie sie noch nie mit jemandem gesprochen hatte. Er sei so wichtig für sie, so besonders. Er möge doch seine Meinung ändern über das, was zwischen ihnen sein könnte … Sie flehte ihn geradezu an! Mir wurde klar, dass es sich um den geheimnisvollen Mann handeln musste, bei dem sie zu Gast gewesen war. Ein Freund, wie sie gesagt hatte. Bei dem sie unterkommen konnte, wenn sie nur wollte. Stattdessen war sie nur zu ihm gefahren, weil sie in ihn verliebt war. Ich hingegen musste bleiben und die Drecksarbeit für sie erledigen! Als ich ihr das sagte, meinte sie, ich sei wie ein Bruder für sie. Zwischen uns würde nie etwas sein. Ein Bruder … Das konnte ich … nicht hinnehmen.«

»Und so haben Sie es sich mit Gewalt genommen.«

»Ich musste …«, schwafelte er weiter. Dann kam er plötzlich wieder zur Besinnung.

»Aber ich habe sie nicht umgebracht.«

Vanina beschloss, das Gespräch zu beenden.

In dieser Situation hätte sie ohnehin nichts erreicht. Antineo kannte das Gesetz. Er hätte niemals einen Mord gestanden, für den es keine Beweise gab.

Vanina rief Staatsanwalt Terrasini an, der die Verhaftung anordnete.

Einige Stunden später betrat Nicola Antineo das Gefängnis an der Piazza Lanza.

Mit Erstaunen hörte sich Maestro Escher Vaninas Geschichte an.

»Sehen Sie, Dottoressa? Was habe ich Ihnen gesagt? Auch ich bin schuld an den Geschehnissen. Hätte Lorenza sich nicht in mich verliebt, wäre sie vielleicht noch am Leben.«

Vanina erwiderte ihm, sie sei sich da nicht so sicher. Warum, wusste sie nicht aber es war die Wahrheit.

Escher wollte bis zur Beerdigung in Catania bleiben. Er hatte auch Kontakt zu Janninos Schwägerin aufgenommen.

In der Zwischenzeit pflegte er seine Freundschaft mit Angelica Di Franco und ihrem Mann. Sie waren die einzigen Mitglieder von Lauras Familie, zu denen er jemals Beziehungen unterhalten hatte.

In den Zeitungen hatte man die Qual der Wahl. Zum einen die Nachricht über Lorenza Janninos Vergewaltigung und Ermordung mit Fotos und Antineos Lebenslauf. Zum anderen die von Eliana Recupero geführten Ermittlungen gegen einen Geldwäschering, die eine sensationelle Wendung genommen hatte. Lorenza Jannino und die Männer der Abteilung für organisierte Kriminalität beim mobilen Einsatzkommando – das wurde allerdings nicht geschrieben – hatten demnach erfolgreiche Abhörmaßnahmen durchgeführt. Es gab Verhaftungen, darunter die von Elvio Ussaro und seinem Schwiegervater, Fernando Maria Spadafora.

Paolo Malfitano rief Vanina an, um ihr zu gratulieren. Zwei Tage später wollte er geschäftlich nach Catania kommen.

»Können wir zusammen zu Mittag essen?«, schlug er vor.

Sie sagte zu, obwohl sie von dem Vorhaben nicht überzeugt war.

An diesem Abend tauchte Manfredi Monterreale überraschend bei Vanina zu Hause auf und hatte allerlei raffinierte selbst gemachte Köstlichkeiten dabei. Cateringservice, verkündete er über die Sprechanlage.

Bevor er ihr Haus betreten durfte, musste er bei Bettina zu Kreuze kriechen, die sich über die vielen männlichen Besucher im Nebengebäude allmählich Sorgen machte. Moderne Zeiten schön und gut, aber erst Calì, der abends kam und am nächsten Morgen wieder ging, jetzt dieser andere Mann – der auch Arzt war und dazu ein netter –, der ihr das Abendessen nach Hause brachte. Aber wollte sie wirklich den schönen Dottor Malfitano vergessen?

Vanina freute sich über Manfredis spontanen Besuch. Vielleicht wäre dies die richtige Gelegenheit, ihrer Geschichte wieder den angemessenen Rahmen zu geben, aus dem sie nie hätte entgleiten dürfen.

Sie hatte die Argumente vorbereitet, fand aber keine Gelegenheit, sie vorzubringen.

Als er sich ihr näherte, um sie zu küssen, wich sie zurück. Mühsam und nachdrücklich musste sie ihm widerstehen, denn zugegebenermaßen mochte sie Manfredi.

»Manfredi, hör zu, ich muss ehrlich zu dir sein …« Doch er ließ sie gar nicht erst ausreden.

»Mach dir keine Sorgen, Vanina! Ich weiß. Ich wusste es übrigens schon vorher. Ich hatte gehofft, dass Paolo Malfitano für dich ein abgeschlossenes Kapitel wäre, aber wie ich feststellen musste, ist dem nicht so. Mir reichte es, deine Veränderung zu sehen, als du aus Palermo zurückkamst.«

»So einfach ist das nicht«, widersprach Vanina.

»Nein, das ist es auch nicht. Und es ist auch nicht so, dass ich gleich aufgebe. Also, lassen wir alles beim Alten.« Er hob sein Glas, um die Übereinkunft zu besiegeln.

Um Mitternacht, nach zwei Stunden Plauderei im Zitrushain, begab sich Manfredi nach Hause.

Vanina streckte die Beine auf dem Eisenstuhl aus.

Sie hatte sich in eine karierte Decke gewickelt und trank den letzten Schluck Orangenbitter, bevor sie schlafen ging. Oder es zumindest versuchte.

Sie holte ihre letzte Zigarette heraus, genoss sie in aller Ruhe, blickte auf den *Muntagna*, der ihr Gesellschaft leistete, und paffte eine Rauchfahne aus.

Die Ermittlungen waren praktisch abgeschlossen. Die DNA

des Vergewaltigers stimmte mit der von Antineo überein, auch wenn er weiterhin auf seiner Aussage beharrte.

Grob zusammengefasst: Vergewaltiger ja, aber kein Mörder.

Doch die Faktoren waren so zahlreich und so gut aufeinander abgestimmt, dass es nach Ansicht des Staatsanwalts Terrasini keinerlei Zweifel geben konnte.

Eine einigermaßen vertretbare Schlussfolgerung.

Warum also hatte Vanina das Gefühl, als hätte sie etwas übersehen?

25

Gegen halb elf tauchte Commissario Patanè auf.

Diesmal hatte er für das Frühstück gesorgt. Ein Tablett sizilianischer Muffins, die für die ganze Abteilung des mobilen Einsatzkommandos gereicht hätten und von denen sich auch Macchia bediente hatte, der eine halbe Stunde dageblieben war, um sich mit ihm zu unterhalten. Alle mussten zugeben, dass der Beitrag, den der Commissario leistete, immer wertvoll war. Vanina hatte Glück, auf seine Mitarbeit bauen zu können.

An Macchias übliche gutmütige Sticheleien hatte sich Patanè mittlerweile gewöhnt.

»Lorenza Iannino kam also auf die denkbar schlechteste Weise um«, schloss der Commissario, nachdem alle Vanina Guarrasis Büro verlassen hatten.

Nur sie beide blieben zurück, von Angesicht zu Angesicht, mit rauchenden Gauloises.

»Ein doppelter Tod, Commissario. Der innerliche aufgrund der Vergewaltigung und der körperliche durch das Ersticken. Und beide sind schrecklich.«

»Und der vorgetäuschte«, gab Patanè zu bedenken.

»Der war für Lorenza wie eine Wiedergeburt. Sie hoffte sogar, diese mit einer neuen Liebe teilen zu können.«

»Natürlich war Antineo clever, weil es ihm gelang, den Mord von der Vergewaltigung zu trennen. Er hätte sie zu Ende würgen müssen, und dann gute Nacht«, meinte der Commissario.

Vanina nickte nachdenklich.

Patanè starrte sie an.

»Dottoressa, seien Sie ehrlich! Gibt es noch etwas, das Sie nicht verstehen?«

»Nein, nichts«, antwortete sie.

Patanè tat so, als glaubte er ihr.

Vanina wollte es nicht einmal vor sich selbst zugeben, aber irgendetwas stimmte nicht. Auch wenn sie noch nicht genau wusste, was es war.

Im Lauf des Vormittags kamen ihr immer wieder die Worte des Commissario in den Sinn. Sie nahm sie zum Mittagessen mit und trank mit ihnen Kaffee. Schließlich hatte sie nichts anderes zu tun.

Antineo war clever, weil es ihm gelungen ist, den Mord von der Vergewaltigung zu trennen.

Doch Vanina konnte sich Antineo beim besten Willen nicht als geistreichen Mann vorstellen.

Spanò überreichte ihr den gerichtsmedizinischen Bericht mit allen Ergebnissen. DNA, Fingerabdrücke. Dazu das toxikologische Gutachten zu Lorenza Ianninos Leiche, das Spuren von Acetylsalicylsäure bestätigte. Die Todesursache.

Vanina las den Text noch einmal in aller Ruhe durch, wozu sie vorher noch keine Zeit gehabt hatte.

Ihr Blick fiel auf die Untersuchung, die Gerichtsmediziner Pappalardo über die Mineralwasserverpackung durchgeführt hatte. Wie erwartet gab es viele Fingerabdrücke, bis auf einen. Er war frisch und stimmte mit keinem der bisher analysierten Fälle überein. Bis auf einen kleinen Teil mit einem Fragment eines Fingerabdrucks, der auf der Aspirinverpackung gefunden wurde. So minimal, dass er nicht zuverlässig herangezogen werden konnte.

Vanina sah sie sich ein paar Minuten lang an.

Sie nahm den Hörer ab und wählte Pappalardos Nummer.

»Dottoressa, wie kann ich Ihnen helfen?«, fragte er, nachdem er sofort drangegangen war.

»Sie haben alle Gläser in Lorenza Ianninos Haus untersucht, nicht wahr?«

»Ja sicher.«

»Und keins der Gläser enthielt Aspirin?«

»Nein. Aber bedenken Sie, wenn sie zum Beispiel mit Spülmittel gereinigt worden wären, hätten wir nie welches gefunden.«

Vanina fuhr fort. »Hören Sie, Pappalardo, bei der Lektüre Ihres Berichtes fiel mir auf, dass auf der Plastikwasserflasche ein einzelner Fingerabdruck besonders deutlich zu sehen ist. Und ich habe bemerkt, dass Sie einige Übereinstimmungen auf der Aspirinschachtel gefunden haben.«

»Das sind nur sehr wenige Fragmente, Dottoressa. Die sind nicht zuverlässig und könnten mit anderen übereinstimmen.«

»Wie die von Antineo?«

»Ja, die auch. Aber auch da gibt es nur sehr wenige übereinstimmende Punkte. Die zählen nicht.«

Nein, sie zählten nicht.

Doch die Worte von Commissario Patanè kamen ihr immer wieder in den Sinn.

»Dottoressa, alles in Ordnung?«, fragte Spanò, als er ihr Büro betrat.

»Ja, alles ist in Ordnung.«

Der Inspektor ließ sich vor ihr nieder.

»Sind Sie sicher?«, fragte er.

Vanina starrte ihn an. Sie musste mit jemandem darüber sprechen.

»Ispettore, glauben Sie, dass jemand, der in der Lage ist, einen Mord zu planen wie Antineo, so ahnungslos ist, eine Frau zu vergewaltigen, ohne sich um die hinterlassenen Spuren zu kümmern?«

Spanò lehnte sich auf seinem Stuhl zurück.

»Nein, Dottoressa. Behaupten Sie etwa, dass Sie sich nicht mehr sicher sind?«

Wenn sich Vanina Guarrasi nicht sicher war, dann wurde früher oder später alles infrage gestellt.

Tito Macchia, der an der Tür stand und gerade hereinkommen wollte, erstarrte bei ihrem Anblick.

»Wie meinen Sie das, dass Sie sich nicht mehr sicher sind?«, fragte er besorgt.

Vanina hatte den Geistesblitz, als sie Antineos letzte Aussage las, die er Staatsanwalt Terrasini gegenüber gemacht hatte. Zur Untermauerung seiner Unschuld an dem Mord hatte er behauptet, nicht gewusst zu haben, dass Lorenza allergisch auf Medikamente war.

Vanina rief den Staatsanwalt an.

»Entschuldigen Sie, Dottore, aber hat Antineo Ihnen auch erklärt, warum er das nicht wusste?«

Die Frage überraschte den Staatsanwalt.

»Er sagte, sie habe nie mit ihm darüber gesprochen.« Vanina dachte einen Moment lang darüber nach.

»Dottoressa Guarrasi?«, drängte der Staatsanwalt.

»Dottor Terrasini, ich muss Ihnen etwas sagen. Das könnte stimmen.«

Terrasini war fassungslos.

Warum hatte sie nicht schon früher daran gedacht?

Sie war an der Oberfläche geblieben. Beim Offensichtlichen. Wenn ein Mann eine Frau vergewaltigt und die Frau stirbt, kann nur er der Mörder sein. Selbst wenn er den Plan hatte, sie zu töten, war dieser gelinde gesagt sehr umständlich. Er hätte sie zu Ende würgen müssen. Und dann gute Nacht, hatte Patanè gesagt. So ging ein Vergewaltiger vor.

Nicola Antineo erklärte, er habe nicht gewusst, dass Lorenza allergisch auf Medikamente reagiere, weil sie es ihm nicht gesagt habe. Aber warum sollte Lorenza ihm das sagen?

Innerhalb einer halben Stunde rief Vanina die Geologin Eugenia Livolsi, den Geiger Tommaso Escher und sogar den Arzt Raffaele Giordanella an, der ihr vom Flughafen Montréal aus antwortete, wo er einen Flug nehmen wollte, um zu Lorenzas Beerdigung zu kommen.

Alle sagten dasselbe. Die ersten beiden hatten keine Ahnung, dass sie dieses Problem gehabt hatte. »Lorenza ging es gut, warum hätte sie von ihrer Medikamentenallergie erzählen sollen?«, meinte Maestro Escher. Sogar der Arzt Giordanella hatte nur zufällig davon erfahren, nachdem sie sich schon eine Zeit lang kannten, weil sie eine Grippe bekommen hatte. Auch er bestätigte, dass Lorenza niemals freiwillig an einem Glas mit Aspirin auch nur genippt hätte.

Es blieben kaum Zweifel.

Und je mehr Vanina darüber nachdachte, desto überzeugter war sie.

Sie musste nur noch etwas nachprüfen, aber das Resultat stand so gut wie fest.

Sie rief Spanò an und erklärte ihm, was er zu tun hatte.

Auf dem Friedhof in Syrakus waren etwa zehn Personen anwesend, um Lorenza Iannino die letzte Ehre zu erweisen.

Vanina, Spanò und Marta Bonazzoli hielten Abstand, um den Moment nicht zu stören, der für einige der Anwesenden sehr schmerzhaft war.

Tommaso Escher stand an der Seite, die Hände hinter dem Rücken, mit dunkler Brille. Neben ihm befand sich die Geologin Eugenia Livolsi und weinte, umarmte dann einen Mann und einen weiteren, der Raffaele Giordanella sein konnte. Auf der gegenüberliegenden Seite stand Valentina Borzi mit einem anderen Kollegen aus der Kanzlei Ussaro. Und in der ersten Reihe die Mitglieder der Familie Iannino, die noch übrig geblieben waren, die Schwägerin sowie einige Cousins und Cousinen.

Vanina wartete, bis die Trauerfeierlichkeiten vorbei waren und die Menschen sich zerstreuten, bevor sie sich am Friedhofsausgang aufstellte.

Grazia Sensini, die Witwe von Gianfranco Iannino, kam als Letzte heraus und entdeckte die Vicequestore Guarrasi.

»Dottoressa, ich danke Ihnen für Ihr Kommen«, sagte sie und streckte ihr eine Hand entgegen.

Doch Vicequestore Guarrasi schüttelte sie nicht.

»Ich musste es tun«, antwortete sie.

Die Frau starrte sie an. Dann linste sie zu Spanò und Marta Bonazzoli hinüber, die sich hinter ihrem Boss aufgestellt hatten.

Einen Moment lang sah Vanina den Zorn aufblitzen, den sie schon einmal im Gesicht der Frau gesehen hatte. Als sie demjenigen, der den Tod ihres Mannes verschuldet hatte, die schlimmste Strafe an den Hals wünschte.

Und das war Lorenza Iannino gewesen. Grazia Sensini hatte ihr das nicht verziehen.

Vanina hatte einen knappen halben Tag gebraucht, um alle Puzzleteile zusammenzusetzen. Die Zeit, die sie brauchte, um herauszufinden, dass Grazia Sensini am Abend des Mordes nie den gebuchten Flug nach Florenz angetreten hatte. Um dreiundzwanzig Uhr dreißig hatte sich ihr Telefon in Lorenzas

Festnetz eingewählt und um dreiundzwanzig Uhr dreißig in das von Aci Castello. Das Auto, das sie einige Tage zuvor gemietet hatte, wurde am Morgen nach der Tat zurückgegeben, als sie in aller Eile den ersten Flieger genommen hatte.

Der Fingerabdruck auf dem Wasserpaket war derselbe wie der auf dem Ladegerät, das sie einige Tage zuvor zusammen mit dem Handy ihres Mannes an Marta Bonazzoli übergeben hatte. Er stimmte auch teilweise mit dem Fingerabdruckfragment überein, das auf der Aspirinverpackung gefunden wurde. Eine Substanz, die für Lorenza tödlich war.

Der Rest war leicht zu rekonstruieren.

Sobald Vanina Grazia Sensini mit einer kleinen Wendung zu verstehen gab, dass die Beweise gegen sie erdrückend waren, brach die Frau sofort zusammen.

Als Lorenza sie in jener Nacht anrief, hatte der Schock darüber, dass sie noch lebte, gerade lange genug gedauert, um in absoluten Hass umzuschlagen.

Diese Schlampe! Sie hatte ein Leben auf den Schultern ihres Bruders geführt und sich nicht einmal die Mühe gemacht, ihm zu offenbaren, dass sie genug verdiente, um in Luxus zu leben, und ihn nicht weiter belasten wollte. Der es gleichgültig war, ihrem Bruder einen tödlichen Schlag zu versetzen, indem sie ihn in dem Glauben ließ, sie wäre tot, um dann plötzlich wieder zum Leben zu erwachen. Grazia Sensini hatte ihr angekündigt, bei ihr vorbeizukommen.

Als sie Lorenza zu Hause antraf, fand sie sie im Schockzustand vor. Ihr Gesicht war geschwollen, ihre Lippen gespalten. Sie war verprügelt und vergewaltigt worden.

Ihre Schwägerin hatte vorgegeben, ihr helfen zu wollen, stattdessen aber ihren Racheplan geschmiedet. Das Vorhaben erwies sich sogar als noch einfacher, da die Schuld mit

Sicherheit auf den Mann fiel, der die junge Frau so zugerichtet hatte.

Grazia hatte ihre Schwägerin überredet, sich anzuziehen und mit ihr in die Notaufnahme eines Krankenhauses zu kommen. Bevor sie gingen, hatte Grazia eine Flasche Wasser geholt, ein Aspirin darin aufgelöst und diese dann mitgenommen. Sobald Lorenza im Auto gesessen hatte, hatte sie ihr die Flasche gegeben. »Trink etwas Wasser, Lorenza! Reiß dich sich zusammen!«

Sie war geradeaus gefahren und hatte nicht auf ihre Beifahrerin geachtet, bis sie merkte, dass diese nicht mehr atmete. Sie war zu der abgelegenen Stelle am Meer gefahren, zu dem ihr Mann sie ein paar Tage zuvor gebracht hatte, um ihr zu zeigen, wo der vermeintliche Mörder die Leiche ihrer Schwester ins Meer geworfen hatte. Dort hatte sie eine Rutsche entdeckt, Lorenza aus dem Wagen gezerrt und sie hinuntergerollt. Dorthin, wo sie verdientermaßen enden sollte.

Was Richter Paolo Malfitano in Catania zu tun hatte, war eine geheimnisvolle Frage, die Vanina nicht beantworten konnte.

Sie wusste nur, dass sie einem gemeinsamen Mittagessen zugestimmt hatte.

Und nun, da der Termin näher rückte, fragte sie sich zum x-ten Mal, wie sie die Einladung nur hatte annehmen können. Heute ein Treffen, morgen ein Mittagessen, eine zufällige Nacht, eine andere aus reiner Lust, die Wahrscheinlichkeit, wieder zusammenzukommen, steigerte sich zusehends.

Eine Möglichkeit, die sie nicht einmal in Erwägung ziehen konnte, auch wenn sie es so sehr herbeisehnte, dass es wehtat.

Er hatte die Örtlichkeit gewählt. Ein traditionsreiches Restaurant an der Ringstraße, das Vanina nur einmal mit dem Gerichtsmediziner Adriano Calì und dem Korrespondenten Luca

Zammataro besucht hatte. Und wo sie so gut gegessen hatte wie selten zuvor in ihrem Leben.

Vanina war entsetzt, als sie im Geist den Weg vom Eingang des Restaurants zu den verschiedenen Speisesälen noch einmal Revue passieren ließ. Um im Bedarfsfall die möglichen Fluchtwege zu berechnen. Oder schlimmer noch, die eventuellen Zugangswege für einen möglichen Mörder. Paranoia. Absurde Gedanken, die sie nicht vertreiben konnte, wenn sie sich mit Paolo traf. Ein geistiger Zustand, aus dem sie nicht so leicht wieder herauskam. Und das hätte ihr Leben zerstört, auch wenn es zum Ausgleich die überwältigenden Gefühle gab, die sie für ihn empfand. Diese Gefühle, die es ihr nach vielen Jahren nicht erlaubten, bis zum Ende zu gehen und einen Schnitt zu machen.

Sie erreichte das Restaurant mit leichter Verspätung, als das Handy klingelte.

Sie ging dran, ohne auf das Display zu sehen, weil sie sicher war, dass es Paolo war.

»Was ist?«

Doch stattdessen …

»Boss?«

Die Stimme von Sovrintendente Angelo Manzo aus der Abteilung für organisierte Kriminalität des mobilen Einsatzkommandos von Palermo und länger als sechs Jahre lang ihre vertraute rechte Hand, war unverkennbar.

»Manzo! Wie geht es Ihnen?«

»Gut, danke. Tut mir leid, dass ich Sie störe, aber ich muss Ihnen etwas sehr Wichtiges mitteilen.«

Vanina spürte ein seltsames Kribbeln in den Armen. Eine Mischung zwischen einem Schauer und einer Gänsehaut. Ein hässliches Gefühl, das sie an Momente erinnerte, die sie lieber vergessen wollte.

»Was gibt es?«

»Vor ein paar Tagen konnten wir das Nest einiger Flüchti-
ger ausheben. Es waren wohl zwei, die mit Familie Massaro in
Verbindung stehen. Einen konnten wir festsetzen, der andere
konnte entkommen. Der, den wir gefasst hatten, packte aus
und flüsterte uns zu, wie wir seinen Partner finden könnten.
Wir haben ihn gefunden. Spätestens heute Abend sollten wir
ihn abholen. Vor einer halben Stunde gelang es uns sogar, seinen Namen zu erfahren.«

Vanina hielt die Luft an.

»Komm schon, Manzo, spucken Sie ihn endlich aus!«

»Salvatore Fratta …«

»Bazzuca genannt«, entfuhr es Vanina.

Sie war stehen geblieben.

Salvatore Fratta. Der letzte Überlebende des Mafiakom-
mandos, das Inspektor Giovanni Guarrasi getötet hatte. Der
Einzige, den Vanina nicht in die Finger gekriegt hatte. Und
den alle schon für tot erklärt hatten.

Außer ihr.

Sie blieb mit dem Handy in der Hand stehen. Zwei Sekunden später klingelte es erneut.

Es war Paolo.

»Vanina, wo steckst du?« Seine Stimme klang ernst.

»Ich kann nicht kommen, Paolo. Ich muss nach Palermo
fahren.«

Jetzt.

Paolo holte tief Luft.

»Ich weiß.«

Danksagung

Um Vanina Guarrasi zum Abschluss dieses bizarren Falles zu bringen – dessen Figuren und Situationen alle meiner Fantasie entspringen –, habe ich einige Leute mit endlosen Fragen gelangweilt. Rosalba Recupido, eine wertvolle Beraterin auf dem Gebiet des Rechts. Nello Cassisi, dessen polizeiliche Hilfe unverzichtbar ist, um die Probleme zu lösen, mit denen sich meine Heldin auf Papier herumschlagen muss. Veronica Arcifa, ohne die Adriano Calì nicht wüsste, wo er anfangen sollte. Giuseppe Siano und die gesamte Kriminalpolizei von Catania.

Maestro Marcello Canci für seine Hilfsbereitschaft, dank der Vanina und ich durch die Gänge des Conservatorio di Santa Cecilia wandeln durften, begleitet vom Klang einer Geige.

Nuccio Giuffrida und Monica Taffara, aus deren Nebengebäuden im Zitrushain Vanina Guarrasi sich niemals verabschieden wird. Orazio Bonaccorsi, weil er Manfredi Monterreale in seinem Haus mit Blick auf die Felsen aufgenommen hat.

Ich möchte Paolo Repetti, Francesco Colombo, Rosella Postorino, Roberta Pellegrini, Daniela La Rosa, Chiara Ferrero, Maria Ida Cartoni und dem gesamten Verlag Einaudi Stile Libero für den Enthusiasmus und die große Professionalität danken, mit der sie meine Vicequestore unterstützen. Vanina hätte keine besseren Verbündeten finden können. Dank an die Pressestelle in Turin, insbesondere an Paola Novarese, Stefania

Cammillini und Chiara Crosetti. Und an Stefano Jugo, den König des Internets.

An Maria Paola Romeo, meine unentbehrliche Ratgeberin, und an die gesamte Literaturagentur Grandi e Associati.

Dank an meine Familie, die immer dabei ist.

An Freunde und Kollegen, die sich in allen Bereichen und jeder auf seine Weise für die Förderung meiner Bücher einsetzen.

Das größte Dankeschön aber geht schließlich wie immer an Maurizio, der liebevoll mit meiner Papierwelt lebt, ohne jemals meine Hand loszulassen.

Personenregister

Alicuti, Armando Sohn von Giuseppe Alicuti, Villen-
besitzer

Alicuti, Giuseppe »Beppuzzo«, Abgeordneter

Antineo, Nicola Anwalt, Kanzlei Ussaro

Bettina Vanina Guarrasis Vermieterin und Nachbarin

Bini, Elisa Ladenbesitzerin, Zeugin, Cousine von Professor
Ussaro

Bonanno, Fortunato Zeuge, Nachbar von Lorenza Iannino

Bonazzoli, Marta Inspektorin

Borzi, Valentina Praktikantin in der Anwaltskanzlei
Ussaro

Burrano, Alfio entdeckte vor langer Zeit eine Mumie im
Lastenaufzug

Calderaro, Costanza Vanina Guarrasis Halbschwester

Calderaro, Federico Herzchirurg, Vanina Guarrasis
Stiefvater

Calderaro, Marianna auch Marianna Partanna, Vanina
Guarrasis Mutter

Calì, Adriano Gerichtsmediziner

Colangelo, Vincenzo »Vinzo«, Drogenhändler, Mandant
von Professor Ussaro

De Rosa, Maria Giulia Anwältin, Freundin von Vanina
Guarrasi

Di Franco, Angelica Schwester von Professor Ussaros erster Frau Laura

Di Franco, Laura erste Frau von Professor Elvio Ussaro, beging Selbstmord

Escher, Tommaso »Maestro«, Geiger, Freund von Laura Ussaro

Fragapane, Finuzza Ehefrau von Salvatore Fragapane, Krankenschwester

Fragapane, Salvatore Inspektor/ Vicesovrintendente bei der Mordkommission

Fretta, Salvatore »Bazzuca«, Mafioso

Gazzara Hauptmann Raggruppamento Operativo Speziale der Carabinieri (ROS)

Giarrizzo, Elisa Freundin von Lorenza Iannino

Giordanella, Raffaele Arzt, Ex-Freund von Lorenza Iannino

Signor Giustolisi Beamter der Abteilung für organisierte Kriminalität

Greco, Enzo Rechtsanwalt

Guarrasi, Giovanni Inspektor, Vaninas Vater, ermordet von einem Killerkommando der Cosa Nostra

Guarrasi, Giovanna »Vanina«, Vicequestore, »Dottoressa«, Mordkommissarin

Professor Guccino Neurochirurg, Freund der Familie Calderaro

Iannino, Gianfranco Bruder von Lorenza, verheiratet mit Grazia Sensini

Iannino, Lorenza Anwältin, vermisste junge Frau

Iero, Rosario ehem. Polizist, Maresciallo, Freund von Commissario Patanè

Inna moldauische Putzhilfe von Vanina Guarrasi

Livolsi, Eugenia Geologin am Institut für Geophysik und Vulkanologie, Freundin von Vanina

Lo Faro junger Beamter bei der Mordkommission

Lomeo, Nunzio   Bankbeamter im Ruhestand, Zeuge

Longo, Nicoletta   Ex-Frau von Richter Paolo Malfitano

Macchia, Tito   Leiter der Ermittlungseinheit, der *Big Boss*

Malfitano, Nicoletta   auch Nicoletta Longo, Ex-Frau von Paolo Malfitano

Malfitano, Paolo   Richter der Bezirksdirektion für Mafiabekämpfung, stellvertretender Staatsanwalt, ehem. Lebensgefährte von Vanina Guarrasi

Manenti, Cesare   stellvertretender Leiter der Gerichtsmedizin

Manzo, Angelo   Sovrintendente, ehemals rechte Hand von Vanina Guarrasi in Palermo

Monterreale, Manfredi   Kinderarzt aus Palermo

Nunnari   Inspektor, Sovrintendente der Mordkommission

Pappalardo, Capo   Gerichtsmediziner

Parra, Valerio   Bekannter von Lorenza Iannino

Partanna, Marianna   Witwe von Giovanni Guarrasi, Vaninas Mutter, verheiratet mit Federico Calderaro

Patanè, Angelina   Ehefrau von Commissario Biagio Patanè

Patanè, Biagio   »Gino«, pensionierter Leiter der Mordkommission des Einsatzkommandos von Catania

Pedara, Giammarco   Unternehmer, Zeuge

Perrotta, Mara   junge Anwältin, Zeugin

Recupero, Eliana   stellvertretende Staatsanwältin

Rino, Rosario   Mafioso, Boss des Nola-Clans, flüchtig

Sanda, Dominique   Musikerin, Freundin von Tommaso Escher

Sensini, Grazia   Ehefrau von Lorenzas Bruder Gianfranco Iannino

Spada, Susanna   Anwältin, Kanzlei Ussaro

Spadafora, Consolata   Geburtsname von Professor Elvio Ussaros Ehefrau

Spadafora, Fernando Maria   Schwiegervater von Professor
Elvio Ussaro

Spanò, Carmelo   Chefinspektor, Ispettore,
Mordkommission

Tammaro, Sante   »Santino«, Journalist

Terrasini, Roberto   stellvertretender Staatsanwalt

Trizi, Stefania   stellvertretende Staatsanwältin

Urso, Maria Rosaria   »Rosi«, Ex-Frau von Chefinspektor
Carmelo Spanò

Ussaro, Elvio   Juraprofessor, Inhaber der Kanzlei Ussaro

Vassalli, Franco   Staatsanwalt

Zammataro, Luca   Korrespondent